BEACH READ

Eerder verschenen van Emily Henry
bij The House of Books

Beach Read
People We Meet on Vacation
Book Lovers

Emily Henry

Beach Read

Nederlandse editie

Uit het Engels vertaald door
Carla Hazewindus-Schipper, Anna Post Uiterweer en
Ellis Post Uiterweer

the house of books

Eerste druk, juli 2020
Tweede druk, april 2022
Derde druk, juni 2024

Oorspronkelijke titel: *Beach Read*
Oorspronkelijk uitgegeven door: Berkley, een imprint van Penguin Random House LLC, 2020

Deze titel verscheen eerder bij The House of Books als *Stranddagboek* en *Toen winter zomer werd*
Omslagontwerp: bij Barbara, Amsterdam
Foto auteur: © Devyn Glista
Typografie: Crius Group, Hulshout

ISBN 978 90 443 5580 2
ISBN 978 90 44 35581 9 (e-book)
NUR 302

www.thehouseofbooks.com
www.overamstel.com

OVERAMSTEL
uitgevers

The House of Books is een imprint van Overamstel uitgevers bv

Voor Joey:
Jij bent, zo perfect, mijn favoriete persoon.

1

Het huis

Ik heb een cruciaal gebrek.

Ik denk graag dat we allemaal wel zo'n gebrek hebben. Dat maakt het makkelijker om te schrijven. Ik bouw mijn heldinnen en helden op rondom dit zelfsaboterende gebrek en laat alles op dit ene karaktertrekje aankomen; een eigenschap die ze zich uit zelfbescherming hebben aangeleerd en nu niet meer kunnen laten gaan, zelfs als het geen enkel nut meer dient.

Stel dat je bijvoorbeeld als kind weinig controle over je eigen leven had. Dus om teleurstellingen te voorkomen vroeg je jezelf nooit af wat je echt wilde. En dat werkte heel lang. Maar plotseling realiseer je je dat je nooit hebt gekregen wat je niet wist dat je wilde en zit je midden in een midlifecrisis met een koffertje vol geld en een man genaamd Stan in je kofferbak.

Misschien is je cruciale gebrek wel dat je nooit richting aangeeft.

Of misschien ben je wel een hopeloos romantische ziel, net als ik. Je blijft jezelf een verhaal vertellen. Het verhaal van jouw leven, met een melodramatische soundtrack en gouden lichtjes die door de autoraampjes dansen.

Ik begon mijn verhaal toen ik twaalf was. Mijn ouders kwamen me het nieuws vertellen. Mijn moeder had net haar diagnose gekregen, verdachte cellen in haar linkerborst, en vertelde me dat ik me geen zorgen hoefde te maken. Ze vertelde het me zo vaak dat ik bang was huisarrest te krijgen als ze me wél zorgen zou zien maken. Mijn moeder was praktisch ingesteld, ze lachte veel, bleef optimistisch. Ze maakte zich geen zorgen. Toch zag ik aan haar dat ze doodsbang was, net als ik trouwens. Ik zat verstijfd van angst op de bank en wist niet wat ik moest zeggen zonder alles nog erger te maken.

Maar toen deed mijn boekennerd van een vader iets onverwachts. Hij stond op en pakte ons bij de hand – een van mijn moeder en een van mij – en zei: 'Weet je hoe we ons beter kunnen voelen? Door te gaan dansen!'

Er waren geen clubs in onze buitenwijk. We hadden hier alleen een nogal matig biefstukrestaurant waar op vrijdagavond een coverband optrad, maar mijn moeder straalde alsof mijn vader net had voorgesteld met een privévliegtuig naar de Copacabana te vliegen.

Ze droeg haar botergele jurk en metalen oorbellen die glinsterden als ze zich bewoog. Mijn vader bestelde twintig jaar oude Schotse whisky voor hen en voor mij een Shirley Temple, en alle drie dansten en draaiden we totdat we duizelig waren. We lachten en struikelden over onze benen en mijn normaal gesproken altijd gereserveerde vader zette ineens 'Brown Eyed Girl' in, alsof niet alle ogen op ons gericht waren.

En toen stapten we uitgeput de auto in en reden we door de stille nacht terug naar huis. Mijn ouders hielden tussen de stoelen in elkaars hand vast, en ik drukte mijn hoofd tegen het raampje en keek naar de lichtjes van de straatlantaarns waar we langs raasden. Het komt goed, dacht ik. Alles komt altijd weer goed.

Op dat moment realiseerde ik me dat hoe erg de situatie ook is, de liefde je altijd kan meeslepen om te gaan dansen, gelach de pijn weg kan nemen en schoonheid gaten in je angst kan slaan. Ik besloot dat mijn leven vol met die drie zaken moest komen. Niet alleen voor mezelf, maar ook voor mijn moeder en iedereen om mij heen.

Er zou een doel zijn. Er zou schoonheid zijn. Er zou kaarslicht en zachte muziek van Fleetwood Mac op de achtergrond zijn.

Wat ik wil zeggen, is dat ik mezelf een mooi verhaal over mijn leven vertelde, over het lot en hoe alles altijd op zijn pootjes terechtkomt, en op mijn achtentwintigste was mijn verhaal perfect.

Perfecte (kankervrije) ouders die een paar keer per week belden, licht dronken van de wijn en van elkaar. Perfecte (spontane, meertalige, bijna twee meter lange) vriend die op de Spoedeisende Hulp werkte en wist hoe je coq au vin moet maken. Perfect verweerd appartement. Perfecte baan als schrijfster van romantische verhalen voor Sandy Lowe Books, geïnspireerd door de perfecte ouders en vriend.

Het perfecte leven.

Maar het was slechts een verhaal, en zodra de inconsistenties boven kwamen drijven, stortte alles in. Zo gaat dat met verhalen.

Nu, op mijn negenentwintigste, was ik doodongelukkig, straatarm, bijna dakloos, heel erg single en op weg naar een prachtig huis bij een meer waar ik een schijthekel aan had. Ik had er niets meer aan om mijn leven te romantiseren, maar mijn cruciale gebrek zat nog achter het stuur van mijn gedeukte Kia Soul en vertelde me precies wat er gebeurde:

January Andrews keek uit het raampje van haar auto naar het woeste water dat tegen de schemerige kust spoelde. Ze probeerde zich ervan te overtuigen dat dit geen grote fout was.

Een fout was het zeker, maar ik kon niet anders. Je slaat geen gratis huisvesting af als je platzak bent.

Ik parkeerde mijn auto in de straat en bekeek de gevel van de enorme hut met de glanzende ramen en de sprookjesachtige veranda. Het ruige duingras danste in het warme briesje.

Ik vergeleek het adres op mijn gps met wat er op het kaartje van de sleutel stond geschreven. Dit was het inderdaad.

Even bleef ik tijd rekken, in de hoop dat er een meteoriet op me af raasde om me uit te schakelen voordat ik echt naar binnen moest. Vervolgens haalde ik diep adem, stapte de auto uit en trok mijn veel te volle koffer van de achterbank, samen met de doos vol flessen gin.

Ik veegde mijn donkere haar uit mijn ogen en keek op naar de korenbloemblauwe dakpannen en witte daktrim. *Doe alsof dit een Airbnb is.*

Onmiddellijk verzon mijn hoofd een toepasselijke advertentie voor de Airbnb: *Charmant hutje bij het meer met drie slaapkamers en drie badkamers om je eraan te herinneren dat je vader een klootzak was en je hele leven een leugen is.*

Ik liep bevend de treden op de grasachtige heuvel op terwijl ik het bloed in mijn oren hoorde gonzen als een brandblusser, in afwachting van het moment waarop de deur van die hel zou openen en de hele wereld onder mijn voeten zou verdwijnen.

Dat is al gebeurd. Vorig jaar. En je hebt het overleefd, dus dit lukt je ook.

Op de veranda spande mijn lichaam zich. Mijn gezicht tintelde, mijn maag keerde zich om, het zweet prikte in mijn nek. Ik hield de doos met gin tegen mijn heup geklemd zodat ik de sleutel in het slot kon steken, ergens nog in de hoop dat die klem zou komen te zitten. Dat dit gewoon een uitgebreide grap was die mijn vader na zijn dood met me uithaalde.

Of nog beter, dat hij helemaal niet dood was. Dat hij achter de bosjes vandaan zou springen en iets zou roepen als: 'Hebbes! Je dacht toch niet echt dat ik een heel tweede leven had? Je geloofde toch niet echt dat ik een tweede huis had met een andere vrouw dan je moeder?'

De sleutel gleed zonder problemen in het slot en de deur zwaaide naar binnen open.

Het huis was stil.

Het stak me. Dezelfde steek die ik voelde toen mijn moeder me belde over de beroerte en ze het me snikkend vertelde. *Hij is er niet meer, Janie.*

Geen vader. Niet hier. Nergens meer. En toen die tweede steek, toen het mes werd gedraaid. *De vader die jij kende heeft nooit bestaan.*

Ik heb hem nooit echt gehad. Net zoals ik nooit echt mijn ex Jacques heb gehad, of zijn coq au vin.

Het was maar een verhaal dat ik mezelf had verteld. Van nu af aan was het de naakte waarheid of helemaal niets. Ik beheerste me en liep naar binnen.

Mijn eerste ingeving was dat de naakte waarheid zo erg nog niet was. Het liefdesnestje van mijn vader had een open vloerplan: een woonkamer met een funky open keuken met blauwe tegels en een knusse ontbijthoek. De raamwand keek uit over een donker aangeslagen terras.

Als mijn moeder hier had gewoond, was alles roomkleurig en rustgevend neutraal van kleur geweest. Deze bohemienachtige kamer paste beter bij het huis waar ik met Jacques had gewoond dan bij mijn ouders. Ik voelde me een beetje misselijk als ik aan mijn vader dacht, tussen al deze spullen die mijn moeder nooit zou hebben uitgekozen: die volkse, handgeschilderde ontbijttafel, de boekenkasten van donker hout, de verzonken bank vol kussens die niet bij elkaar pasten.

Er was hier geen spoor van de vader die ik kende.

Toen trilde mijn telefoon in mijn zak en zette ik de doos met gin op de grond om op te kunnen nemen.

'Hallo?' zei ik met zwakke, schorre stem.

'Hoe is het daar?' vroeg degene aan de andere kant van de lijn meteen. 'Is er een sekskerker?'

'Shadi?' raadde ik. Ik klemde de telefoon tussen mijn oor en schouder terwijl ik een van mijn flessen gin opende en een slok verse moed nam.

'Zorgwekkend dat ik de enige ben die je met deze vraag zou bellen,' zei Shadi.

'Je bent de enige die sowieso van dit liefdesnestje afweet,' bracht ik haar in herinnering.

'Ik ben zeker niet de enige,' argumenteerde Shadi.

Technisch gezien had ze gelijk. Hoewel ik vorig jaar tijdens de begrafenis pas van het bestaan van deze hut had gehoord, had mijn moeder het al heel lang geweten. 'Goed,' zei ik. 'Je bent de enige die ik erover heb verteld. Maar wacht even, ik loop net naar binnen.'

'Letterlijk net?' Ik hoorde Shadi zwaar ademen, dus ze was onderweg naar het restaurant waar ze werkte. Omdat we allebei een heel ander dagritme hadden, spraken we elkaar meestal als zij onderweg naar haar werk was.

'Metaforisch gezien,' zei ik. 'Letterlijk sta ik hier al tien minuten, maar het voelt alsof ik er nog maar net ben.'

'Wat wijs,' zei Shadi. 'Diepzinnig.'

'Ssst,' zei ik. 'Ik laat het nog even tot me doordringen.'

'Eerst op zoek naar de sekskerker!' zei Shadi meteen, alsof ik op het punt stond om op te hangen.

Dat was niet zo. Ik had mijn telefoon nog tegen mijn oor gedrukt en hield mijn adem in terwijl ik met een bonzend hart het dubbelleven van mijn vader onder ogen zag.

En net toen ik mezelf er bijna van had overtuigd dat mijn vader hier onmogelijk geweest kon zijn, zag ik iets aan de muur hangen. Ingelijst. De *New York Times*-bestsellerlijst van drie jaar geleden, dezelfde die thuis ook boven de schoorsteen hing. Daar stond ik, nummer 15, helemaal onderaan. En daar, drie plaatsen boven mij, mijn rivaal van de universiteit, Gus (die nu Augustus heette omdat hij een Serieuze Man was geworden) en zijn highbrow debuutroman *De onthullingen*. Ik had vijf weken lang op de lijst gestaan (niet dat ik die telde (ik telde ze dus zeker wel)).

'En?' vroeg Shadi. 'Wat vind je ervan?'

Ik draaide me om en zag het mandalakleed boven de bank hangen. 'Ik vraag me af of mijn vader misschien blowde.' Vervolgens keerde ik me naar de ramen aan de zijwand van het huis, die bijna recht tegenover die van de buren waren geplaatst. Zoiets zou mijn moeder voor de aankoop meteen zijn opgevallen.

Maar dit was haar huis niet, dus keek ik aan tegen de boekenkasten langs de muur van de studeerkamer bij de buren.

'Jezus, is het een wietplantage in plaats van een liefdesnest?' Shadi klonk vol enthousiasme. 'Je had die brief moeten lezen, January. Het is een misverstand. Je vader laat je het familiebedrijf na. Die vrouw was zijn zakenpartner, niet zijn minnares.'

Hoe erg was het dat ik hoopte dat ze gelijk had?

Die brief had ik wel willen lezen. Het juiste moment had zich alleen nog niet aangediend. Eerst moest mijn woede een beetje zakken, zodat de laatste woorden van mijn vader een geruststelling zouden kunnen vormen. Maar in plaats daarvan was het nu al een jaar later en vond ik het met de dag enger om die envelop te moeten openen. Het was zo oneerlijk dat hij het laatste woord mocht hebben en ik niets meer terug zou kunnen zeggen. Ik kon niet gillen, niet huilen, niet om antwoorden vragen. Zodra de brief open was, kon ik niet meer terug. Dat was het dan. Het laatste afscheid.

Dus zou de brief voorlopig gezellig maar eenzaam onder in de doos met gin die ik vanuit Queens had meegenomen blijven wonen.

'Het is geen wietplantage,' zei ik tegen Shadi terwijl ik de achterdeur naar het terras open schoof. 'Tenzij die in de kelder zit.'

'Natuurlijk niet,' zei Shadi. 'Daar zit de sekskerker al.'

'Laten we het niet meer over mijn deprimerende leven hebben,' zei ik. 'Hoe is het met jou?'

'De Spookhoed, bedoel je?' vroeg Shadi. Had ze maar minder dan vier huisgenoten in haar mini-appartementje in Chicago, dan had ik misschien bij haar kunnen intrekken. Niet dat ik met Shadi in de buurt veel gedaan kreeg. En ik stond er financieel veel te desastreus voor om het me te kunnen veroorloven lange tijd niets gedaan te krijgen. Ik moest mijn boek in deze huurloze hel af zien te schrijven. Dan kon ik me misschien mijn eigen huis zonder Jacques veroorloven.

'Als je het over de Spookhoed wilt hebben,' zei ik, 'dan graag. Vertel.'

'Hij heeft nog steeds niets van zich laten horen,' verzuchtte Shadi. 'Maar ik voel gewoon dat hij naar me kijkt als we in de keuken staan. Omdat we een band hebben.'

'Ben je niet bang dat je die band niet hebt met de man in de antieke Pork Pie-hoed maar met de geest van de originele eigenaar? Wat ga je doen als je verliefd op een spook blijkt te zijn?'

'Hm.' Even dacht ze na. 'Dan moet ik mijn Tinder-bio maar even aanpassen.'

Er waaide een briesje over het meer onderaan de heuvel dat mijn bruine haren over mijn schouders liet golven, en de ondergaande zon wierp lichtstralen over het land. Ze waren zo fel en warm dat ik mijn ogen tot spleetjes moest knijpen om het oranje en rode licht van bij het strand vandaan te zien komen. Als dit gewoon een huurhuisje was geweest, was dit de perfecte plaats geweest om te werken aan het geweldige liefdesverhaal dat ik Sandy Lowe Books al maanden beloofde.

Toen besefte ik dat Shadi nog steeds tegen me aan praatte. Nog meer over de Spookhoed. Hij heette Ricky, maar zo noemden we hem eigenlijk nooit. Voor Shadi's liefdesleven gebruikten we altijd geheimtaal. Zo was er de oudere man die het heerlijke visrestaurant (de Fish Lord) runde, en een of andere gozer die we Mark noemden omdat hij op een andere, beroemde Mark leek, en nu was er deze collega, een bartender die elke dag een lelijke hoed droeg waar Shadi een hekel aan had maar wie ze tegelijkertijd onweerstaanbaar vond.

Ik kwam weer in het gesprek toen Shadi zei: 'Het weekend van Onafhankelijkheidsdag, 4 juli? Kan ik dan langskomen?'

'Dat is pas over een ruime maand.' Ik wilde zeggen dat ik tegen die tijd vast alweer weg zou zijn, maar ik wist zelf ook wel dat dat onzin was. Het zou me minstens de hele zomer kosten om een boek te schrijven, het huis leeg te halen, en beide te verkopen zodat ik het me (hopelijk) weer gemakkelijk zou kunnen maken. Niet in New York, maar ergens goedkoper.

Duluth was vast wel betaalbaar. Daar zou mijn moeder me niet komen opzoeken, maar goed, we hadden elkaar dit jaar ook niet vaak gezien, op mijn drie dagen thuis met de kerst na. Ze had me meegesleept naar vier yogalessen, drie volle sapzaakjes en een uitvoering van de *De notenkraker* met een of ander joch dat ik niet kende in de hoofdrol. Alsof elke seconde die we met z'n tweeën doorbrachten mijn vader ter sprake kon komen en we in de fik zouden vliegen.

Mijn hele leven lang waren mijn vrienden jaloers geweest op mijn relatie met mijn moeder. Hoe vaak en hoe vrij ik met haar kon praten (tenminste, dat dacht ik), hoeveel lol we samen hadden. Nu speelden we alleen nog maar een bijzonder niet-competitief spelletje telefoontikkertje.

Eerst had ik twee liefdevolle ouders gehad en een vriend met wie ik samenwoonde, en nu had ik alleen nog maar Shadi, mijn vriendin die veel te ver weg woonde. Het enige voordeel van mijn verhuizing van New York naar North Bear Shores in Michigan was dat ik nu dichter bij haar in Chicago was.

'Juli is nog zo ver weg,' klaagde ik. 'Je woont maar drie uur verderop.'

'Ja, en ik kan niet autorijden.'

'Dan moet je je rijbewijs eens teruggeven,' zei ik.

'Geloof me, ik laat het verlopen. Dan voel ik me zo vrij. Ik vind het vreselijk dat mensen ervan uitgaan dat ik kan rijden omdat ik legaal gezien mág rijden.'

Shadi kon absoluut niet rijden. Ze gilde al als ze links afsloeg.

'Bovendien weet je hoe het is met vrij nemen in dit vak. Ik mag van geluk spreken dat mijn baas me de Fourth of July heeft gegeven. Misschien verwacht hij daar wel een pijpbeurt voor in ruil.'

'Onzin. Pijpbeurten zijn voor de echte feestdagen. Jij zit vast aan een ouderwets potje voetjevrijen.'

Ik nam nog een slok gin, draaide me om naar de andere kant van het terras en gilde haast. Op het terras drie meter naar rechts stak een bos krullerig bruin haar net boven een tuinstoel uit. Ik hoopte dat deze man diep in slaap was en dat ik niet een hele zomer lang naast iemand hoefde te wonen die me net over ouderwets voetjevrijen had horen brullen.

Alsof hij mijn gedachten had kunnen lezen, boog hij zich naar voren en pakte zijn flesje bier van tafel, nam een slok, en zette het weer neer.

'Inderdaad. Ik hoef er mijn Crocs niet eens voor uit te doen,' zei Shadi. 'Maar goed, ik moet aan het werk. Ik hoor het wel als er drugs of leren attributen in de kelder liggen.'

Ik keerde de buurman de rug toe. 'Ik ga er pas kijken als jij er bent.'

'Lullig,' zei Shadi.

'Lokmiddel,' zei ik. 'Hou van je.'

'Hou meer van jou,' zei ze, waarna ze ophing.

Ik keek weer naar de krullenbol, half in de verwachting dat hij zich naar me toe zou draaien, en vroeg me af of ik me moest voorstellen.

In New York had ik mijn buren nauwelijks gekend, maar dit was Michigan, en van wat ik van mijn vaders verhalen over zijn jeugd in North Bear Shores had gehoord, ging ik ervan uit dat deze man binnenkort een kopje suiker zou komen lenen (niet vergeten: suiker kopen).

Ik schraapte mijn keel en toverde een zo vriendelijk mogelijke glimlach op mijn gezicht. De man leunde naar voren voor een tweede slok bier toen ik naar hem riep: 'Sorry voor het storen!'

Hij wuifde nonchalant met een hand en sloeg toen de bladzijde om van wat hij ook aan het lezen was. 'Wat is er nou storend aan voetjevrijen als ruilmiddel?' vroeg hij met hese, verveelde stem.

Ik trok een gezicht en kon even geen goed antwoord vinden. De oude January zou hier zeker iets op hebben kunnen verzinnen, maar nu bleef het stil in mijn hoofd, net als elke keer dat ik een nieuw Word-document opende.

Goed, dus ik had me het afgelopen jaar een beetje teruggetrokken. Misschien wist ik wel niet meer zo goed wat ik het hele jaar had gedaan. Niet mijn moeder bezoeken, en niet schrijven, en zeker niet mijn buren charmeren.

'Maar goed,' zei ik. 'Ik woon hier nu.'

Alsof hij mijn gedachten had kunnen lezen wuifde hij weer ongeïnteresseerd en zei: 'Geef maar een gil als je suiker nodig hebt.' Maar uit zijn mond klonk het eerder als: val me nooit meer lastig, tenzij mijn huis in de fik staat, en dan alleen als je de sirenes nog niet hoort.

Tot zover het gastvrije Midden-Westen. In New York hadden onze buren tenminste nog koekjes gebracht toen we net waren verhuisd (glutenvrij en vol lsd, maar het gaat om het idee).

'Of als je de dichtstbijzijnde fetisjwinkel nodig hebt,' voegde de chagrijn eraan toe.

Ik bloosde hevig, van schaamte en van woede. Voor ik het wist flapte ik eruit: 'Ik wacht wel tot ik je zie wegrijden en volg je dan.'

Zijn lach klonk ruw en verrast, maar hij draaide zich nog altijd niet om.

'Heel leuk je te ontmoeten,' snauwde ik erachteraan, waarna ik door de glazen schuifdeur mijn veilige huis weer betrad, waar ik me nu de rest van de zomer zou moeten verstoppen.

'Leugenaar,' hoorde ik hem nog mopperen voordat de deur dichtviel.

2

De begrafenis

Ik was er nog niet klaar voor om de rest van het huis te zien, dus ging ik aan tafel zitten om te schrijven. Maar zoals gewoonlijk staarde het lege bestand me beschuldigend aan en vulde het zich niet met woorden of personages, hoelang ik er ook naar bleef kijken.

Dat is het hem nou met goede aflopen: het helpt als je er zelf in gelooft.

Dat is het hem nou met mij: ik geloofde erin tot de dag dat mijn vader werd begraven.

Mijn ouders, mijn familie. We hadden al zoveel meegemaakt en we kwamen er altijd sterker weer uit, met meer liefde en gelach dan voorheen. Toen ik klein was, waren mijn ouders even uit elkaar gegaan omdat mijn moeder het gevoel had gehad dat ze haar identiteit was verloren en ze uit de ramen bleef staren alsof ze zichzelf daar ergens een ander leven zou kunnen zien leiden terwijl ze zich afvroeg wat ze moest doen. En toen kwam mijn vader weer terug en werd er gedanst in de keuken, en werden er handen vastgehouden en zoenen op voorhoofden gedrukt. Vervolgens was er de kankerdiagnose van mijn moeder en het dure etentje toen ze de ziekte had verslagen, toen we als rijkelui aten en lachten tot de dure wijn en mijn Italiaanse frisdrank uit onze neuzen spoten, alsof we het zomaar konden opbrengen om geld te verspillen, alsof onze schulden aan het ziekenhuis niet meer bestonden. En toen kwam de tweede keer kanker en haar nieuwe kans op leven na de borstoperatie: de pottenbaklessen, het ballroomdansen, de yogalessen en de Marokkaanse kooklessen waar mijn ouders hun dagen mee vulden, alsof ze zo veel mogelijk uit het leven wilden halen als maar kon. Lange weekenden bij mij en Jacques in New York, ritjes in de metro waarbij mijn moeder me smeekte om geen verhalen meer over onze blowende buren Sharyn en Karyn te vertellen (niet helemaal relevant, maar ze schoven ook weleens pamfletten over de platte aarde bij ons onder de deur door) omdat ze bang was dat ze in haar broek zou plassen, terwijl mijn vader tegen Jacques de hele theorie van de platte aarde omverpraatte.

De test. De goede afloop. De beproeving. De goede afloop. Chemo. De goede afloop.

En net toen alles het best afliep, was hij er niet meer.

Dus daar stond ik, in de foyer van de episcopaalse kerk van mijn ouders, tussen alle in het zwart geklede aanwezigen die onzinnige woorden fluisterden. Het was alsof ik slaapwandelde. Ik kon me de vlucht niet meer herinneren, de rit naar het vliegveld, het inpakken. Voor de duizendste keer in de afgelopen drie dagen drong het tot me door dat hij er niet meer was.

Net toen mijn moeder het toilet in was geglipt en ik helemaal alleen achter was gebleven, zag ik haar: de enige vrouw in de kerk die ik niet herkende. Ze droeg een grijze jurk en leren sandalen, had een gehaakte sjaal om haar schouders, en haar spierwitte haren waren warrig door de wind. Ze keek me recht in de ogen.

Een tel later kwam ze naar me toe, en om de een of andere reden was het alsof mijn maag zich omkeerde. Alsof mijn lichaam al wist dat alles op zijn kop zou komen te staan. Deze onbekende op de begrafenis van mijn vader zou mijn leven volledig ontwrichten, net zoals zijn dood had gedaan.

Aarzelend glimlachte ze toen ze voor mijn neus bleef staan. Ze rook naar vanille en citrusvruchten. 'Hallo January.' Haar stem was zacht en haar vingers speelden nerveus met de franje van haar sjaal. 'Ik heb al zóveel over je gehoord.'

Achter haar ging de deur van het toilet open en mijn moeder verscheen in de deuropening. Even bleef ze als aan de grond genageld staan, met een vreemde uitdrukking op haar gezicht. Herkenning? Schrik?

Ze wilde niet dat we elkaar spraken. Wat betekende dat?

'Ik ben een oude vriendin van je vader,' zei de vrouw. 'Hij betekent... betekende veel voor me. Ik ken hem al mijn hele leven, zo ongeveer. We waren een tijd lang heel close, en hij had het altijd over jou.' Ze probeerde luchtig te lachen, maar schoot helemaal mis. 'Het spijt me,' zei ze met een schorre stem. 'Ik had nog zo gezegd dat ik niet zou huilen, maar...'

Het voelde alsof ik van een gebouw was geduwd en deze val nooit meer ten einde zou komen.

Oude vriendin. Zo noemde ze het. Geen geliefde of minnares. Maar door de manier waarop ze huilde wist ik genoeg. Als een lachspiegelbeeld van de tranen van mijn moeder tijdens de begrafenis. Ik had die uitdrukking van haar al eerder die dag gezien, op mijn eigen gezicht tijdens het aanbrengen van concealer onder mijn ogen. De dood van mijn vader had haar gebroken.

Ze haalde iets uit haar zak. Een envelop met mijn naam erop geschreven en een sleutel. Aan de sleutel hing een kaartje met een adres erop gekrabbeld in hetzelfde handschrift als de hanenpoten op de envelop. Dat van mijn vader.

'Hij wilde je dit geven,' zei ze. 'Het is nu van jou.'

Ze drukte het in mijn hand en hield het nog even vast. 'Een prachtig huis, bij Lake Michigan,' vertelde ze. 'Je vindt het vast prachtig. Dat zei hij altijd. En de brief is voor je verjaardag. Je kunt hem dan openen, of wanneer je maar wilt.'

Mijn verjaardag. Mijn verjaardag liet nog zeven maanden op

zich wachten. En mijn vader zou er niet bij zijn. Mijn vader was er niet meer.

Achter de vrouw kwam mijn moeder weer tot leven. Woedend kwam ze op ons af. 'Sonya,' siste ze.

En toen wist ik alles.

Dat ik van niets had geweten, maar mijn moeder wist alles.

Ik sloot het lege Word-document, alsof dat kruisje in de hoek ook al mijn herinneringen weg zou vagen. Op zoek naar afleiding scrolde ik door mijn inbox, speurend naar de laatste e-mail van mijn agent Anya.

Twee dagen eerder had ik die binnengekregen, voordat ik uit New York was vertrokken, en ik had steeds weer de wildste smoesjes verzonnen om hem maar niet te hoeven lezen. Inpakken. Spullen naar de opslag verhuizen. Rijden. Zo veel mogelijk water proberen te drinken tijdens het plassen. 'Schrijven', met de nadruk op de aanhalingstekens. Dronken. Honger. Ademhalen.

Anya was een harde. Een buldog voor de uitgevers, maar voor auteurs was ze net een combinatie van juffrouw Engel, de lerares uit *Matilda*, en een sexy heks. Je wilde haar altijd laten zien wat je kon omdat je het gevoel had dat niemand zoveel van je hield en je zo puur bewonderde als zij, en omdat je het idee had dat ze een horde pythons op je af kon sturen wanneer ze dat nodig vond.

Ik dronk mijn derde glas gin-tonic leeg en opende de e-mail:

Hoooi, jij prachtig en bijzonder kwalletje, engelachtige kunstenaar, goudmijntje van me,

Ik weet dat alles de laatste tijd HEEL lastig is, maar Sandy schrijft weer – ze wil weten hoe het met het manuscript gaat en of het nog steeds tegen het eind van de zomer klaar zal zijn. Als het moet, pak ik de telefoon graag weer op (of de app, of ik spring op de rug van Pegasus als dat moet) om je te helpen met brainstormen/het plot vorm te geven/WAT DAN OOK nodig is om jouw prachtige woorden en ongeëvenaarde gezwijmel de wereld in te helpen! Vijf boeken in vijf jaar tijd is voor iedereen moeilijk (zelfs voor iemand met talent als het jouwe), maar ik denk dat we op het randje staan bij SLB, dus het is tijd om de kiezen op elkaar te klemmen en er iets van te maken, als dat kan.

xxx Anya

Kiezen op elkaar en er iets van maken. Het was vast makkelijker om aan het eind van de zomer een volgroeid mens op de wereld te zetten dan om een boek te hebben geschreven en verkocht.

Ik besloot te gaan slapen, zodat ik vroeg op kon staan en een paar duizend woorden op papier kon zetten. Buiten de slaapkamer beneden aarzelde ik even. Ik wist niet in welk bed mijn vader en Die Vrouw hadden geslapen.

Ik woonde in een *funhouse* van bejaard overspel. Dat zou grappig zijn als ik het afgelopen jaar mijn gevoel voor humor niet kwijt was geraakt na een jaar van romantische verhalen schrijven die allemaal eindigden met een in slaap gevallen buschauffeur die de bus met alle personages aan boord van een klif reed.

Het is SUPERINTERESSANT, stelde ik me Anya's reactie voor, als ik haar echt een van deze kladversies zou opsturen. *Ik bedoel, ik zou zelfs jouw boodschappenlijstje nog schaterjankend lezen. Maar dit is niet voor Sandy Lowe. Meer liefde, minder dood, schat.*

Ik had alle mogelijke hulp nodig om te kunnen slapen, dus schonk ik nog een gin-tonic in en sloot mijn laptop af. Het was warm en benauwd geworden in huis dus trok ik alles behalve mijn ondergoed uit en opende alle ramen waarna ik mijn glas leegdronk en op de bank ging liggen.

Die was nog comfortabeler dan hij eruitzag. Verdomme, die vrouw met haar prachtig eclectische smaak ook. De bank was ook veel te laag voor een man met een slechte rug om op en af te komen, dus besloot ik dat er hier vast geen s-e-k-s had plaatsgevonden.

Al had mijn vader niet altijd last van zijn rug gehad. Toen ik nog klein was, had hij me vaak meegenomen op de boot als hij in het weekend thuis was. En van wat ik daar had gezien, bleek varen negentig procent bukken te zijn om al die knopen los en vast te maken, en tien procent omhoogkijken naar de zon, je armen wijd houden om de wind door je losse jasje te laten gaan en...

Een steek in mijn hart.

Die vroege ochtenden, op het aangelegde meer een half uurtje bij ons vandaan, dat waren altijd alleen mijn vader en ik, vaak de ochtend nadat hij weer thuis was van een van zijn reisjes. Soms wist ik niet eens dat hij er weer was. Dan werd ik in het donker wakker omdat hij me over mijn neus kriebelde en zachtjes dat nummer van Dean Martin voor me zong, waar ik naar vernoemd ben: *it's June in January, because I'm in love...* Dan sprong ik dolenthousiast mijn bed uit omdat ik wist dat dit een dagje varen zou worden, met z'n tweetjes.

Nu vroeg ik me af of al die tochtjes soms waren voortgekomen uit schuldgevoel. Even de tijd om weer te wennen aan het leven met mijn moeder na een weekend met Die Vrouw.

Maar goed, die verhalen kon ik maar beter bewaren voor mijn manuscript. Ik zette al die gedachten uit mijn hoofd en trok een sierkussen over mijn gezicht, waarna de slaap me opslokte als de bijbelse walvis.

Toen ik wakker schrok was het donker en klonk er luide muziek. Ik stond op en liep naar het messenblok in de keuken, dronken van de slaap en de gin. Ik had nog nooit gehoord van een seriemoordenaar die zijn slachtoffers eerst wakker maakte met 'Everybody Hurts' van R.E.M., maar het was een mogelijkheid.

Maar toen ik dichter bij de keuken kwam, werd de muziek zachter en besefte ik dat het van buiten kwam. Van die chagrijn.

Ik keek naar de digitale klok op het fornuis. Half één 's nachts, en mijn buurman luisterde op een onbehoorlijk volume naar een nummer dat je meestal in van die tragikomedies hoorde, waarin de hoofdpersoon alleen in de regen naar huis sjokt.

Ik stormde naar het open raam en wurmde mijn bovenlichaam erdoor. De ramen van de chagrijn stonden ook open, en in de keuken zag ik een hoop mensen staan met bekers en glazen en flesjes. Hoofden lagen op schouders geleund, armen waren om nekken geslagen, en de hele groep zong hartstochtelijk.

Het was een wild feest. De chagrijn had dus niet aan iedereen een hekel. Alleen aan mij. Ik zette mijn handen aan mijn mond en brulde: 'PARDON!'

Ik probeerde het nog twee keer tevergeefs en sloeg vervolgens het raam dicht, en alle andere ramen op de begane grond. Daarna klonk het nog steeds alsof R.E.M. een concert gaf op mijn salontafel.

En toen, heel even, hield de muziek op en hoorde ik alleen nog maar een statisch geroezemoes.

En toen begon het weer.

Hetzelfde nummer. Nog harder. O, jezus. Ik trok mijn trainingsbroek aan en dacht er even over om de politie te bellen voor geluidsoverlast. Aan de ene kant kon ik dan redelijk doen alsof ik het niet was geweest ('Nee joh, ík heb de autoriteiten niet ingeschakeld! Ik ben een jonge vrouw van negenentwintig, geen lastige ouwe vrijster met een hekel aan gelach, plezier, dans en muziek!'). Aan de andere kant kon ik kleine transgressies sinds de dood van mijn vader steeds slechter hebben.

Ik trok mijn trui met pizzaprint aan, stormde de deur uit en beende naar de voordeur van mijn buurman. Voor ik op andere gedachten kon komen, had ik al aangebeld.

Het geluid van de bel klonk als een antieke klok en sneed dwars door de muziek heen, maar toch hield het zingen niet op. Ik telde tot tien en drukte weer op de bel. Binnen klonk niet eens een aarzeling. Als ze de bel al hoorden, negeerden ze hem volkomen.

Een paar tellen lang bonsde ik op de deur, tot ik me erbij neerlegde dat niemand open zou doen. Om één uur zou ik de politie bellen, besloot ik, dus ze hadden nog even.

De muziek klonk nog harder in mijn huis dan ik me herinnerde, en het was snikheet geworden met alle ramen dicht. Dus griste ik een boek uit mijn tas en beende naar het terras, op zoek naar een lichtknopje naast de deur.

Ik klikte erop, maar er gebeurde niets. De lampen buiten waren kapot. Lezen bij het licht van mijn telefoon, om één uur 's nachts, op het terras van het tweede huis van mijn vader dan maar. Ik stapte de buitenlucht in. De koele wind van het meer deed mijn huid tintelen.

Het terras van de chagrijn was ook onverlicht, op een eenzaam peertje na dat werd omgeven door motten. Daarom gilde ik het bijna uit toen ik iets in de schaduw zag bewegen.

En met 'bijna' bedoel ik dus dat ik zeker wel gilde.

'Jezus!' De figuur in de schaduw snakte naar adem en sprong op van de stoel waar hij in zat. En met 'figuur in de schaduw' bedoel ik de man die heerlijk in het donker had zitten relaxen tot hij zich rot schrok van mij. 'Wat? Wat is er?' wilde hij weten, alsof ik hem zou gaan vertellen dat hij onder de schorpioenen zat.

Misschien was het dan minder ongemakkelijk geweest.

'Niets!' antwoordde ik, nog nahijgend van de schrik. 'Ik had je niet gezien!'

'Je had me niet gezien?' herhaalde hij, waarna hij ruw lachte alsof hij me niet geloofde. 'Echt waar? Zag je me niet op mijn eigen terras zitten?'

Eigenlijk zag ik hem nog steeds niet. Het licht op de veranda kwam van boven en achter hem, waardoor ik alleen een soort schaduwachtig silhouet voor me zag staan met een halo van donker, warrig haar. Het was nu waarschijnlijk beter als ik hem de rest van de zomer niet meer zou zien.

'Gil je ook als er een auto langsrijdt op de snelweg, of als je mensen achter het raam van een restaurant ziet zitten? Zou je dan je ramen tegenover de mijne kunnen blinderen zodat je me niet per ongeluk ziet staan met een mes of scheermes?'

Ik sloeg mijn armen woest over elkaar. Tenminste, dat probeerde ik. Ik voelde me nog steeds een beetje wazig en onhandig van de gin.

Wat ik wilde zeggen, en wat de January van vroeger zeker zou hebben gezegd, was: 'Kun je je muziek niet een beetje zachter zetten?' Nou ja, de January van vroeger had zich waarschijnlijk ondergedompeld in glitter, haar favoriete fluwelen schoenen aangetrokken en aangebeld met een fles champagne om de chagrijn te veroveren.

Maar dit was de op drie na rotste dag van mijn leven, en die January lag op dezelfde plek begraven als de oude Taylor Swift, dus wat ik in werkelijkheid zei was: 'Kun je die sneue huilmuziek uitzetten?'

De silhouet leunde lachend tegen de balustrade van het terras. In zijn hand had hij een bierflesje. 'Ziet het eruit alsof ik de controle over de muziek heb?'

'Nee, het ziet eruit alsof je op je eigen feestje in je eentje in het donker zit,' antwoordde ik. 'Maar toen ik aanbelde om je corpsvriendjes te vragen of ze de muziek wat zachter konden zetten, hoorden ze me niet over het drilpuddingworstelen heen, dus vraag ik het maar aan jou.'

Even keek hij me in het donker aan. Tenminste, dat dacht ik. We konden elkaar niet echt zien.

Toen haalde hij diep adem. 'Niemand is blijer dan ik als dit feestje voorbij is en iedereen weer mijn huis uit gaat, maar dit is wel een zaterdagavond. In de zomer. In een straat vol vakantiehuisjes. Tenzij deze straat ineens in het kleine dorpje van *Footloose* is gedropt, is het niet zo vreemd dat er rond deze tijd nog muziek te horen is. En misschien, heel misschien, kan de nieuwe buurvrouw die eerder over voetjevrijen liep te brullen wel een keertje een oogje dichtknijpen als een feestje net iets langer doorgaat dan ze zou willen?'

Nu was het mijn beurt om de zwarte vorm aan te staren.

God, hij had gelijk. Hij was een chagrijn, maar ik net zo goed. Karyn en Sharyns vitaminepoederfeestjes voor hun piramidespel waren altijd nog langer doorgegaan dan dit evenement, en dat nog wel op een doordeweekse dag, meestal als Jacques de volgende ochtend weer vroeg naar het ziekenhuis moest. Soms was ik zelfs een gást geweest op die feestjes, en nu trok ik een spelletje karaoke op de zaterdagavond al niet meer?

En het ergste was nog wel dat het huis van de chagrijn op wonderbaarlijke wijze ineens weer stil was, voordat ik iets had weten te zeggen. Door zijn verlichte ramen zag ik de groep elkaar omhelzen en gedag zeggen waarna iedereen zijn jas aantrok.

Ik had voor niets met deze man staan ruziën en nu moest ik nog maanden naast hem blijven wonen. De volgende keer dat ik zonder suiker zat, had ik dus flink pech.

Ik wilde me verontschuldigen voor die opmerking over de sneue huilmuziek, en anders wel voor deze verschrikkelijke broek. Het leek wel alsof ik de laatste tijd in alles te ver ging, en wanneer een onbekende daar getuige van was, kon ik niet eens goed uitleggen waarom.

Sorry, stelde ik voor dat ik zou zeggen, *het was niet mijn bedoeling om in een zeurende oude vrouw te veranderen. Mijn vader is gestorven en toen hoorde ik dat hij een tweede huis met een tweede vrouw had waar mijn moeder van wist maar wat ze me nooit heeft verteld, en ze heeft het er nog steeds niet over, en toen ik eindelijk uit elkaar viel besloot mijn vriend dat hij niet meer van me hield en moest ik mijn carrière uitstellen, en mijn vriendin woont veel te ver weg, en o ja, dit is dat Sekshuis waar ik het over had, en vroeger hield ik ook wel van een feestje maar nu houd ik helemaal nergens meer van, dus vergeef me mijn gedrag en een fijne avond verder. Dank je wel.*

In plaats daarvan voelde ik weer die steek in mijn buik en prikten de tranen in mijn ogen. Met een sneue piepstem zei ik tegen niemand in het bijzonder: 'Ik ben zó moe.'

Zelfs aan zijn silhouet zag ik dat hij verstijfde. Ik had ontdekt dat dat wel vaker gebeurde als mensen merkten dat een vrouw op het punt stond om emotioneel in te storten. Tijdens de laatste weken van onze relatie was Jacques als zo'n slang die een aardbeving voelt aankomen; hij werd gespannen zodra ik emotioneel werd en besloot dan dat we iets van de avondwinkel nodig hadden, waarna hij de deur uit vloog.

Mijn buurman zei niets, maar ging ook niet weg. Hij bleef gewoon ongemakkelijk naar me staan staren in het donker. Vijf seconden keken we elkaar zo aan en vroegen we ons af wat er eerst zou gebeuren: zou ik eerst in huilen uitbarsten of zou hij maken dat hij wegkwam?

En toen kwam de muziek weer terug, een nummer van Carly Rae Jepsen waar ik in andere omstandigheden best gek op was. De chagrijn schrok.

Hij keek door de schuifdeuren naar binnen en wendde zich toen weer tot mij. Hij schraapte zijn keel. 'Ik gooi ze er wel uit,' zei hij stijfjes, waarna hij naar binnen liep.

Onmiddellijk klonk het door de hele keuken: 'EVERETT!' Ze leken wel klaar om hem op een biervat te hijsen, maar hij boog zich naar een blond meisje en daarna werd de muziek uitgezet.

Goed. De volgende keer dat ik een goede eerste indruk zou willen maken, had ik misschien wel meer aan koekjes met lsd.

3

De ontmoeting met Pete

Ik werd met knallende koppijn wakker van een berichtje van Anya: Hé schat! Wilde even zeker weten dat je mijn e-mail hebt gezien over jouw prachtige brein en de deadline in de zomer waar we het over hebben gehad.

De herinnering aan die periode, toen ik mijn doodsvonnis tekende, gonsde door mijn hoofd.

Op mijn vierentwintigste had ik voor het eerst een kater opgelopen, de avond nadat Anya mijn eerste boek, *Kus kus, zucht zucht,* aan Sandy Lowe had verkocht. (Jacques had zijn favoriete Franse champagne gekocht om het te vieren, en die dronken we rechtstreeks uit de fles terwijl we op de Brooklyn Bridge op de zonsopgang wachtten omdat ons dat reuzeromantisch leek.) Later, toen ik op de vloer in de badkamer lag, had ik kunnen zweren dat ik met mijn hoofd op een mes was beland waarna ik mijn hersenen als een ei op een rots in de brandende zon had laten bakken.

En toch lag ik hier weer, met mijn hoofd in het sierkussen met kraaltjes gedrukt en mijn hersenen bakkend in mijn schedel. Ik rende naar de badkamer op de begane grond. Ik hoefde niet over te geven, maar ik hoopte dat ik door te doen alsof ook het gif uit mijn lichaam zou krijgen.

Ik liet me op mijn knieën voor de wc vallen, waarna mijn blik op een ingelijste foto viel die aan een lint achter de toiletpot hing.

Mijn vader en Die Vrouw op het stand, in windjacks. Mijn vader had zijn armen om haar schouders geslagen en de wind wierp haar nog niet grijze haar op en drukte mijn vaders nog nauwelijks grijze krullen tegen zijn voorhoofd. Ze grijnsden beiden.

En toen, alsof het universum een valse grap met me uithaalde, zag ik het tijdschriftenrek naast de wc waarin precies drie leesopties lagen.

Een *Oprah Magazine* van twee jaar oud, mijn derde boek *Noorderlicht*, en verdomme *De onthullingen*, nog wel met een harde kaft en een sticker die aangaf dat het om een getekend exemplaar ging.

Ik opende mijn mond en kokhalsde vol overgave de wc-pot in. Toen stond ik op, spoelde mijn mond en keerde de foto om zodat de voorkant nu tegen de muur hing.

'Nooit meer,' zei ik hardop. Stap 1 op weg naar een katerloos leven? Vast niet verhuizen naar een huis waardoor je wilt drinken. Ik moest maar iets anders vinden om hiermee om te gaan. Zoals... de natuur.

Ik liep terug naar de woonkamer, waar ik mijn tandenborstel uit mijn tas viste en in de keuken mijn tanden ging poetsen. De volgende essentiële stap was een koffie-infuus.

Als ik een boek aan het schrijven was, woonde ik zowat in mijn befaamde 'opgeefbroek', dus behalve een verzameling verschrikkelijke trainingsbroeken had ik niet veel meegenomen. Ik had zelfs nog een aantal filmpjes van lifestyle-vloggers bekeken over 'capsule wardrobes', een soort minimalistische garderobes, om zo veel mogelijk 'looks' te kunnen halen uit een stel afgeknipte spijkerbroeken die ik meestal droeg als ik manisch aan het schoonmaken was en een verzameling oude shirts met de gezichten van beroemdheden erop: herinneringen aan een fase van toen ik begin twintig was.

Ik trok een somber zwart-witshirt van Joni Mitchell aan en propte mijn door alcohol opgeblazen lichaam in een afgeknipte, korte spijkerbroek en mijn voeten in mijn gebloemde enkellaarsjes.

Ik had iets met schoenen: de goedkoopste, ordinairste exemplaren en de duurste en meest dramatische. Helaas paste dit 'iets' niet helemaal binnen het concept van minimalisme. Ik had dus maar vier paar schoenen meegenomen, ook omdat ik dacht dat maar weinig mensen mijn glittergympen van Target en de Stuart Weitzman-knielaarzen waar ik veel voor had moeten neerleggen echt als klassiekers zouden zien.

Ik pakte mijn autosleutels en wilde net de verblindende zomerzon in stappen toen mijn telefoon op de kussens van de bank begon te trillen. Een bericht van Shadi: Met de Spookhoed gezoend, gevolgd door een hoop doodshoofd-emoji.

Ik vervolgde mijn weg naar buiten terwijl ik antwoordde: ONMIDDELLIJK NAAR EEN PRIESTER.

Ik deed mijn best om niet aan die gênante ontmoeting met mijn buurman te denken terwijl ik naar mijn auto liep, maar daardoor besloot mijn hoofd om zich op mijn minst geliefde onderwerp te storten.

Mijn vader. De laatste keer dat we samen waren gaan varen, had hij ons in deze auto naar het aangelegde meer gereden en me verteld dat de auto nu van mij was. Diezelfde dag had hij me ook aangemoedigd om mijn kans te grijpen en naar New York te verhuizen. Jacques studeerde er al en ik was alleen achtergebleven zodat ik bij mijn moeder kon zijn. Mijn vader moest vaak reizen voor zijn 'werk' en ondanks mijn vertrouwen in de uiteindelijke goede afloop van mijn verhaal, was ik toch een beetje bang om mijn moeder helemaal alleen achter te laten. Alsof de kanker zonder mij vrij spel zou krijgen om een derde keer terug te komen.

'Het gaat prima met haar,' beloofde mijn vader me op de donkere en koude parkeerplaats.

'Het kan altijd terugkomen,' zei ik. Ik wilde geen seconde met haar missen.

'Alles kan, January.' Dat zei hij. 'Alles kan mij of je moeder overkomen. Of zelfs jou. Maar voor nu is er niets aan de hand. Doe eens iets voor jezelf, voor de verandering.'

Misschien zag hij mijn verhuizing naar New York met mijn vriend wel net als dit tweede huis met zijn tweede vrouw. Ik was niet verder gaan studeren om mijn moeder tijdens die tweede ronde chemo te kunnen helpen, en al het geld dat ik verdiende ging rechtstreeks naar de ziekenhuisrekeningen, en waar was hij? Hij droeg dat windjack en dronk pinot noir op het strand met Die Vrouw.

Maar die gedachte drukte ik snel weg terwijl ik in de auto ging zitten. Het leer voelde warm aan. Ik startte de wagen en draaide het raampje open.

Aan het eind van de straat sloeg ik links af, weg van het meer, in de richting van het stadje. De inham rechts van de weg wierp strepen licht op mijn raam en de warme wind raasde in mijn oren. Even leek het alsof mijn hele leven niet meer bestond. Ik zweefde gewoon langs hordes schaars geklede tieners die bij het hotdogkraampje links stonden, kinderen die met hun ouders bij de ijswinkel rechts stonden en fietsers op weg naar het strand.

Naarmate ik dichter bij de hoofdstraat kwam, stonden de gebouwen dichter bij elkaar, totdat ze een rij vormden: een klein Italiaans restaurant met een met klimop overdekt terras stond vlak naast een skatewinkel die het restaurant zowat tegen de Irish pub aan duwde, waarnaast zich een ouderwetse snoepwinkel bevond met daar weer naast een café genaamd Pete's Coffee, niet te verwarren met de nog veel bekendere koffiefranchise Peet's, al deed het winkelbord me geloven dat het juist graag verward wilde worden met Peet's.

Ik parkeerde mijn auto en dook de koelte van Pete-Niet-Peet's airconditioning in. De vloer was wit geverfd en de muren diepblauw met zilveren sterren die langs de tafels vielen, slechts onderbroken door hier en daar een ingelijst cliché toegeschreven aan 'anoniem'. De kamer vloeide over in een goed verlichte boekwinkel met PETE'S BOOKS in zilveren letters boven de deur geschilderd. Een oud stel in fleecetruien zat in de luie stoelen in het hoekje en verder was er niemand, op mij en een dame van middelbare leeftijd achter de bar na.

'Te mooi weer om binnen te zitten, denk ik,' zei de barista alsof ze mijn gedachten kon lezen. Ze had een ruwe stem die bij haar blonde korte kapsel paste, en haar kleine gouden oorringen reflecteerden het zachte licht terwijl ze me wenkte met vingers waarvan de nagels roze gelakt waren. 'Niet bang zijn, we zijn hier bij Pete's allemaal familie.'

Ik glimlachte. 'Oei, ik hoop het niet.'

Lachend sloeg ze haar hand op de toonbank. 'Ja, familie is gedoe,' beaamde ze. 'Kan ik iets voor je inschenken?'

'Iets wat sterk genoeg is om een vliegtuig in de lucht te houden, graag.'

Ze knikte begripvol. 'Ah, je bent er zo eentje. Waar kom je vandaan, schat?'

'Recentelijk uit New York. Daarvoor uit Ohio.'

'Familie van me woont in New York. De staat, niet de stad. Jij hebt het vast over de stad, niet?'

'Queens,' beaamde ik.

'Nooit geweest,' zei ze. 'Melk erin? Siroop?'

'Een beetje melk,' antwoordde ik.

'Vol of halfvol? Mager?'

'Doe maar wat. Percentages maken me niet zoveel uit.'

Ze lachte luid en bediende de ene machine na de ander. 'Wie heeft daar nou tijd voor? Zelfs North Bear Shores gaat soms nog te snel voor mij. Misschien moet ik ook maar koffie gaan drinken die sterk genoeg is om een vliegtuig in de lucht te houden.'

Een barista die zelf geen espresso dronk was niet ideaal, maar toch had ik een zwak voor de vrouw met de kleine gouden oorringen. Zoveel dat ik er een steek van verlangen aan overhield.

Een verlangen naar de oude January die van themafeesten met groepsverkleedkleren hield, die geen tankstation of postkantoor kon binnengaan zonder iemand te ontmoeten met wie ze later koffie ging drinken of een nieuwe kunstgalerie kon bezoeken. Mijn telefoon stond vol met contacten als 'Sarah, de *anchor bar*, leuke hond' en 'Mike, van die nieuwe kringloopwinkel'. Ik had Shadi voor het eerst gezien in de toiletten van een pizzazaakje. Ze kwam een hokje uit met de beste Frye-laarzen die ik ooit had gezien. Ik miste die nieuwsgierigheid naar mensen, die spanning van de ontdekking dat je iets met elkaar gemeen had of de bewondering als je ineens een verborgen talent of eigenschap ontdekte.

Soms miste ik het om echt om mensen te geven.

Maar deze barista vond ik leuk, door en door. Zelfs als de koffie naar niets smaakte zou ik hier nog terugkomen. Ze drukte een plastic deksel op mijn koffie en zette hem voor me neer. 'Je eerste kopje is gratis,' zei ze. 'Zolang je belooft dat je terugkomt.'

Ik glimlachte en beloofde het. Vervolgens propte ik een dollar in de fooienpot terwijl de barista de bar schoonmaakte. Onderweg naar buiten bleef ik staan. Het was alsof ik Anya hoorde: *Hé meid! Ik wil* ECHT *niet te opdringerig zijn, maar je weet toch wel dat boekenclubs jouw* DROOMMARKT *zijn? Als je ooit eens in een klein boekwinkeltje* in the middle of nowhere *staat, moet je je echt even voorstellen!*

Fantasie-Anya had gelijk. Elke verkoop was cruciaal.

Dus toverde ik een glimlach op mijn gezicht en ging ik de deur door, de boekwinkel in. Kon ik maar terug in de tijd gaan en een andere outfit – elke andere outfit zou volstaan – aantrekken die niet rechtstreeks uit een Jessica Simpson-clip uit 2002 kwam.

De winkel bestond uit een paar eikenhouten kasten langs de zijwanden en een klein labyrint van kortere boekenkasten in het midden. Er stond niemand achter de kassa. Onder het wachten keek ik even naar de drie beugelbekkies die bij de sectie Romantiek stonden te giechelen om er zeker van te zijn dat ze niet om een van mijn boeken aan het lachen waren. Het zou voor ons alle vier niet goed aflopen als de caissière me zo meteen meenam om te signeren en een van mijn boeken in de handen van het roodharige meisje aantrof. De meisjes snakten naar adem en giebelden terwijl het roodharige meisje het boek tegen zich aan drukte, waardoor ik snel even op de voorkant kon kijken: een man met ontbloot bovenlijf die een vrouw omhelsde terwijl de vlammen om hen heen dansten. Zeker geen boek van mij.

Ik nam een slok koffie en spuugde de boel meteen weer de beker in. Het smaakte naar modder.

'Sorry voor het wachten, schat,' zei iemand raspend achter me. Een vrouw baande zich een weg door het doolhof van boekenkasten. 'Deze knieën zijn niet meer wat ze geweest zijn.'

Eerst dacht ik dat dit de eeneiige tweelingzus van de barista moest zijn, die met haar zus een bedrijfje runde. Maar toen zag ik de vrouw onderweg naar de kassa haar baristaschort uittrekken.

'Ik was vroeger kampioen in *roller derby*, geloof jij het?' vroeg ze terwijl ze het schort op de toonbank legde. 'Nou, hoe dan ook, het is wel zo.'

'Het zou me niet eens verbazen als u de burgemeester van North Bear Shores blijkt te zijn.'

Ze lachte reutelend. 'O nee, helaas niet! Maar misschien zouden ze dan eindelijk eens iets gedaan krijgen, met mij erbij! Dit plaatsje is een gezellige, progressieve bubbel in Michigan, maar de mensen met de touwtjes in handen houden zich nog angstvallig vast aan vroeger.'

Ik hield mijn lachen in. Zoiets zou mijn vader ook hebben gezegd. Opnieuw voelde ik een scherpe steek, als een hete pook.

'Maar goed, let maar niet op mij en mijn gebabbel,' riep ze luid. 'Ik ben maar een simpele eigenaar. Wat kan ik voor je doen, mop?'

'Ik wilde me eigenlijk even voorstellen,' gaf ik toe. 'Ik ben schrijfster, bij Sandy Lowe Books, en ik ben hier de hele zomer, dus ik dacht dat ik even hoi kon komen zeggen en misschien wat boeken kon signeren.'

'O, nog een schrijver!' riep ze uit. 'Wat spannend! Er wonen wel meer artistieke types in North Bear. Zo is ons leven, denk ik. En de universiteit. Allerlei vrije denkers daar. Een fijne, kleine gemeenschap. Je vindt het hier vast prachtig...' De manier waarop ze de zin liet afglijden suggereerde dat ze hoopte dat ik mijn naam zou noemen.

'January,' zei ik. 'Andrews.'

'Pete,' zei ze terwijl ze me de hand schudde alsof ze me net in het leger had verwelkomd.

'Pete,' herhaalde ik. 'Van Pete's Coffee?'

'De enige echte. Mijn echte naam is Posey, maar wat voor naam is dat nou?' Ze deed alsof ze moest overgeven. 'Serieus, zie ik eruit als een Posey? Zijn er mensen die eruit zien als een Posey?'

Ik schudde mijn hoofd. 'Misschien een baby in een polyester pakje met bloemenprint?'

'Zodra ik heb leren praten heb ik dat dus even rechtgezet. Maar goed, January Andrews.' Pete liep naar de computer en voerde mijn naam in. 'Eens zien of we jouw boek hier verkopen.'

Ik verbeterde mensen die het enkelvoud 'boek' gebruikten eigenlijk nooit, al vond ik de aanname ergerlijk. Het deed me denken dat mensen mijn carrière als een toevalligheidje zagen. Alsof ik had geniest en er ineens een romantisch boek uit mijn neus was gevlogen.

En dan waren er de mensen die deden alsof we deel uitmaakten van een geheim grapje als ze na een gesprek over kunst of politiek ontdekten dat ik vrolijke chicklit schreef. 'Als het maar voor brood op de plank zorgt, niet?' zeiden ze dan bijvoorbeeld, alsof ze wilden horen dat ik niet echt wilde schrijven over vrouwen en de liefde.

'Zo te zien hebben we er geen,' zei Pete die opkeek van het scherm. 'Maar weet je wat, ik bestel ze meteen.'

'Dat zou heel fijn zijn,' zei ik. 'Misschien kunnen we deze zomer een workshop organiseren.'

Pete hapte blij naar adem en greep mijn arm vast. 'Goed idee, January Andrews! Je zou eens naar onze boekenclub moeten komen. We verwelkomen je graag. Zo kom je ook meteen in de gemeenschap te staan. Elke maandag. Lukt dat? Morgen?'

In mijn hoofd hoorde ik Anya: *Weet je waardoor* Het meisje in de trein *groot is geworden? Door boekenclubs.*

Dat was misschien te hoog gegrepen. Maar ik vond Pete wel leuk. 'Maandag is goed.'

'Gewéldig. Ik stuur je mijn adres wel. Zeven uur 's avonds, veel alcohol, altijd gezellig.' Ze haalde haar kaartje tevoorschijn en schoof het over de toonbank naar me toe. 'Je doet toch wel aan e-mail?'

'Voortdurend.'

Pete straalde. 'Stuur me maar een bericht en dan stuur ik je alle informatie voor morgen.'

Ik beloofde het en draaide me om om te gaan, waarbij ik bijna tegen de tafel met boeken liep. De piramide van boeken wiebelde gevaarlijk, en terwijl ik als aan de grond genageld bleef staan om te kijken of hij naar beneden zou komen, viel het me ineens op dat de hele piramide uit één boektitel bestond en dat alle boeken een sticker hadden met GESIGNEERD EXEMPLAAR erop.

Er kroop een rilling over mijn rug.

Daar, op de abstracte zwart-witcover, in rode blokletters, onder *De onthullingen*, stond zijn naam. Alles viel op zijn plek, als een dominobaan van plotseling inzicht. Ik wilde het niet hardop zeggen, maar misschien kwam het er gewoon uit.

Want toen rinkelde de bel van de boekhandel, en toen ik opkeek stond hij er. Gebruinde huid. Jukbeenderen waaraan je je kon snijden. Scheve mond en hese stem die ik nooit zou kunnen vergeten. Warrig donker haar dat in tl-licht best eens een halo zou kunnen vormen.

Augustus Everett. Gus, zoals ik hem op de universiteit had gekend.

'Everett!' riep Pete liefdevol van achter de toonbank.

Mijn buurman, de chagrijn.

Ik deed wat iedere verstandige, volwassen vrouw zou doen wanneer ze oog in oog kwam te staan met haar rivaal van vroeger die nu haar buurman was. Ik dook weg achter de dichtstbijzijnde boekenkast.

4

De mond

Het ergste aan mijn rivaliteit met Gus tijdens onze studie? Waarschijnlijk dat hij er zelf niet eens van op de hoogte was. Hij was drie jaar ouder dan ik en had de middelbare school niet afgemaakt. Na jaren te hebben gewerkt als grafdelver (ja, echt) had hij alsnog zijn diploma gehaald en was hij op de universiteit beland. Ik wist dit allemaal omdat elk verhaal dat hij tijdens ons eerste semester had geschreven deel uitmaakte van een verzameling verhalen over de begraafplaats waar hij had gewerkt.

De rest van de groep creatief schrijven kon alleen maar materiaal verzinnen (of we moesten iets schrijven over onze kindertijd: voetbalwedstrijden die op het laatst werden gewonnen, ruzies met ouders, reisjes met vrienden), maar Gus Everett schreef bijvoorbeeld over acht types rouwende weduwes, analyseerde de meest voorkomende en grappigste grafschriften en omschreef de opschriften waaruit je kon opmaken dat de relatie tussen de overledene en degene die het graf moest betalen niet helemaal goed zat.

Net als ik had Gus een beurs om aan de universiteit van Michigan te studeren, al wist ik niet hoe hij aan de zijne was gekomen. Hij deed niet aan sport en had ook zijn middelbare school niet afgemaakt. De enige mogelijkheid was dat hij gewoon heel erg goed was in wat hij deed.

Bovendien was hij ook nog eens ergerlijk, stompzinnig aantrekkelijk. Niet het soort knap dat objectief en saai is. Het was meer een soort magnetische uitstraling. Ja, hij was lang met het soort spieren van iemand die veel beweegt maar nooit echt naar de sportschool gaat; een luie fitheid die hij had geërfd en waar hij nooit voor had gewerkt. Maar er was nog iets.

De manier waarop hij praatte en zich bewoog. Hoe hij naar dingen keek. Niet hoe hij de wereld zag, maar echt hoe hij ernaar keek. Het was alsof zijn ogen verduisterden en groter werden als hij zich ergens op concentreerde en zijn wenkbrauwen zich boven zijn ingedeukte neus fronsten.

Om nog maar niet te spreken over zijn scheve mond, die eigenlijk illegaal zou moeten zijn.

Voordat Shadi met haar studie stopte om als au pair aan de slag te gaan (wat ze niet lang volhield) vroeg ze me elke avond om updates over die Sexy, Snode Gus, ofwel SSG. Ik was lichtelijk verliefd op hem en zijn proza.

Tot we voor het eerst aan de praat raakten tijdens een college. Ik liet mijn verhaal rondgaan om feedback te krijgen, en toen ik hem een kopie aanbood keek hij me recht in de ogen – met vreemd scheef gehouden hoofd – en zei hij: 'Laat me raden: iedereen leeft nog lang en gelukkig. Alweer.'

Op dat moment schreef ik nog geen romantische verhalen. Ik wist niet eens dat dat mijn genre was tot mijn moeder twee jaar later voor de tweede keer kanker kreeg en ik afleiding nodig had. Maar ik schreef wel romantisch, over een goede wereld, waarin alles een reden had en alleen liefde en verbinding belangrijk waren.

En Gus Everett keek me aan met die ogen van hem, diep en donker alsof ze alles over me in zijn hoofd opsloegen, waarna hij besloot dat ik een ballon was die moest knappen.

Laat me raden: iedereen leeft nog lang en gelukkig. Alweer.

De vier daaropvolgende jaren wonnen we om en om de prijzen en wedstrijden voor de beste schrijver maar spraken we elkaar op de een of andere manier eigenlijk nooit meer, tenzij je de workshops meetelde waarin hij op geen van de verhalen kritiek leverde behalve op die van mij en waarin hij structureel te laat kwam met maar de helft van zijn benodigdheden bij zich en dan mijn pennen moest lenen. En er was een avond waarop we… Nou ja, praten was het niet, maar we hadden wel contact.

Kortom, we zagen elkaar voortdurend, deels omdat hij met twee afzonderlijke huisgenoten datete, en nog veel andere meisjes van mijn verdieping. Nou ja, daten… Gus stond erom bekend dat zijn meeste relaties twee tot vier weken duurden. Mijn eerste kamergenoot had nog gehoopt dat zij daarop de uitzondering zou zijn, maar de tweede (en na haar nog velen) was zich er goed van bewust dat Gus een pleziertje was dat niet langer dan eenendertig dagen mee zou gaan.

Tenzij je korte verhalen met een gelukkig einde schreef. Dan was je eerder geneigd om vier jaar lang als rivalen met hem door te brengen en de zes daaropvolgende jaren nog af en toe zijn naam te googelen om je carrière met de zijne te vergelijken en hem vervolgens tegen het lijf te lopen terwijl je gekleed was als een cheerleader die geld inzamelt met het wassen van auto's.

Als in, hier en nu. In Pete's Books.

Terwijl ik snel de winkel probeerde te verlaten dacht ik al aan wat ik Shadi hierover zou vertellen. Mijn hoofd hield ik omlaag en mijn blik was op de boekenkasten gericht, alsof ik gewoon wat aan het snuffelen was (op een bijna hardlopend tempo, zoals men dat gewoonlijk ook doet).

'January?' riep Pete me achterna. 'January, waar ga je heen? Ik wil je aan iemand voorstellen.'

Ik ben er niet trots op, maar toen ik bleef staan keek ik nog even naar de deur om na te gaan of ik zonder antwoord weg zou kunnen glippen.

Het is belangrijk om te weten dat ik wist dat er een belletje zou klinken als de deur werd geopend, en tóch aarzelde ik.

Uiteindelijk haalde ik diep adem, forceerde een glimlach, en kwam van achter de boekenkasten vandaan met mijn smerige koffie stevig vast als een wapen. 'Hoooi,' zei ik terwijl ik als een robot zwaaide.

Ik moest mezelf ertoe dwingen hem aan te kijken. Hij was sprekend zijn auteursfoto: scherpe jukbeenderen, een duistere blik en de armen van een grafdelver die nu boeken schreef. Hij droeg een verfomfaaid blauw (of vervaagd zwart) shirt en een al even slordige donkerblauwe (of vervaagd zwarte) spijkerbroek, en hier en daar zaten er plukjes grijs in zijn haar. Om zijn scheve mond waren stoppels verschenen.

'Dit is January Andrews,' verkondigde Pete. 'Ze is schrijfster. Net verhuisd.'

Ik zag de herkenning op zijn gezicht verschijnen. Zijn blik focuste zich op mij terwijl hij zich de afgelopen nacht en alles wat hij in het donker had kunnen zien voor de geest haalde. 'We kennen elkaar al,' zei hij.

De hitte van wel duizend zonnen vloog omhoog naar mijn gezicht, en waarschijnlijk naar mijn hals en borstkas en benen en alle andere delen van mijn lichaam die te zien waren.

'O?' zei Pete vrolijk. 'Hoe dan?'

Ik opende mijn mond, maar het was alsof ik niet meer op het woord 'universiteit' kon komen zodra ik Gus had gezien.

'We zijn buren,' zei hij. 'Geloof ik.'

O, jezus. Herinnerde hij zich me niet meer? Ik heet January, in vredesnaam. Ik was niet een van de vele Rebecca's of Christy/Christina/Christines. Ik probeerde niet te lang stil te staan bij de vraag hoe Gus me zo had kunnen vergeten, omdat mijn gezicht dan van knalrood naar knalpaars zou lopen. 'Klopt,' zei ik, geloof ik. De telefoon naast de kassa ging, en Pete verontschuldigde zich door haar vinger op te houden en toen op te nemen waardoor we alleen overbleven.

'Dus,' zei Gus uiteindelijk.

'Dus,' herhaalde ik.

'Wat voor soort boeken schrijf je, January Andrews?'

Ik moest mijn uiterste best doen om niet naar de tafel vol *De onthullingen* vlak achter me te kijken. 'Voornamelijk romantiek.'

Gus trok zijn wenkbrauwen op. 'Aha.'

'Wat aha?' vroeg ik defensief.

Hij haalde zijn schouders op. 'Gewoon, aha.'

Ik sloeg mijn armen over elkaar. 'Dat was anders wel een heel sprekende "aha".'

Hij leunde tegen de toonbank en sloeg ook zijn armen over elkaar terwijl hij me fronsend aankeek. 'Dat was snel,' zei hij.

'Wat?'

'Dat ik je heb beledigd. Twee lettergrepen. Aha. Indrukwekkend.'

'Beledigd? Dit is niet mijn beledigde gezicht. Ik ben gewoon moe. Mijn vreemde buurman luisterde de hele nacht naar jankmuziek.'

Hij knikte bedachtzaam. 'Ja, het lag vast aan de muziek dat je gisteren ook zo moeilijk liep. Als je soms problemen hebt met die "muziek" is het echt niet erg om om hulp te vragen.'

'Maar goed,' zei ik terwijl ik nog steeds mijn best deed om niet te blozen. 'Wat schrijf jij eigenlijk, Everett? Vast iets heel unieks en belangrijks. Nieuw en verfrissend. Een verhaal over een gedesillusioneerde witte man die de wereld over reist, onbegrepen en afstandelijk hitsig?'

Hij lachte blaffend. 'Afstandelijk hitsig? In tegenstelling tot de prachtige seksuele proza in jouw genre? Wat vind je spannender om over te schrijven, verliefde piraten of verliefde weerwolven?'

Ik was laaiend. 'Het gaat niet zozeer om wat ik wil schrijven maar om wat mijn lezers willen lezen. Hoe is dat, om Hemingway-fanfictie te schrijven? Ken je al je lezers bij naam?' Deze nieuwe January was wel bevrijdend.

Gus boog zijn hoofd op de bekende manier en fronste, terwijl hij me aankeek met zijn donkere ogen. Zijn intense blik zorgde voor een huivering. Zijn volle lippen kwamen van elkaar alsof hij iets wilde zeggen, maar op dat moment legde Pete de hoorn neer en wierp zich weer in ons gesprek, waardoor hij de kans niet kreeg.

'Wat een toeval, hè?' zei Pete. Ze sloeg haar handen in elkaar. 'Twee auteurs in dezelfde straat in North Bear Shores! Jullie kunnen de hele zomer nog samen optrekken. Ik zei toch dat dit plaatsje vol artistieke geesten zat, January? Is dat niet prachtig?' Ze lachte hartelijk. 'Ik ben nauwelijks uitgesproken en Everett komt binnenwandelen! Het universum staat vandaag zo te zien aan mijn kant.'

Toen ging mijn telefoon in mijn broekzak en hoefde ik gelukkig geen antwoord te geven. Voor het eerst kon ik niet wachten met opnemen om aan dit gesprek te ontsnappen. Ik hoopte dat het Shadi was, maar helaas stond er ANYA op mijn scherm. De moed zonk me in de schoenen.

Toen ik opkeek zag ik dat Gus zijn duistere blik nog steeds op me gericht had. Het effect was intimiderend. Ik richtte me tot Pete. 'Sorry, ik moet opnemen, maar fijn je te ontmoeten!'

'Wederzijds!' verzekerde Pete me terwijl ik door het doolhof van boekenkasten naar buiten liep. 'Vergeet niet om me een mailtje te sturen!'

'Ik zie je thuis wel,' riep Gus me na.

Ik nam op en glipte de buitenlucht in.

5

De labradors

'Beloof dat het je gaat lukken, January,' zei Anya terwijl ik het stadje uit reed. 'Als ik Sandy beloof dat er in september een boek klaarligt, moeten we er wel voor zorgen dat dat boek er tegen die tijd ook echt is.'

'Ik heb wel sneller boeken af gekregen,' riep ik boven het geloei van de wind uit.

'Dat weet ik. Maar we hebben het niet over die boeken, we hebben het over dít manuscript waar nu al vijftien maanden aan gewerkt wordt. Hoever ben je al?'

Mijn hart sloeg over. Ze merkte vast dat ik loog. 'Het is nog niet af,' zei ik. 'Maar de opzet is klaar. Ik moet het gewoon nog op papier rammen, zonder afleiding.'

'Ik zal je niet meer afleiden. Ik ben de koningin van het Niet Afleiden. Maar lieg alsjeblieft alsjeblieft alsjeblieft niet tegen me. Als je even rust nodig hebt…'

'Ik wil geen rust,' zei ik. Bovendien kon ik die rust nu niet betalen. Ik moest doen wat ik kon. Het strandhuis leeghalen om het te verkopen. Een chicklit schrijven, ook al had ik mijn vertrouwen in de liefde en de mensheid verloren. 'Het gaat steeds beter. Echt.'

Anya deed alsof dat haar tevreden stelde, en ik deed alsof ik haar geloofde. Het was 2 juni en ik had nog geen drie maanden om iets te schrijven wat voor een boek kon doorgaan.

Dus in plaats van meteen aan het werk te gaan, ging ik natuurlijk eerst even langs de supermarkt. Ik had twee slokjes van Petes koffie gedronken en dat waren er drie te veel. Onderweg naar de ingang mikte ik mijn bekertje in de prullenbak en haalde in Starbucks een grote *iced americano*, waarna ik een voorraad voor de komende weken insloeg (macaroni, muesli, alles waar ik weinig moeite voor zou moeten doen).

Toen ik eenmaal thuis kwam, stond de zon al hoog aan de hemel. Het was plakkerig warm, maar de ijskoude koffie had gelukkig geholpen tegen de bonzende koppijn. Zodra ik de boodschappen had weggezet nam ik mijn laptop mee naar mijn terras, waar ik erachter kwam dat ik de accu de avond ervoor had laten leeglopen. Dus liep ik terug naar binnen om hem op te laden, en daar trof ik mijn telefoon trillend op tafel aan. Een bericht van Shadi: Dat MEEN je niet. Sexy, snode GUS? Vroeg hij nog naar me? Zeg hem maar dat ik hem mis.

Ik schreef terug: Nog steeds sexy, nog steeds SNOOD. Ik ga hem NIKS zeggen omdat ik hem NOOIT meer ga spreken, zo lang als we leven. Hij herinnerde me zich niet.

Shadi antwoordde onmiddellijk: Hmmm, dat lijkt me niet. *No way.* Jij bent zijn prinses. Zijn schaduwzijde. Of hij de jouwe, of zoiets.

Ze verwees naar nog een ander gênant moment met Gus waar ik zelf liever niet meer aan dacht. Hij volgde het vak algemene wiskunde met Shadi en zei tegen haar dat hem was opgevallen dat we vriendinnen waren. Toen ze dat beaamde vroeg hij wat er met mij was. Ze vroeg hem wat hij bedoelde, waarna hij iets mompelde over dat ik me gedroeg als een soort sprookjesprinses die door bosdiertjes was opgevoed.

Shadi had hem ervan verzekerd dat ik eigenlijk een keizerin

was die door twee sexy spionnen was grootgebracht.

Het was vreselijk om hem na zo lang weer tegen het lijf te lopen, vertelde ik. Traumatiserend. Kom me weer beter maken.

Binnenkort, *habibi*, schreef ze terug.

Ik wilde die dag vijftienhonderd woorden schrijven. Het werden er vierhonderd, maar ik won wel achtentwintig spelletjes Spider Solitaire achter elkaar voordat ik mijn groente in de wok gooide voor het avondeten. Na het eten zat ik in het donker aan de keukentafel met een glaasje rode wijn achter de laptop. Ik hoefde alleen maar een slechte eerste versie te schrijven. Daar had ik er tientallen van geschreven, soms schudde ik ze sneller uit mijn mouw dan ik kon typen, waarna ik ze maandenlang verbeterde.

Waarom lukte het me dan niet om dít slechte boek te schrijven?

Ik miste de dagen waarop de woorden zowat uit me kwamen rollen. Al die goede aflopen, die kussen in de regen, de aanzwellende muziek en de aanzoeken op één knie die mijn dagen kleurden.

Maar toen leek de liefde nog de ultieme prijs, het enige wat alle stormen kon afhouden en je zowel tegen verveling als angst kon beschermen. Erover schrijven was het beste en het belangrijkste wat ik de wereld kon geven.

Zelfs als op dat moment dat deel van mijn wereldbeeld even met vakantie was, waren er ergens toch vrouwen die ondanks hun gebroken hart hun goede afloop vonden, hun kussen in de regen, hun aanzwellende muziek tijdens momenten van puur geluk?

Plotseling kwam er een mailtje binnen. Mijn maag draaide zich om en hield daar niet mee op tot ik mezelf ervan had verzekerd dat het maar een antwoord van Pete was, met het adres van haar boekenclub en slechts één zin: Neem iets te drinken mee, of alleen jezelf :)))

Ik glimlachte. Misschien zou er wel een versie van Pete in mijn boek komen.

'Stap voor stap, dag per dag,' zei ik hardop, waarna ik met mijn glas wijn naar de achterdeur liep.

Ik hield mijn hand boven mijn ogen om de reflectie van de zon in de ramen tegen te houden, waarna ik naar het huis van Gus gluurde. Eerder was er rook uit de schoorsteen gekomen, maar nu was er niets. Ook het terras was leeg.

Dus opende ik de deur en sloop naar buiten. De wereld zag blauw en zilver, en de golven die tegen het zand kabbelden klonken luider dan gewoonlijk nu het verder doodstil was. Ik voelde een briesje waar ik kippenvel van kreeg en trok mijn ochtendjas steviger om me heen. Vervolgens dronk ik mijn wijnglas leeg en wilde weer naar binnen gaan.

Eerst dacht ik dat die blauwe gloed van mijn laptop kwam, maar bij nadere inspectie kwam het licht helemaal niet bij mijn huis vandaan. Het scheen door de verder donkere ramen van Gus en zorgde voor net genoeg verlichting dat ik hem langs zijn tafel zag ijsberen. Plotseling bleef hij staan om iets te typen, waarna hij een flesje bier van tafel griste en weer ging ijsberen terwijl hij met zijn hand door zijn haar ging.

Die bewegingen kende ik maar al te goed. Hij kon me wat met zijn verliefde piraten en weerwolven. Als het erop aankwam, liep Augustus Everett net zo goed in het donker verhalen te verzinnen.

Pete woonde in een roze huis uit de achttiende eeuw, net op het randje van de universiteitscampus. Zelfs tijdens de onweersbui die maandagavond op het meer was opgestoken zag het er nog als een poppenhuis uit.

Ik parkeerde mijn auto langs de stoep en keek op naar de met klimop bedekte raamkozijnen en torentjes. De zon was nog niet helemaal onder, maar door de donkere wolken was de wereld in een spookachtig groen gehuld, waardoor de tuin die van Petes veranda tot haar witte tuinhek liep er ondanks de mist bijzonder gezond en magisch uitzag. Dit was de perfecte uitvlucht uit de schrijfkerker waarin ik mezelf de hele dag had opgesloten.

Ik nam de tas vol gesigneerde boekenleggers en badges met

quotes uit *Southern Comfort* met me mee uit de auto en trok onmiddellijk mijn capuchon op. Daarna opende ik in de regen het tuinhekje en liep over het stenen pad verder.

De tuin van Pete was een van de mooiste aangezichten die ik ooit had gezien, maar het mooiste was nog wel dat ik over de wind heen 'Another Brick in the Wall' van Pink Floyd hoorde. Zo hard dat de veranda ervan trilde.

Voordat ik op de deur had kunnen kloppen, deed Pete de deur al open. Ze had een blauw plastic bekertje wijn in haar hand en riep uit: 'Jaaanuary Andrews!'

Ergens achter haar klonk het: 'January Annndrews!'

'Peeete,' zong ik als antwoord met mijn fles chardonnay in de lucht. Die had ik onderweg even opgepikt. 'Dank je voor de uitnodiging.'

'O!' Ze nam de fles aan en bekeek het label met tot spleetjes geknepen ogen. Vervolgens grinnikte ze. De wijn heette BOSJE POSEYS, alleen had ik POSEYS doorstreept en erboven PETES gezet. 'Klinkt Frans!' grapte ze. 'En dat is Duits voor deftig!' Ze gebaarde me haar te volgen, richting de muziek. 'Kom binnen, dan stel ik je aan de meiden voor.'

Er stond een aantal schoenen, voornamelijk sandalen en wandelschoenen, netjes op het tapijt bij de deur, dus trok ik ook mijn groene regenlaarzen uit en volgde Pete op blote voeten de gang door. Haar teennagels waren lavendelkleurig gelakt en pasten bij haar perfect gemanicuurde vingernagels. In haar lichtblauwe spijkerbroek en witlinnen blouse leek ze veel zachter dan in de winkel.

We liepen langs een keuken met een granieten aanrecht vol met flessen alcohol, waarna we in de woonkamer achter in het huis uitkwamen. 'Normaal gesproken zitten we in de tuin. Maar normaal gesproken sproeit Onze-Lieve-Heer ons niet de hele dag nat. Dus zitten we vandaag binnen. We wachten nog op één ander lid.'

De kamer was zo klein dat het met vijf man krap aanvoelde. Natuurlijk hielpen de labradors op de bank (twee) en leunstoel (een) daar niet bij. Er waren knalgroene stoelen naar binnen gehaald en in een halve kring gezet. Een van de honden sprong op en liep door de zee van benen naar me toe om me te begroeten.

'Meiden,' zei Pete terwijl ze haar hand op mijn rug legde. 'Dit is January. January heeft wijn meegebracht!'

'Wijn, wat fijn!' zei een vrouw met lang, blond haar. Ze stapte op me af, omhelsde me en gaf me een kus op mijn wang. Daarna gaf Pete haar de fles wijn, waarna ze naar het geluidssysteem liep. 'Ik ben Maggie,' zei de blonde vrouw. Ze zag er nog langer en dunner uit door haar losse witte kleding. Glimlachend keek ze me aan, waardoor ze net Galadriel, Vrouwe van het Woud, en tegelijk een ouder wordende Stevie Nicks was. Haar bruine ogen werden omringd door vriendelijke lachrimpels. 'Heel leuk je te ontmoeten, January.'

Pete sprak net iets te luid nu de muziek zachter stond. 'Dit is mevrouw Pete.'

Maggies serene glimlach leek wel een vriendelijker versie van een diepe zucht. 'Maggie volstaat. En dit is Lauren.' Ze stak haar arm uit naar een vrouw met dreadlocks in een oranje zonnejurk. 'En op de bank zit Sonya.'

Sonya. Die naam kwam hard aan. Voordat ik haar zag, kreeg ik al een droge mond. De wereld draaide voor mijn ogen.

'Hoi January,' zei Die Vrouw van onder de slapende honden. Ze wist naar me te glimlachen. 'Leuk je te zien.'

6

De boekenclub

Was er een waardige manier om de minnares van je overleden vader tegen het lijf te lopen? Wat die ook was, er kwam vast geen panisch 'Ik moet plassen' bij kijken, of het terugpakken van de fles wijn die je net aan de gastvrouw hebt gegeven, en een race door de gang op zoek naar de wc. Maar beter kon ik op dat moment niet.

Ik haalde de dop van de fles en zette hem aan mijn lippen, in het midden van deze badkamer met matrozenthema. Even dacht ik erover om weg te gaan, maar dat leek wel het gênantste wat ik in deze situatie kon doen. Toch wist ik dat ik de deur uit zou kunnen stappen, de auto in en in één keer door naar Ohio rijden. Deze mensen hoefde ik nooit meer te zien. Ik zou bij Ponderosa Steakhouse kunnen gaan werken. Het leven zou prima zijn! Of ik kon in de badkamer blijven staan, voor altijd. Ik had wijn en een wc. Wat had ik verder nog nodig?

Het lag helaas niet aan mijn goede gemoed en geestkracht dat ik uiteindelijk toch weer uit het kleinste kamertje kwam. Dat lag aan de voetstappen en het gepraat dat nu door de gang dichterbij kwam, waaronder Petes stem: 'Weet je zeker dat je niet kunt blijven?' op een toon die eerder klonk als: *wat is er toch, Sonya?*

Waarom is die vreemde meid bang voor je? En Sonya's antwoord: 'Nee, ik zou zó graag willen maar ik was helemaal vergeten dat ik mijn werk moest bellen. Mijn baas blijft me mailen tot ik met mijn bluetooth aan in de auto zit.'

'Bluetooth, wat een onzin,' zei Pete.

'Inderdaad,' mompelde ik tegen mijn fles wijn. De chardonnay was me naar het hoofd gestegen. Ik probeerde na te gaan wat ik die dag had gegeten, en kon me alleen maar een handje marshmallows herinneren dat ik één keer onderweg naar de wc in mijn mond had gepropt.

Oeps.

De voordeur ging open en er werd afscheid genomen terwijl de regen hard tegen het dak sloeg. Ik zat nog altijd in de badkamer.

Ik zette de fles op de wastafel en bekeek mijn spiegelbeeld, waarna ik fel naar mijn kleine bruine ogen wees. 'Dit wordt de lastigste avond van deze hele zomer,' fluisterde ik. Dat was niet waar, maar voorlopig kon ik het geloven. Ik streek door mijn haar, trok mijn jas uit, verstopte de fles in mijn tas en liep de gang in.

'Sonya moest gaan,' zei Pete, al klonk het eerder als: *wat was dat in godsnaam, January?*

'O?' zei ik. 'Wat jammer.' Maar dat klonk juist als: *bluetooth-zij-dank!*

'Inderdaad,' zei Pete.

Ik liep achter haar aan de woonkamer in, waar de labradors anders waren gaan zitten. Een van de honden zat nu aan het eind van de bank en Maggie had op de lege plek plaatsgenomen. De tweede hond lag nu boven op de derde in de leunstoel. Lauren zat op een van de groene stoelen en Pete wees op een tweede stoel terwijl ze zelf op de laatst overgebleven stoel plaatsnam. Vervolgens keek ze op haar leren horloge. 'De laatste kan elk moment komen. Zit waarschijnlijk vast in de storm. Het zal niet lang duren voordat we kunnen beginnen.'

'Fijn,' zei ik. De kamer draaide nog een beetje. Ik kon nauwelijks naar de plek kijken waar Sonya had gezeten, ontspannen met haar witte krullen rondom haar gezicht, het tegenovergestelde van mijn moeder met haar kaarsrechte pony. Snel doorzocht ik mijn tas (zonder wijn te morsen) op zoek naar de boekenleggers.

Plotseling werd er op de deur geklopt. Pete sprong op, en mijn maag maakte een salto. Misschien had Sonya wel besloten om toch terug te komen. Maar toen hoorde ik een lage stem in de gang en kwam Pete terug, gevolgd door een natte en verfomfaaide Augustus Everett. Hij streek met een hand door zijn donkere haar en schudde de regen eruit. Het leek alsof hij net uit bed was komen rollen, rechtstreeks de regenbui in, en uit een papieren zak had lopen drinken. Niet dat ik nou een oordeel kon vellen.

'Dames,' zei Pete, 'jullie kennen de enige echte Augustus Everett al?'

Gus knikte en zwaaide. Glimlachte? Nee, dat klonk veel te genereus voor wat er op zijn gezicht te zien was. Zijn mond leek de kamer te erkennen, zo zou ik het noemen, en toen hij mij zag trok een van zijn mondhoeken nog ietsjes hoger. 'January.'

Mijn wazige wijnhoofd probeerde na te gaan waarom ik dit zo vervelend vond. Goed, het was zelfvoldane Gus Everett. Ik had net Die Vrouw gezien, en die wijn in de badkamer en…

Het verschil tussen de manier waarop we werden voorgesteld.

Dit is January. Zo zou een ouder twee kleuters aan elkaar voorstellen.

De enige echte Augustus Everett. Zo stelde een boekenclub een bijzondere gast voor.

'Kom maar hier zitten, bij January,' zei Pete. 'Wil je iets drinken?'

O jezus, ik had het helemaal bij het verkeerde eind gehad. Ik was hier niet als auteur. Ik was hier als een mogelijk nieuw lid van de boekenclub.

Ik was lid van een boekenclub die *De onthullingen* aan het bespreken was.

'Wat kan ik voor je inschenken?' vroeg Pete terwijl ze terug naar de keuken ging.

Gus bekeek de plastic bekertjes van Lauren en Maggie. 'Wat neem jij, Pete?' vroeg hij.

'De eerste ronde van de boekenclub is altijd een White Russian-cocktail, maar January heeft wijn meegenomen als je dat liever hebt.'

Het was al even gênant om deze avond met een White Russian te moeten beginnen als om de wijn voor Gus uit mijn tas te moeten vissen.

Aan haar grijns te zien had Pete niets liever.

Gus steunde met zijn elleboog op zijn benen, waardoor de linkermouw van zijn shirt omhoog rees en een kleine zwarte tatoeage zichtbaar werd: een half gedraaide maar gesloten cirkel. Een *ring van Möbius* heette dat, geloof ik.

'Een White Russian klinkt goed,' zei Gus.

Uiteraard.

Mensen stelden hun favoriete mannelijke auteurs wel vaker voor achter een typemachine met een glas sterke whisky en een honger naar kennis. Deze verfomfaaide man naast me, die mijn carrière belachelijk had gemaakt, droeg zijn vuile ondergoed met de weekdag erop vast binnenstebuiten en leefde van chips met kaassmaak.

Hij kon eruitzien als een drugsdealer van de universiteit, en nog zou hij serieuzer worden genomen dan ik in mijn deftige Michael Kors-jurk. Ik kon auteursfoto's laten maken door de senior foto-editor van *Bloomberg Businessweek*, en hij zou met de digitale camera van zijn moeder uit 2002 een mokkende selfie op zijn terras kunnen schieten en er nog meer respect voor krijgen.

Hij had net zo goed een foto van zijn lul kunnen insturen. Die hadden ze dan op de voorkant gezet, vlak boven die bio van twee regels die ze hem hadden laten uitpoepen. Hoe korter, hoe beter, zou Anya zeggen.

Ik voelde dat Gus naar me keek en was bang dat hij wist dat ik hem in gedachten aan het verscheuren was. Ik vermoedde dat Lauren en Maggie al wel spijt van deze avond hadden.

Pete kwam binnen met nog een blauw plastic bekertje vol melkachtige wodka, en Gus bedankte haar. Ik haalde diep adem toen Gus ging zitten.

Kon deze avond nog erger worden?

De labrador naast me liet een luide scheet.

'Goed dan!' Pete klapte in haar handen.

Wat maakte het ook uit. Ik trok mijn fles wijn tevoorschijn en nam een slok. Maggie giechelde vanaf de bank en de labrador rolde om en propte zijn snuit tussen de kussens.

'De Stars, Cocktails and Stripes-boekenclub is van start, en ik hoor graag wat jullie van het boek vonden.'

Maggie en Lauren keken elkaar aan terwijl ze een slok van hun White Russian namen. Maggie zette haar bekertje op tafel en sloeg op haar dij. 'Ik vond het geweldig.'

Pete lachte ruw maar warm. 'Jij vindt alles prachtig, Mags.'

'Niet waar. Die spion vond ik maar niks. Niet die belangrijke maar die andere. Hij was niet aardig.'

Spionnen? Zaten er spionnen in *De onthullingen*? Ik keek naar Gus die al net zo verbaasd leek als ik. Zijn mond hing open en zijn bekertje rustte tegen zijn been.

'Hem vond ik ook maar niks,' zei Lauren. 'Zeker in het begin, maar tegen het eind vond ik hem wel weer oké. Toen we over de achtergrond van zijn moeder en de USSR te weten kwamen, toen begreep ik hem beter.'

'Dat was inderdaad een goed stuk,' zei Maggie. 'Goed, ik neem het terug. Tegen het eind vond ik hem ook wel oké. Maar toch vond ik het maar niets hoe hij met agent Michelson omging. Daar zijn geen excuses voor.'

'Nee, natuurlijk niet,' zei Pete.

Maggie zwaaide met haar vuist door de lucht. 'Wat een seksist.'

Lauren knikte. 'Wat vonden jullie van de onthulling dat ze een tweeling waren?'

'Eerlijk gezegd vond ik het doodsaai, en ik kan je precies vertellen waarom,' antwoordde Pete. En toen vertelde ze ons waarom, alleen hoorde ik er weinig van omdat al mijn aandacht werd getrokken door de gymnastiek op Gus' gezicht.

Dit kon zijn boek niet zijn. Hij leek alleen niet bepaald ontzet. Eerder alsof hij zich wel vermaakte. Alsof iemand een grap met hem uithaalde maar hij niet zeker wist of het echt een lolletje was en er daarom maar niets van zei. Hij had zijn drankje al op en keek af en toe even naar de keuken, alsof er een nieuw bekertje naar hem toe zou komen vliegen.

'Moesten jullie ook huilen toen Marks dochter "Amazing Grace" zong op de begrafenis?' vroeg Lauren met haar hand tegen haar borst. 'Dat raakte me echt. Echt! En ik heb nog wel een stenen hart. Doug G. Hanke schrijft het gewoon zo mooi.'

Ik keek de kamer door, naar het dressoir en de boekenkasten achter de bank, de tijdschriftenrekken onder de salontafel. Er stonden honderden, misschien wel duizenden paperbacks. *Operatie Skyforce. Het Moskouspel. Undercover: rode vlag. Oslo bij nacht.*

Stars, Cocktails and Stripes.

Ik, January Andrews, schrijfster van romantische verhalen, en literair wonderkind Augustus Everett, waren in een boekenclub beland die voornamelijk spionageverhalen las. Ik probeerde mijn lachen in te houden, al lukte het me maar matig.

'January?' zei Pete. 'Is alles in orde?'

'Perfect,' antwoordde ik. 'Ik denk dat ik iets te veel uit mijn tas heb gedronken. Augustus, neem jij de fles maar van me over.' Ik gaf hem de fles en hij keek me met opgetrokken wenkbrauwen aan.

Ik had niet echt een glimlach op mijn gezicht, maar toch lukte het me om triomfantelijk te kijken toen hij mijn voor twee derde leeggedronken fles chardonnay overnam.

'Ik heb er nog even over nagedacht,' zei Maggie zweverig. 'Eigenlijk vond ik de verrassing van de eeneiige tweeling best goed.'

Een van de honden liet een scheet.

7

Het ritje

'Dank je wel voor je gastvrijheid, Pete,' zei ik terwijl ik haar in de vestibule omhelsde.

Ze klopte me op mijn rug. 'Geen enkele moeite. Vooral niet op maandag! Elke maandag. Stars, Cocktails and Stripes kan wel nieuw bloed gebruiken. Je hebt zelf gezien hoe saai het hier wordt. Maggie doet dit vooral voor mij. Zelf leest ze niet graag fictie en Lauren komt eigenlijk alleen voor de gezelligheid. Zij is ook een universiteitsvrouw, net als ik.'

'Een universiteitsvrouw?'

Pete knikte. 'Maggie werkt met Laurens man aan de universiteit,' antwoordde ze. 'Hoe kom jij thuis?'

De wijn had een minder sterk effect gehad dan ik had gehoopt, maar toch kon ik beter niet achter het stuur kruipen.

'Ik geef haar wel een lift,' zei Gus stijfjes en bruusk.

'Ik neem wel een Uber,' zei ik.

'Uber?' herhaalde Pete. 'Niet hier in North Bear Shores. We hebben er hier één, en die werkt na tien uur vast niet meer.'

Ik deed alsof ik op mijn telefoon keek. 'Hij is er al, dus ik moet gaan. Dank je wel, Pete, het was… heel bijzonder.'

Ze klopte me op de arm, waarna ik de regen in liep en mijn Uber-app opende. Ondertussen hoorde ik Pete afscheid nemen van Gus, waarna de deur dichtviel en we alleen in de tuin achterbleven.

Dus liep ik zo snel als ik kon het hek door en de stoep op, terwijl ik op mijn scherm keek waar geen enkele auto op te zien was. Ik sloot de app en herstartte hem.

'Laat me raden,' zei Gus. 'Zoals een daadwerkelijke inwoner van dit plaatsje zojuist al zei, is er hier momenteel geen Uber?'

'Over vier minuten is hij er,' loog ik. Hij keek me aan. Ik trok mijn capuchon op en draaide me om.

'Wat is er toch?' vroeg hij. 'Ben je bang dat je van mijn wagen op mijn dak belandt en spontaan deel gaat nemen aan mijn welbekende drilpuddingworstelwedstrijden?'

Ik sloeg mijn armen over elkaar. 'Ik ken je nauwelijks.'

'En de Uber-bestuurder van North Bear Shores is je beste maatje?'

Ik zweeg.

Even later kroop Gus achter het stuur van zijn wagen. Hij zette de motor aan, maar bleef staan.

Ik hield me bezig met mijn telefoon. Waarom reed hij niet weg? Ik probeerde niet naar zijn auto te kijken, al werd die met elke regenachtige minuut verleidelijker. Ik keek weer op de app. Nog steeds niets.

Het raampje aan de passagierskant gleed open. Gus boog zich over de passagiersstoel heen naar me toe. 'January,' verzuchtte hij.

'Augustus.'

'We staan hier nu al vier minuten. Je Uber komt niet. Kun je nu gewoon instappen?'

'Ik ga wel lopen.'

'Waarom?'

'Ik kan de lichaamsbeweging goed gebruiken,' zei ik.

'En de longontsteking?'

'Het is bijna twintig graden,' zei ik.

'Je loopt te beven.'

'Misschien beef ik wel van het spannende vooruitzicht van mijn heerlijke wandeling naar huis.'

'Misschien daalt je lichaamstemperatuur, net als je bloeddruk en je hartslag en barst je huid open van de vrieskou.'

'Serieus? Mijn hart gaat als een razende tekeer. Ik ben net klaar met een drie uur durende boekenclub over spionnen. Ik moet alle adrenaline echt even kwijt.' Ik begon te lopen.

'Je loopt de verkeerde kant op,' riep Gus me achterna.

Ik draaide me om en liep de andere kant op, langs zijn auto. In het gedimde licht zag ik een grimas op zijn gezicht.

'Je weet toch wel dat we tien kilometer verderop wonen? Met deze snelheid kom je er dus nooit. Waarschijnlijk beland je in de bosjes, waar je de rest van je leven zult blijven wonen.'

'Lang genoeg om weer nuchter te worden,' zei ik.

Gus reed langzaam met me mee.

'Bovendien wil ik morgen niet weer opstaan met een kater. Dan loop ik nog liever recht het verkeer in.'

'Ik ben bang dat allebei je gaan overkomen. Laat me je een lift geven.'

'Dan val ik dronken in slaap. Geen goed idee.'

'Goed, dan zet ik je pas af als je weer nuchter bent. Daar heb ik wel een goed trucje voor, de beste oplossing uit North Bear Shores.'

Ik bleef staan en keek hem aan.

Ook hij bleef stilstaan met de auto en wachtte.

'Voor alle duidelijkheid,' zei ik, 'heb je het nu over seks?'

Zijn glimlach ging over in een grimas. 'Nee, January, ik heb het niet over seks.'

'Dat mag ik hopen.' Ik opende het portier en ging op de passagiersstoel zitten, waar ik mijn handen voor de blazers met warme lucht hield. 'Want ik heb pepperspray in mijn tas. En een pistool.'

'Jezus!' riep hij uit, waarna hij de auto opnieuw stilzette. 'Ben je dronken en in het bezit van een wapen in je wijntas?'

Ik maakte mijn riem vast. 'Dat was een grapje. Het pistool, bedoel ik. Maar ik leg je alsnog om als je iets probeert. Dat meen ik.'

Hij lachte eerder uit verbazing dan van plezier. Zelfs in de donkere auto zag ik dat zijn ogen wijd opengesperd stonden en zijn scheve mond stijf van de spanning stond. Hij schudde zijn hoofd en veegde de regen van zijn voorhoofd, waarna hij optrok.

'Is dit je trucje?' vroeg ik toen we de parkeerplaats op reden. Het regende al iets minder, maar de plassen in het gebarsten asfalt weerkaatsten het neonlicht van het uithangbord van het gebouw waarbij we stonden. 'Jouw trucje om weer nuchter te worden is... donuts?' Dat stond er tenminste op het uithangbord. Misschien heette deze eetgelegenheid alleen maar zo.

'Wat verwachtte je dan?' vroeg Gus. 'Wilde je liever dat ik ons bijna van de klif af zou rijden, of je door iemand zou laten ontvoeren? Of hoopte je toch op iets seksueels? *Wil* je dat ik je verleid?'

'Nee, ik wil alleen maar zeggen dat ik veel sneller bij je was ingestapt als je de donuts eerder had genoemd.'

'Ik hoop niet dat ik je nog veel vaker mijn auto in hoef te lokken,' zei hij.

'Nee, vaak zal het niet zijn,' zei ik. 'Alleen maar op maandag.'

Hij glimlachte een heel klein beetje, alsof hij het eigenlijk wilde verbergen. De auto voelde er ineens heel klein door, en hij zat veel te dichtbij. Ik wendde mijn blik af en stapte uit. Meteen was het helder in mijn hoofd. Het gebouw was door alle verlichting net een insectenlokdoos en binnenin waren jarenzeventigoranje lege bankjes en tafeltjes te zien, naast aquaria vol kois.

'Je zou voor Uber moeten gaan rijden,' zei ik.

'O?'

'Je verwarming doet het heel goed. Waarschijnlijk is je airco al net zo goed. Je ruikt niet naar Axe en je hebt geen woord gezegd.

Vijf sterren. Zes sterren. Beter dan al mijn eerdere Ubers.'

'Hm.' Gus opende de deur van de zaak voor me, waardoor er een belletje klonk. 'De volgende keer dat je een Uber neemt moet je eens vertellen dat je een geladen pistool bij je hebt. Dan krijg je vast betere service.'

'Vast.'

'Niet schrikken,' zei hij zacht toen ik naar binnen stapte.

'Hoezo?' vroeg ik terwijl ik me omdraaide.

'Hallo!' riep iemand boven het nummer van de Bee Gees uit.

Ik draaide terug en zag een man achter de verlichte toonbank staan. Erop stond een radio waar evenveel statisch geruis uit kwam als discomuziek. 'Hoi,' zei ik terug.

'Hoi hoi,' zei de man knikkend. Hij was even oud als mijn ouders, broodmager, en droeg op zijn neus een bril met knalgeel montuur en dikke glazen.

'Hoi,' zei ik nogmaals. Het was alsof ik niet meer helder kon denken, en mijn hoofd bleef maar op één detail gefocust: deze man stond in zijn ondergoed.

'Welkom, welkom!' vervolgde hij vrolijk, vastberaden om door te gaan met ons begroetingsspel. Met zijn ellebogen steunde hij op de toonbank. Gelukkig droeg hij nog een wit shirt en had hij een wijde boxershort aan in plaats van een strak broekje.

'Hoi,' zei ik voor de laatste keer.

Gus kwam tussen mijn opengevallen mond en de toonbank in staan. 'Mogen we een dozijn van een dag oud?'

'Tuurlijk!' De bakker dook in zijn ondergoed naast de toonbank en haalde een doos tevoorschijn, die hij meenam naar de ouderwetse kassa waar hij een aantal nummers invoerde. 'Vijf dollar, vriend.'

'En een kopje koffie?' vroeg Gus.

'Daar kan ik je niets voor vragen.' Hij knikte naar de koffiepot. 'Die drab zit er al meer dan drie uur in. Wil je dat ik iets nieuws voor je zet?'

Gus keek me veelzeggend aan.

'Wat?' vroeg ik.

'Je mag het hebben. Wat vind je? Gratis en slecht? Of een dollar en...' Goed durfde hij het niet te noemen, en daarmee wist ik genoeg. Die drab zat altijd veel te lang in de pot.

'Gratis,' zei ik.

'Dan is het vijf dollar, zoals gezegd,' zei de man.

Ik wilde mijn portemonnee tevoorschijn halen, maar Gus was me voor en legde een briefje van vijf op de toonbank. Toen knikte hij naar het schuimbekertje en de doos met donuts die de man vasthield, waarmee hij wilde zeggen dat ik ze moest aannemen. Om ze alle twaalf in een doos te krijgen had de man ze samengeperst tot een geheel van gefrituurd deeg. Ik nam ze mee naar een van de tafels.

Gus nam tegenover me plaats en opende de doos. Hij bekeek de massa die tussen ons in stond. 'Jezus, wat smerig.'

'Eindelijk,' zei ik. 'We zijn het ergens over eens.'

'We zijn het vast over wel meer dingen eens.' Hij plukte een donut met ahornsiroop en nootjes uit de doos en leunde achterover, waarna hij de tl-lampen bekeek.

'Zoals?'

'De belangrijke zaken,' antwoordde Gus. 'De chemische samenstelling van de atmosfeer, of de wereld echt op zes *Pirates of the Caribbean*-films zit te wachten, dat White Russians eigenlijk alleen gedronken dienen te worden als je toch al op het punt staat om over te geven.' Hij propte een hele donut in zijn mond en keek me toen heel serieus aan. Ik schaterde het uit.

'Waf if er?' vroeg hij.

Ik schudde mijn hoofd. 'Mag ik je iets vragen?'

Hij kauwde even en slikte net genoeg door om antwoord te kunnen geven. 'Nee, January, ik ga hem niet vragen om de muziek zachter te zetten.' Hij griste nog een donut uit de doos. 'En nu heb ik een vraag voor jou, Andrews. Waarom ben je hier komen wonen?'

Ik sloeg mijn ogen ten hemel en gaf geen antwoord. 'Als ik jou zou vragen om deze man te inspireren om iets aan zijn zaak te veranderen, zou het niet het volume van de muziek zijn.'

Zijn grijns werd breder en mijn hart, die verrader, maakte onmiddellijk een sprongetje. Zo had ik hem nog nooit zien lachen. Het was betoverend. Zijn donkere blik viel op de toonbank, en ik keek zelf ook die kant op. De man danste in zijn ondergoed van de ene oven naar de andere. Ineens keek Gus me weer aan. 'Maar ga je me nog vertellen waarom je hier bent komen wonen?'

Ik propte een stuk donut in mijn mond en schudde mijn hoofd.

Hij haalde zijn schouders op. 'Dan heb ik ook geen antwoord voor jou.'

'Zo werkt het niet in een conversatie,' zei ik. 'Het is geen ruilhandel.'

'Dat is het wel,' zei hij. 'Tenzij je van voetjevrijen houdt, natuurlijk.'

Ik sloeg mijn handen voor mijn gezicht. Wat gênant. 'Je was trouwens ook heel erg onbeleefd tegen mij.'

Even zweeg hij. Ik schrok toen hij mijn polsen ineens vastgreep en mijn handen bij mijn gezicht vandaan trok. De glimlach was van zijn gezicht verdwenen en hij keek me met een duistere, serieuze blik aan. 'Dat weet ik. Sorry. Ik had mijn dag niet.'

Opnieuw maakte mijn hart een sprongetje. Ik had geen verontschuldiging verwacht. Voor zijn commentaar op mijn goede aflopen had ik ook nooit een sorry gehoord. 'Je had anders een prima feestje georganiseerd,' zei ik toen ik weer bij zinnen was. 'Ben benieuwd hoe het gaat als je wel je dag hebt.'

Zijn mondhoek bewoog onzeker. 'Zonder dat feestje kom je al aardig in de buurt. Maar goed, vergeef je het me? Ik heb wel vaker gehoord dat ik geen goede eerste indruk maak.'

Ik sloeg mijn armen over elkaar. 'Dat was niet mijn eerste indruk,' zei ik met alle moed die de wijn of zijn excuses me hadden ingegeven.

Er verscheen een vreemde uitdrukking op zijn gezicht die al weg was voordat ik er duiding aan had kunnen geven. 'Wat wilde je weten?' vroeg hij. 'Vergeef je het me als ik je antwoord geef?'

'Zo werkt het niet,' zei ik. Maar toen hij over zijn voorhoofd wreef voegde ik snel toe: 'Maar, ja.'

'Goed. Eén vraag,' zei hij.

Ik boog over de tafel naar hem toe. 'Jij dacht zeker dat ze jouw boek lazen?'

Hij fronste. '"Ze"?'

'Spionnen en Alcoholische Bronnen,' zei ik.

Hij deed alsof hij verbaasd was. 'Bedoel je Stars, Cocktails and Stripes? Want jouw benaming is een belediging voor elke boekhandel ter wereld, en daarnaast ook voor onze vrijheid en Amerika zelf.'

Ik grijnsde breed en leunde tevreden achterover. 'Ja dus. Jij dacht dat ze *De onthullingen* aan het lezen waren.'

'Ten eerste,' begon Gus, 'woon ik hier al vijf jaar lang en heeft Pete me nooit eerder uitgenodigd voor haar boekenclub, dus ja, het leek me een redelijke aanname. Ten tweede,' zei hij terwijl hij nog een donut uit de doos viste, 'kun je maar beter oppassen, January Andrews. Je hebt me per ongeluk laten weten dat je weet hoe mijn boek heet. Wat voor geheimen ga je verder nog over jezelf onthullen?'

'Hoe weet jij dat ik het niet gewoon gegoogeld heb?' vroeg ik. 'Misschien had ik er wel nog nooit van gehoord.'

'Hoe weet jij dat ik het niet nog veel grappiger zou vinden als je me had gegoogeld?' zei Gus.

'Hoe weet jij dat ik je niet alleen maar googelde om te zien of je geen crimineel verleden hebt?'

'Hoe weet jij dat ik al je vragen niet met nog meer vragen blijf beantwoorden totdat we allebei dood neervallen?' zei hij.

'Hoe weet jij dat me dat iets kan schelen?'

Glimlachend schudde Gus zijn hoofd. Hij nam nog een hap. 'Dit is afschuwelijk.'

'De donuts of dit gesprek?' vroeg ik.

'Dit gesprek natuurlijk. De donuts zijn hier heerlijk. Ik heb jou trouwens ook even gegoogeld. Als ik jou was, zou ik mijn naam veranderen in iets unieks.'

'Ik zal het doorgeven, maar ik beloof niks,' zei ik. 'Dat is nogal een bureaucratische rompslomp.'

'*Southern Comfort* klinkt wel sexy,' zei hij. 'Hou je soms van mannen uit het zuiden? Zonder tanden en met overalls, is dat jouw ding?'

Ik sloeg mijn ogen ten hemel. 'Volgens mij ben jij nog nooit in het zuiden van het land geweest en zou je het nog niet eens op een kompas kunnen vinden. En waarom denkt iedereen altijd dat alles wat een vrouw schrijft meteen autobiografisch is? Gaat men er ook van uit dat jullie eenzame, witte mannen…'

'Afstandelijk hitsig,' voegde Gus eraan toe.

'…dat jullie afstandelijk hitsige hoofdpersonen ook versies van jezelf zijn?'

Hij knikte bedachtzaam met zijn blik op mij gericht. 'Goede vraag. Denk jíj dat ik afstandelijk hitsig ben?'

'Zeker.'

Hij leek geamuseerd en glimlachte scheef.

Ik keek uit het raam. 'Waarom heeft Pete ons niet verteld waar het in haar boekenclub om draaide als ze onze boeken niet wilde bespreken? Ze zou ons ten minste de kans kunnen geven om de verhalen te lezen.'

'Dat was geen ongelukje,' zei Gus. 'Dit was een gecalculeerde manipulatie van de waarheid. Ze wist dat ik nooit zou komen als ik wist wat me te wachten stond.'

Ik haalde mijn neus op. 'En wat is het doel van dit snode plannetje? Om zelf een rol in het volgende boek van Augustus Everett te krijgen?'

'Wat heb je toch tegen mijn boeken, die je zogenaamd nooit hebt gelezen?' vroeg hij.

‘Wat heb jij tegen míjn boeken,’ vroeg ik, ‘die je zeker niet hebt gelezen.’

‘Hoe weet jij dat zo zeker?’

‘Je had het over piraten.’ Ik begon aan een donut met aardbeienglazuur en spikkels. ‘Zulke romantiek schrijf ik niet. Mijn boeken vallen eigenlijk helemaal niet onder de noemer “romantiek”, technisch gezien. Het is chicklit.’

Gus zakte achterover op de bank, strekte zijn slanke armen boven zijn hoofd en kraakte zijn polsen. ‘Ik begrijp niet waarom er een heel genre boeken speciaal voor vrouwen moet zijn.’

Ik zuchtte diep. Daar was hij dan, de woede die altijd de kop opstak, alsof hij had liggen wachten op een goede reden. ‘Ja, nou, je bent niet de enige die het niet begrijpt,’ blafte ik. ‘Ik kan een goed verhaal vertellen, Gus, en ik kan een prima zin in elkaar zetten. Vervang Jessica door John, en weet je wat je dan krijgt? Fictie. Gewoon fictie. Geschikt voor iedereen. Maar om de een of andere reden worden boeken die zijn geschreven door en voor vrouwen alleen aan de helft van de mensheid op aarde verkocht, en weet je? Ik schaam me daar niet voor. Nee, ik ben er kwaad om. Omdat mensen zoals jij ervan uitgaan dat mijn boeken het lezen niet waard zijn terwijl je zelf een scheet op tv kunt laten en *The New York Times* het dan nog over je dappere optreden heeft.’

Gus keek me nu met een serieuze blik aan. Zijn hoofd hield hij schuin en tussen zijn wenkbrauwen was een lijntje verschenen.

‘Kun je me nu thuis afzetten?’ vroeg ik. ‘Ik ben weer helemaal nuchter.’

8

De weddenschap

Gus gleed het bankje af en ik volgde hem met de doos donuts en mijn beker warme drab. Het regende inmiddels niet meer, maar de dichte mist hing nog in de lucht. Zwijgend stapten we de auto in en reden weg van Donuts. Het neonlicht was nog lang in de achteruitkijkspiegel te zien.

'Het zijn die goede aflopen,' zei Gus ineens toen hij de hoofdstraat op reed.

'Wat?' Mijn spieren spanden zich. *Iedereen leeft nog lang en gelukkig. Alweer.*

Gus schraapte zijn keel. 'Het is niet dat ik romantiek niet serieus neem als genre. En ik lees graag over vrouwen. Maar ik vind die goede aflopen lastig.' Hij keek me aarzelend aan en richtte zijn blik toen weer op de weg.

'Lastig?' herhaalde ik, alsof dat het duidelijk zou maken. 'Je vindt goede aflopen… lastig?'

Hij wreef over zijn biceps, een tic die ik me niet kon herinneren. 'Zoiets.'

'Waarom?' vroeg ik, vooral uit nieuwsgierigheid. Beledigd voelde ik me nauwelijks meer.

'Het leven is een opeenvolging van goede en slechte momenten, tot we sterven,' antwoordde hij stijfjes. 'En dat is waarschijnlijk een slecht moment. De liefde verandert daar niets aan. Ik geloof het gewoon niet. Denk je bovendien dat er een relatie bestaat die net zo eindigt als in *Bridget Jones*?'

Daar was hij dan, de Gus Everett zoals ik hem kende. Degene die mij naïef vond. En zelfs al had hij gelijk, dan nog liet ik hem niet zomaar zeiken over iets wat zoveel voor mij had betekend, het genre dat me overeind had gehouden toen mijn moeder voor de tweede keer kanker had gekregen en onze toekomst als sneeuw voor de zon verdween.

'Allereerst,' begon ik, 'is *Bridget Jones* nog niet afgelopen. En het is nog wel het slechtste voorbeeld dat je had kunnen geven. Die serie is juist het tegenovergestelde van het versimpelde en verkeerde beeld dat mensen van het genre hebben. Het doet precies wat ik wil: de lezers voelen zich gezien en begrepen, alsof hun verhalen, de verhalen van vrouwen, ertoe doen. En ten tweede, wil je zeggen dat je niet in de liefde gelooft?'

Ik was een beetje wanhopig geworden. Alsof ik, als ik dit zou verliezen, mezelf nooit meer terug kunnen krijgen, weer in de liefde geloven en de wereld en de mensen erin als pure, prachtige wezens zien. Dan zou ik nooit meer van schrijven gaan houden.

Gus fronste zijn voorhoofd en zijn donkere blik gleed van de weg af, naar mij toe. Hij had die veelzeggende blik in zijn ogen waar Shadi en ik zo vaak woorden aan hadden willen geven. 'Jawel, de liefde bestaat,' antwoordde hij uiteindelijk. 'Maar het is beter om er realistisch mee om te gaan zodat je niet steeds weer met de brokken zit. En de liefde zorgt veel meer voor brokken dan voor eeuwig geluk. Als het jou geen pijn doet, doe jij wel iemand anders pijn. Een relatie is haast sadomasochistisch. Zeker als je álles in een gewone vriendschap kunt vinden, zonder dat het iemands leven verwoest als het op de klippen loopt.'

'Alles?' vroeg ik. 'Zelfs seks?'

Hij trok een wenkbrauw op. 'Daar hoef je niet eens vrienden voor te zijn.'

'Wordt het dan nooit méér voor jou?' vroeg ik. 'Blijf je altijd afstandelijk?'

'Als je realistisch blijft,' zei hij. 'Je moet een beleid hebben. Als je het bij één keertje houdt, wordt het nooit meer.'

Goh. Dus nu ging hij nog minder lang mee. 'Zie je?' zei ik. 'Je bent afstandelijk en hitsig, Gus.'

Glimlachend keek hij naar me.

'Wat?'

'Je hebt me vandaag al twee keer Gus genoemd.'

Ik bloosde. O ja. Hij leek nu liever Everett genoemd te worden. 'En?'

'Kom op, January.' Hij richtte zich weer op de weg. De twee koplampen raasden over het asfalt en schenen af en toe op de dennenbomen die we voorbijreden. 'Ik ken je nog.' Hij keek me weer aan, met een koude en zware blik die me als een hand raakte.

Ik was blij dat het donker was, want ik werd steeds roder. 'Van?'

'Hou op. Zo lang geleden is het niet. En er was die ene avond.'

O jezus, we gingen het toch niet over die ene avond hebben? Die ene avond waarop we buiten de colleges met elkaar aan de praat raakten? Nou ja, praten. We waren op hetzelfde studentenfeest. Het thema was, vaag genoeg: 'klassiekers'.

Gus en zijn vriend Parker waren als Ponyboy en Johnny gekomen en kregen de hele avond 'Greased Lightning' te horen van bezopen corpsballen. Shadi en ik waren Thelma (zij) en Louise (ik).

Gus' meisje van dat moment, Tessa, was dat weekend thuis. Ze woonde bij mij in de studentenflat en we kwamen wel vaker op dezelfde feestjes. Dankzij haar liep ik Gus steeds tegen het lijf, maar die avond was alles anders.

Het was het begin van het collegejaar, nog net geen herfst. Shadi en ik hadden in de kelder staan dansen. Het zweet droop van de betonnen muren. Ik had Gus die hele avond al zien staan en mokte vanbinnen omdat zijn laatste korte verhaal geweldig was geweest en hij er goed uitzag en al zijn commentaar op alle verhalen altijd precies goed was, en ik had er genoeg van om hem steeds pennen te lenen en bovendien had hij gemerkt dat ik hem aanstaarde en sindsdien dacht ik, of hoopte ik, dat hij ook naar mij keek.

Aan de zelfgemaakte bar in de kamer ernaast. Bij de *beer pong*-tafel boven. In de keuken bij het fust. En toen stond hij tussen alle dansende lichamen spastisch op 'Sandstorm' te dansen (Shadi had de iPod met muziek overgenomen, zoals ze wel vaker deed), heel dichtbij, en toen keken we elkaar aan en op de een of andere manier voelde ik me ineens gerechtvaardigd, omdat ik vermoedde dat hij mij al die tijd ook als een rivaal had gezien.

Ik weet eigenlijk niet of ik naar hem was gekomen, of hij naar mij, of dat we elkaar halverwege tegenkwamen. Maar ineens dansten we met elkaar, op elkaar. Ik had nog vage herinneringen aan die avond waar ik nog van beefde: zijn handen op mijn heupen, zijn gezicht in mijn hals, zijn armen rond mijn middel.

Afstandelijk hitsig? Nee, Gus Everett zat vol warme adem en tintelende aanrakingen.

Rivaliteit of niet, het werd die avond tastbaar hoe sterk we ons tot elkaar aangetrokken voelden. We waren beiden bereid om een heel verkeerde keuze te maken.

En toen redde Shadi ons door zich in de badkamer kaal te knippen met een schaartje dat ze onder de wastafel had zien liggen, waarna we allebei voorgoed dat studentenhuis uit werden getrapt en voor de rest van ons leven niet meer op hun feestjes mochten komen. Al hadden we de laatste paar jaar niet eens meer geprobeerd om te zien of ze het misschien al vergeten waren: de meeste studentenhuizen hebben geen lang geheugen. Zo'n vier jaar, gemiddeld.

Blijkbaar had ik een veel beter geheugen.

'January?'

Ik keek op, recht in zijn donkere ogen die ik me nog zo goed kon herinneren, nu hier bij mij in de auto. Ik was dat kleine, witte littekentje boven zijn bovenlip vergeten. Hoe had dat kunnen gebeuren?

Ik schraapte mijn keel. 'Je zei tegen Pete dat we elkaar pas de vorige avond hadden ontmoet.'

'Ik zei tegen Pete dat we buren waren,' zei hij. Blik weer op de weg. Blik weer naar mij. Het was als een persoonlijke aanval, de manier waarop hij steeds naar me keek, elke keer een tel te lang. Zijn mondhoek trok. 'Ik wist niet of je mij nog herkende.'

Het was alsof mijn ingewanden met een schaar in reepjes werden geknipt.

'Niemand noemt me Gus, behalve de mensen die ik al kende voordat ik werd uitgegeven,' vervolgde hij.

'Omdat?' vroeg ik.

'Omdat ik niet wil dat iedere malloot die ooit naast me heeft gewoond me kan googelen en lelijke reviews kan achterlaten,' antwoordde hij. 'Of om gratis boeken komt bedelen.'

'O, die heb ik niet nodig,' verzekerde ik hem.

'Echt waar?' plaagde hij. 'Heb je geen vijfde plateau voor je altaar nodig?'

'Je kunt me niet afleiden,' zei ik. 'Ik ben nog niet uitgepraat.'

'Shit. Ik wilde je niet beledigen,' beloofde hij. 'Alweer.'

'Je hebt me niet beledigd,' zei ik onzeker. Of misschien had hij me wel beledigd, maar zijn verontschuldiging kwam onverwachts. Ik was eerder verbijsterd. 'Ik vond het gewoon niet grappig.'

Zonder dat ik het doorhad waren we al thuis aangekomen. Gus parkeerde de auto bij mij voor de deur en keek me recht aan. Alweer voelde ik hoe klein de auto was en hoe dichtbij hij was. In het duister leken zijn ogen nog veel donkerder. 'January, waarom ben je hier?'

Ik lachte ongemakkelijk. 'In de auto waar je me smekend in hebt moeten lokken?'

Gefrustreerd schudde hij zijn hoofd. 'Je bent anders.'

Het bloed steeg naar mijn wangen. 'Je bedoelt dat ik geen sprookjesprinses meer ben?'

Hij leek verward.

'Zo noemde je me,' zei ik. 'Vroeger. Wil je dat ik je gelijk geef? Dat ik eindelijk uit mijn droom ben geholpen en nu ook weet dat niet alles goed afloopt zoals in mijn boeken?'

Hij hield zijn hoofd schuin en ik zag een spiertje trekken in zijn kaak. 'Dat heb ik helemaal niet gezegd.'

'Dat heb je wel gezegd.'

Opnieuw schudde hij zijn hoofd. 'Dat was in elk geval niet mijn bedoeling,' zei hij. 'Je was gewoon altijd zo... ' Hij blies zijn adem uit. 'Ik weet het niet. Maar je drinkt wijn uit je tas. Daar moet een reden voor zijn.'

Ik klapte mijn mond dicht en voelde mijn lichaam aanspannen. Gus Everett was wel de laatste persoon van wie ik had verwacht dat hij me zo snel door zou hebben.

Ik keek door het raampje naar mijn strandhuis, alsof dat de nooduitgang was, het enige wat mij nog kon redden uit dit gesprek. Achter de huisjes sloegen de golven tegen de kust, maar vanwege de dichte mist zag ik het water niet.

'Ik hoef het niet te weten,' zei Gus even later. 'Ik wil alleen... Ik weet niet. Het is vreemd om je zo te zien.'

Ik keek hem aan en trok mijn benen op. Meende hij dat? Ik zag geen spoor van ironie op zijn gezicht. Zijn donkere ogen waren tot spleetjes geknepen en zijn voorhoofd was gefronst. Hij hield zijn hoofd schuin op die manier waarop ik me als onder een microscoop gelegd voelde. De sexy, snode blik waardoor het leek alsof hij je gedachten las.

'Schrijven lukt sowieso niet,' zei ik. Eigenlijk wist ik niet waarom ik dat toegaf, en aan Gus nog wel. Maar beter aan hem dan aan Anya of Sandy. 'Ik heb geen geld meer en mijn redacteur wacht wanhopig op een nieuw boek, maar ik heb alleen maar een aantal slechte pagina's en drie maanden de tijd om een boek te schrijven dat niet alleen mijn moeder zou willen kopen. Dat is er aan de hand.'

Aan mijn gebroken relatie met mijn moeder en ons gesprek na de begrafenis wilde ik niet denken. Dit probleem was minder groots.

'Ik heb het al eerder gedaan,' ging ik verder. 'Vier boeken, geen probleem. Het is al erg genoeg dat ik nu ineens niet meer kan doen waar ik goed in ben, datgene waardoor ik me mezelf voel, en daarbovenop heb ik geen rooie cent meer.'

Gus knikte begripvol. 'Het is altijd moeilijker om te schrijven als het echt moet. Alsof de druk het tot werk maakt, net als de rest van het leven, en je net zo goed voor een verzekeringsmaatschappij zou kunnen werken. Ineens wil je verhaal niet meer verteld worden.'

'Precies,' zei ik.

'Maar het gaat je wel lukken,' zei hij koeltjes. 'Er zijn vast duizenden goede aflopen in je hoofd te vinden.'

'Oké, ten eerste, nee, niet meer,' zei ik. 'En daarnaast, het is niet zo makkelijk als je denkt, Gus. Een goede afloop doet er niet toe als de weg erheen niet goed is.' Ik liet mijn hoofd tegen het raampje rusten. 'Het is waarschijnlijk beter als ik de gezellige chicklit zou laten voor wat het is en me voortaan op de existentiële literatuur zou storten. Dan kan ik tenminste op een nieuwe afschuwelijke manier over tieten schrijven. "Bolvormige vetplantjes van vlees en pees" zou ik ze noemen. Ik heb het nooit over bolvormige vetplantjes van vlees in mijn boeken.'

Gus leunde achterover tegen het portier en lachte. Ik voelde me zowel schuldig voor mijn geplaag als zegerijk omdat ik hem aan het lachen had gekregen. Tijdens onze studie glímlachte hij zelfs nauwelijks. Ik was blijkbaar niet de enige die was veranderd.

'Zo zou jij nooit schrijven,' zei hij. 'Dat past niet bij jou.'

Ik sloeg mijn armen over elkaar. 'Denk je dat ik dat niet kan?'

Gus sloeg zijn ogen ten hemel. 'Ik zeg alleen dat het niet bij je past.'

'Niet bij wie ik vroeger was,' corrigeerde ik. 'Maar zoals je al zei ben ik veranderd.'

'Je hebt het ergens moeilijk mee,' zei hij, en weer vond ik het ongemakkelijk dat hij me zo snel doorhad. Bovendien wakkerde dit die oude competitieve vlam weer aan. 'Maar toch durf ik te wedden dat jij net zo geneigd bent om iets deprimerends en duister te schrijven als ik een verhaal als *When Harry Met Sally...* zou neerpennen.'

'Ik kan schrijven wat ik wil,' zei ik. 'Al zie ik wel hoe moeilijk het moet zijn om over een lang en gelukkig leven te schrijven voor iemand die zelf alleen maar een goede afloop ervaart tijdens een onenightstand.'

Zijn blik werd duister en zijn mond trok scheef. 'Is dat een uitdaging, Andrews?'

'Ik zeg het alleen maar,' zei ik. 'Het past niet bij jou.'

Gus wreef over zijn kaak, in gedachten verzonken. Zijn ene hand hield hij nog op het stuur. Toen keek hij me weer doordringend aan. 'Goed,' zei hij. 'Ik heb een idee.'

'Een zevende *Pirates of the Caribbean?*' vroeg ik. 'Dat is zo vergezocht dat het nog wel eens een succes zou kunnen worden.'

'Eigenlijk,' begon Gus, 'dacht ik dat we het op een akkoordje zouden kunnen gooien.'

'Wat voor soort akkoordje, Augustus?'

Hij huiverde toen hij zijn naam hoorde en reikte naar voren. Ik voelde een tinteling, een soort van afwachting, maar waarvan? Maar hij opende de doos die bij me op schoot stond en haalde er een donut uit. Kokossmaak.

Hij nam een hap. 'Jij schrijft deprimerende literatuur, kijk maar of dat iets voor je is en of je zo kunt zijn' – ik sloeg mijn ogen ten hemel en griste het laatste stuk donut uit zijn hand terwijl Gus ongestoord verder sprak – 'en ik schrijf een goed einde.'

Ik keek naar hem op. Het licht van de veranda scheen door de mist heen en viel de auto binnen, waardoor het de zijkant van zijn gezicht en de krullen eromheen verlichtte. 'Je maakt een grapje.'

'Nee, hoor,' zei hij. 'Je bent niet de enige die niet vooruitkomt.

Ik kan wel een pauze van mijn eigen project gebruiken.'

'Omdat het romantische genre natuurlijk zoveel makkelijker voor je is. Alsof je een dutje doet,' plaagde ik.

'En jij kunt heerlijk in je nieuwe deprimerende levenshouding blijven hangen. Dan kun je kijken of dit de nieuwe January Andrews is. Degene die het eerst een boek verkoopt, als je wilt onder een pseudoniem, wint.'

Ik opende mijn mond om iets zeggen, maar ik kon de woorden niet vinden. Dus sloot ik mijn mond en probeerde ik het opnieuw. 'Wat wint diegene?'

Gus hief zijn wenkbrauwen. 'Nou, allereerst heb je dan een boek verkocht zodat je je rekeningen kunt betalen en weer wijn kunt kopen. Daarnaast...' Even dacht hij na. 'De verliezer promoot het boek van de winnaar, schrijft er een stukje over voor op de achterflap, heeft het erover in interviews en kiest het om te beoordelen in jury's voor boekenclubs, en dat zorgt voor hogere verkoopcijfers. En daarbovenop kun je het er fijn inwrijven. Dat is het jou vast wel waard. '

Ik kon niet stoppen met glimlachen. 'Dat klopt.' Het klonk allemaal niet zo heel gek. De tandwieltjes draaiden door in mijn hoofd: wieltjes die al een jaar lang niet meer hadden bewogen. Ik zou best eens een boek als dat van Gus kunnen schrijven, een literair meesterwerk.

Liefdesverhalen waren anders. Die betekenden te veel voor me, en mijn lezers hadden al te lang moeten wachten om een halfslachtig verhaal toegeworpen te krijgen waar ik zelf niet in geloofde.

Het viel allemaal op zijn plek. Alles, op één ding na. Ik keek hem met tot spleetjes geknepen ogen aan, en Gus deed me overdreven na. 'Wat schiet jij hiermee op?'

'O, hetzelfde,' zei hij. 'Ik wil iets in jouw gezicht wrijven. En geld. Geld is altijd goed.'

'O jee,' zei ik. 'Problemen in je afstandelijk hitsige paleisje?'

‘Het duurt lang om een boek zoals het mijne te schrijven,’ zei hij. ‘Ik krijg goede voorschotten, maar ondanks al mijn studiebeurzen heb ik een schuld opgelopen, en er staan nog een aantal schulden van daarvoor open, en ik heb een hoop voor het huis neer moeten tellen. Het zou me goed helpen om nu iets te verkopen.’

Ik drukte mijn handen tegen mijn hart. ‘En jij zou er zowaar de sadomasochistische droom van de eeuwige liefde voor willen aangaan?’

Gus fronste zijn voorhoofd. ‘Laat maar zitten als je er niets in ziet.’

Maar nu kreeg ik het niet meer uit mijn hoofd. Nu moest ik Gus laten zien dat mijn werk een stuk moeilijker was dan men dacht en dat ik net zo goed was als hij. Bovendien zou het heel lucratief worden als iemand als Augustus Everett mijn boek zou promoten. Die kans kon ik niet laten schieten.

‘Ik doe het,’ zei ik.

Hij keek me doordringend aan en zijn mondhoeken trokken langzaam op tot zijn snode glimlach. ‘Zeker weten? Dit zou best eens gênant kunnen worden.’

Voor ik het wist lachte ik. ‘Daar ga ik wel van uit,’ zei ik. ‘Maar ik zal niet te hard voor je zijn. Ik zal je het een en ander over chicklit leren.’

‘Prima,’ zei Gus, ‘dan neem ik jou mee door mijn onderzoeksproces. Ik help je wel het latente nihilisme in, en dan leer jij mij om te zingen alsof niemand luistert, te dansen alsof niemand kijkt en lief te hebben alsof er geen pijn bestaat.’ Zijn grijns was aanstekelijk maar arrogant.

‘Denk je echt dat dit je gaat lukken?’ vroeg ik.

Hij trok een schouder op. ‘Denk je dat het jou gaat lukken?’

Ik bleef hem peinzend aankijken. ‘En je promoot het boek? Als ik win schrijf je een leuke quote voor op de flap, hoe slecht het ook is?’

Zijn ogen deden hun ding weer, dat sexy, snode ding waarbij

ze groter en donkerder werden terwijl hij diep nadacht. 'Ik weet nog hoe je schreef toen je tweeëntwintig was,' zei hij voorzichtig. 'Slecht zal het niet zijn.'

Ik probeerde mijn gezicht in de plooi te houden. Hoe hij het deed wist ik niet, maar op de een of andere manier sprong hij binnen enkele tellen van onaardig en neerbuigend naar ontwapenend complimenteus.

'Maar, ja,' vervolgde hij terwijl hij mijn kant op leunde. 'Zelfs als je een vervolg op *Gigli* schrijft zal ik het promoten, zolang jij het weet te verkopen.'

Ik schoof ietsjes naar achteren om de afstand tussen ons te vergroten. 'Goed, wat dacht je hiervan? We schrijven doordeweeks en gebruiken het weekend voor educatieve doeleinden.'

'Educatieve doeleinden,' herhaalde hij.

'Op vrijdag ga ik met je mee op je gebruikelijke onderzoeksmissie. Waaronder...' Ik wuifde dat hij die zin zelf wel af kon maken.

Hij glimlachte scheef. Heel snood. 'O, allerlei heel spannende dingen,' vertelde hij. 'En op zaterdag doen we wat jij normaal gesproken aan onderzoek verricht. Luchtballonvaarten, zeillessen, ritjes op de motor, bij kaarslicht op de veranda van een restaurant zitten met een coverbandje ernaast, al dat soort dingen.'

Het bloed steeg naar mijn hoofd. Hij had me weer te pakken. Nou ja, dat ritje op de motor had ik nog niet gemaakt (ik wilde liever niet dood) maar die luchtballonvaart ter voorbereiding op mijn derde boek, *Noorderlicht,* klopte.

Zijn mondhoek trok. Blijkbaar vond hij mijn gezichtsuitdrukking komisch.

'Afgesproken?' Hij stak zijn hand naar me uit.

Het duizelde me. Ik had zelf geen betere ideeën. Misschien kon een depressieve auteur alleen maar deprimerende boeken schrijven. 'Goed.' Ik pakte zijn hand en deed alsof ik de tinteling die van zijn hand rechtstreeks mijn aderen instroomde niet voelde.

'Nog één dingetje,' zei hij nuchter.

'Wat dan?'

'Beloof me dat je niet verliefd op me zult worden.'

'Mijn god!' Ik porde hem lachend tegen zijn schouder en liet me terug in mijn autostoel vallen. 'Was dat een niet helemaal juiste quote uit *A Walk To Remember*?'

Gus glimlachte. 'Prima filmpje,' zei hij. 'Pardon, goede film.'

Ik sloeg mijn ogen ten hemel en lachte weer.

Zelf lachte hij ook. 'Ik meen het. Volgens mij ben ik tot boven de rits gekomen tijdens het zien van die film in de bioscoop.'

'Ik weiger te geloven dat er iemand op deze aarde rondloopt die het mooiste liefdesverhaal met Mandy Moore ter wereld heeft verpest door een puberende Gus Everett met zijn handjes toe te laten.'

'Geloof het of niet, January Andrews,' zei hij. 'Jack Reacher riskeert zijn leven nog elke dag om je die vrijheid te geven.'

9

Het manuscript

Toen ik wakker werd had ik geen kater, maar wel een berichtje van Shadi: Hij heeft een hele kast vol vintage hoeden!!!

Hoe weet jij dat? schreef ik terug.

Ik kwam van de bank af en liep de keuken in. Ik had nog steeds niet boven durven kijken en zelfs de slaapkamer op de begane grond durfde ik niet in gebruik te nemen, maar de keukenkastjes waren inmiddels wel van mij. De fluitketel met roosjes stond al op het fornuis; er was geen koffiezetapparaat te vinden, maar op het draaiplateau stonden een cafetière en een koffiemolen. Die waren waarschijnlijk van Sonya geweest. Mijn vader dronk alleen maar van die koffiecapsules van Starbucks die mijn moeder aansleepte, of de groene thee die ze hem liever zag drinken.

Zelf was ik ook geen koffiesnob. Ik hield van siroopjes en room. Toch begon ik elke dag het liefst met iets wat zwart ook te drinken was. Ik vulde de ketel en zette het fornuis aan. Vervolgens stopte ik de koffiemolen in het stopcontact en keek uit het raam terwijl hij zijn werk deed. De mist hing er nog waardoor het bos verhuld ging in donkere grijsblauwe tinten. Het was een stuk kouder, ook in huis. Ik trok mijn ochtendjas stevig dicht.

Toen de koffie eenmaal aan het trekken was, trilde mijn telefoon op het aanrecht.

NOU, begon het berichtje van Shadi, we gingen na het werk allemaal even uit en zoals ALTIJD negeerde hij me volkomen BEHALVE als ik niet keek en dan voelde ik hem naar me staren. Dus uiteindelijk ging hij naar de wc en moest ik ook dus ik stond in de gang te wachten en toen hij eruit kwam zei hij: 'hoi shad' en had ik zoiets van 'wow, ik dacht hiervoor altijd dat je niet kon praten' en hij haalde zijn schouders zeg maar op. Dus toen zei ik: 'MAAR GOED, ik wilde net gaan.' En hij zo 'o, shit, echt?' En het was echt duidelijk dat hij dat niet leuk vond, en toen had ik zoiets van 'nou, ik wilde met jou weggaan' en hij werd zo zenuwachtig!! En zo van, 'Ja? Klinkt goed. Wanneer?' en toen zei ik dus, 'nou nu.' en zoals je ziet is de rest geschiedenis.

Wauw, typte ik terug. Het eeuwenoude verhaal.

Inderdaad, schreef Shadi terug. Jongen en meisje ontmoeten elkaar. Jongen negeert meisje, behalve als ze even wegkijkt. Meisje gaat met jongen mee naar huis, waar hij zijn Spookhoed op een vol hoedenrek plaatst.

Mijn wekker ging af, dus drukte ik de koffie naar beneden en schonk hem in een beker in de vorm van een orka die ik met me meenam naar mijn laptop op het terras. Door de mist was het fris geworden. Ik kroop in een van de stoelen en begon aan mijn takenlijst van die dag en de rest van de zomer.

Allereerst moest ik bedenken waar dit boek naartoe zou gaan, als ik mijn luchtige plot over een alleenstaande vader niet kon gebruiken. Vervolgens moest ik voor de komende zaterdag een typisch romcom-uitje voor Gus verzinnen.

Mijn hart maakte een sprongetje bij het vooruitzicht. Ik had verwacht dat ik die ochtend in paniek wakker zou worden, maar ik vond de uitdaging eerder spannend. Voor het eerst in jaren zou ik een boek schrijven waar niemand op zat te wachten. En ik mocht Gus een romantisch verhaal zien verzinnen.

Of ik zou mezelf volkomen voor schut zetten en – nog erger – Anya flink teleurstellen. Maar daar mocht ik nu nog niet aan denken. Ik had werk te doen.

Naast nadenken over het boek en het inschakelen van de (enige) Uberchauffeur om mijn auto bij Pete vandaan te halen, was ik ook van plan om eindelijk eens boven in de slaapkamer te gaan kijken en alles in stapeltjes te sorteren: eentje om weg te gooien, eentje om weg te geven en eentje om te verkopen.

Ik besloot ook om mijn eigen spullen beneden in de slaapkamer te zetten. De eerste paar nachten op de bank waren geen probleem geweest, maar mijn nek begon er langzamerhand genoeg van te krijgen.

Mijn blik dwaalde af naar de ramen van het huis van Gus. Precies op dat moment liep hij de keuken in terwijl hij een donker (verrassing!) shirt over zijn hoofd trok. Ik draaide me om in mijn stoel.

Hij had me onmogelijk kunnen zien. Maar hoe langer ik erover nadacht, des te banger was ik dat ik misschien wel een paar seconden te lang was blijven staren voordat ik mijn blik had afgewend. Ik kon me zijn armen die zijn shirt over zijn hoofd trokken nog veel te goed voor de geest halen, en het stukje buik, net boven zijn heupen. Dat was nu ietsje zachter dan op de universiteit (niet dat dat nou zo moeilijk was), en het paste goed bij hem. Of misschien paste het juist goed bij mij.

Maar goed. Ik had zeker gekeken.

Snel keek ik weer achterom, en schrok. Gus stond nu voor de glazen deuren. Hij hief zijn mok alsof hij proostte. Ik hief de mijne ook, waarna hij wegliep.

Als Gus Everett al aan het werk ging, moest ik dat ook doen. Ik opende mijn laptop en keek naar het document waar ik al dagen naar had zitten staren. 'Een leuke ontmoeting'. In Augustus Everetts boeken ontmoetten mensen elkaar niet op een leuke manier, dat stond vast.

Wat gebeurde er dan wel? Ik had zijn boeken niet gelezen, zowel *Rochambeau* als *De onthullingen* niet, al had ik wel voldoende recensies gelezen om mijn nieuwsgierigheid te bevredigen.

Mensen deden de verkeerde dingen met goede bedoelingen, of de juiste dingen met slechte bedoelingen. Ze kregen wat ze wilden, ook al zou het ze uiteindelijk te gronde richten.

Verdorven families vol geheimen.

Nou, daar had ik zeker geen ervaring mee! De steek trok recht door mijn lichaam, net als in de eerste paar seconden als je je verbrandt en nog niet voelt of het nou warm of koud is maar je hoe dan ook weet dat het flinke schade zal aanrichten.

De herinnering aan de ruzie met mijn moeder na de begrafenis kwam weer als een vloedgolf boven.

Jacques was na afloop meteen naar het vliegveld gegaan om op tijd op zijn werk te komen, waardoor hij de confrontatie met Sonya was misgelopen. Zodra zij was weggevlucht, besloten mijn moeder en ik ook om te gaan.

De hele rit terug naar huis hadden we ruzie. Nee, dat was het niet. Ik had ruzie. Jaren van gevoelens die ik had weggestopt. Jaren van verraad die alle emoties eruit deden gooien.

'Waarom heb je me niets verteld?' had ik onder het rijden gebruld.

'Ze had beloofd niet te komen!' had mijn moeder gezegd, waarna ze haar handen voor haar gezicht had geslagen. 'Ik wil er niet over praten,' had ze hoofdschuddend gesnikt. 'Ik kan het niet.'

Vanaf dat moment beantwoordde ze alles met: ik kan het er niet over hebben, ik wil niet zo over hem praten, ik ga er niet over praten. Ik kan het niet.

Ik had het moeten begrijpen. Ik had meer begrip moeten hebben voor hoe zij zich voelde.

Dit zou het moment moeten zijn waarop ik ineens volwassen werd en haar in de armen sloot en zou beloven dat alles weer goed zou komen, haar pijn zou wegnemen. Dat deden volwassen dochters voor hun moeder. Maar in de kerk was ik helemaal in elkaar gestort en was alles voor het eerst in het openbaar aan me ontsnapt.

Honderden nachten waarop ik niet had gehuild. Duizenden dagen dat ik me zorgen had gemaakt om het zorgen maken. Dat ik het dan alleen maar erger maakte voor mijn ouders. Dat ik sterk moest zijn. Dat ik gelukkig moest zijn zodat ik hen niet verdrietig maakte.

Al die jaren was ik doodsbang dat mijn moeder zou sterven, waardoor ik al het lelijke wegstopte en mijn leven voor mijn ouders in een etalage vol mooie momenten veranderde.

Ik maakte hen aan het lachen. Ik maakte hen trots. Ik haalde goede cijfers, vocht met hand en tand om Gus Everett bij te houden. Ik bleef laat op om met mijn vader te lezen en stond vroeg op om met mijn moeder te doen alsof ik van yoga hield. Ik vertelde ze over mijn leven, vroeg hun over dat van hen zodat ik nooit spijt zou hebben van verspilde uren samen. En ik stopte alle lastige gevoelens weg die kwamen kijken bij het krampachtig herinneren van een geliefde voor het geval dat.

Op mijn tweeëntwintigste werd ik verliefd, op een jongen genaamd Jacques. De interessantste en meest geliefde persoon die ik ooit had ontmoet. Ik toonde ons geluk graag aan mijn ouders. Ik stopte met mijn master om dicht bij hen te kunnen zijn en liet zien dat ik niet echt iets had gemist, door op mijn vijfentwintigste mijn eerste boek uit te brengen.

Kijk! Alles gaat goed! Kijk! Ik heb alles wat jullie voor me wilden! Kijk! Het deed me helemaal niets!

Kijk, iedereen leeft nog lang en gelukkig. Alweer.

Ik deed er alles aan om aan te tonen dat alles goed zat en dat ik me nergens zorgen om maakte. Ik deed alles voor dat verhaal. Het verhaal waarin we alle drie onkwetsbaar waren.

Onderweg van de begrafenis naar huis wilde ik niet meer dat alles goed zat.

Ik wilde kind zijn. Ik wilde het uitgillen, deuren dichtslaan, schreeuwen: 'Ik haat je! Je verziekt mijn leven!' zoals ik nooit eerder had gedaan.

Ik wilde huisarrest krijgen, en dat mijn moeder dan later mijn kamer binnenkwam en een kus op mijn voorhoofd drukte terwijl ze tegen me fluisterde: 'Ik snap dat je bang bent.'

In plaats daarvan veegde ze haar tranen weg, haalde diep adem en zei nog een keer dat ze het er niet over ging hebben.

'Prima,' zei ik verslagen en kapot van vermoeidheid. 'Dan hebben we het er niet over.'

Toen ik terug naar New York vloog was alles veranderd. Mijn moeder belde me nauwelijks nog, en elk gesprek was als een tornado. Ze stormde door de gebeurtenissen in haar leven heen en vroeg dan hoe het met mij ging, en als ik te lang stil was raakte ze in paniek en vertelde ze me dat ze het een of andere sportklasje vergeten was.

Jarenlang had ze zich op haar eigen dood voorbereid, zonder zich klaar te maken voor iets als dit. Voor mijn vader die ons verliet, en de lelijke waarheid die zomaar op de begrafenis kwam en onze mooie herinneringen verscheurde. Ze had het moeilijk. Dat wist ik.

Maar ik had het ook moeilijk. Zo moeilijk dat ik het niet weg kon lachen of dansen. Ik kon niet eens meer een gelukkig einde schrijven.

Ik kon niet achter mijn laptop zitten, op het terras van dit huis vol geheimen, en de herinnering aan mijn vader uit mijn hart bannen. Maar blijkbaar had ik eindelijk ontdekt wat ik wél kon. Omdat ik al was begonnen met typen.

De eerste keer dat ze de liefde van haar vaders leven ontmoette was op zijn begrafenis.

Mijn relatie met romantische boeken begon in de wachtkamer van de radioloog. Mijn moeder had liever niet dat ik met haar mee naar binnen ging omdat ze zich dan seniel voelde, dus had ik een verweerd boek uit het leesrek gepakt om me een beetje af te leiden van het onheilspellende tikken van de klok boven het raampje van de receptiebalie.

Ik had verwacht dat ik een kwartier lang naar de eerste pagina zou zitten staren omdat het er in mijn hoofd te panisch aan toe ging. Maar ineens had ik honderdvijftig bladzijden gelezen, en toen het tijd was om naar huis te gaan, nam ik het boek per ongeluk in mijn tas mee.

Het was de eerste opluchting die ik in weken had gevoeld. Sindsdien las ik elk romantisch verhaal dat ik kon vinden. En toen, zonder echte plannen, schreef ik er zelf een. Dat gevoel, dát gevoel van verliefd worden op een verhaal en de personages die uit me spatten, was onbeschrijfelijk.

De eerste diagnose van mijn moeder liet me zien dat liefde een ontsnappingsmiddel is, maar toen ze voor de tweede keer kanker kreeg, leerde ik dat het ook een reddingsvest kon zijn wanneer je op het punt stond te verdrinken.

Hoe langer ik aan mijn liefdesverhalen werkte, hoe minder wanhopig ik me voelde. Ik kon niet meer doorleren om als docent aan de slag te gaan, maar ik kon nog steeds mensen helpen. Ik kon ze iets goeds geven, iets grappigs en hoopvols.

Het werkte. Jarenlang had ik een doel, iets om me op te storten. Maar toen mijn vader stierf, leek schrijven – wat me altijd weer rustig kreeg, wat mijn bestemming op deze aarde was, wat me weer nieuwe hoop gaf als alles even tegenzat – zo goed als onmogelijk.

Tot nu toe.

En goed, dit was eerder een dagboek in de derde persoon enkelvoud dan een boek. Maar de woorden stroomden uit mijn vingers en dat was al zo lang niet meer gebeurd dat ik net zo blij was geweest met pagina's vol AL DAT WERK EN GEEN PLEZIER.

Dit was vast beter, toch???

Ze wist niet of haar vader ooit van Die Vrouw had gehouden. Ze wist ook niet of hij ooit van haar moeder had gehouden. Maar wat ze wel zeker wist, was dat hij van boeken, boten en januari had gehouden.

Het was niet eens omdat ik in die maand was geboren. Hij deed alsof ik in januari was geboren omdat het de beste maand was, in plaats van andersom.

In Ohio vond ik het de rotste maand van het jaar. Soms sneeuwde het pas in februari, waardoor januari grijs en grauw bleef, zonder licht en zonder feestdagen om je op te verheugen.

'In West-Michigan is het anders,' had mijn vader altijd gezegd. Je had er het meer dat bevroor en daarna door sneeuw werd bedekt. Blijkbaar kon je eroverheen lopen alsof het een soort buitenaardse toendra was. Op de universiteit hadden Shadi en ik een keer besloten om er een weekendje heen te gaan, maar toen overleed haar hond en bleven we dat weekend binnen met oude films en gesmolten marshmallows.

Ik typte verder.

Als alles anders was geweest, was ze misschien in de winter naar het meer gegaan in plaats van in de zomer en had ze vanuit het raam naar de met sneeuw bedekte bomen en vreemd bevroren planten bij het meer kunnen kijken.

Maar ze had een vreemd gevoel, een angst om met zijn geest geconfronteerd te worden als ze er op het juiste moment aankwam.

Ik zou hem overal hebben gezien. Ik zou me hebben afgevraagd wat hij van alles had gevonden, ik zou me een bepaalde sneeuwstorm hebben herinnerd die hij me een keer beschreven had: al die kleine vlokjes, January, alsof de hele wereld uit snoeppoeder bestond. Suikergoed.

Hij kon de wereld zo goed omschrijven. Toen mijn moeder mijn boek voor het eerst las, vertelde ze me dat ze hem erin hoorde. In de manier waarop ik schreef.

Dat leek logisch. Ik had tenslotte door hem van verhalen leren houden.

Vroeger vond ze het prachtig dat ze zoveel met hem deelde. Die eigenschappen voelden als liefde. Ze waren beiden nachtmensen, slordig, altijd te laat en altijd aan het lezen.

Allebei een hekel aan zonnebrandcrème en allebei verslaafd aan aardappelen. We leefden op bij het water, staken onze armen wijd uit, lieten onze jassen ritselen en knepen onze ogen samen tegen het zonlicht.

Nu was ze bang dat die overeenkomsten dat verkeerde in haar verraden. Misschien was zij, net als haar vader, niet in staat om lief te hebben zoals ze haar hele leven al wilde.

Of misschien bestond de liefde wel helemaal niet.

10

Het interview

Ik had ooit ergens gelezen dat het tienduizend uur duurt voordat je iets echt onder de knie hebt. Schrijven was iets heel anders, dat was een te vaag 'iets' om die tienduizend uur wat te laten betekenen. Misschien dat je na tienduizend uur in een lege badkuip diep liggen nadenken eindelijk een expert bent in het in een lege badkuip diep liggen nadenken. Misschien dat tienduizend uur de hond van de buren uitlaten terwijl je stilletjes een probleem in het verhaal probeert uit te puzzelen je een expert maakt in het uitpuzzelen van problemen met een verhaal.

Maar al die dingen maakten deel uit van het geheel.

Waarschijnlijk ben ik meer dan tienduizend uur bezig geweest met boeken typen (alle verhalen die zijn uitgegeven en de verhalen die dat niet zijn), en nog steeds was ik geen expert in typen. Laat staan een expert in het schríjven van boeken. Omdat, ook als je tienduizend uur bezig bent met het schrijven van boeken in het feelgoodsegment en nog eens tienduizend uur om ze te lezen, dat nog niet wil zeggen dat je een expert bent in het schrijven van een ander soort boek.

Ik wist niet waar ik mee bezig was. Ik wist eigenlijk niet eens óf ik wel iets deed. Er bestond een goede kans dat Anya me na het lezen van dit manuscript zou vragen waarom ik haar het menu van Red Lobster had gestuurd.

Maar of het nou goed was of niet, in elk geval schreef ik iets. Het ging met een pijnlijke eb en een wanhopige vloed, alsof het gelijk opging met de golven die achter die muur van mist met veel geraas omsloegen.

Het was niet echt mijn leven, maar het kwam in de buurt. De gesprekken tussen de drie vrouwen – Ellie, haar moeder, en de stand-in van Sonya, Lucy – zouden woord voor woord hebben kunnen plaatsvinden, al durfde ik tegenwoordig niet meer op mijn geheugen te vertrouwen.

Als ik het me goed herinnerde, kon mijn vader hier niet zijn geweest toen de kanker van mijn moeder terug was gekomen. Hij kon hier niet zijn geweest, want tot zijn dood herinnerde ik me dat ze blootsvoets in de keuken hadden gedanst, dat hij haar haren had gladgestreken, haar op haar hoofd had gekust en dat hij haar naar het ziekenhuis had gereden met mij achterin, met de playlist op die ik hem had helpen samenstellen.

Willie Nelson met 'Always on My Mind'.

Mijn ouders die onder het rijden elkaars hand vasthielden.

Natuurlijk kon ik me alle zakenreisjes ook nog goed herinneren. Maar dat was het hem nou juist. Ik herinnerde me alles zoals ik dacht dat het geweest was, en toen kwam de waarheid, De Waarheid, en die had alle herinneringen kapotgescheurd alsof het slechts geprinte vellen papier waren.

De drie dagen daarop gingen voorbij in een roes van schrijven en opruimen, met weinig tijd voor andere dingen. Afgezien van een doos pakpapier, een aantal bordspellen en een heleboel handdoeken en beddengoed was er helemaal niets persoonlijks aan de logeerkamer boven. Het had elk willekeurig vakantiehuisje in Amerika kunnen zijn, of een modelwoning, een soort belofte dat ook, jouw leven zo algemeen mooi kan zijn, zonder persoonlijke stempel.

Ik vond de inrichting boven aanzienlijk minder gezellig dan de warme bohemienachtige sfeer beneden. Ik wist niet goed of ik dat een opluchting vond of dat ik me bedrogen voelde.

Als er hier al meer van hem, of van háár, was geweest, dan had zij deze verdieping zelf al flink onder handen genomen.

Woensdag maakte ik foto's van de buitenmeubels en zette die online te koop. Donderdag pakte ik het extra beddengoed, de bordspellen en het pakpapier in om later naar de kringloopwinkel te brengen. Vrijdag haalde ik alle lakens en handdoeken uit de kasten in de badkamer op de bovenverdieping en propte alles in de wasmachine. Daarna pas nam ik aan de keukentafel plaats.

De mist was eindelijk opgetrokken en het was binnen weer warm en plakkerig, dus opende ik de ramen en deuren en zette alle ventilatoren aan.

De afgelopen drie dagen had ik heel af en toe een glimp van Gus opgevangen. Voor zover ik kon zien liep hij vooral te ijsberen en schreef hij maar af en toe iets op. Als hij 's ochtends aan de keukentafel zat te werken, was hij daar tegen de tijd dat ik mijn tweede kopje koffie inschonk al weg. Als hij de hele dag onzichtbaar was gebleven, verscheen hij plotseling in de avond op het terras en schreef bij het licht van de laptop met een hele zwerm motten om hem heen.

Wanneer ik hem zag, raakte ik meteen uit mijn concentratie. Ik vond het te leuk om me voor te stellen waarover hij aan het schrijven was. Ik hoopte dat er vampiers in zijn verhaal voorkwamen.

Op vrijdagmiddag waren we voor het eerst tegelijkertijd aan het werk, ieder aan tafel voor onze ramen.

Hij zat aan zijn keukentafel met zijn gezicht naar mijn huis.

Ik zat aan mijn keukentafel met mijn gezicht naar het zijne.

Toen we dat beseften, hief hij zijn flesje bier op dezelfde manier waarop hij had geklonken met zijn koffie. Ik hief mijn glas water.

Onze ramen stonden open. We hadden kunnen praten, maar dan hadden we wel hard moeten schreeuwen.

In plaats daarvan lachte Gus en pakte hij een zwarte stift en een notitieboekje, waar hij snel hij iets op krabbelde. Vervolgens hield hij het op zodat ik het kon lezen.

Het leven is zinloos, January. Staar de afgrond tegemoet!

Ik onderdrukte mijn lachen, viste een stift uit mijn rugzak, trok mijn eigen notitieboek naar me toe en zocht een blanco vel. Met grote letters schreef ik:

Doet me denken aan die clip van Taylor Swift.

Meteen verscheen er een lach op zijn gezicht. Hoofdschuddend ging hij verder met werken. We zeiden allebei niets, en we gingen ook niet ergens anders zitten. Tot hij ineens op mijn voordeur klopte voor ons eerste onderzoek, met een metalen thermosbeker in elke hand.

Hij wierp een blik op mijn jurk – dezelfde kriebelige, zwarte jurk die ik tijdens de boekenclub had gedragen – en op mijn laarzen, en schudde toen zijn hoofd. 'Dit wordt niks.'

'Ik zie er prima uit,' zei ik meteen.

'Dat ben ik met je eens. Je bent perfect gekleed voor een balletvoorstelling. Maar ik kan je vertellen, January, dat het voor vanavond absoluut niet oké is.'

'Het wordt een latertje,' waarschuwde Gus. We zaten in zijn auto en reden noordwaarts langs het meer. De zon stond laag. Met haar laatste stralen beschilderde ze alles zodat de wereld leek te bestaan uit van achteren belichte suikerspinnen. Ik had van hem geëist dat hij zou uitzoeken wat ik aan moest, in de verwachting dat hij dat ongemakkelijk zou vinden. Maar hij was achter me aan gelopen naar de logeerkamer en had de afgeknipte korte spijkerbroek gekozen die ik in de boekwinkel van Pete ook had gedragen, met daarbij een Carly Simon-shirt, en zo waren we vertrokken.

'Als ik maar niet twee keer achter elkaar naar 'Everybody Hurts' hoef te luisteren,' zei ik. 'Dan vind ik het best als het laat wordt.'

Hij glimlachte flauwtjes. Zijn oogleden kwamen daarbij naar beneden. 'Maak je maar geen zorgen. Dat was een speciale gelegenheid waar ik me door iemand in heb laten praten. Zal niet meer gebeuren.'

Ongeduldig trommelde hij op het stuur toen we voor een verkeerslicht moesten stoppen, en ik liet mijn blik over de aderen op zijn onderarmen gaan, en naar boven langs zijn spieren tot waar ze uit zijn mouwen kwamen. Jacques was zo knap als een model voor herenondergoed. Prachtig gebruind en met een innemende lach, en goudbruin haar dat elke dag goed zat. Maar het waren juist de piepkleine onvolkomenheden van Gus – de littekens, de rimpeltjes, het hoekige – die het moeilijk maakten om niet naar hem te kijken en die ervoor zorgden dat ik graag meer wilde zien.

Hij boog zich naar voren om iets te doen aan de verwarming, en even ging zijn blik mijn kant op. Haastig draaide ik me om naar mijn raampje, en ik deed mijn best om aan iets anders te denken voordat hij mijn gedachten zou kunnen lezen.

'Wil je dat het een verrassing wordt?' vroeg hij.

Mijn hart leek over te slaan. 'Wat bedoel je?'

'Waar we heen gaan.'

Ik ontspande. 'O. Verrast door iets zo verontrustends dat jíj denkt dat het in een boek thuishoort? Nee, dank je.'

'Waarschijnlijk heel verstandig,' zei hij instemmend. 'We gaan een vrouw spreken wier zus in een zelfmoordsekte zat.'

'Je maakt een grapje, zeker?'

Hij schudde zijn hoofd.

'Jezus!' zei ik. Van schrik schoot ik in de lach. Alle spanning vloeide uit me weg. 'Gus, gaat jouw chicklit over een zelfmoordsekte?'

Hij sloeg zijn ogen ten hemel. 'Ik had dit interview al voor onze weddenschap ingepland. Trouwens, het is bedoeld om jóú te leren hoe je literatuur moet schrijven.'

'Nou, hoe dan ook, je meende het dus over staren in de afgrond,' zei ik. 'Het draait eigenlijk allemaal hier om: alles is stom, schrijf daar maar snel over.'

Gus grijnsde. 'Nee, wijsneus. Het draait om karakterisering en details.'

Ik deed alsof ik naar adem hapte. 'Je gelooft nooit hoe toevallig dit is, maar die dingen hebben we in de chicklit ook!'

'Je hebt dit onderdeel van de weddenschap zelf verzonnen,' zei Gus. 'Als je overal een grap van blijft maken, zet ik je met alle plezier af bij de eerste de beste comedyclub, dan kom ik je na je routine wel weer halen.'

'Oké, oké.' Ik gebaarde dat hij verder kon gaan. 'Karakterisering en details, vertel...'

Gus haalde zijn schouders op. 'Ik schrijf graag over bizarre omstandigheden. Personages en gebeurtenissen die te gek voor woorden zijn, maar die toch werken. Door alle details wordt het ongelooflijke geloofwaardig. Daarom interview ik mensen vaak. Het is interessant wat mensen zich van een gebeurtenis nog kunnen herinneren. Als ik over een sekteleider wil schrijven die denkt dat hij een buitenaards bewustzijn is dat al eeuwenlang in alle grote wereldleiders is gereïncarneerd, moet ik weten wat voor schoenen hij draagt, en wat hij als ontbijt eet.'

'Maar moet dat echt?' vroeg ik. 'Is dat echt wat je lezers willen?'

Hij lachte. 'Misschien krijg je jouw boek niet af omdat je je steeds afvraagt wat je lezers willen lezen in plaats van wat jij wilt schrijven.'

Gepikeerd sloeg ik mijn armen over elkaar. 'Zeg dan maar eens hoe jij een beetje romantiek in een boek over een zelfmoordsekte wilt stoppen?'

Hij hield zijn hoofd schuin, en zijn scherpe jukbeenderen wierpen een schaduw over zijn gezicht. Hij krabde aan zijn kin.

'Wanneer heb ik gezegd dat dit gesprek voor mijn romantische boek is? Ik kan toch ook gewoon mijn aantekeningen opzijleggen totdat ik de weddenschap heb gewonnen en dan aan mijn volgende officiële boek gaan werken?'

'Is dat wat je gaat doen?' vroeg ik.

'Dat weet ik nog niet,' gaf hij toe. 'Ik ben nog aan het kijken of ik mijn twee ideeën met elkaar kan combineren.'

'Misschien,' reageerde ik aarzelend. 'Vertel me eens wat meer. Dan kijk ik of ik kan helpen.'

'Oké. Goed dan.' Hij pakte het stuur steviger beet. 'Ik was in eerste instantie aan het schrijven over een journalist die erachter komt dat zijn eerste vriendin van de middelbare school na een drugsverslaving lid is geworden van een sekte, dus besluit hij die te infiltreren en op te blazen. Maar als hij eenmaal lid is van de sekte komt hij in sneltreinvaart hogerop, een heel stuk hoger zelfs dan de vrouw voor wie hij er was. En tijdens zijn verblijf ziet hij van alles, bewijzen dat de leider gelijk heeft. Over alles. Op een bepaald moment wordt het meisje bang en wil uit de sekte stappen, en doet ze zelfs haar best hém om te praten om er ook een punt achter te zetten.'

'Ik neem aan,' zei ik, 'dat ze vervolgens de sekte verlaten, op huwelijksreis naar Parijs gaan en dan in een huisje in het zuiden van Frankrijk gaan wonen. Waar ze wijn gaan maken.'

'Hij ging haar vermoorden,' zegt Gus. 'Om haar ziel te redden. Ik had nog niet besloten of dat een einde aan de sekte zou maken, omdat alle leiders werden gearresteerd en zo, of dat hijzelf de nieuwe profeet zou worden. De eerste optie beviel me wel omdat dat het cirkeltje rond zou maken: hij wilde haar uit de sekte bevrijden, en dat lukt. Hij wilde de groep kapot krijgen, en dat lukt. Maar het tweede einde is cyclischer. Alsof iedere beschadigde persoon die zichzelf als held beschouwt uiteindelijk precies hetzelfde zou doen als de vorige leider van de sekte. Ik weet het niet... Misschien dat ik op het allerlaatst een jonge man of vrouw met een drugsprobleem zou laten opdraven.'

‘Gezellig,’ zei ik.

‘Daar ging ik ook voor,’ reageerde hij.

‘En, nog ideetjes voor de niet-verschrikkelijke versie van dit boek?’

‘Nou, ik vond dat Zuid-Frankrijk-idee wel oké. Dat is best vurig.’

‘Blij dat je dat ook vindt.’

‘Hoe dan ook,’ zei hij, ‘ik kom er wel uit. Een chicklit over een sekte klinkt goed. En jij? Waar gaat jouw boek over?”

Ik deed alsof ik overgaf.

‘Gezellig,’ zei hij met een grijns.

Over vurig gesproken, af en toe had hij best een vurige blik. Gelukkig was het pikdonker in de auto. Zulke ogen zouden niet mogen bestaan. Zijn pupillen hadden geen respect voor de natuurwetten. Ik gloeide ervan.

‘Ik heb geen idee waar mijn boek over gaat,’ zei ik toen hij zijn blik eindelijk weer op de weg richtte. ‘Ik geloof over een meisje.’

Even wachtte hij of ik er iets aan zou toevoegen, en toen zei hij: ‘Wauw.’

‘Ik weet het.’ Er was meer. Er was de vader van wie ze hield. Er was zijn minnares, en zijn strandhuis in zijn geboorteplaatsje, en de bestraling van zijn vrouw. Maar ook al was het tussen Gus Everett en mij opgewarmd (de schuld van zijn ogen), ik had geen zin in de vragen waartoe dit gesprek zou kunnen leiden.

‘Waarom ben jíj eigenlijk hier komen wonen?’ vroeg ik na een langdurige stilte.

Gus ging anders zitten. Kennelijk had hij ook veel waar hij niet over wilde praten. ‘Voor het boek,’ antwoordde hij. ‘Ik had gelezen dat hier ooit een sekte heeft gezeten. Ergens in de jaren negentig. Ze hadden een fors terrein in het bos voordat ze werden opgerold. Er gebeurde daar veel illegaals. Ik ben hier al vijf jaar mensen voor aan het ondervragen en onderzoek aan het doen.’

‘Echt? Werk je hier al vijf jaar aan?’

Hij keek me even aan. ‘Er komt veel research bij kijken. En ik was ook bezig met de laatste loodjes van mijn vorige boek, en daar moest ik ook voor op tournee en zo. Het waren geen vijf jaren achter de schrijfmachine met een lege fles om in te pissen ernaast.'

'Je huisarts zal blij zijn dat te horen.'

In stilte reden we verder. Toen deed Gus zijn raampje naar beneden, en ik volgde zijn voorbeeld. De warme lucht die ineens kwam binnenwaaien maakte de stilte waarin we waren vervallen minder ongemakkelijk. We hadden twee onbekenden kunnen zijn die op hetzelfde strand zaten, of in dezelfde bus of op dezelfde pont.

Terwijl we verder reden, ging de zon centimeter voor centimeter onder. Uiteindelijk deed Gus iets met de radio, en hij stopte toen hij een zender had gevonden waar ze oude nummers draaiden, zoals van Paul Simon.

'Ik ben gek op dit nummer,' zei hij terwijl de wind als een orkaan door de auto raasde.

'Echt?' reageerde ik verbaasd. 'Ik dacht dat je me onderweg naar Elliott Smith zou willen laten luisteren, of naar Johnny Cash' cover van "Hurt".'

Gus sloeg zijn ogen ten hemel. 'En ik dacht dat je Mariah Carey mee zou nemen.'

'Had ik daar maar aan gedacht.'

Zijn ruwe lach ging bijna verloren in het geraas van de wind, maar ik hoorde het goed genoeg om ervan te blozen.

Pas na twee uur gingen we van de snelweg af, en toen reden we een halfuur over wegen met vorstschade. Het enige licht kwam van de koplampen en de sterren.

Uiteindelijk reden we van de kronkelige weg door de bossen een met grind bedekt parkeerterrein op van een café met een dak van golfplaat. Op de luifel stond met neonletters THE BY-WATER. Afgezien van een paar motorfietsen en een oude pick-uptruck was het parkeerterrein verlaten, maar door de ramen met daarop in neonletters BUDWEISER en MILLER waren veel mensen te zien.

'Wees heel eerlijk,' zei ik. 'Heb je me hier gebracht om me om zeep te helpen?'

Gus zette de motor uit en deed de raampjes omhoog. 'Kom nou. We hebben drie uur in de auto moeten zitten. Ik weet in North Bear Shores ook een prima plek om iemand te vermoorden.'

'Hou je al je interviews in een enge kroeg midden in het bos?' vroeg ik.

Schouderophalend antwoordde hij: 'Alleen de goeie.'

We stapten uit. Zonder die harde wind onder het rijden was het best klam, en we werden belaagd door wolken muggen en vuurvliegjes. Ik meende dat ik het 'water' uit de naam van de bar vanuit het bos kon horen. Geen meer, dacht ik. Misschien een beekje.

Ik was altijd een beetje angstig om naar dit soort buurttenten te gaan als ik zelf niet uit de buurt kwam, maar Gus leek nergens last van te hebben, en niemand keek zelfs ook maar op van zijn glas bier of de pooltafel, of van de ouderwetse jukebox die tegen de muur stond en werd omringd door gasten. Het was een plek waar bijna iedereen een camouflagepet, mouwloos hemd en Carhartt-jasje droeg.

Ik was heel erg blij dat Gus me iets anders had laten aantrekken.

'Met wie hebben we afgesproken?' vroeg ik. Ik bleef dicht bij hem terwijl hij zijn blik over de aanwezigen liet gaan. Toen maakte hij een hoofdgebaar in de richting van een vrouw die in haar eentje aan de bar zat.

Grace was een vrouw van in de vijftig. Ze had de afhangende schouders van iemand die veel zat maar niet om te ontspannen. Dat bleek te kloppen: ze was vrachtwagenchauffeur, had vier zonen op de middelbare school en geen partner.

'Niet dat dat geeft, hoor,' zei ze nadat ze een slok van haar glas Heineken had genomen. 'We zijn hier niet om het daarover te hebben. Je wilt het over Hope hebben.'

Hope, haar zus. Hope en Grace. Een tweeling uit Michigan,

uit het noorden, maar nog net niet het schiereiland, had ze ons verteld.

'We willen praten over wat jij relevant vindt,' zei Gus.

Ze wilde eerst zeker weten dat het niet voor een krant of tijdschrift was. Gus schudde zijn hoofd. 'Het is voor een boek. Geen enkel personage krijgt jouw naam, uiterlijk of verhaal. Ook de sekte wordt anders. Dit gesprek is bedoeld om de personages beter te kunnen begrijpen. Waarom iemand lid wordt van een sekte, wanneer je voor het eerst merkte dat er iets met Hope aan de hand was. Dat soort dingen.'

Haar ogen dwaalden even naar de deur en toen keek ze ons weer aan, onzeker.

Ik voelde me schuldig. Ik wist dat ze hier uit vrije wil was gekomen, maar makkelijk kon het niet zijn om haar hele levensverhaal aan een paar onbekenden te vertellen.

'Je hoeft het ons niet te vertellen,' flapte ik eruit, en meteen voelde ik de kwade blik die Gus me toewierp, maar ik hield mijn eigen blik op Grace gericht, op haar vochtige ogen en haar mond die een beetje open stond. 'Ik snap dat erover praten niets ongedaan maakt. Maar er niet over praten doet dat ook niet, en als je ons iets te zeggen hebt, dan kan dat. Ook als je liever praat over waarom je van haar hield.'

Ze kneep haar ogen tot spleetjes en perste haar lippen op elkaar. Heel even was ze doodstil en somber, als een madonna uit het Midden-Westen in een stenen piëta, een gewijde herinnering in haar schoot, net buiten ons gezichtsveld.

'Haar lach,' zei ze uiteindelijk. 'Ze snoof wanneer ze lachte.'

Mijn mondhoek trok een beetje op, ondanks het zware gevoel dat in me opkwam. 'Dat vind ik ook altijd zo mooi,' moest ik toegeven. 'Mijn beste vriendin doet dat. Dat geeft me altijd het gevoel dat ze in het leven verdrinkt. Op een goede manier. Alsof ze het door haar neus uitsproeit, als je begrijpt wat ik bedoel.'

Er vormde zich een glimlachje om Graces mond. 'Op een goede

manier,' herhaalde ze zachtjes. Toen begonnen haar lippen te trillen, en ze krabde aan haar door de zon gebruinde kin. Haar afhangende schouders gingen mee omhoog toen ze haar onderarmen op ons tafeltje legde. Ze schraapte haar keel. 'Ik wist het niet,' zei ze gesmoord. 'Dat er iets aan de hand was. Dat wilden jullie toch weten?' Met tranen in de ogen schudde ze haar hoofd. 'Ik wist van niets, totdat ze er ineens niet meer was.'

Gus hield zijn hoofd schuin. 'Hoe is dat mogelijk?'

'Omdat...' Met ogen vol tranen haalde ze haar schouders op. 'Omdat ze nog lachte.'

Onderweg naar huis zeiden we geen woord. De raampjes bleven dicht, de radio stond niet aan, onze blik was op de weg gericht. Ik nam aan dat Gus de informatie van Grace in zijn hoofd aan het sorteren was.

Zelf was ik verloren in gedachten aan mijn vader. Ik zou zelf ook alle vragen over hem kunnen ontwijken, tot ik zo oud was als Grace. Totdat Sonya er niet meer zou zijn, en mijn moeder ook niet, en dan was er niemand meer die me antwoorden kon geven, zelfs niet als ik dat had gewild.

Ik wilde niet de rest van mijn leven elke gedachte aan de man die me had opgevoed blijven ontwijken. Ik voelde me misselijk als ik aan de envelop in de doos boven op de ijskast dacht.

Maar ik werd ook moe van de pijn in mijn borst, het gewicht dat op mijn schouders drukte en het angstzweet dat me uitbrak als ik te lang probeerde de waarheid onder ogen te zien.

Met gesloten ogen liet ik mijn hoofd op de hoofdsteun rusten terwijl de herinneringen weer boven kwamen drijven. Ik deed mijn best me te verzetten, maar ik was te moe, het ging niet. De gehaakte omslagdoek, de uitdrukking op het gezicht van mijn moeder, de sleutel in mijn hand.

Ik wilde echt niet terug naar dat huis.

De auto kwam abrupt tot stilstand en mijn ogen vlogen open.

'Sorry,' zei Gus. Hij was op de rem gaan staan om op een onverlicht kruispunt niet tegen een tractor op te knallen. 'Ik was er even niet bij met mijn hoofd.'

'Verloren in dat mooie brein van je?' reageerde ik plagerig, maar het was niet echt leuk, en als Gus het al had gehoord, liet hij dat niet merken. Zijn normaal gesproken trekkende mondhoek was naar beneden gekruld.

'Gaat het?' vroeg ik.

'Ja...'

Even bleef het stil. 'Dat was allemaal behoorlijk heftig. Als je het erover wilt hebben...'

Ik dacht terug aan wat Grace had verteld. Ze had het idee dat het in het begin van Hopes tijd in de sekte veel beter met haar was gegaan. Ze stopte met het gebruik van heroïne, terwijl dat een bijna onmogelijke opgave had geleken. 'Haar huid zag er beter uit,' had Grace gezegd. 'En haar ogen ook. Ik weet niet precies hoe of wat, maar haar blik stond op de een of andere manier anders. Ik dacht dat ik mijn zusje terug had. Vier maanden later was ze dood.'

Het was een ongelukje geweest: interne bloedingen, opgelopen na een 'straf'. De woonwagens van New Eden waren in vlammen opgegaan toen het onderzoek van de FBI steeds meer aan het licht had gebracht.

Alles wat Grace had verteld paste waarschijnlijk goed bij Gus' originele plan, maar er was weinig gelegenheid voor leuke ontmoetingen, of goede aflopen. Maar dat was natuurlijk ook de bedoeling. Het onderzoek van vanavond was voor míj, om míjn hersens op het juiste spoor te krijgen voor het soort boek dat ík zou moeten schrijven.

Ik begreep niet hoe mensen dit voor elkaar kregen. Hoe Gus het kon verdragen om voor zijn verhalen zo'n somber pad te volgen. Hoe hij vragen kon blijven stellen terwijl ik Grace de hele avond alleen maar had willen omarmen, mijn verontschuldigingen had willen aanbieden voor wat de wereld haar had aangedaan en een manier had willen vinden om het verlies toch een klein beetje draaglijker te maken.

'Ik moet tanken,' zei Gus, en we stopten bij een verlaten Shell-station. In de wijde omgeving was niets anders te zien dan verdorde akkers.

Ik stapte uit om mijn benen te strekken terwijl Gus de tank vol gooide. Het was inmiddels een beetje afgekoeld, maar niet veel. 'Is dit een van die plekjes voor een moord waar je het over had?' vroeg ik terwijl ik om de auto heen naar hem toe liep.

'Ik weiger antwoord op die vraag te geven omdat ik niet wil dat je mijn idee jat.'

'Goede reden,' reageerde ik. Na een poos kon ik de vraag niet meer binnenhouden. 'Doet het je dan helemaal niks? Om zoveel tragedie te moeten aanhoren? Vijf jaar. Dat is een hele tijd om je in hun positie te plaatsen.'

Gus hing de slang terug en draaide de dop van de benzinetank erop. 'Iedereen heeft wel iets rots meegemaakt. Soms is het bijna een opluchting om even stil te staan bij het leed van iemand anders.'

'Oké, prima,' zei ik. 'Kom maar op.'

Gus trok zijn wenkbrauwen op, en zijn sexy, snode mond verviel in een neutrale positie. 'Wat bedoel je?'

Ik sloeg mijn armen over elkaar en leunde met mijn rechterheup tegen het portier. Ik had er schoon genoeg van om steeds weer de kwetsbaarste in de kamer te zijn. Het meisje dat wijn in haar tas had, dat haar best deed niet te beven wanneer iemand in een vol café zijn hart uitstortte. 'Laat jouw geheimzinnige leed maar eens horen. Misschien kan dat mijn gedachten afbrengen van mijn eigen ellende.' En nu ook nog de ellende van Grace, die net zo zwaar woog.

Gus liet zijn gevoelvolle ogen over mijn gezicht dwalen. 'Nee,' zei hij uiteindelijk, en hij liep naar het portier, maar ik bleef ertegenaan leunen. 'Je staat in de weg,' zei hij.

'O ja?'

Hij stak zijn hand uit naar de greep, maar ik schoof opzij zodat hij er niet bij kon. Zijn hand kwam dus tegen mijn heup aan, en meteen kreeg ik het er warm van.

'Nu sta je nog meer in de weg,' zei hij op een toon die eerder uitdagend overkwam dan boos.

Mijn wangen gloeiden. Zijn hand hing nog in de buurt van mijn heup, alsof hij die was vergeten, maar toen bewoog hij zijn vinger en wist ik dat hij het zich wel degelijk bewust was.

'Dit was de treurigste date ooit,' zei ik. 'Het minste wat je kunt doen is me iets over jezelf vertellen, en over waarom New Eden belangrijk voor je is.'

Geamuseerd trok hij zijn wenkbrauwen op, en zijn ogen lichtten op. 'Het was geen date.'

Op de een of andere manier klonk het uit zijn mond smerig.

'O ja, je doet niet aan dates,' zei ik. 'Waarom niet eigenlijk? Heeft dat te maken met je duistere, geheimzinnige verleden?'

Zijn sexy, snode mond stond strak. 'Wat krijg ik?'

Hij kwam dichterbij staan, en ik werd me sterk bewust van de weinige moleculen die zich nog tussen ons in bevonden. Ik had na Jacques niet meer zo dicht bij een man gestaan. Jacques had naar dure geurtjes geroken, Gus had iets rokerigs en zoets om zich heen hangen, een beetje als wierook vermengd met de geur van zon, zee en strand. Jacques had blauwe ogen die over me heen gleden als een zomerse bries langs een windgong. Gus' blik boorde zich in me. *Wat krijg ik?*

'Een levendig gesprek?' Mijn stem kwam er heel onwennig uit.

Hij schudde zijn hoofd. 'Vertel waarom je hier bent komen wonen, en dan zal ik jou één dingetje vertellen over mijn duistere, geheimzinnige verleden.'

Daar moest ik even over denken. Ik kwam tot de conclusie dat de beloning het meer dan waard was. 'Mijn vader is overleden. Hij heeft mij zijn strandhuis nagelaten.'

Dat was de waarheid, al was het niet de volledige waarheid.

Opnieuw zag ik een onbekende emotie over zijn gezicht gaan. Was het teleurstelling? Ik kon hem zo snel niet duiden. 'Nu is het jouw beurt,' zei ik.

'Goed,' zei hij met ruwe stem. 'Eén ding.'

Ik knikte.

Gus boog zich samenzweerderig tot vlak naast mijn oor. Door zijn warme stem kreeg ik kippenvel in mijn nek. Zijn blik gleed over mijn gezicht en zijn hand raakte mijn heup zo zacht aan dat het wel een briesje leek. De hitte rond mijn heupen verspreidde zich tot in mijn binnenste waar het zich om mijn dijen klampte.

Het was idioot dat ik me die avond aan de universiteit nog zo goed voor de geest kon halen. Toen had hij me ook zo aangeraakt. Die eerste keer op de dansvloer, vederlicht en samensmeltend warm, voorzichtig, bewust.

Ik merkte dat ik mijn adem had ingehouden en zoog wat lucht in. Mijn borst bewoog zich veel te overdreven, als in zo'n pulpromannetje.

Hoe kreeg hij dit bij me los? Alweer?

Na onze avond samen zou dit gevoel, dit verlangen niet mogelijk mogen zijn. Na het afgelopen jaar had ik er zelfs helemaal niet meer op gerekend.

'Ik heb gelogen,' fluisterde hij in mijn oor. 'Ik heb je boeken wel gelezen.'

Zijn handen sloten zich om mijn middel terwijl hij me bij de auto vandaan trok. Hij ging achter het stuur zitten, en ik bleef naar adem snakkend achter op de koude parkeerplaats.

11

De niet-date

Ik dacht die zaterdag veel te lang na over de perfecte invulling van Gus' eerste Grote Romantische Avontuur. Hoewel ik structureel niets op papier kreeg, was ik nog steeds wel de expert op mijn gebied, en mijn lijst voor mogelijke plaatsen voor een leuke ontmoeting en een goede afloop was enorm.

Ik had die ochtend nog een woordje of duizend op papier weten te zetten, en sindsdien had ik alleen maar lopen ijsberen en googelen op zoek naar de perfecte plek. Maar ik kon maar geen besluit nemen, dus reed ik naar de boerenmarkt in de stad, waar ik op zoek naar inspiratie door de zonnige straat tussen de kraampjes door wandelde. Ik bekeek emmers vol bloemen, terugdenkend aan toen ik nog een bosje margrieten voor in de keuken en lelies voor op het nachtkastje had kunnen betalen, toen Jacques en ik nog samenwoonden. Als je zelf iets moet huren in New York, heb je geen geld voor luxe dingen die een weekje lekker ruiken en daarna doodgaan.

Bij het kraampje van een boerderij uit de buurt kocht ik een tas vol lekkere tomaten, oranje en rood, een bosje basilicum en munt, komkommers en verse botersla. Als ik dan niks zou kunnen bedenken, hadden we tenminste eten om samen te bereiden.

Mijn maag knorde bij de gedachte alleen. Ik kookte niet graag voor mezelf – het kostte te veel tijd en die had ik niet – maar er was iets romantisch aan samen een glaasje rode wijn drinken en in een schone keuken bezig zijn: snijden, wassen, roeren en proeven van een houten pollepel. Jacques hield van koken. Zelf kon ik wel een receptje volgen, maar hij hield meer van intuïtief langdurig koken, en intuïtie en geduld had ik niet.

Ik betaalde voor mijn groente en zette mijn zonnebril recht terwijl ik op de markt op zoek ging naar kip of biefstuk en nadacht over mijn opties.

Personages konden overal verliefd worden. Op het vliegveld, in een autogarage of in het ziekenhuis. Maar voor een anti-romanticus moest ik misschien op zoek gaan naar iets overduidelijks. Voor mij was het onverwachte juist beter. Fouten en vergissingen. Je had weinig inspiratie nodig voor een plot, maar dat ene moment, het moment dat de basis vormt voor een boek en het tot leven wekt als meer dan alleen woorden, dat vroeg om alchemie en dat kon je niet zomaar doen.

Dat had het afgelopen jaar me wel doen inzien. Ik kon de hele dag verhaallijnen verzinnen, maar geen van alle werkten als ik zelf niet midden in het verhaal zou vallen, als het verhaal me niet als een wervelwind zou meesleuren. Dat vond ik altijd zo prettig aan lezen, en daarom was ik zelf gaan schrijven. Het gevoel dat er een nieuwe wereld om je heen werd geweven als een spinnenweb en je je niet zou kunnen bevrijden totdat je alles had gelezen.

Het gesprek met Grace had me weinig wervelwinden van inspiratie opgeleverd, maar het had wel een vonkje opgelicht. Er waren verhalen die verteld moesten worden. Verhalen waar ik zelf nooit bij stil had gestaan. Ik vond het spannend dat ik er nu zelf eentje zou kunnen vertellen en het nog leuk zou gaan vinden ook.

Datzelfde gevoel wilde ik Gus geven. Ik wilde dat hij morgen wakker zou worden, klaar om te schrijven. Ik was ervan overtuigd dat hij in zou zien hoe moeilijk het was om een goede chicklit te schrijven, maar het zou nog veel lastiger worden om hem te tonen wat ik zo mooi vond aan het genre: het lezen en schrijven van een romantisch verhaal was bijna net zo groots en transformatief als echt verliefd worden.

Eenmaal thuis was ik te afgeleid om te gaan schrijven, dus besloot ik me op een andere manier nuttig te maken. Ik stak mijn haar op, trok een korte broek en een Todd Rundgren-tanktop aan en liep met vuilniszakken en dozen naar de badkamer voor gasten op de eerste verdieping.

Mijn vader of Die Vrouw hadden het badkamerkastje vol handdoeken en reservetoiletspullen gepropt, die ik allemaal in dozen stopte en een voor een naar de gang bracht om later naar de kringloop te brengen. Tijdens de derde ronde draaide ik me om bij het keukenraam dat recht tegenover Gus' keukenraam lag. Hij zat aan tafel en hield een enorm vel papier naar me op, alsof hij had zitten wachten.

Ik klemde de doos tussen mijn heup en de tafel en veegde met mijn arm het zweet van mijn voorhoofd terwijl ik zijn bericht op het papier las:

January, January, waar zijt gij, January?

Het bericht was ironisch. De vlinders in mijn buik waren dat niet. Ik schoof de doos verder op tafel en trok mijn notitieboek tevoorschijn waarin ik een boodschap terug schreef. Vervolgens hield ik het briefje omhoog.

Nieuwe telefoon, wie is dit?

Gus lachte en wendde zich weer tot zijn laptop. Ik pakte de doos weer op en nam hem mee naar mijn auto, waarna ik de rest op ging halen. Het was vandaag eindelijk minder vochtig en warm, waardoor het nu luchtig aanvoelde. Zodra ik alles in de auto had geladen, schonk ik mezelf een glaasje rosé in en ging op het terras zitten.

De lucht was helderblauw met hier en daar een schapenwolkje dat langzaam voorbijdreef. Door het zonlicht zagen de boomtoppen er lichtgroen uit. Als ik mijn ogen sloot, hoorde ik gelach bij het water vandaan komen.

De tuin van mijn ouderlijk huis grensde aan die van een gezin met drie jonge kinderen. Zodra ze er waren kwamen wonen, had mijn vader bomen bij het hek geplant om ons wat privacy te geven, al vond hij het heerlijk om 's avonds bij het vuurtje het gegil en gelach van de kinderen te horen als ze tikkertje deden of op de trampoline sprongen of in de tent achter het huis lagen.

Mijn vader had graag de ruimte, maar wilde ook graag horen dat er nog andere mensen op de wereld waren die hun eigen leven leidden. Mensen die hem niet kenden.

'Sommige mensen vinden het vreselijk om zich zo klein te voelen,' had hij me eens verteld. 'Maar ik vind het wel best. Minder druk als je gewoon een van de zes miljard mensen bent. En als je het moeilijk hebt' – op dat moment kreeg mijn moeder bijvoorbeeld chemokuren – 'weet je dat je niet de enige bent.'

Voor mij was het andersom. Ik had liever privépijn. Over het universum. Over het lichaam van mijn moeder dat haar weer had verraden. Over het leven waarvan ik droomde dat nu in rook was opgegaan. Mijn studiegenoten gingen na hun studie reizen (waar ze op mysterieuze wijze geld voor hadden), en postten vanuit alle uithoeken van de wereld lieve moederdagberichtjes. En ondertussen hoorde ik de kinderen achter het huis van mijn ouders gillen en giechelen tijdens het spookje spelen.

In het geheim voelde het alsof mijn hart was gebroken omdat de wereld ons dit weer had aangedaan. En ik vond het nog erger om niets te kunnen zeggen, omdat dat het nog moeilijker zou maken voor mijn moeder.

En toen overleefde ze het weer. Ik was erg dankbaar. De opluchting was groter dan ik ooit had kunnen dromen. We konden weer verder met ons leven en wij drieën waren sterker dan ooit. Niets kon ons meer opbreken.

Toch rouwde ik om al die jaren verspild aan doktersbezoekjes, het uitgevallen haar, en mijn moeder, die normaal gesproken altijd in de weer was, ziek op de bank. Die gevoelens pasten niet bij ons prachtige leven na de kanker. Dat wist ik, er kwam namelijk weinig behulpzaams of goeds uit voort. Dus stopte ik ze weg.

Maar toen ik over Sonya te weten kwam, kwamen ze er allemaal weer uit, als een duveltje in een doosje recht op mijn vader gericht.

'Vraag.'

Ik keek op en zag Gus bij de balustrade van zijn terras staan. Zijn grijze shirt was net zo verkreukt als de rest van zijn kleding. Alsof hij zijn kleren na het wassen nooit opvouwde en opborg, als hij ze überhaupt ooit waste. Al gaf zijn slordige haar de impressie dat hij net een dutje had gedaan.

Ik ging aan mijn kant bij de balustrade staan, drie meter bij hem vandaan. 'Over de zin van het leven? Of over welk boek het eerste deel van *Bridget Jones* is?'

'Dat laatste, zeker,' zei hij. 'En moet ik vanavond een pak aan?'

Ik onderdrukte een glimlach. 'Ik heb er honderd dollar voor over om je pak met jouw wasregime te mogen zien. En ik ben blut, dus dat zegt genoeg.'

Hij sloeg zijn ogen ten hemel. 'Ik zie het eerder als een wasdemocratie.'

'Als je een levenloos voorwerp vraagt of het graag gewassen wil worden, kun je ervan uitgaan dat je niet het antwoord krijgt dat je wilt.'

'January, gaan we naar een nabootsing van het bal van *Belle en het Beest* of niet? Ik probeer mijn dag een beetje te plannen.'

Ik keek naar hem. 'Goed, een antwoord, op voorwaarde dat je me eerst vertelt of je eigenlijk wel een pak hebt.'

Hij staarde me zwijgend aan. Uiteindelijk zuchtte hij en leunde tegen de balustrade aan. De zon ging al onder en de aderen en spieren van zijn armen wierpen een schaduw over zijn huid. 'Oké, goed dan. Ja, ik heb een pak.'

Ik barstte in lachen uit. 'Echt waar? Ben je soms stiekem een Kennedy? Niemand heeft tegenwoordig nog een eigen pak.'

'Ik heb antwoord gegeven. Nu moet jij me vertellen wat ik aan moet.'

'Aangezien ik je alleen nog maar in verschillende variaties van dezelfde outfit heb gezien, kun je ervan uitgaan dat ik niets heb gepland waarbij je een pak moet dragen. Tot nu toe wist ik niet eens dat je er een had. Wie weet wat je de volgende keer te wachten staat! Maar voor vandaag is je chagrijnige-barman-outfit voldoende.'

Hij schudde zijn hoofd en ging weer rechtop staan. 'Fenomenaal,' zei hij, waarna hij naar binnen ging.

En toen wist ik waar ik Gus Everett mee naartoe wilde nemen.

'Goh,' zei Gus.

De 'kermis' die ik meer dan tien kilometer verderop had gevonden werd op een parkeerplaats van Big Lots gehouden, en het paste net iets te goed in het plaatje.

'Ik heb ze geteld. Zeven attracties,' zei Gus. 'Zeven.'

'Wat knap dat je al zo hoog kunt tellen,' plaagde ik. 'Volgende keer kom je misschien wel tot tien!'

'Was het maar zo hoog,' mopperde Gus.

'Dit is perfect,' zei ik.

'Waarvoor?' vroeg hij.

'Je weet wel,' zei ik. 'Om verliefd te worden.'

Gus schaterlachte, en weer was ik veel te trots op mezelf. 'Kom.' Het deed een beetje pijn toen ik mijn creditcard overhandigde om oneindig veel ritjes voor ons te kopen, maar gelukkig stond Gus erop om zijn eigen deel te betalen. Dat was een van de naarste dingen van blut zijn: je moest er altijd over denken of je het je wel kon veroorloven om iemand te trakteren.

'Dat was misschien niet zo romantisch van me,' zei ik terwijl we door de massa mensen rondom het ringwerpen liepen.

'Gelukkig is dát precies mijn definitie van romantiek.' Hij wees op een rij blauwe wc-cabines naast het terrein. Een puber met zijn pet achterstevoren hield zijn hand tegen zijn buik gedrukt terwijl hij op en neer wiebelde, wachtend tot er een wc vrij zou komen, terwijl een stelletje naast hem uitgebreid aan het zoenen was.

'Gus,' zei ik droog. 'Dat stel is zo verliefd dat ze zelfs op een paar meter van letterlijke drek nog niet van elkaar af kunnen blijven. Dat beeld is onze les voor vandaag. Doet het jouw stenen hart dan echt niets?'

'Hart? Nee. Maag, een beetje. Ik krijg spontaan diarree uit sympathie voor hun vriend. Stel je voor dat je het echt zo rot hebt getroffen met je vrienden dat een wc-cabine je enige lichtpuntje is. Een heil. Ergens om tot rust te komen. Dit is een toekomstige existentialist. Misschien zelfs wel een afstandelijk hitsige schrijver.'

Ik sloeg mijn ogen ten hemel. 'Zo ging het voor mij op de middelbare school ook altijd, en zelfs op de universiteit nog. Toch heb ik het overleefd, en mijn tere hart is niet verhard.'

'Onzin!' riep Gus.

'Wat bedoel je?'

'Toen kende ik je ook al, January.'

'Dat is nogal een overdrijving. Je grootste van vandaag, en het waren er al veel.'

'Goed, ik kende je van gezicht,' zei hij. 'Maar wat ik wil zeggen is dat jij niet het vijfde wiel aan de wagen met diarree was. Je had vriendjes zat. Marco heette hij geloof ik. Die jongen van onze Fictie-workshop. En die veelbelovende jongen die medicijnen studeerde? Die aldoor maar in het buitenland verbleef en kansarme jongeren begeleidde en zonder shirt aan bergbeklimmen deed?'

Ik lachte snuivend. 'Zo te horen was jij verliefder op hem dan ik.'

Er kwam iets scherps en oordelends over hem. 'Maar jij was verliefd op hem.'

Natuurlijk. Ik had hem tijdens een spontaan sneeuwballengevecht op de campus ontmoet. Er was haast niets romantischer dan dat. Ik was in de sneeuw gevallen en hij had me eruit gevist. Zijn blauwe ogen straalden, en hij bood me zijn droge muts aan omdat die van mij doorweekt was.

Het kostte me enkel de tien minuten die hij me terug naar huis bracht voordat ik zeker wist dat hij de interessantste persoon op aarde was. Hij was bezig zijn vliegbrevet te halen en wilde al sinds hij klein was aan de slag als arts op de Spoedeisende Hulp, omdat hij zijn neefje bij een auto-ongeluk was verloren. Hij had in Brazilië, Marokko en Frankrijk gestudeerd (in Parijs, waar zijn grootouders van zijn vaders kant woonden) en had in zijn eentje door de Camino de Santiago getrokken.

Toen ik hem vertelde dat ik zelf nog nooit het land uit was geweest, stelde hij voor om naar Canada te rijden. Ik dacht dat hij een grapje maakte, totdat we rond middernacht ineens bij de *tax-free*-zaak aan de andere kant van de grens stonden. 'Zo,' zei hij met zijn modellengrijns op zijn gezicht, zo glansrijk en ondeugend. 'De volgende keer gaan we ergens naartoe waar ze een stempel in je paspoort zetten.'

Die hele avond leek wel onwerkelijk, als een droom. Nu ik erop terugkeek zag ik dat we daar allebei aan hadden meegespeeld: hij deed alsof hij buitengewoon interessant was, en ik deed alsof ik spontaan en zorgeloos was, zoals altijd. Vanbuiten waren we zo anders, maar diep vanbinnen wilden we allebei hetzelfde. Een magisch leven, waarvan elk moment nog grootser en glansrijker en smakelijker was dan het voorgaande.

Gedurende de zes daaropvolgende jaren bleven we voor elkaar glanzen.

Ik stopte alle herinneringen weg. 'Ik ben nooit echt met Marco samen geweest,' antwoordde ik. 'We gingen samen naar een feestje waar hij vervolgens iemand anders aan de haak sloeg. Dank je voor die herinnering.'

Gus' lach ging over in een meelevend 'aaah'.

'Het geeft niet. Ik heb het overleefd.'

Gus hield zijn hoofd schuin en keek me doordringend aan. 'En die veelbelovende jongen?'

'Met hem was ik wel een tijdje samen,' gaf ik toe.

Ik heb nog gedacht dat ik met hem zou trouwen. En toen ging mijn vader dood en was alles ineens anders. We hadden al veel meegemaakt tijdens mijn moeders ziekbed, maar ik wist altijd mijn hoofd boven water te houden en de zorgen de kop in te drukken om plezier met hem te maken. Maar dit was anders. Jacques kon niet met deze versie van mij omgaan. Ik lag de hele dag in bed en kon niet schrijven of eten zonder erbij in te storten, ik slonsde door het huis en liet de was voor wat hij was, waardoor ons prachtige appartement lelijker en lelijker werd. Ik wilde geen feestjes meer geven of tegen zonsondergang over de Brooklyn Bridge lopen of een lastminutereisje naar Joshua Tree boeken.

Hij bleef maar zeggen dat ik mezelf niet meer was. Maar daar had hij het mis. Ik was altijd al zo geweest. Ik probeerde gewoon niet langer om zelfs in het donker nog een lichtpuntje voor hem te zijn. Voor niemand eigenlijk.

Het was ons prachtige leventje samen, de mooie vakanties, de grootse gebaren en de bloemen in handgemaakte vazen, dat ons zo lang samen had gehouden.

Het was niet zo dat ik nooit genoeg van hem had. Of dat hij de leukste man was die ik ooit had ontmoet (dat was lange tijd mijn vader, maar nu eerder de vader uit mijn favoriete serie uit de jaren 2000, *Veronica Mars*). Hij was ook niet de leukste persoon die ik kende (dat was Shadi), en hij maakte me ook niet zo hard aan het lachen dat de tranen over mijn wangen stroomden (hij lachte vaak, maar maakte weinig grappen). En als er iets aan de hand was, was hij zeker niet degene die ik als eerste wilde bellen.

We hadden elkaar ontmoet toen we even oud waren als mijn ouders toen zij elkaar hadden leren kennen, waardoor dat sneeuwballengevecht en ons tochtje naar Canada wel als door het lot bestemd leken. Mijn moeder vond hem geweldig. Hij paste perfect in het verhaal dat ik mezelf vertelde, waardoor ik hem voor de liefde van mijn leven had aangezien.

Toch deed het pijn toen we uit elkaar gingen, op alle mogelijke manieren, maar toen de scherpste randjes eraf waren leken alle herinneringen aan onze tijd samen net verhalen uit een boek. Ik dacht er liever niet meer aan. Niet omdat ik hem miste, maar omdat ik zijn tijd had verspild, en die van mij, door zijn droommeisje te spelen.

'We waren samen,' herhaalde ik. 'Tot vorig jaar.'

'Goh,' zei Gus ongemakkelijk. 'Dat is lang. Ik... Ik voel me rot dat ik hem belachelijk heb gemaakt om zijn shirtloze bergbeklimmingen.'

'Het geeft niet,' zei ik schouderophalend. 'Hij heeft me in de hottub gedumpt.' Bij een hutje in de Catskills, drie dagen voor het einde van onze vakantie met zijn familie. Spontaniteit is lang niet zo sexy als men zegt. 'Je bent jezelf niet meer,' had hij gezegd. 'Zo gaat het niet tussen ons, January.'

De volgende ochtend vertrokken we, terug naar New York. Jacques zou zijn ouders bellen zodra we weer thuis waren om ze op de hoogte te stellen.

'Mijn moeder gaat huilen,' had hij gezegd. 'Net als Brigitte.'

Zelfs toen vond ik het afschuwelijker om zijn moeder en zusje – een middelbarescholier met een perfecte voorkeur voor kleding uit de jaren zeventig – kwijt te raken dan hem zelf.

'In de hottub?' herhaalde Gus. 'Jezus. Die vent was altijd zo zeker van zichzelf dat hij je door zijn eigen sprankeling vast niet kon zien voor wie je was.'

Ik glimlachte. 'Dat was het vast.'

'Hé,' zei Gus.

'Wat, hé?'

Hij knikte naar de suikerspinnenkraam. 'Ik denk dat we er eentje moeten eten.'

'Daar is het dan eindelijk,' zei ik.

'Wat?' vroeg Gus.

'Het tweede punt waar we het over eens zijn.'

Gus betaalde voor de suikerspin en ik stribbelde niet tegen. 'Het is echt geen probleem,' plaagde hij toen ik niets zei. 'Je kunt het me later terugbetalen. Wanneer jij wilt.'

'Hoeveel was het?' vroeg ik terwijl ik een flink stuk losrukte en dramatisch in mijn mond liet zakken.

'Drie dollar, maar geen probleem. Ik stuur wel een Tikkie van één vijftig.'

'Is dat niet te veel gedoe?' vroeg ik. 'Ik kan wel even om de bon vragen.'

'Waar is de dichtstbijzijnde bank?' vroeg hij. 'Dan kunnen we het daar even regelen.'

'Reken je rente?' vroeg ik.

'Geef me de drie dollar maar als ik je straks thuis afzet, en als ik dan ooit eens een orgaan nodig heb, klop ik bij jou aan.'

'Goed, goed,' stemde ik toe. 'Laten we het zo afspreken.'

'We kunnen beter even onze advocaten op de hoogte stellen.'

'Goed idee,' zei ik. 'Wil je in de tussentijd een ritje maken?'

'Een ritje? Hier absoluut niet.'

'Goed,' zei ik. 'Wat staat je het minst tegen?'

We liepen al pratend en etend rond toen Gus ineens bleef staan en me het laatste stuk van zijn suikerspin aanbood. 'Dat,' zei hij terwijl ik het stuk opat, wijzend op een piepkleine draaimolen. 'Dat zal me wel niet dood kunnen krijgen.'

'Hoe zwaar ben je, Gus? Drie blikjes bier, een stel botten en een sigaret?' En al die stevige spieren waar ik natuurlijk nooit naar zat te staren. 'Die beschilderde dieren krijgen je zo klein.'

'Goh,' zei hij. 'Allereerst weeg ik misschien inderdaad evenveel als drie blikjes bier, maar dat zijn dan nog altijd drie blikjes meer dan je ex. Hij zag eruit als iemand die de hele dag op tarwegras liep te kauwen en kilometers hardliep. Ik ben minstens twee keer zo zwaar als hij. En bovendien heb jij makkelijk praten; ben jij sowieso wel een meter veertig?'

'Ik ben wel een meter tweeënzestig', antwoordde ik.

Hij keek me met tot spleetjes geknepen ogen aan en schudde zijn hoofd. 'Je bent al even belachelijk als je klein bent.'

'Dus helemaal niet?'

'De draaimolen is mijn laatste aanbod,' zei Gus.

'De perfecte plek voor onze montage,' zei ik.

'Onze wát?'

'Jonge, heel erg mooie en bijzonder lange vrouw in glittergympen leert bange, feestjeshatende chagrijn om van het leven te genieten,' legde ik uit. 'Er wordt natuurlijk veel nee geschud. Ik sleur je mee van attractie naar attractie. Jij sleept me telkens de rij uit. Ik sleep je er weer in. Het is heel schattig en helpt je met je superromantische zelfmoordsekteboek. De belofte van de belofte, het gedeelte in het boek dat je lezers van oor tot oor zal doen grijnzen. We kunnen niet zonder montage.'

Gus sloeg zijn armen over elkaar en keek me aan.

'Kom nou, Gus.' Ik porde hem tegen zijn arm. 'Je kunt het best. Wees eens schattig.'

Hij keek naar zijn armen, waar ik had gepord, en vervolgens weer naar mij. Mokkend.

'Volgens mij heb je me verkeerd begrepen. Ik zei "schattig".'

Toen klaarde zijn gezicht ineens op. 'Goed dan, January. Maar het wordt geen montage. Kies één dodelijke attractie en als ik die overleef, kun je rustig slapen in de wetenschap dat ik een stapje dichter bij het geloof in een goede afloop ben gekomen.'

'Mijn god,' zei ik. 'Zouden we deze scène niet overleven als jij hem schreef?'

'Als ik deze scène schreef, zouden wij er sowieso niet in zitten.'

'Wauw. Ten eerste ben ik beledigd, en ten tweede ben ik nieuwsgierig naar wie er dan wel in zit.'

Hij liet zijn blik over de menigte dwalen, en ik volgde zijn blik met de mijne. 'Zij,' besloot hij.

'Wie?'

Hij ging achter me staan, met zijn hoofd boven mijn rechterschouder. 'Daar. Onder aan het reuzenrad.'

'Dat meisje in het SCREW ME, I'M IRISH-shirt?' vroeg ik.

Hij lachte warm en ruw in mijn oor. Met hem zo dicht bij me kwamen alle herinneringen aan die avond op het studentenfeest weer boven, en dat had ik liever niet.

'De vrouw die de attractie bedient,' antwoordde hij in mijn oor. 'Misschien maakt ze wel een foutje en raakt er iemand gewond. Deze baan was waarschijnlijk haar laatste kans, omdat niemand haar nog wilde aannemen na een nog ergere fout. In een fabriek, of zo. Of misschien heeft ze iemand van wie ze hield wel op illegale wijze moeten beschermen. Iets half onschuldigs dat naar iets aanzienlijk minder onschuldigs leidt.'

Ik draaide me naar hem om. 'Of ze krijgt de kans om de held te zijn. Dit was haar laatste kans, maar ze vindt het prachtig en is er goed in. Ze reist en ontmoet nieuwe mensen, al ziet ze meestal alleen de parkeerplaats. En ze houdt van mensen. De fout komt niet door haar, de attractie is defect. Maar dankzij haar snelle actie redt ze het leven van een meisje. Dat meisje wordt later congresvrouw, of hartchirurg. Jaren later komen ze elkaar weer tegen. De kermisvrouw is nu te oud om nog te reizen. Ze is alleen en denkt dat ze haar leven heeft verspild. Maar op een dag krijgt ze een hartaanval. Het lukt haar nog net om een ambulance te bellen, die haar met spoed naar het ziekenhuis brengt. Daar blijkt haar dokter datzelfde meisje te zijn.

Natuurlijk herkent Reuzenrad haar eerst niet. Ze is nu een volwassen vrouw. Maar de dokter herinnert het zich nog goed.

Ze worden vrienden. Reuzenrad kan nog steeds niet reizen, maar nu komt Dokter haar twee keer per maand opzoeken en kijken ze samen films uit verschillende landen. Bijvoorbeeld *Casablanca* terwijl ze een Marokkaans gerecht eten. *The King and I* onder het genot van Siamees eten, wat dat dan ook mag inhouden. Ze kijken zelfs naar *Bridget Jones's Diary* met een portie fish-and-chips. Zo nemen ze twintig landen door, waarna Reuzenrad alsnog overlijdt en Dokter beseft dat het leven een geschenk is dat ze bijna niet had mogen meemaken. Ze neemt de as van Reuzenrad mee, omdat haar eikel van een zoon de urn niet is komen ophalen, en reist vervolgens de wereld rond. Het leven is mooi. Einde.'

Gus keek me aan. Slechts één van zijn mondhoeken sprong in een alerte houding. Het leek op een glimlach, al scheen de frons tussen zijn wenkbrauwen het daar niet mee eens te zijn. 'Schrijf dat dan,' zei hij uiteindelijk.

'Misschien doe ik dat wel,' zei ik.

Hij keek naar de grijsharige vrouw die het reuzenrad bediende. 'Die attractie,' zei hij. 'Die durf ik aan. Maar alleen omdat ik Reuzenrad zo vertrouw.'

12

De Olive Garden

Er kwam geen montage. Het werd een rustige avond op het warme asfalt, onder het neonlicht en het gepiep van goedkope attracties. Uren van vettige hapjes en plakkerige blikjes bier met limoen terwijl we langs de zeven attracties liepen. Niemand sleurde de ander de rij in. Er waren alleen uren van rondlopen en verhalen vertellen.

Gus wees op een zwanger meisje met een prikkeldraadtatoeage. 'Zij gaat bij de sekte.'

'Niet waar,' zei ik.

'Wel waar. De baby redt het niet. Het is verschrikkelijk. Het enige wat haar nog gelukkig maakt is de aanstormende YouTubeheld die ze volgt. Door hem komt ze in aanraking met New Eden, waar ze een lang weekend een seminar gaat bezoeken en nooit meer weggaat.'

'Ze blijft er twee jaar lang,' zei ik. 'Maar dan komt haar kleine broertje haar halen. Eerst wil ze hem niet zien en wordt hij bijna van het terrein gesleept, maar dan laat hij haar een echo zien. Zijn vriendin, May, is in verwachting. Een jongetje. Over een maand uitgerekend. Ze gaat niet met hem mee, maar die nacht...'

'... probeert ze te vluchten,' vervolgde Gus. 'Maar ze laten haar niet gaan. Ze sluiten haar op in een witte kamer om haar geest te reinigen. De energie van haar broer heeft haar gedachten uit balans gebracht, vertellen ze haar. Eerst moet ze vijf stappen doorlopen om weer puur te worden. Als ze daarna nog weg wil, is ze vrij om te gaan.'

'Ze doorloopt de stappen,' zei ik. 'Volgens de lezer is ze verloren. Ze zit vast. Maar in de laatste regel van het boek zit een hint verborgen. Iets wat zij en haar broer altijd tegen elkaar zeiden. Een aanwijzing dat ze zichzelf nog niet is verloren, en dat ze uitsluitend blijft om de mensen om wie ze geeft te helpen.'

Zo ging het de hele avond, en we hielden er alleen maar mee op omdat het ritje in de Scrambler me zo misselijk had gemaakt dat ik in de dichtstbijzijnde vuilnisbak overgaf.

Ondanks de chili dog die weer omhoog kwam, vond ik het een geslaagde avond. Gus hield mijn haar uit mijn gezicht tijdens het kotsen.

Tot hij erover begon te mopperen, althans. 'Ik kan niet tegen overgevende mensen,' riep hij, waarna hij zelf kokhalzend wegrende.

Ergens niet tegen kunnen, dacht ik onderweg terug naar huis, was een minder gênante term voor angst.

Augustus Everett, genomineerde voor de National Book Award, was panisch voor overgeven, al sinds een meisje uit de klas dat Ashley heette tegen zijn achterhoofd had gekotst toen hij tien was.

'Ik heb al bijna twintig jaar niet meer overgegeven,' vertelde hij. 'Zelfs niet als ik buikgriep had.'

Ik probeerde niet te lachen en gewoon verder te rijden. Fobieën waren natuurlijk nooit grappig, maar ik vond het behoorlijk amusant dat Gus, voormalig grafdelver op onderzoek naar zelfmoordsektes, die tijdens het gesprek met Grace geen kik had gegeven, niet tegen goedkope attracties en een beetje kots kon.

'Jezus, sorry,' zei ik toen ik mezelf weer onder controle had. Ik keek naar Gus die onderuitgezakt naast me zat en zijn hoofd met zijn arm ondersteunde. 'Ik kan nauwelijks geloven dat mijn eerste les in romantische verhalen meerdere trauma's bij je naar boven heeft gehaald. Je hebt tenminste niet... je weet wel.' Ik durfde het nauwelijks uit te spreken.

Hij keek me aan en ik zag zijn mondhoeken bewegen. 'Geloof mij maar, ik ben er net op tijd aan ontsnapt. Nog een seconde langer en ik had jou ge-Ashley Phillips't.'

'Goh,' zei ik. 'En toch hield je mijn haar uit mijn gezicht. Wat nobel. Wat dapper. Wat onzelfzuchtig.' Ik plaagde hem een beetje, maar stiekem vond ik het een lief gebaar.

'Ja, nou, als je haar minder mooi was, had ik het niet gedaan.' Gus richtte zich weer op de weg voor ons. 'Maar ik heb mijn lesje wel geleerd. Ik probeer nooit meer om voor held te spelen.'

'Mijn ouders hebben elkaar op de kermis ontmoet.' Ik had het helemaal niet willen zeggen, maar ik flapte het er zo uit.

Gus keek me aan met een uitdrukking waar ik niets aan kon aflezen. 'O ja?'

Ik knikte. Het liefst had ik het er verder niet meer over gehad, maar de laatste paar dagen hadden iets in me losgemaakt waardoor ik de woordenstroom niet meer kon inhouden. 'Tijdens hun eerste jaar aan de universiteit in Ohio.'

'Aan de enige echte Ohio State University?' vroeg hij plagend. Mensen uit Michigan en Ohio hadden een sportrivaliteit waar ik helemaal niet aan had gedacht omdat ik er totaal niet in geïnteresseerd was. Mijn vader werd door zijn broers de Grote Verrader genoemd, en die bijnaam gaf hij door aan mij toen ik in Michigan ging studeren.

'De enige echte,' gaf ik speels toe.

Even bleef het stil. 'Nou,' zei Gus toen, 'vertel er eens iets over.'

'Nee,' zei ik met een verdachte glimlach. 'Dat wil je allemaal niet horen.'

'Ik heb ervoor getekend,' zei hij. 'Hoe moet ik anders over de liefde leren?'

Ik voelde de steek in mijn hart. 'Niet van hen. Hij ging vreemd. Heel vaak. Terwijl ze kanker had.'

'Jezus,' zei Gus. 'Dat is klote.'

'Moet de man die niet in liefde gelooft nodig zeggen.'

Hij haalde een hand door zijn warrige haar, waardoor het nog warriger ging zitten, en keek me even aan. 'Trouw zijn was het probleem niet.'

'Trouw blijven gedurende twee weken is niet zo heel indrukwekkend,' zei ik.

'Ik ben anders wel een hele maand met Tessa Armstrong samen geweest,' zei hij.

'Monogaam? Want ik kan me nog een avond in een studentenhuis herinneren die iets heel anders suggereerde.'

Hij leek verbaasd. 'Toen waren we al uit elkaar.'

'Ik had je die ochtend nog met haar gezien,' zei ik. Misschien was het gênant dat ik me dit allemaal nog kon herinneren, maar daar leek Gus nu niet bij stil te staan. Hij leek zelfs een beetje gepikeerd bij het idee.

Hij ging weer door zijn haar en zei geïrriteerd: 'We zijn op dat feest uit elkaar gegaan.'

'Ze was er helemaal niet,' zei ik.

'Nee, maar dit gebeurde niet in de zeventiende eeuw. Ik had mijn telefoon bij me.'

'Heb je haar op een feest gebeld en gedumpt?' riep ik uit. 'Waarom in godsnaam?'

Hij keek me met tot spleetjes geknepen ogen aan. 'Wat denk jij, January?'

Ik was blij dat het donker was. Het was alsof mijn gezicht in brand stond en er hete lava in mijn maag werd gegoten. Begreep ik het nou goed? Moest ik om verduidelijking vragen? Maakte het nog iets uit? Het was al bijna tien jaar geleden, en zelfs al was alles die avond anders verlopen, dan was er op de lange termijn toch niets van gekomen.

Maar toch stond ik in brand.

'Shit,' zei ik. Iets anders kreeg ik er niet uit.

Hij lachte. 'Maar goed, je ouders,' zei hij. 'Het was toch niet allemaal verschrikkelijk?'

Ik schraapte mijn keel. Dat klonk allesbehalve geloofwaardig. Ik had net zo goed kunnen uitschreeuwen dat ik niet over mijn ouders wilde praten nu ik allemaal vurige gedachten over hem had, om er maar een einde aan te maken. 'Nee, klopt,' zei ik in plaats daarvan, met mijn blik op de weg gericht. 'Denk ik.'

'En de avond dat ze elkaar voor het eerst ontmoetten?' drong hij aan.

Alweer stortten alle woorden uit me, alsof ik ze jaren binnen had moeten houden. Of misschien was dit gewoon een welkome afleiding van ons eerdere gesprek. 'Ze gingen naar een of andere kermis bij een kerk,' vertelde ik. 'Niet samen. Ze gingen allebei apart naar dezelfde kermis. En toen stonden ze naast elkaar in de rij voor dat Esmeralda-ding. Je weet wel, zo'n robotwaarzegster in een hokje.'

'Haar ken ik maar al te goed,' zei Gus. 'Een van mijn eerste grote liefdes.'

Dat had me absoluut niet moeten doen blozen, maar goed, het gebeurde toch. 'Maar goed,' vervolgde ik, 'mijn moeder was het vijfde wiel aan de wagen van twee stelletjes die deden alsof dit helemaal geen date was maar gewoon een uitstapje. Dus toen iedereen in de liefdestunnel ging, besloot ze om zelf naar de waarzegster te kijken. En volgens mijn vader ging hij bij zíjn groep vrienden weg omdat hij een mooi meisje met rood haar en een blauwe jurk met stippen had zien staan.'

'Betty Crocker?' probeerde Gus.

'Die heeft bruin haar. Je hebt een bril nodig,' zei ik.

Gus glimlachte. 'Sorry voor de onderbreking. Ga verder. Je vader zag je moeder staan.'

Ik knikte. 'Hij probeerde in de rij steeds iets te verzinnen om het gesprek met haar aan te gaan, maar toen ze voor haar voorspelling had betaald begon ze ineens luid te vloeken.'

Gus lachte. 'Dus daar heb je je mooie eigenschappen vandaan.'

Ik stak mijn middelvinger op en vervolgde: 'Haar voorspelling was in het apparaat blijven steken. Dus kon mijn vader de held spelen. Hij trok de helft van de voorspelling het apparaat uit, maar het tweede stuk zat nog vast dus kon mijn moeder het niet lezen. Dus zei hij dat ze maar beter even kon blijven wachten om te zien of hun toekomst misschien samen zou komen.'

'Mijn god, wat een openingszin,' zei Gus grijnzend.

'Goed, hè,' beaamde ik. 'Maar goed, hij stopte zijn eigen stuiver in de machine en daar kwamen hun voorspellingen. Op die van haar stond dat ze een knappe vreemdeling zou ontmoeten en op die van hem stond dat zijn verhaal op het punt stond om te beginnen.' De papiertjes hingen nog steeds ingelijst in de woonkamer. Tenminste, toen ik er met kerst was nog wel.

Opnieuw kwam de pijn bovendrijven. Het was alsof er een kaasschaaf door mijn binnenste werd gehaald en halverwege was blijven steken. Eerst had ik verwacht dat het missen van mijn vader het moeilijkst zou zijn. Maar het ergste, het allermoeilijkste, was om ruzie met iemand te hebben met wie je niet kunt praten.

Iemand van wie je houdt en met wie je alles op wilt lossen zodat je een nieuw normaal kunt maken. Ik zou nooit een uitleg van mijn vader krijgen. Mijn moeder nooit een verontschuldiging. We zouden nooit zijn kant van het verhaal horen, of ervoor kiezen om die niet aan te horen. Hij was er niet meer, en alle herinneringen waren in één klap verdwenen.

'Drie maanden later trouwden ze,' vertelde ik Gus. 'En vijfentwintig jaar later verscheen het eerste boek van hun enige dochter: *Kus kus, zucht zucht*, bij Sandy Lowe Books, met een opdracht die luidde...'

'... voor mijn ouders,' vulde Gus aan. 'Die me hebben bewezen dat het lot sterk en robotisch kan zijn.'

Mijn mond viel open van verbazing. Ik was alweer bijna vergeten dat hij me bij het tankstation had verteld dat hij al mijn boeken had gelezen. Of misschien had ik er niet aan willen denken omdat ik bang was dat hij ze verschrikkelijk vond, en ik nog steeds met hem de competitie aanging en wilde dat hij me als rivaal en gelijke zag. 'Weet je dat nog?' vroeg ik op fluistertoon.

Zijn ogen boorden zich in de mijne, waardoor mijn adem in mijn keel stokte. 'Daarom vroeg ik het je,' zei hij. 'Ik vond het de liefste opdracht die ik ooit heb gelezen.'

Ik trok een gezicht. Van hem was dat misschien niet eens een compliment. 'De liefste.'

'Goed, January,' zei hij met lage stem. 'Ik vond het mooi. Hoopte je dat ik dat zou toegeven?'

Mijn hart barstte haast uit mijn borstkas. 'Ja.'

'Ik vond het heel mooi,' gaf hij oprecht toe.

Ik concentreerde me weer op het wegdek voor me. 'Ja, nou ja, het bleek allemaal een leugen te zijn. Maar die leugen was voldoende voor mijn moeder. Ze wist dat hij vreemdging, maar bleef toch bij hem.'

'Het spijt me.' Een paar minuten lang zwegen we. Uiteindelijk schraapte Gus zijn keel. Bij hem klonk het veel natuurlijker. 'Waarom New Eden, vroeg je. Waarom ik daarover wilde schrijven.'

Ik knikte, dankbaar voor een ander onderwerp, al begreep ik niet waarom het ineens relevant was.

'Misschien...' Hij plukte zenuwachtig aan zijn haar. 'Mijn moeder stierf toen ik nog maar een kind was. Ik weet niet of je dat weet.'

Hoe had ik dat kunnen weten? Het paste wel bij hoe ik hem zag aan de universiteit. 'Volgens mij niet.'

'Ja,' zei hij. 'Mijn vader was een verschrikkelijke man, maar mijn moeder was geweldig. Toen ik klein was zag ik ons als team, tegen alles opgewassen. We zaten vast, maar niet voor altijd. Ik bleef maar wachten tot ze hem zou verlaten. Ik had mijn tas al gepakt met een paar stripboeken, een stel sokken en een doos mueslirepen. Ik stelde me voor dat we op de trein zouden stappen en helemaal tot het eindpunt meerijden, weet je wel?' Hij keek me aan. Zijn mondhoeken gingen een klein beetje omhoog, maar zijn glimlach was niet oprecht.

Is dat niet belachelijk? wilde hij ermee zeggen. *Was ik niet belachelijk?* Ik herkende die glimlach overal omdat ik er zelf al een jaar op had geoefend. *Kun je geloven dat ik zo dom ben geweest? Maar geen zorgen, ik weet inmiddels wel beter.*

Het was alsof er iets zwaars op me drukte. Gus, voordat hij de Gus werd die ik kende. Een Gus die ervan droomde om te vluchten, die hoopte dat iemand hem zou komen redden.

'Waar wilde je heen?' vroeg ik, nauwelijks hoorbaar.

Hij keek voor zich uit door de voorruit en zijn kaakspieren trokken aan. Vervolgens ontspande hij en leek hij weer sereen. 'Naar het Redwood National Park,' zei hij. 'Volgens mij wilde ik daar een boomhut bouwen.'

'Een boomhut in de *redwoods*,' herhaalde ik zacht, alsof het een geheime wens was. Dat was het eigenlijk ook wel. Een klein stukje Gus dat ik me nooit had kunnen voorstellen. Een Gus met romantische gedachten en hoop op het onwaarschijnlijke. 'Maar wat heeft dat met New Eden te maken?'

Hij kuchte en keek even in het spiegeltje van de zonneklep, waarna hij zijn blik weer naar voren richtte. 'Nou... een paar jaar geleden besefte ik dat mijn moeder geen kind meer was.' Hij haalde zijn schouders op. 'Ik dacht dat we op het juiste moment wachtten, maar ze was het helemaal niet van plan geweest. Niet dat ze dat ooit heeft toegegeven. Ze had ons uit de situatie kunnen halen, maar dat heeft ze nooit gedaan.'

Ik schudde mijn hoofd. 'Het was vast niet zo makkelijk.'

'Daarom,' mompelde hij. 'Ik weet dat het niet zo makkelijk was, en als ik het over dit boek heb, zeg ik altijd dat ik het schrijf omdat ik wil begrijpen waarom mensen koste wat kost blijven. Maar in werkelijkheid wil ik gewoon begrijpen waarom zij bij hém is gebleven. Het slaat nergens op, ik weet het. Deze sekte heeft niets met haar te maken.'

Koste wat kost. Wat had het mijn moeder gekost? Wat had het Gus gekost? Het zware gevoel leek nu mijn hele lichaam naar beneden te drukken. Ik was begonnen met het schrijven van romantische boeken omdat ik me aan mijn gelukkigste momenten wilde vastklampen, omringd door de veilige liefde van mijn ouders. Boeken met een goed einde hadden me zoveel rust gebracht dat ik anderen hetzelfde gevoel wilde geven.

Gus schreef om een verschrikkelijke ervaring beter te kunnen begrijpen. Geen wonder dat we volkomen verschillende boeken schreven.

'Dat kan ik begrijpen,' zei ik uiteindelijk. 'Niemand snapt de speurtocht naar antwoorden over je dode ouders zo goed als ik. Als ik nu *300* zou kijken, zou die film voor mij op de een of andere manier waarschijnlijk ook over mijn vader gaan.'

Hij glimlachte flauw. 'Goeie film.' Dat was eerder een bedankje, en een aanzet om naar een ander onderwerp over te schakelen. Hoe anders ik ons ook had gevonden, het begon er steeds meer op te lijken dat Gus en ik twee aliens waren die elkaar op aarde tegen het lijf waren gelopen en erachter kwamen dat we dezelfde taal spraken.

'We zouden een filmclubje moeten beginnen,' zei ik. 'Blijkbaar hebben we dezelfde mening over films.'

Even zweeg hij bedachtzaam. 'Het was echt een mooie opdracht,' zei hij. 'Het voelde niet als leugen. Misschien een ingewikkelde waarheid, maar geen leugen.'

Ik werd weer overvallen door een warm gevoel dat me haast deed fluiten als een ketel.

Toen ik weer thuis was, opende ik mijn laptop en bestelde ik mijn eigen exemplaar van *De onthullingen*.

En toen kwam de echte montage.

Ik opereerde aan het boek. Ik verscheurde het en maakte er verschillende stukken van. Ellie werd Eleanor. Ze was geen makelaar in moeilijkheden meer, maar een koorddanseres met moeilijkheden en een wijnvlek in de vorm van een vlinder op haar wang, omdat belachelijk specifieke details belangrijk zijn. Haar vader was degenslikker, haar moeder een vrouw met de baard.

Ze kwamen nu uit begin twintigste eeuw, in plaats van uit de eenentwintigste. Ze maakten deel uit van een rondreizend circus. Dat was hun familie: een hechte groep die elke avond gezellig samen zelfgerolde sigaretten rookte bij het kampvuur. Een ander leven kende ze niet.

Ze brachten al hun tijd samen door, maar vertelden elkaar eigenlijk weinig. Er was geen tijd om te praten, er was werk te doen.

Ik gaf het bestand een nieuwe naam. Geen STRAND_BOEK.docx meer, maar FAMILIE_GEHEIMEN.docx.

Ik wilde weten of je iemand ooit echt kunt kennen. Of het genoeg was om te weten hóé iemand was, hoe iemand bewoog en sprak, de gezichten die iemand trok en niet naar bepaalde dingen keek, om iemand echt te kennen, of dat het voldoende was om dingen óver iemand te weten, waar iemand geboren was, wie iemand is geweest, van wie iemand heeft gehouden, uit welke werelden iemand kwam.

Ik gaf iedereen een geheim. Dat was het makkelijkst.

De moeder van Eleanor was stervende, maar vertelde het aan niemand. De clowns waren geen broers maar geliefden. De degenslikker stuurde een deel van zijn inkomen naar zijn geheime tweede gezin in Oklahoma.

Iedereen leek steeds minder op de mensen die ik kende, maar hun problemen leken steeds persoonlijker te worden. Ik kon mijn moeder en vader niet op papier zetten. Dat zou me nooit lukken. Maar deze personages droegen de realiteit bij zich van de mensen van wie ik hield.

Ik vond het vooral fijn om over de monteur genaamd Nick te schrijven. Op mij na, zou niemand in hem het geraamte van Augustus Everett herkennen, waaromheen ik hem had opgebouwd.

Gus en ik schreven meestal rond twaalf uur 's middags aan onze respectievelijke keukentafels en meestal hielden we om de beurt onze notitieboekjes op. Onze berichten aan elkaar werden steeds uitgebreider. Sommige waren spontaan, andere voorbereid en eerder die dag al opgeschreven. Soms zelfs de avond ervoor. Wanneer we maar inspiratie kregen. De spontane stukjes sloegen meestal nergens op en kwamen voort uit schrijfdrift. Soms moest ik er zo hard om lachen dat ik de kracht in mijn handen verloor en niets meer op papier kreeg. We lachten tot we beiden ons hoofd op tafel lieten vallen. Hij snoof in zijn koffie, ik verslikte me in de mijne.

Het begon allemaal met berichten als Is het beter om je geliefde te verliezen dan om nooit te hebben liefgehad? (ik) en Het universum is niet goed en niet slecht, het is neutraal (hij) en eindigde met dingen als Schrijven is stom (ik) en Zullen we gewoon mijnwerkers worden? (hij).

Een keer schreef hij me zelfs of ik het volgende wist: Het leven is als een doos bonbons: je weet nooit precies wat je eet en de uitleg in de deksel heeft het altijd mis.

Ik schreef hem terug: Als jij een vogel bent, ben ik ook een vogel.

Hij liet me weten: In de ruimte kan niemand je horen gillen, waarop ik antwoordde: Niet iedereen die zwerft is de weg kwijt.

Ik hield me minder met de spullen van mijn vader bezig, al vond ik het niet erg om uit te stellen. Voor het eerst in maanden kromp ik niet ineen als er een geluidje uit mijn telefoon of laptop kwam. Ik boekte vooruitgang. Natuurlijk was een groot deel daarvan de research, maar met elk nieuw feitje dat ik over rondreizende circussen uit de twintigste eeuw te weten kwam, ging er weer een plotlampje aan in mijn hoofd.

’s Avonds zaten Gus en ik met een drankje op ons respectievelijke terras van de zonsondergang bij het meer te genieten. Meestal praatten we vanaf een afstandje met elkaar, over hoeveel we die dag hadden gedaan, of juist niet, over de mensen die we vanaf ons terras konden zien en de verhalen die we over ze verzonnen. We hadden het over boeken (en films) die we leuk vonden (en die we verschrikkelijk vonden), de mensen van op de universiteit (en van daarvoor: Sara Tulane, die aan mijn haar trok, en Mariah Sjogren, die Gus op zijn zestiende had gedumpt na een relatie van wel drie maanden, zoals hij me vol trots vertelde, omdat hij bij haar in de auto een sigaret had gerookt en ze het zoenen daarna even smerig vond als het likken aan een asbak).

We hadden het over vreselijke baantjes (mijn bijbaantje tijdens de middelbare school in een autowasserette, waar ik dagelijks werd lastiggevallen door klanten en de hele tunnel moest schoonmaken voor ik ’s avonds naar huis mocht; zijn bijbaantje bij de klantenservice van een uniformmaker, waar iedereen hem uitschold om verkeerd borduursel en late leveringen). We hadden het over onze meest gênante albums en concerten (niet vermeld om onze eer te behouden).

En soms bleven we stil, niet echt samen maar ook niet helemaal alleen.

‘Wat vind jij?’ vroeg ik hem op een avond. ‘Zijn romantiek en geluk moeilijkere concepten dan ze lijken?’

Even bleef het stil. ‘Ik heb nooit gezegd dat het makkelijk was,’ zei hij toen.

‘Het was de implicatie,’ zei ik.

‘De implicatie was dat het voor jou makkelijk is om over te schrijven,’ zei hij. ‘Voor mij zijn die concepten precies zo moeilijk als je waarschijnlijk al had gedacht.’

De mogelijkheid hing tussen ons in. Op elk moment had de een de ander binnen kunnen uitnodigen, en de ander zou die uitnodiging aannemen. Maar we vroegen elkaar niet over de vloer, dus bleef alles zoals het was.

Op vrijdag begonnen we ietsje eerder aan het onderzoek dan de week ervoor. We reden richting het oosten.

'Met wie spreken we deze keer?' vroeg ik.

'Dave,' antwoordde hij kort.

'Aha, Dave. Groot fan van dat restaurant dat hij heeft opgericht, Wendy's.'

'Geloof het of niet, maar dit is een heel andere Dave,' zei Gus. Hij was in gedachten verzonken en ging niet in op mijn plagerijtje.

Ik wachtte op meer, maar er kwam niets. 'Gus?'

Vluchtig keek hij me aan, alsof hij helemaal was vergeten dat ik bij hem in de auto zat en hij zelfs van me schrok. Hij krabde aan zijn kaak. Zijn gewoonlijke stoppels waren vandaag langer dan anders.

'Gaat het?' vroeg ik.

Hij keek drie keer van mij naar de weg en terug voordat hij knikte. Ik zag hem haast zijn woorden inslikken. 'Dave zat bij New Eden,' zei hij uiteindelijk. 'Toen was hij nog maar een kind. Zijn moeder nam hem een paar maanden voor de brand mee. Zijn vader bleef achter. Die zat er te diep in.'

'Dus zijn vader…'

Gus knikte. 'Die kwam om in de brand.'

We zouden Dave in een Olive Garden-restaurant ontmoeten. Toen we er naar binnen gingen, waarschuwde Gus me dat Dave vroeger alcoholist was. 'Drie jaar nuchter,' legde hij uit terwijl we op ons tafeltje wachtten. 'Ik heb hem gezegd dat we allemaal niet zouden drinken.'

We waren er eerder dan Dave en bestelden een glas fris. In de auto hadden we altijd voldoende gespreksstof, maar tegenover elkaar aan een tafeltje in een Olive Garden was een heel ander verhaal.

'Voelt het voor jou ook alsof je moeder je hier vlak voor het schoolfeest heeft afgezet?' vroeg ik.

'Ik ging nooit naar schoolfeesten,' zei hij.

Ik deed alsof ik een treurig deuntje op een viool voor hem speelde, maar realiseerde me al snel dat ik geen idee had hoe iemand zo'n instrument eigenlijk vast dient te houden.

'Wat is dat?' vroeg Gus droog. 'Waar ben je mee bezig?'

'Volgens mij speel ik viool,' antwoordde ik.

'Nee,' zei hij. 'Ik weet vrij zeker dat je geen viool speelt.'

'Serieus?'

'Ja, serieus. Waarom hou je je linkerarm gestrekt? Balanceer je je viool er soms op? Die hand leg je op de hals.'

'Je probeert me af te leiden van jouw tragisch gemiste schoolfeesten.'

Hij lachte en sloeg zijn ogen ten hemel. 'Ik heb het overleefd, en mijn tere hart is niet verhard,' zei hij me na.

Nu sloeg ik mijn ogen ten hemel. Gus glimlachte en porde mijn been met zijn knie. Ik porde terug. Zo zaten we even aan ons tafeltje, grijnzend achter een mandje met brood. Het leek wel alsof er water in mijn borstkas aan het koken was. Ik dacht terug aan zijn eeltige handen die mijn haar uit mijn nek hadden gehouden toen ik had overgegeven op de kermis. Ik voelde zijn handen weer op mijn heupen en in mijn zij, me naar hem toe trekken tijdens het dansen in het zweterige studentenhuis. Ik voelde zijn kaak weer bij mijn slapen.

Hij verbrak het oogcontact als eerste om op zijn telefoon te kijken. 'Twintig minuten te laat,' zei hij zonder me aan te kijken. 'Over tien minuten bel ik hem even.'

Maar Dave nam niet op. En gaf geen antwoord op Gus' berichtjes, en na anderhalf uur alleen maar oneindig veel brood kwam onze serveerster Vanessa zelfs niet meer bij ons kijken.

'Dit gebeurt soms,' zei Gus. 'Ze durven het niet aan, of veranderen van gedachte. Ze denken dat ze erover kunnen praten, maar dat blijkt in werkelijkheid niet zo te zijn.'

'Wat doen we nu?' vroeg ik. 'Blijven we zitten wachten?'

Gus bekeek een van onze menukaarten. Hij bladerde er even

doorheen en wees toen op een blauw drankje met een roze parapluutje. 'Dat,' zei hij. 'Dat doen we nu.'

'Als we vandaag al onze blauwe drankjes gaan drinken,' zei ik, 'denk ik dat ik onze plannen voor morgen maar moet opschorten.'

Gus keek me met opgetrokken wenkbrauw aan. 'Zo zo, dus ik leefde al die tijd al als een auteur van romantische literatuur?'

'Zie je? Je bent ervoor in de wieg gelegd, Augustus Everett.'

Hij huiverde.

'Waarom doe je dat?'

'Wat?' vroeg hij.

Ik herhaalde: 'Augustus Everett.'

Hij trok zijn schouders op, al was de reactie minder heftig dan even daarvoor.

'Dat.'

Gus hief zijn menukaart toen Vanessa weer langs kwam lopen, waardoor ze ineens als Wile E. Coyote bij een klif tot stilstand kwam. 'Mogen we twee van deze blauwe dingen?' vroeg hij.

Zijn blik was als een sexy röntgenapparaat. Ik zag haar blozen. Of misschien projecteerde ik mijn eigen reactie op haar.

'Geen probleem.' Ze liep weg, waarna Gus weer op de kaart keek.

'Augustus,' zei ik.

'Shit,' zei hij huiverend.

'Je deelt echt niet graag dingen over jezelf met anderen, hè?'

'Niet echt, nee,' antwoordde hij. 'Je weet al dat ik niet van overgeven hou. Nog meer en ik laat je een geheimhoudingsverklaring tekenen.'

'Graag,' zei ik.

Zuchtend leunde hij naar voren. Zijn onderarmen rustten op het tafelblad en zijn knie raakte de mijne. Geen van beiden bewogen we, en het was alsof alle hitte in mijn lichaam naar mijn been trok. 'Alleen mijn vader noemde me zo.' Hij haalde zijn schouders op. 'Meestal klonk er teleurstelling in door. Of woede.' Zijn blik dwaalde weer naar de menukaart.

Mijn maag leek zich om te keren en ik proefde een zure smaak. Ik wist niets te zeggen en probeerde iets in zijn ogen te zien van de geschiedenis die hij de afgelopen dagen stukje bij beetje had vrijgegeven. Zijn moeder was bij zijn vader gebleven, koste wat kost, en een deel van die kosten was dat haar zoon een bloedhekel aan zijn naam had gekregen.

Gus keek op van de menukaart. Hij leek rustig en serieus, maar het was te geoefend. Het had niets van zijn aantrekkelijke openheid die soms op zijn gezicht te zien was als hij diep in gedachten verzonken was of nieuwe informatie in zich op probeerde te nemen.

'Het spijt me,' zei ik, 'dat je vader een klootzak was.'

Gus lachte ademloos. 'Waarom zeggen mensen dat altijd? Daar hoef jij je niet voor te verontschuldigen. Het is nu eenmaal gebeurd. Ik heb het je niet verteld zodat het je kan spijten.'

'Je hebt het me verteld omdat ik je erom vroeg. Dus mag ik me daar dan tenminste voor verontschuldigen?'

Hij haalde zijn schouders op. 'Het is al goed.'

'Gus,' zei ik.

Zijn ogen boorden zich in de mijne. Het was alsof een warme vloedgolf me overspoelde, van top tot teen. Hij keek me nieuwsgierig aan. 'En hoe was jij?' vroeg hij.

'Wat?'

'Je weet nu genoeg over mijn jeugd. Nu wil ik over kleine January horen.'

'O jezus,' zei ik. 'Ze was nogal wat.'

Hij lachte, waardoor ons tafeltje wiebelde. In mijn buik borrelden bubbeltjes op, als in een fles champagne. 'Laat me raden. Luidruchtig. Vroegrijp. Een kamer vol boeken georganiseerd op een manier die alleen jij begreep. Hecht met je familie en een paar goede vrienden die je waarschijnlijk nog steeds spreekt, en verder sprak je met alles en iedereen. Stiekem deed je je best omdat je altijd de beste wilde zijn, zelfs als niemand het zag. O, en af en toe jongleerde of tapdanste je voor de extra aandacht.'

'Goh,' zei ik, even met stomheid geslagen. 'Je hebt het helemaal bij het rechte eind, maar je brengt het op een heel beledigende manier. Al was dat tapdansen een idee van mijn moeder. Ik vond alleen de schoenen leuk. Maar goed, je bent nog vergeten dat ik een tijdlang een altaar voor Sinéad O'Connor had omdat ik me daar Interessant door voelde.'

Hij lachte hoofdschuddend. 'Je was vast een schattige, vreemde vogel.'

'Een vreemde vogel was ik zeker,' zei ik. 'Ik denk omdat ik enig kind was. Mijn ouders zagen me als een levende televisie. Ze zagen me als een dolkomisch, interessant en geniaal kind. Ik was altijd volledig zeker van mezelf en van mijn toekomst.'

En van het feit dat ons huis altijd een veilige plek voor ons alle drie zou zijn, wat er ook gebeurde. Het was alsof ik vanbinnen in brand stond. Pas toen ik opkeek en Gus zag zitten, wist ik weer waar ik was en met wie ik zat te praten. Ik verwachtte zelfgenoegzaamheid. Het vrolijke, onschuldige meisje met al die goede aflopen was eindelijk van haar roze wolk gedonderd.

'Er zijn ergere dingen dan valse zelfverzekerdheid,' zei hij alleen maar.

Ik bekeek zijn donkere ogen en ontspannen, scheve mond: hij meende het oprecht. Ik wist nu zeker dat ik niet de enige was die veranderd was sinds de universiteit. Ik wist niet zo goed wat ik tegen deze nieuwe Gus moest zeggen.

Op een gegeven moment kwamen onze blauwe cocktails op tafel te staan zonder dat we het doorhadden. Ik schraapte mijn keel en hief mijn glas. 'Op Dave.'

'Op Dave,' zei Gus terwijl hij zijn plastic bekertje het mijne liet raken.

'De grootste teleurstelling van de avond,' zei ik, 'is dat we er geen parapluutje bij hebben gekregen.'

'Zie je,' zei Gus. 'Hierom geloof ik dus niet in een goede afloop. We krijgen nooit de papieren parapluutjes die ons beloofd zijn.'

'Gus,' zei ik. 'Wees zelf het parapluutje dat je graag in de wereld ziet.'

'Gandhi was een wijs man.'

'Eigenlijk citeerde ik mijn lievelingsdichter, Jewel.'

Zijn knie drukte tegen de mijne en alle hitte verzamelde zich tussen mijn benen. Ik drukte terug. Zijn ruwe vingers vonden voorzichtig mijn knie en gleden omhoog tot ze mijn hand vonden. Langzaam draaide ik mijn palm omhoog, waarna hij er met zijn duim cirkeltjes op begon te draaien.

Toen ik dichter naar hem toe schoof, sloten zijn vingers zich om de mijne. We bleven een tijdje zo zitten, hand in hand aan tafel, terwijl we deden alsof er niets aan de hand was. Terwijl we deden alsof we niet net twee obsessief verliefde pubers waren.

God, wat gebeurde er? Waar was ik mee bezig en waarom kon ik er niet mee ophouden? Waarom kon hij er niet mee ophouden?

Toen de rekening op tafel werd gelegd trok Gus zich onmiddellijk terug en trok zijn portemonnee. 'Ik betaal,' zei hij zonder me aan te kijken.

13

De droom

Over Gus Everett gedroomd en had een douche nodig toen ik wakker werd.

14

De regel

Ik had de plannen van zaterdag drie dagen van tevoren al uitgestippeld, waardoor ik die ochtend nog even aan mijn boek kon werken. Het ging traag. Niet omdat ik geen ideetjes meer had, maar omdat ik heel veel onderzoek moest doen om ervoor te zorgen dat elke scène historisch juist was.

Ik begon om acht uur met werken en had ongeveer vijfhonderd woorden geschreven toen Gus tegenover me aan zijn eigen keukentafel plaatsnam. Hij schreef zijn eerste bericht van de dag en hield het omhoog. Ik kneep mijn ogen tot spleetjes om de boodschap te ontcijferen.

Sorry dat ik gisteren zo raar deed.

Mijn eigen notitieboekje en pen lagen al klaar. Eigenlijk altijd wel. Ik wist niet precies wat hij bedoelde, maar nam aan dat hij het had over de twee volwassen mensen die niet samen waren maar toch onder hun tafeltje in de Olive Garden elkaars hand vasthielden. Er kroop een naar gevoel in me op dat ik niet wilde toelaten. Ja, het was inderdaad raar geweest.

Maar ik had het ook heel fijn gevonden.

Shadi's liefdesleven kennende, wist ik maar al te goed dat mensen met bindingsangst zoals Gus Everett vreemd konden reageren als ze hun grenzen overschreden en vriendschap plaatsmaakte voor intimiteit, en de seks ineens romantisch werd. Mannen zoals Gus trokken nooit aan de noodrem op het moment dat de trein der verbintenis in beweging kwam; ze sprongen er gewoon onmiddellijk af zodra ze de topsnelheid hadden bereikt.

Ik moest mijn hoofd koel houden en mijn blik fris. Geen romantisering van de realiteit. Zodra het lastig werd, zou Gus verdwijnen, en op dit moment wist ik zeker dat ik daar niet aan toe was. Hij was hier mijn enige vriend. Dat moest ik koesteren. Bovendien was er een weddenschap, en daar zou ik niets aan hebben als hij voor mijn overwinning al niet meer met me zou praten.

Ik schreef terug:

Geen zorgen, Gus. Je bent altijd al raar geweest!

Zijn mondhoek trok een stukje op tot een scheve glimlach. Iets te lang keek hij me aan, waarna hij zich op zijn notitieboek richtte. Toen hij het weer omhooghield stonden er een paar getallen op. Het eerste was het netnummer van dit gebied.

Mijn hart maakte een sprongetje. Ik schreef de cijfers in het klein bovenaan de pagina van mijn notitieboek en schreef mijn eigen nummer eronder in het groot, gevolgd door: Toch blijf ik deze berichten schrijven.

Gus schreef terug: Mooi.

Tegen halfvier had ik nog eens vijfhonderd woorden geschreven en reed ik naar de kringloop met de dozen met spullen uit de slaapkamer en badkamer boven. Eenmaal terug maakte ik de badkamer boven goed schoon en ging naar beneden om daar te douchen, zoals de afgelopen twee weken mijn gewoonte was. De foto van mijn vader en Sonya hing er nog met de voorkant naar de muur gekeerd.

Ik voelde me nog te schuldig om de foto te verscheuren, maar ooit zou ik er de moed voor bijeenrapen. Voorlopig was het een herinnering aan het feit dat het moeilijkste werk nog zou komen: de kelder. Ik had nog niet eens in hun slaapkamer gekeken.

Ook was ik nog niet echt naar het strand geweest. Dat was jammer, dus na mijn pannetje macaroni waarmee ik het wel zou redden tot het avondeten liep ik langs het bospad naar het water. Het licht van de ondergaande zon reflecteerde op een bijna magische manier op de golven, waardoor het meer wel bedekt leek met rode en gouden vlammen. Ik trok mijn schoenen uit en nam ze mee naar de oever. Toen het ijzig koude water mijn voeten raakte, slaakte ik een gil en sprong lachend achteruit.

De lucht voelde warm aan maar was nog lang niet heet genoeg om van het briesje te kunnen genieten. De meeste strandgangers droegen een trui of hadden zich in een handdoek of plaid gewikkeld. Al die verwaaide en gebruinde gezichten, warrige haren, tot spleetjes geknepen ogen in het felle licht. Allemaal keken ze naar de ondergaande zon.

En ik? Ik voelde me vreselijk. Eenzamer dan ooit tevoren. In Queens stond geen romantische Jacques met wilde haren op me te wachten. Niemand zou een echte maaltijd voor me koken of me bij de laptop vandaan sleuren. Geen gemiste oproepen of een
Dacht net aan Karyn en Sharyn en deed het zowat in mijn broek
van mijn moeder, en ik kon haar ook geen foto van de zonsondergang sturen zonder oude wonden open te rijten.

Ik had Shadi sinds de begrafenis maar twee keer gezien. Met haar werkschema kreeg ik meestal berichtjes van haar als ik allang lag te slapen, en tegen de tijd dat ik antwoord gaf lag zij nog op één oor.

Mijn auteursvrienden vroegen me ook nauwelijks hoe het ging, omdat ze waarschijnlijk inzagen dat hun berichtjes me er steeds aan herinnerden hoe diep ik was gezonken. En hoe dieper ik zonk.

Elke dag, elke seconde, zonk ik verder weg terwijl de rest van de wereld doorging.

Ik miste Sharyn en Karyn zelfs, op hun kleurige tapijt met die smerige *moonshine* die ze zelf hadden gemaakt en waar ze zo trots op waren, en hun etherische oliën die best lekker roken maar kanker niet konden genezen.

Mijn leven voelde leeg. Er was niemand, behalve soms Gus, en niets behalve dit boek en de weddenschap. En hoe goed dit boek ook voelde, beter dan wat ik de afgelopen twaalf maanden op papier had gezet, het was niet genoeg.

Ik stond op een prachtig strand, op een prachtige plek, en ik was alleen. Ook wist ik niet of ik ooit weer iemand bij me zou hebben. Ik verlangde naar mijn moeder en miste mijn leugenachtige vader.

Ik ging in het zand zitten, trok mijn knieën op naar mijn borst en begon te huilen. Ik huilde tot mijn gezicht rood kleurde en warm aanvoelde en kletsnat was. En waarschijnlijk was ik blijven huilen als die zeemeeuw niet boven op mijn hoofd had gepoept.

Dus stond ik op en liep terug naar het pad, waar ik iemand als aan de grond genageld naar me zag staan kijken terwijl ik als Tom Hanks in *Cast Away* aan het janken was.

Het was als in een film, de manier waarop Gus voor me stond. Behalve dat er niets romantisch of magisch aan was. Hoewel ik net had zitten huilen omdat ik me zo alleen voelde, was hij een van de laatste personen van wie ik wilde dat ze me zo zouden zien. Ik vergat de vogelpoep op mijn hoofd en veegde mijn tranen weg om me iets… iets minder zoals ik er nu uitzag te maken.

'Sorry,' zei Gus, die er heel ongemakkelijk bij stond. Hij keek het strand over. 'Ik zag je naar het strand lopen en ik…'

'Een vogel heeft op mijn hoofd gepoept,' zei ik snikkend. Blijkbaar was er niets meer te zeggen dan dat.

Zijn uitdrukking van sympathie veranderde in een geluidloze lach. Hij kwam naar me toe en sloeg zijn armen om me heen. Het was ongemakkelijk, misschien zelfs een beetje pijnlijk voor hem, maar voor mij was het fijn om even vastgehouden te worden.

'Je hoeft het me niet te vertellen,' zei hij. 'Maar het kan, als je wilt.'

Ik drukte mijn gezicht tegen zijn schouder terwijl hij me onhandig op mijn rug klopte en er langzame cirkelbewegingen op maakte, totdat hij helemaal ophield met aaien en zijn handen op mijn ruggengraat liet liggen en me dichter tegen zich aan drukte. Mijn tranen stopten en ik dacht alleen nog maar aan zijn harde buik en borst. Zijn knokige heupen en licht rokerige geur. Zijn lichaamswarmte en zijn adem.

Het was geen goed idee om zo dicht bij hem te zijn en hem zo aan te raken. Maar het was betoverend. Ik besloot tot drie te tellen en hem dan los te laten.

Ik was bij twee toen hij met zijn ene hand ineens door mijn haar ging en mijn achterhoofd steunde, waarna hij zich plots terugtrok en een stap achteruit zette. 'Jezus. Dat is een hoop vogelpoep.' Hij keek naar zijn hand, waar een flinke hoeveelheid poep vanaf droop.

'Ja, met vogel bedoelde ik geloof ik dinosaurus.'

'Zeg dat wel. Laten we je dan eerst maar even schoon krijgen voordat we vliegend van start gaan met ons romantische avontuur.'

Ik snikte nog een beetje na en veegde mijn laatste tranen weg. 'Was dat vliegen een grapje vanwege de vogel?'

'Absoluut niet,' zei Gus, die met me mee naar het pad liep. 'Ik ging ervan uit dat we een tochtje met de helikopter over het meer zouden gaan maken.'

Er ontsnapte een klein lachje aan me, dat de knoop van emoties en hitte in mijn buik iets losser maakte. 'Is dat je definitieve antwoord?'

Hij bekeek me van top tot teen, alsof mijn outfit aan de nationale standaard voor helikopterritjes voldeed. 'Ja, ik denk het wel.'

'Je komt aardig in de buurt.'

'Echt waar?' zei hij. 'Wat is het dan wel? Een klein vliegtuigje over het meer? Een klein onderzeebootje onder het meer?'

'Wacht maar af.'

Bij onze huizen namen we afscheid en spraken we af elkaar over een kwartier bij mijn auto weer te zien. Toen ik voor de tweede keer die dag mijn haar had gewassen, maakte ik er een knot van en trok dezelfde outfit (zonder poep) weer aan. Ik had bijna alles al ingepakt, dus hoefde ik alleen nog maar iets uit de ijskast te halen en in de koelbox te stoppen die ik op een van de keukenplanken had gevonden.

Rond halfacht vertrokken we en rond kwart voor negen kwamen we eindelijk aan bij de Meg Ryan-avond van Big Boy Bobby's Drive-inbioscoop.

'Mijn god,' zei Gus toen we de online gekochte tickets overhandigden. 'Dit zijn drie films achter elkaar.' Hij las het lichtbord rechts van ons: WHEN HARRY MET SALLY..., SLEEPLESS IN SEATTLE en YOU'VE GOT MAIL. 'Is de helft daarvan geen kerstfilm?'

De bioscoopmedewerker opende de poort en ik reed naar binnen. 'De helft van drie is anderhalf, dus nee, de helft kan geen kerstfilm zijn.'

'Heb ik je al eens verteld dat ik een hekel aan Meg Ryan's kop heb?'

Ik snoof. 'Ten eerste, nee. En ten tweede is dat onmogelijk. Haar gezicht is lief en perfect.'

'Misschien ligt het daar wel aan,' zei Gus. 'Ik kon het je niet eerder zeggen en ik weet dat het onlogisch klinkt, maar... ik trek haar gewoon niet.'

'Vandaag komt daar verandering in,' beloofde ik. 'Geloof mij maar. Je moet alleen je hart openzetten. Als dat lukt, zal je wereld vanaf nu een stuk helderder zijn. Misschien wel helder genoeg om chicklit te verkopen.'

'January,' zei hij plechtig toen ik een plekje had gevonden. 'Stel je eens voor hoe jij het zou vinden als ik je mee zou nemen naar een zes uur durende voorleesavond van Jonathan Franzen.'

'Dat kan en ga ik niet doen,' zei ik. 'Als jij een van onze vrijdagavonden zo wilt besteden, kan ik je niet tegenhouden, maar vandaag is het zaterdag, dus is mijn wil wet. Kom, help me met zoeken naar die Big Boy Bobby-verrassingsijsjes waarover ik heb gelezen. Volgens de website zijn ze de moeite dubbel en dwars waard.'

'Dat mag ik hopen,' verzuchtte Gus. Hij stapte de auto uit om zich bij me te voegen. Op het grote doek volgden de trailers elkaar klunzig op terwijl wij naar de eetkraampjes liepen. Ik stormde onmiddellijk op het houten bord in de vorm van een sundae af, maar Gus hield me tegen. 'Wil je me één ding beloven?'

'Geen zorgen, Gus, ik word niet verliefd op je.'

'Nóg een ding,' zei hij. 'Doe alsjeblieft je best om niet over te geven.'

'Ik slik het wel weer in.'

Gus drukte zijn hand tegen zijn mond en kokhalsde.

'Grapje! Ik ga niet overgeven. Dat gebeurt pas als je me naar die voorleesavond van zes uur meesleurt. Kom, ik kijk al de hele week uit naar iets anders dan koude Pop-Tarts.'

'Dit lijkt me niet het gezonde smörgåsbord dat jij voor ogen hebt.'

'Vitamines heb ik nergens voor nodig. Ik wil nacho's met kaas, en chocoladesaus.'

'In dat geval heb je het perfecte avondje georganiseerd.'

Omdat ik de kaartjes had gekocht, betaalde Gus voor de popcorn en de verrassingsijsjes (zes dollar per stuk en het geld absoluut niet waard), maar voordat hij ook nog drankjes kon kopen, hield ik hem tegen en probeerde hem stilletjes duidelijk te maken dat we al voorzien waren.

Eenmaal terug bij de auto opende ik de achterbak en legde de stoelen plat, zodat hij de kussens en dekens en de koeler met bier kon zien. 'Onder de indruk?' vroeg ik Gus.

'Van je bergruimte? Zeker.'

'Ha ha ha,' zei ik sarcastisch.

'Ha ha ha,' zei hij terug.

We klommen door de achterbak, waarna ik de motor startte zodat we via de radio het geluid van de film konden ontvangen. Daarna ging ik naast Gus zitten, net op tijd voor het begin van de film. Ondanks alle bergruimte was mijn auto niet bepaald groot. We lagen op onze buik met onze kin op onze armen en raakten elkaar op verschillende plekken bijna aan. Onze ellebogen drukten zelfs echt tegen elkaar. Het zou niet lang gemakkelijk zijn om zo te blijven liggen, en het zou nog knap lastig worden om in deze kleine ruimte een andere positie aan te nemen. En hij was zo dichtbij.

Zodra Meg Ryan op het scherm was verschenen, kwam hij nog dichterbij en fluisterde: 'Jij vindt haar gezicht echt helemaal niet vervelend?'

'Je hebt een dokter nodig,' zei ik fel. 'Dit is geen normale reactie.' Zodra ik het voorschot voor mijn eerste boek binnen had, kocht ik wel twintig Meg Ryan-films voor mezelf en voor Shadi, zodat we ze samen op afstand synchroon konden kijken, elkaar berichtjes konden sturen bij de belangrijke gebeurtenissen en tegelijkertijd de film op pauze konden zetten als een van ons moest plassen.

'Wacht maar tot je haar 'Sleigh Ride' hoort zingen,' fluisterde ik tegen Gus. 'Dat zet je leven op zijn kop.'

Hij keek me aan alsof hij niet bepaald overtuigd was. 'Ze lijkt gewoon zo zelfgenoegzaam,' zei hij.

'Ik hoor wel eens dat ik op haar lijk,' zei ik.

'Dat is niet waar.'

'Goed, ik hoor het niet, maar het is wel zo.'

'Onzin,' zei hij. 'Je lijkt helemaal niet op haar.'

'Aan de ene kant ben ik beledigd, aan de andere kant ben ik blij dat je mijn gezicht niet irritant vindt.'

'Er is niets irritants aan jouw gezicht,' zei hij bloedserieus.

'Er is ook niets irritants aan dat van Meg Ryan.'

'Goed, ik neem het terug. Ze heeft een prachtig gezicht. Is dat beter?'

Ik draaide me naar hem om. Hij steunde met zijn hoofd op zijn hand en had zijn lichaam naar mij gekeerd. Het licht van het scherm viel op zijn ogen, waardoor er zilver in leek te zwemmen. Zijn donkere haren zaten zoals gewoonlijk in de war, maar zijn stoppelbaard was weer onder controle en de rooklucht hing nog altijd om hem heen.

'January?' zei hij zacht.

Ik rolde op mijn zij en keek hem knikkend aan. 'Dat is beter.'

Zijn knie drukte tegen de mijne. De mijne drukte terug.

Een glimlach verscheen op zijn gezicht, maar hij trok zijn gezicht zo gauw weer in de plooi dat ik bijna dacht dat ik het me had ingebeeld. 'Goed,' zei hij.

Zo bleven we een tijdlang liggen, terwijl we deden alsof we naar de film keken, hoewel we allebei nauwelijks meer dan de helft van het scherm konden zien. Onze knieën bleven tegen elkaar aan drukken.

Als een van ons bewoog, bewoog de ander mee. Als de positie te ongemakkelijk werd, namen we allebei een andere positie aan. Maar we bleven elkaar aanraken.

We begaven ons op gevaarlijk terrein.

Dit had ik in jaren niet meer gevoeld. Dat gewicht van het verlangen, en die angst dat alles bij een verkeerde beweging in elkaar zou storten.

Ik keek op toen ik hem naar me voelde staren, en hij keek niet weg. Ik hoopte iets te verzinnen om de spanning te breken, maar het bleef leeg in mijn hoofd. Niet als de cursor op een wit document waar je je nieuwe boek in wilt schrijven, maar eerder als die kleurtjes die voor je ogen dansen als je je ogen stevig dichtknijpt. Van te lang in de vlammen hebben zitten staren.

De leegte van het gevoel dat je niet meer kunt denken.

We bleven elkaar ongemakkelijk aankijken. Geen van beiden verbraken we het oogcontact. Zijn ogen zagen haast volledig zwart, en door het licht van de film leken er wel duizenden kleine vlammetjes in te branden, heel even, waarna ze weer verdwenen.

Ergens diep in mijn hoofd brulde mijn overlevingsinstinct tegen me dat dit de ogen van een roofdier waren, maar juist daarom hadden roofdieren zulke ogen. Zodat domme kleine konijntjes als ik geen schijn van kans maakten.

Wees niet zo'n dom konijn, January!

'Ik moet naar de wc,' zei ik plotseling.

Gus glimlachte. 'Je bent net al geweest.'

'Ik heb een heel kleine blaas,' legde ik uit.

'Dan ga ik mee.'

'Dat hoeft niet!' zei ik meteen. Ik vergat helemaal dat we in de auto lagen en knalde met mijn hoofd tegen het dak aan.

'Shit!' riep Gus uit terwijl ik verward 'Huh?' riep.

Hij kwam overeind en schoof op zijn knieën naar me toe terwijl ik versuft mijn hoofd in mijn handen hield. 'Laat eens zien.' Hij legde zijn handen tegen de zijkant van mijn gezicht en boog mijn hoofd omlaag zodat hij de bovenkant kon bekijken. 'Je bloedt niet,' vertelde hij, waarna hij mijn hoofd omhoog bracht en mijn ogen weer zocht. Zijn vingers gleden voorzichtig door mijn haren. Zijn blik gleed af naar mijn mond en zijn lippen kwamen van elkaar.

O, verdorie.

Ik was een dom konijn.

Ik boog me naar hem toe en zijn handen gleden af naar mijn zij, waarna hij me bij zich op schoot trok zodat ik met gespreide benen op zijn knieën zat. Zijn neus streelde de zijkant van de mijne en ik hief mijn gezicht naar hem toe om de afstand tussen ons kleiner te maken. Onze langzame ademhaling bracht ons steeds dichter bij elkaar en zijn handen omvatten mijn middel terwijl ik mijn benen steeds steviger om hem heen klemde.

Eén keer, één keer, één keer. Meer kon ik niet denken. Zo ging het toch bij hem? Was het echt zo erg als er een keertje iets zou gebeuren? Daarna werden we weer vrienden, of buren die elkaar elke dag spraken. Kon ik het luchtig houden, één keertje, met mijn oude vlam van de universiteit, mijn aartsvijand, zeven jaar later? Ik kon niet helder genoeg nadenken om daar een antwoord op te vinden. Mijn ademhaling was oppervlakkig, hij ademde nog nauwelijks.

Zo bleven we een tijdje hangen, alsof geen van ons de schuld op zich wilde nemen.

Jij raakte me het eerst aan! zou ik zeggen.

Jij kwam naar me toe! zou hij terugzeggen.

En toen nam jij me bij je op schoot!

En jij hief je mond naar de mijne!

En toen…

Zijn ademhaling voelde warm op mijn kaak en lippen. Zijn tanden schampten mijn onderlip en ik huiverde van genot. Hij grijnsde, waarna hij stevig tegen mijn mond drukte en me mijn lippen deed openen. Hij smaakte naar vanille en kaneel van de ijsverrassing, maar dit was veel beter dan die hele sundae. Zijn lichaamswarmte kwam via mijn mond bij me naar binnen, als het zonverwarmde water dat door de rivier stroomde. Het verlangen borrelde in me op en vormde plasjes op alle plekken waar onze twee lichamen samenkwamen.

Ik greep zijn shirt vast en voelde zijn warmte door het dunne materiaal heen. Ik had hem dichter bij me nodig. Ik wilde weten hoe het was om zo dicht tegen hem aan te liggen en om hem heen gewikkeld te zijn. Een van zijn handen steeg op via mijn nek en kroelde door mijn haren. Ik zuchtte terwijl hij me weer zoende, langzamer, dieper, ruiger. Hij hief mijn hoofd voor nog meer en ik sloeg mijn armen om hem heen, om nog dichter bij hem te kunnen zijn. Hij vleide zich tegen me aan tot mijn rug de zijkant van de auto raakte, waarna hij nog steviger tegen me aan drukte.

Ik snakte naar adem toen ik zijn borstkas zo dicht tegen de mijne voelde en ik bewoog mijn heupen tegen de zijne. Hij steunde met één hand tegen het raampje achter me en beet iets harder dan eerst in mijn onderlip. Mijn adem versnelde toen zijn hand van het raampje naar mijn borsten ging, waar hij me door mijn shirt heen aanraakte.

Ik haalde mijn handen door zijn haren en drukte mijn lichaam tegen zijn handen aan. Er ontsnapte een diepe kreun aan hem. Toen trok hij zich terug en rolde me op mijn rug, waarna ik hem gulzig boven op me trok. Er ging een schokje door me heen toen ik hem hard tegen me aan voelde drukken en ik probeerde hem dichter bij me te krijgen, ondanks onze kleren. Opnieuw kreunde hij.

Ik kon me niet herinneren ooit zo opgewonden te zijn geweest.

Nee, wacht, dat kon ik wel. Zeven jaar geleden in de kelder van een studentenhuis.

Zijn hand gleed onder mijn shirt, waarbij zijn duim mijn heupbot schampte en ik wel leek te smelten. Zijn mond liet hij over mijn nek naar beneden gaan tot hij mijn sleutelbeen had gevonden. Mijn hele lichaam smeekte om meer en was daar niet bepaald subtiel in. Ik voelde me door hem aangetrokken als een magneet. Het was alsof ik weer een tiener was en het was prachtig en verschrikkelijk, en…

Hij verstijfde toen het licht op ons scheen en we in één keer weer bij zinnen kwamen alsof iemand ijswater over ons heen had gegoten. We trokken ons terug en keken op naar de vrouw van middelbare leeftijd die met een zaklamp op ons scheen. Ze had pluizig grijs haar en droeg een knalblauw jasje met het logo van Big Boy Bobby erop.

Ze schraapte haar keel.

Gus hing nog steeds boven me en zat met zijn hand vast in de voering van mijn shirt.

'Dit is een familieaangelegenheid,' zei de vrouw fel.

'Daar zorgt u wel voor.' Gus klonk hees. Hij schraapte zijn keel en glimlachte zijn snode glimlach. 'Mijn vrouw en ik hadden het er net over dat we de volgende keer echt de kinderen mee moeten nemen.'

Ze sloeg haar armen over elkaar. Zo te zien was zij wel immuun voor zijn charmante mond.

Gus kwam omhoog tot hij op zijn knieën zat, en ik trok mijn shirt omlaag. 'Sorry,' fluisterde ik. Ik schaamde me dood.

De vrouw wees op het donkere graspad tussen de auto's in. 'Wegwezen,' beval ze.

'Uiteraard,' zei Gus snel. Hij sloot de kofferbak zodat we haar niet meer zagen. Ik barstte in lachen uit, van schaamte en van de zenuwen. Gus keek me aan met een kleine glimlach op zijn gezicht. Zijn lippen waren gezwollen en zijn haren een nog grotere warboel dan normaal.

'Dat was een afschuwelijk idee,' fluisterde ik.

'Inderdaad.' Gus klonk weer gevaarlijk hees. Hij boog zich in het donker naar me toe en gaf me nog een langzame, idioot sexy kus waarbij hij met zijn handen mijn gezicht omvatte. 'Zal niet meer gebeuren,' beloofde hij, waardoor alle brandjes die door mijn hele lijf waren aangewakkerd plots minder laaiden.

Eén keer. Dat was de regel. Maar telde dit wel? De teleurstelling golfde door mijn lichaam. Dat kon toch niet? Het was absoluut niet bevredigend geweest. Eigenlijk was het nu juist erger dan voorheen, en aan Gus te zien was het voor hem precies zo.

De vrouw bonsde op de achterruit, waardoor we allebei opsprongen.

'We moeten gaan,' zei Gus.

Ik kroop van de achterbank af en ging achter het stuur zitten. Gus stapte uit via het achterste portier en kroop toen naast me op de passagiersstoel.

Ik reed ons naar huis. Het was alsof mijn lichaam had onthouden waar hij me had aangeraakt, en waar hij naar me keek van naast me op de voorbank. Al die plekken leken in brand te staan.

Op zondagmiddag verscheen Gus niet aan de keukentafel. Dat vond ik al een slecht voorteken. Wat er de vorige avond was gebeurd, had mijn enige vriendschap in dit kleine plaatsje kapotgemaakt. Een van mijn weinige vriendschappen ter wereld, omdat veel van de vrienden die ik met Jacques had gehad mij in mijn eentje niet zo boeiend vonden.

Ik probeerde niet aan Gus te denken en me volledig op mijn boek te storten, maar bij elk geluidje van mijn telefoon sprong ik op.

Een bericht van Anya: Hoi schat! Wilde even weten hoe het gaat. De uitgever ziet graag een paar pagina's om te bekijken.

Een e-mail van Pete: Hoi! Goed nieuws, morgen komen je boeken aan in de winkel. Kun je deze week een keertje komen signeren?

Een e-mail van Sonya, die ik niet opende maar waarvan ik wel de eerste zin las: Laat me je alsjeblieft niet uit de boekenclub jagen. Ik blijf graag op maandag thuis als jij liever...

Een bericht van Shadi: January. Help. Ik kan geen GENOEG krijgen van die Spookhoed. Hij is hier nu al DRIE avonden geweest en is vannacht zelfs blijven SLAPEN.

Ik schreef haar terug: Je weet maar al te goed wat je doet: Je vindt hem LEUK!!

Ik HAAT verliefd worden, antwoordde ze. Dat verpest mijn stoere reputatie!!

Ik stuurde haar een verdrietig gezichtje. Weet ik, maar het lukt je wel. Voor de Spookhoed, zodat ik via jou nog een beetje kan genieten.

De vorige avond spookte door mijn hoofd. Ik voelde zijn tanden nog op mijn sleutelbenen en had een blauwe plek op mijn schouder door het portier van de auto. Ik schaamde me diep.

Wat had ik gedaan? Ik had beter moeten weten. En toch kreeg ik het niet uit mijn hoofd: zou ik dat ooit weer mogen doen?

Het hoefde natuurlijk niet meer te betekenen. Misschien was dit het wel: eindelijk zou ik een ongedwongen relatie leren hebben.

Of misschien zou ik nu nooit meer iets van Gus Everett horen.

Ik had geen muesli of pasta meer in huis, dus ging ik na mijn driehonderd woorden naar de supermarkt. Onderweg naar buiten zag ik de auto van Gus niet op zijn gewoonlijke plekje staan. Ik besloot er niets achter te zoeken. Het kon gewoon toeval zijn.

In de winkel keek ik even hoeveel geld ik nog op de bank had staan. Vervolgens liep ik de paden door met mijn rekenmachine-app in de hand waarin ik alle pakken ontbijtgranen en soepblikken bij elkaar optelde. Ik had een prima voorraad voor zestien dollar bij elkaar geschraapt toen ik haar bij de kassa zag staan.

Witte krullen, teer lichaam, weer die gehaakte sjaal.

De paniek overviel me zo snel dat het leek alsof ik een adrenalineshotje recht in mijn hart toegediend had gekregen. Ik liet mijn karretje staan en stormde langs haar heen naar buiten. Als ze me al had gezien, zei ze in elk geval niets. En zo wel, dan hoorde ik het niet eens door mijn bonzende hart. Ik sprong mijn auto in. Het voelde alsof ik net een bank had beroofd. Zo reed ik naar een andere supermarkt een kwartier verderop, waar ik zo bang was haar weer tegen het lijf te lopen dat ik nauwelijks iets kocht.

Eenmaal thuis voelde ik me nog steeds bibberig. Ik zag de auto van Gus ook nog steeds niet staan. Sonya twee keer per maand in de supermarkt moeten mijden was één ding, maar als ik daarnaast ook bij mijn buurman uit de buurt moest blijven, kon ik beter net zo goed meteen 'plan B: verhuizing naar Duluth' in werking stellen.

Voordat ik die avond mijn bed in kroop, spiekte ik stiekem even uit het raam naar buiten, waar Gus' auto nog steeds niet te zien was. De angst sloeg me om het hart. Eindelijk had ik dan een vriend gevonden, iemand met wie ik kon praten en die mijn gezelschap net zo op prijs stelde als ik het zijne, en nu was hij weg. Omdat we hadden gezoend. Ik werd woedend. Het overspoelde mijn schaamte en eenzaamheid, heel even, waarna ze weer boven kwamen drijven.

Even dacht ik erover hem een berichtje te sturen, maar daar was het nu het moment niet voor. Dus ging ik slapen met een naar, misselijk, angstig gevoel in mijn buik.

Op maandag was hij er nog niet. Vanavond, besloot ik. Als hij er dan nog niet was, zou ik hem iets sturen. Dat leek me niet vreemd.

Ik zette hem verder uit mijn hoofd en ramde er tweeduizend verse woordjes uit, waarna ik Anya schreef: Gaat goed (eigenlijk (echt ((ik meen het deze keer!))), maar ik wil nog iets meer geschreven hebben voordat iemand er een stukje van te zien krijgt. Ik denk dat het niet meteen duidelijk zal zijn waar ik heen wil zonder het volledige verhaal te kennen, en als ik nu al vooruit ga werken, raak ik mijn momentum kwijt.

Vervolgens schreef ik Pete: Geweldig! Zou woensdag lukken? Ik had zondag of maandag ook prima gevonden, maar ik wilde niet weer worden uitgenodigd voor de boekenclub. Als ik pas woensdag naar de winkel zou gaan, zou ik in elk geval al een weekje hebben overgeslagen zonder daadwerkelijk een uitnodiging af te hoeven slaan.

Rond elf uur 's avonds was Gus er nog steeds niet en verzon ik elke vijf minuten opnieuw een reden om hem juist wel of niet te appen. Uiteindelijk stopte ik mijn telefoon in een la naast mijn bed, knipte het licht uit en ging slapen.

Op dinsdag werd ik bezweet wakker. Ik had mijn wekker niet gezet en de zon kwam al recht door de luxaflex naar binnen, waardoor ik in het ochtendlicht baadde. Het moest al bijna elf uur zijn. Ik sloeg mijn dikke deken van me af en bleef nog even liggen.

Ik voelde me nog steeds misselijk. En boos omdat ik zo misselijk was. Het sloeg nergens op. Ik was een volwassen vrouw. Gus had me verteld hoe hij te werk ging, wat hij van de liefde vond, en hij had nooit iets gezegd waaruit bleek dat hij op andere gedachten was gekomen. Hoe sterk ik me af en toe ook tot hem aangetrokken voelde, onze relatie stevende op niets anders af dan een draaideur die zijn slaapkamer in en weer uit leidde.

Of de kofferbak van mijn absoluut niet coole auto.

Zelfs als we die avond verder waren gegaan, zou hij er waarschijnlijk vandoor zijn gegaan. Er was maar één manier waarop ik Gus in theorie voor me zou kunnen winnen, en ik zou me na afloop wekenlang afschuwelijk voelen.

Ik moest hem mijn hoofd uit zetten.

Ik nam een koude douche. Nou ja, ik nam een douche die een seconde koud was, waarna ik heel hard vloekte en bijna mijn enkel brak door er onmiddellijk weer uit te springen. Hoe deden mensen in boeken dat toch? Ik draaide de warme kraan open en waste woedend mijn haar.

Ik was niet boos op hem. Dat kon ik niet. Ik was woedend op mezelf omdat ik het zo ver had laten komen. Ik wist wel beter. Gus was Jacques niet. Mannen als Jacques hielden van sneeuwballengevechten en kussen boven op de Eiffeltoren en wandelingetjes over de Brooklyn Bridge rond zonsopgang. Mannen als Gus hielden van sarcastisch geplaag en seks zonder gevoel boven op hun berg ongevouwen wasgoed.

Achter in een absoluut niet coole auto in een familieaangelegenheid.

Al was dat misschien wel mijn idee geweest.

Het was mogelijk dat ik mezelf aan hem had opgedrongen. Het zou niet voor het eerst zijn dat ik de wereld door een roze bril zag en overal een diepere betekenis aan hing.

Ik was dom. Na al het gedoe met mijn vader moest ik toch beter weten. Ik was er nog niet overheen en nu al had ik mezelf in een verliefdheid gestort met de enige persoon die al mijn angsten omtrent relaties zou kunnen bevestigen.

Ik moest het loslaten.

Schrijven zou mijn bevrijding worden, besloot ik. Eerst ging het langzaam en deed elk woord me aan zijn verdwijning denken, maar na een tijdje vond ik mijn ritme, bijna net zo sterk als gisteren.

Het circus kwam in Oklahoma terecht, in de buurt van het geheime gezin van Eleanors vader. Een week, besloot ik. Het grootste gedeelte van het boek zou die week plaatsvinden in Nog Te Besluiten

Stad (Tulsa?), Oklahoma. Het was uitdagend om een verhaal in een andere tijd te schrijven. Ik moest notities voor mijn onderzoek bijhouden, over de populaire drankjes uit die tijd of de scheldwoorden die toen werden gebruikt.

Maar het allerbelangrijkst was dat ik een concept had.

Alle geheimen zouden aan het licht komen en bijna de winnende hand krijgen, maar uiteindelijk weer netjes worden opgeborgen. Zo zou het gaan in een Augustus Everett-boek, niet? Als ik het er met hem over zou hebben, zou hij het een mooie cyclische eigenschap noemen.

(Als ik het er al ooit met hem over zou kunnen hebben.)

Ik wilde dat de lezers zouden hopen en smeken dat Eleanors bijeengeschraapte gezinsleden elkaar uiteindelijk de waarheid zou vertellen, maar ook angstig toekeken hoe alles bijna ontplofte. Iemand moest een pistool hebben, besloot ik. En een reden om snel te schieten. Angst, natuurlijk. Ik moest de spanning opvoeren.

Opbouwen en opbouwen, en weer afbouwen voordat de personages naar de volgende bestemming zouden trekken.

De vader van Eleanor was een aantal gevaarlijke mannen van vroeger geld schuldig; precies de reden dat hij sowieso weg was gegaan en zijn gezin in de steek had gelaten.

Eleanors moeder had een pistool. Het leek me wel zo eerlijk om haar te bewapenen. Maar daarnaast kreeg ze nu ook PTSS, een overblijfsel van een voormalig werkgever die gewelddadig optrad tegen de meisjes die voor hem werkten. Ze had een kort lontje en stond klaar om aan te vallen, net als ik het afgelopen jaar.

Precies zoals ik mijn moeder graag had gezien toen de leugens van mijn vader aan het licht waren gekomen.

Eleanor zou verliefd worden op een jongen uit de buurt. Of tenminste, dat zou ze denken tijdens hun eerste voorstelling in Tulsa. Die week zou ze bijna het enige leventje dat ze kende achter zich laten, maar op het allerlaatst besefte ze dat dit leven bij haar paste, hoe vreselijk ze het soms ook vond.

Of misschien zag ze in dat de wereld waarnaar ze verlangde, die ze van achter circustenten en van boven op het koord langs haar heen zag razen, niets meer dan een illusie was.

De jongen zou iemand anders leren kennen en haar even snel weer zijn vergeten.

Of misschien ging hij studeren, of het leger in.

Of kwamen zijn ouders achter de relatie en gaven ze hem ervanlangs vanwege zijn roekeloze gedrag.

Het zou anti-romantisch worden. En ik kon zoiets schrijven.

15

Het verleden

'En daar is de auteur in levenden lijve!' riep Pete toen ik het cafeetje in liep. 'Een bakkie verdriet voor mevrouw?'

Waarschijnlijk bedoelde ze een bakkie troost. Maar wat het ook was, ik schudde van nee. 'Wat raad je me aan?'

'Groene thee is gezond,' zei Pete.

'Dan wil ik daar een kopje van.' Mijn lichaam kon wel wat antioxidanten gebruiken, of wat er ook in groene thee zat dat het zo gezond maakte. Mijn moeder had het me ooit verteld, maar toen wilde ik haar alleen maar blij maken, niet mezelf vanbinnen schoonmaken, dus was ik alles alweer vergeten.

Pete gaf me het plastic bekertje en liet me dit keer wel betalen. Ik kreeg een naar gevoel, maar negeerde het. Hoeveel geld had ik eigenlijk nog? Wanneer moest ik weer verslagen terugkruipen naar mijn nu verpeste ouderlijk huis?

Ik probeerde mezelf eraan te herinneren dat FAMILIE_GEHEIMEN.DOCX steeds meer op een boek ging lijken. Een boek dat zelfs ik graag zou willen lezen. Sandy Lowe vond het misschien niks, maar er was vast wel iemand voor te vinden.

Oké, misschien niet vast, maar hopelijk.

Pete trok haar schort uit en liep voor me uit naar de boekhandel.

'Misschien moet je in zo'n Clark Kent-jas investeren,' zei ik. 'Lijkt mij minder gedoe dan al die touwtjes en knoopjes.'

'Wie drinkt er nou niet graag koffie van een meid in een trenchcoat?' zei Pete.

'Touché.'

'Daar zijn we dan.' Pete bleef naast de tafel vol *onthullingen* staan, die nu maar voor de helft gevuld was met een piramide van *onthullingen*. De andere helft was knalroze, -geel en -blauw. Pete straalde. 'Het leek me wel leuk om dit tafeltje vol plaatselijke auteurs te houden. Om het hele spectrum van North Bear te laten zien. Wat vind jij? Pak er maar een paar.' Pete liep met een stapel naar de toonbank waar al een rol stickers met GESIGNEERD EXEMPLAAR en een paar stiften klaarlagen.

'Prachtig,' zei ik terwijl ik haar met mijn eigen stapeltje volgde.

'En Everett?' vroeg ze.

'Prachtig,' antwoordde ik terwijl ik een stift van haar aanpakte.

Ze sloeg telkens een exemplaar open op de titelpagina en stak het dan naar me uit. 'Ik hoorde dat jullie de laatste tijd veel samen zijn.'

Ik lachte. 'Hoorde?'

Pete lachte luid. 'Het kost me altijd flink wat moeite om informatie uit die jongen te krijgen. Maar ja, ik heb genoeg gehoord om te weten dat jullie vrienden zijn geworden.'

Ik deed mijn best om niet verrast te lijken. 'Spreken jullie elkaar zo vaak?'

'Hij neemt ongeveer een van de drie keer op. Hij wordt vast helemaal gek van mijn vele telefoontjes, maar ik maak me zorgen. We hebben hier geen andere familie.'

'Familie?' Ik keek haar verward aan.

Ook zij leek verbaasd. Ze krabde achter op haar hoofd. 'Ik dacht dat je dat al wist. Ik weet nooit wat hij wil vertellen en wat hij liever geheimhoudt. Er staat zo veel in zijn boeken dat je zou denken dat hij gemakkelijk zijn huid afpelt en op Times Square paradeert. Maar misschien vul ik dat allemaal wel in. Ik ken jullie schrijverstypes wel. Volgens hem is het allemaal fictie, dus moet ik het ook zo lezen.'

Ik volgde het nauwelijks. Misschien was dat aan mijn gezicht te zien, omdat Pete me meer uitleg gaf. 'Ik ben zijn tante. De zus van zijn moeder.'

Het draaide voor mijn ogen. Het was alsof de winkel heen en weer schommelde. Dit sloeg allemaal nergens op. Tweeënhalve week van constante (zij het niet-traditionele) communicatie en Gus had dit nog niet eens met me gedeeld. 'Maar je noemt hem Everett,' zei ik. 'Je bent zijn tante en gebruikt zijn voornaam niet eens.'

Ze keek me aan, duidelijk in de war gebracht. 'O ja, natuurlijk. Een oude gewoonte. Toen hij klein was, coachte ik zijn voetbalteam. Ik mocht hem niet voortrekken, dus gebruikte ik zijn achternaam, net als bij de rest. Dat is blijven hangen. Ik vergeet soms zelfs dat hij een voornaam heeft. Volgens mij heb ik hem aan de halve stad als Everett voorgesteld.'

Het was alsof ik een houten pop had laten vallen en er ineens achter kwam dat het een matroesjka was. Er was de Gus die ik kende: grappig, slordig, sexy. En dan was er die andere Gus, die dagenlang weg bleef en als kind voetbalde en in hetzelfde plaatsje als zijn tante woonde en alleen het hoognodige over zichzelf, zijn familie en zijn verleden vertelde terwijl ik mijn wijn en tranen over hem uitgooide.

Met gebogen hoofd signeerde ik stilletjes verder. Pete bleef me maar boeken geven en stapelde de gesigneerde exemplaren netjes op. 'Wees geduldig met hem, January,' zei ze ineens. 'Hij mag je heel graag.'

Ik bleef signeren. 'Ik denk niet dat je begrijpt…'

'Jawel,' zei ze.

Ik keek haar aan, recht in haar vurige blauwe ogen, en hield haar blik vast. 'Hij heeft me verteld over jouw eerste dag in het strandhuis. Niet de beste eerste indruk. Dat gebeurt hem wel vaker.'

'Dat hoorde ik, ja.'

'Maar reken het hem niet aan,' zei ze. 'Hij heeft het sinds de breuk erg moeilijk met zijn verjaardag.'

'Verjaardag?' Ik keek op. *De breuk?* dacht ik er nog bij.

Pete keek verrast, en toen onzeker. 'Ze is op zijn verjaardag bij hem weggegaan. En sindsdien geeft Markham elk jaar een enorm feest voor hem zodat hij er niet aan hoeft te denken. En natuurlijk houdt Gus helemaal niet van feestjes, maar wil hij Markham ook niet laten merken dat hij dat vreselijk vindt dus laat hij het maar gebeuren.'

'Pardon?' flapte ik eruit. Was dit een grapje? Was Pete vanochtend wakker geworden met het idee om flarden van informatie over Gus in een cryptische volgorde aan January te voeren?

'Ze is op zijn verjaardag bij hem weggegaan?' herhaalde ik.

'Heeft hij niet verteld waarom hij die dag zo chagrijnig was?' vroeg ze. 'Dat had ik niet verwacht. Als hij je gewoon had uitgelegd dat hij aan zijn scheiding dacht, wist je waarom hij zo onaardig tegen je deed.'

'Scheiding,' bracht ik uit. Ik kreeg het ijskoud. 'Het ging om... zijn scheiding.'

Gus was gescheiden.

Gus was getrouwd geweest.

Pete schoof ongemakkelijk heen en weer. 'Vreemd dat hij het je niet heeft verteld. Hij vond het erg vervelend dat hij zo rot tegen je had gedaan.'

Het was alsof mijn hersenen door mijn schedel draaiden. Het klopte niet. Absoluut niet. Gus kon niet getrouwd zijn geweest. Hij had zelfs geen dates meer. De winkel bleef om me heen dansen.

'Ik wilde je niet overstuur maken,' zei Pete. 'Ik dacht alleen dat het duidelijk zou maken...'

'Nee, het is niet erg,' zei ik. En toen gebeurde het weer: de woorden stroomden uit mijn mond. Het gevoel dat ik alles zo lang binnen had gehouden dat het er nu koste wat kost uit moest. ‘Ik maak het vast groter dan het is, maar... Dit jaar was gewoon zo vreemd. In mijn hoofd leek een huwelijk altijd heilig, weet je wel? Het hoogst haalbare in de liefde, tegen alles opgewassen. En ik vind het naar dat slechte ervaringen ervoor kunnen zorgen dat mensen helemaal niet meer in de liefde geloven.’

Dat Gus niet meer in de liefde geloofde. Relaties sadomasochistisch noemde zonder me te vertellen dat hij getrouwd was geweest. Mij me dom laten voelen omdat ik in eeuwige liefde geloofde, enkel en alleen omdat het hem niet was gelukt. En dat had hij voor mij verborgen gehouden.

Maar waarom kon het me sowieso iets schelen wat hij vond? Niet iedereen hoefde in dezelfde dingen te geloven als ik, hetzelfde te willen als ik.

Eigenlijk vond ik het gewoon vervelend dat hij diep vanbinnen waarschijnlijk vond dat ik dom was omdat ik ergens in geloofde wat mijn eigen vader al had verpest. En daarnaast kon ik het niet hebben dat ik het niet gewoon los kon laten. Dat ik nog steeds verlangde naar die liefde die ik altijd voor me had gezien.

En een heel klein deel van me vond het afschuwelijk dat Gus genoeg van iemand had gehouden om met haar te trouwen, en dat een kleine zoenpartij met mij hem al naar de Zuidpool had gejaagd zonder zelfs maar een afscheid.

‘Ik weet het niet,’ zei ik hoofdschuddend. ‘Is dat vreemd?’

‘Natuurlijk niet.’ Pete gaf een kneepje in mijn arm.

Maar ik had het idee dat ze dat ook zou hebben gezegd als ik wel iets heel vreemds had gezegd. Alsof ze wist dat ik dat net even moest horen.

16

Het buitenmeubilair

Op donderdag zat Gus rond het middaguur weer aan zijn keukentafel. Hij had zijn sexy, slordige look verruild voor een die me deed geloven dat hij net achter een vuilniswagen met losse achterklep was voortgesleurd. Hij zwaaide glimlachend en ik zwaaide terug ondanks het misselijke gevoel in mijn maag.

Hij schreef op: Sorry dat ik er deze week niet was.

In plaats van misselijk voelde ik me nu net alsof ik in een achtbaan over de kop ging. Ik keek om me heen en zag dat mijn notitieboekje er niet lag. Snel ging ik naar de slaapkamer en terwijl ik terugliep naar de keuken krabbelde ik: Niets om je voor te verontschuldigen. Eenmaal terug bij de tafel hield ik het omhoog. De glimlach verdween van zijn gezicht. Hij knikte en richtte zijn aandacht weer op zijn laptop.

Het was een stuk lastiger om me op mijn verhaal te concentreren nu hij weer terug was, maar ik bleef mijn best doen. Ik had nu al ongeveer een kwart af en moest in hetzelfde tempo door.

Rond vijf uur zag ik (heel stiekem, hoopte ik) Gus opstaan en de keuken door wandelen om een soort van maaltijd in elkaar te draaien. Vervolgens ging hij weer achter zijn laptop zitten. Rond halfnegen knikte hij naar het terras. Dit was ons signaal, en kwam in de buurt van een uitnodiging om ons bureau te verlaten en een soort van de avond met elkaar door te brengen.

Nu leek het wel een duidelijke metafoor: de afstand die hij bewaarde tussen ons, terwijl ik elke avond stond te springen om hem te ontmoeten. Geen wonder dat ik zo in de war was geraakt. Hij had zijn grenzen proberen te bewaken, maar ik had ze helemaal niet gezien. Ik was hier zo slecht in, ik was helemaal niet opgewassen tegen een situatie waarin ik me ineens aangetrokken voelde tot iemand die geen emoties kon tonen.

Ik schudde mijn hoofd en schreef hem een bericht: Sorry, te veel te doen. Anya zit me achter de vodden.

Gus knikte begrijpend. Hij stond op en zei, aan zijn mond te zien, iets over dat als ik nog van gedachten zou veranderen, en verdween toen uit het zicht, waarna hij weer opdook op het terras.

Hij liep naar het verste uiteinde en leunde daar tegen de balustrade. Het briesje liet zijn shirt wapperen en ontblootte zijn linkerarm. Even dacht ik dat hij een nieuwe tatoeage had laten zetten, een grote zwarte cirkel op zijn arm. Maar hij zat precies op de plek van zijn ring van Möbius die ik de vorige keer had gezien. Hij bleef staan tot de zon volledig onder was gegaan en de avondhemel alles rijkelijk blauw kleurde. De vuurvliegjes dansten om hem heen als duizenden kleine nachtlampjes, aangezet door een kosmische hand.

Hij keek om naar de deur van mijn terras, en ik bleef naar mijn scherm kijken terwijl ik DOE ALSOF IK BEZIG BEN, HEEL ERG BEZIG EN GECONCENTREERD typte om maar te doen alsof.

Ik zat nu al bijna twaalf uur achter het scherm en had nog maar duizend nieuwe woorden op papier weten te zetten. Ondertussen had ik wel veertien nieuwe tabs op mijn browser geopend, waaronder twee op Facebook.

Ik moest het huis uit. Toen Gus weer wegkeek, sloop ik van de tafel naar de veranda aan de voorkant van het huis. De lucht voelde vochtig, maar het was niet ongemakkelijk warm. Ik ging op het rieten bankje zitten en keek naar de andere huizen in de straat. Hier was ik nauwelijks geweest omdat het meer aan de achterkant van onze huizen lag, maar de kleurrijke hutjes en huisjes waren best schattig. Alle veranda's stonden vol met een allegaartje aan tuinmeubels, maar de meubels waren geen van allen zo huiselijk en eclectisch als die van Sonya.

Als ik niet zo'n hekel had gehad aan wat die meubels uitstraalden, zou ik ze eigenlijk niet willen verkopen. Maar goed, ik kon maar beter zo snel mogelijk beginnen. Dan zou ik me later geen zorgen om al die spullen meer hoeven maken. Ik kwam overeind en maakte van elk meubelstuk een aparte foto, en vervolgens een aantal van de volledige set. Toen opende ik de verkoopwebsite Craigslist op mijn telefoon.

Even bleef ik naar mijn schermpje staren, en toen opende ik mijn e-mails. Ik zag de vetgedrukte woorden van Sonya's e-mail nog staan. Ik had hem niet verwijderd, maar wilde hem ook niet lezen. Ik opende een nieuw bericht, aan haar gericht.

ONDERWERP: buitenmeubels

Hoi,

Ik ben het huis aan het uitruimen. Wil jij de buitenmeubels hebben of zal ik ze verkopen?

Ik zette er verschillende groeten onder, maar niets leek passend. Uiteindelijk zette ik er nog niet eens mijn voorletter onder en verstuurde de mail.

Dat was het dan. Alle emotionele energie die ik voor vandaag in me had. Dus waste ik mijn gezicht, poetste mijn tanden en stapte in bed, waar ik tot zonsopkomst naar *Veronica Mars* lag te kijken.

Op vrijdag werd er uren eerder dan verwacht op mijn deur geklopt. Het was al halfdrie, en omdat ik pas om vijf uur 's ochtends in slaap was gevallen, was ik nog maar een paar uurtjes wakker.

Ik raapte mijn ochtendjas van de bank en trok die aan over mijn outfit (een boxershort van Jacques en mijn eigen oude David Bowie-shirt zonder beha). Ik trok het linnen gordijntje dat voor het raampje in de deur hing opzij en zag Gus op de veranda heen en weer lopen met zijn handen achter zijn hoofd gehouden en zijn hoofd naar voren buigend alsof hij zijn nek aan het rekken was.

Toen ik de deur opende hield hij op met lopen en keek me met grote ogen aan.

'Wat is er?' vroeg ik. Nu pas herkende ik Pete in hem, in de overgang van verwarring naar verrassing die ik op zijn gezicht zag.

Hij schudde zijn hoofd. 'Dave is hier.'

'Dave?' vroeg ik. 'Dave, van… Dave? Van de Olive Garden?'

'Het is zeker niet de Dave van Wendy's,' antwoordde Gus. 'Hij belde me net op omdat hij in de buurt was. Hij is in een opwelling toch gekomen, geloof ik… Hij zit nu bij me thuis. Kun je ook komen?'

'Nu?' vroeg ik, met stomheid geslagen.

'Ja, January! Nu! Hij zit nu bij me thuis!'

'Oké,' zei ik. 'Ik trek even iets aan.'

Ik deed de deur dicht en ging naar de slaapkamer. Deze week liep ik achter met de was. Alleen mijn stomme zwarte jurkje was nog schoon, dus koos ik voor een ongewassen shirt en een spijkerbroek.

Gus had zijn deur opengelaten zodat ik zo naar binnen kon lopen. Eenmaal binnen besefte ik dat ik nog niet eerder was geweest in dit huis waar ik de afgelopen maand zo nieuwsgierig naar binnen had staan gluren. Ik stond tussen al die donkere boekenkasten vol boeken, en de rokerige geur van Gus hing in de lucht. Er werd hier duidelijk geleefd: op de tafels lagen boeken open, en op de anthologieën en literaire tijdschriften lagen stapeltjes post. Hier en daar stond een beker op een onderzetter. Maar vergeleken met zijn normale slordigheid was het hier bijzonder netjes.

'January?' De smalle gang naar de keuken leek zijn stem wel op te slokken. 'We zijn hier.'

Ik volgde het stemgeluid alsof het een spoor van broodkruimels naar een of andere fantastische plek was. Of naar een val.

In de keuken bleef ik staan. Die was als het spiegelbeeld van de mijne: links een ontbijthoek, met de tafel waar ik Gus zo vaak aan had zien zitten recht voor het raam, met het aanrecht en alle keukenkastjes aan de rechterkant. Gus wuifde naar me vanuit de kamer ernaast, een klein kantoortje.

Ik wilde de tijd nemen om dit hele huis vol geheimen te besnuffelen, maar Gus keek me aan op die manier die me altijd deed denken dat hij mijn gedachten kon lezen, dus snelde ik naar het kantoor. Een minimalistisch Scandinavisch bureau zonder enige rommel stond tegen het raam aan de achterzijde geschoven.

Vanuit dit huis kon je het bos zien, maar de boomgrens begon pas in de verte, waardoor het kantoortje in eerste instantie uitzicht bood op het strand. Het zilverkleurige licht scheen door de wolken heen op de golven als steentjes die over het water keilden.

Dave droeg een rood shirt en een pet. Hij had flinke wallen onder zijn ogen, waardoor hij eerder op een slaperige sint-bernard leek. Hij zette zijn pet af en stond op toen ik binnenkwam, maar stak zijn hand niet uit, waardoor ik het gevoel had ineens in een Jane Austen-boek te zijn beland.

'Hoi,' zei ik. 'Ik ben January.'

'Goed je te ontmoeten,' zei Dave met een knikje. Er stond een bureaustoel (van het bureau weggedraaid zodat Gus onze kant op zat), een leunstoel in de hoek (waar Dave net van was opgestaan) en een keukenstoel die Gus voor de gelegenheid naar binnen had gesleept. Daar ging Dave op zitten, wijzend naar de leunstoel.

'Dank je.' Ik wurmde mezelf tussen alle stoelen en knieën door. 'En dank je dat je de tijd neemt om met ons te praten.'

Dave zette zijn pet weer op en verschoof nerveus. 'Ik was er eerder nog niet klaar voor. Sorry dat ik jullie tijd heb verspild door jullie laatst mijn kant op te laten komen. Ik voel me er vreselijk over.'

'Nergens voor nodig,' verzekerde Gus hem. 'We begrijpen dat dit gevoelig ligt.'

Hij knikte. 'En de alcohol... Ik wilde gewoon zeker weten dat ik het aankon. In plaats van naar de Olive Garden te komen ben ik die avond naar een bijeenkomst van de anonieme alcoholisten gegaan. Daar was ik toen.'

'Dat begrijp ik,' zei Gus. 'Het is maar een boek. Jij bent een mens.'

Maar een boek. Dat had ik niet van Gus verwacht. Gus Everett met zijn 'boeken met een goede afloop zijn niet echt'. Gus met zijn literaire hoogvliegers. Diezelfde Gus Everett noemde dit 'maar' een boek, en dat verbaasde me.

Gus is getrouwd geweest.

Hij zag me staren. Ik keek weg.

'Dat is het juist,' zei Dave. 'Het is een boek. Een kans om mensen in gelijke situaties met mijn verhaal te kunnen helpen.'

Ik zag Gus' mondhoek ongemakkelijk bewegen. Ik had *De onthullingen* zelf nog niet gelezen omdat ik bang was er mijn verliefdheid mee te vergroten of te verkleinen. Maar afgaande op wat ik van hemzelf had gehoord, schreef Gus niet om mensen te helpen, maar om te begrijpen waarom mensen hun leven verpestten.

Zijn chicklit zou echter anders zijn, al zag ik niet in hoe hij Daves verhaal in een leuke ontmoeting en een goede afloop zou weten te verwerken. De uitkomst van dit gesprek zou eerder in zijn volgende literaire meesterwerk passen.

Aan de andere kant hadden we het hier wel over Gus. Toen we

aan deze klus begonnen, dacht ik dat ik allemaal onzin zou gaan opschrijven: een kopie van wat ik andere mensen had zien doen. Maar dit project was net zo goed van mij als mijn eerdere werk. Misschien zou de chicklit van Gus ook best bij New Eden kunnen passen en zouden er vreselijke dingen gebeuren tussen alle zoenen en liefdesverklaringen door.

Misschien gaf hij zijn personages eindelijk het einde dat ze verdienden, in een boek over een sekte.

Of misschien was Dave op het verkeerde adres.

'Ik moet wel eerlijk zijn,' zei Gus. 'Dit verhaal gaat niet over New Eden, of over jou. Het zal hopelijk wel gaan over een plaats die realistisch genoeg is om te kunnen bestaan, met realistische personages.' Even zweeg hij. 'Als we geluk hebben wordt er misschien iemand mee geholpen, of voelt iemand zich begrepen, alsof zijn of haar verhaal ertoe doet.'

Gus keek me zo vluchtig aan dat het me bijna was ontgaan. Mijn maag maakte een salto. Dat had ik gezegd, op de avond dat we onze weddenschap sloten, en het leek er niet op dat hij me ermee plaagde. Hij meende het echt.

'En zelfs als dat niet het geval is,' ging hij verder tegen Dave, 'helpt het je misschien om je verhaal te vertellen.'

Dave trok een los draadje uit een gat in zijn broek bij zijn knie. 'Dat weet ik. Ik moest er gewoon voor zorgen dat mijn moeder het ook begreep. Ze schaamt zich nog steeds. Alsof ze misschien toch mijn vader had kunnen overtuigen om weg te gaan. Dan had hij nog geleefd, denkt ze.'

'En jij?' vroeg Gus.

Dave beet op zijn lip. 'Geloof je in het lot, Augustus?'

Gus hield zijn afgrijzen voor zijn naam goed verborgen. 'Ik denk dat sommige zaken onvermijdelijk zijn, ja.'

Dave boog zich naar voren en speelde met de klep van zijn pet. 'Als kind slaapwandelde ik. Slechte eigenschap, doodeng. Op een dag, nog voor New Eden, trof mijn moeder me met een tafelmes in de hand aan bij de rand van ons zwembad. Poedelnaakt. Ik sliep niet eens naakt.

Twee weken voordat we ons bij New Eden aansloten waren we in het park, mijn moeder en ik, toen het ineens heel hard ging regenen. Mijn moeder hield van de regen, dus bleven we veel te lang buiten. Er kwam onweer op. Enorme klappen. Dus renden we naar huis. Rond het park stond een metalen hek, en toen we daar bij stonden riep ze dat ik moest blijven staan. Ze wist niet precies hoe onweer werkte, maar het leek haar geen goed idee om haar zesjarige een ijzeren hek te laten vasthouden. Ze wikkelde haar shirt om haar hand en opende het hek voor me.

Toen we thuis waren, op de stoep vlak voor ons huis, gebeurde het. Het was alsof de aarde door een bijl werd gespleten. Serieus, ik dacht dat de zon was neergestort. Zo licht was het.'

'Welk licht?'

'Van de bliksem waardoor ik werd getroffen,' zei Dave. 'We waren absoluut niet gelovig, Augustus. Zeker mijn vader niet. Maar de gebeurtenis had mijn moeder bang gemaakt. Ze wilde het anders gaan aanpakken. De week erna gingen we naar de kerk, de strengste die ze maar kon vinden, en onderweg gaf iemand haar een flyer. NEW EDEN, stond erop. "God nodigt u uit voor een nieuw begin. Geeft u gehoor?"'

Gus maakte aantekeningen en knikte. 'Dat zag ze als een teken?'

'Ze dacht dat God mijn leven had gered,' zei Dave. 'Om haar aandacht te trekken. Een week later verhuisden we al naar het terrein, en mijn vader kwam met ons mee. Hij geloofde zelf niet, maar hij vond de spirituele opvoeding van kinderen een taak voor de moeder. Ik weet niet wat hem uiteindelijk heeft overtuigd, maar gedurende de twee daaropvolgende jaren raakte hij er nog dieper in verstrikt dan mijn moeder. En op een avond werd ze wakker in onze woonwagen en had ze een heel naar gevoel. Het onweerde, en ze stak haar hoofd om het hoekje van de woonkamer waar ik sliep. Ze trof mijn bed leeg aan.

Ze probeerde mijn vader wakker te maken, maar hij was een diepe slaper, dus liep ze zelf de regen in waar ze me uiteindelijk poedelnaakt in het bos aantrof. De bliksem raasde als vuurwerk langs me heen. En weet je wat er toen gebeurde?'

Dave keek zwijgend op. 'De bliksem raakte onze woonwagen. Hij ging in vlammen op. Dat was de eerste brand in New Eden. Geen heel erge, niet als de brand waarin mijn vader is omgekomen. Ze wisten hem te blussen voordat hij echte schade had kunnen aanrichten. Maar mijn moeder en ik verlieten New Eden de dag erna.'

'Zag ze het ook als teken?' vroeg Gus.

'Dat is het hem juist,' antwoordde Dave. 'Mijn moeder gelooft in het lot, in de hand van God. Maar niet in zulke mate dat ze het zichzelf kan vergeven wat er met mijn vader is gebeurd. Zij nam ons mee naar New Eden, en zij heeft mij er weer uit gehaald. Ze heeft het hem niet eens verteld omdat hij er al te ver in zat. Hij had niet alleen geweigerd, maar had waarschijnlijk ook boete voor ons gedaan.'

'Boete?' vroeg ik.

'Zo noemen ze dat,' legde Dave uit. 'Een biecht van de zonden van een ander. Ze wilden niet dat we het als verklikken of sociale controle zagen. Het was dus een boetedoening. Het onzelfzuchtige gebaar waarbij je je relatie met iemand verpestte om ze voor de zonde te beschermen. Diep vanbinnen wist ze dat we allebei gestraft zouden worden als ze het mijn vader vertelde. Ze zou minstens een week geïsoleerd worden, en ik zou worden geslagen en bij een andere familie geplaatst totdat ze haar geloof weer had gevonden. Ze zeiden dat ze het vreselijk vonden om geweld te gebruiken. Dat het hun offer was om ons uit liefde te bestraffen. Maar je zag heel goed dat een paar er wel van genoten.

Dit wist ze allemaal. Dus of het nou het lot was of niet, mijn moeder zag de toekomst. Ze kon hem niet redden. Maar mij wel, dus zette ze alles op alles.'

Gus zweeg bedachtzaam. Hij leek in gedachten verzonken. Zo zag hij er jonger en zachter uit. Ineens borrelde er woede in me op. *Waarom heeft niemand jou ooit gered,* dacht ik. *Waarom heeft niemand jou midden in de nacht meegenomen?*

Ik wist dat het allemaal niet zo simpel was. Er was vast een reden geweest, al bleef het steken. Dit was niet het verhaal dat ik voor hem zou hebben geschreven. Absoluut niet.

Dave vertrok en Gus sloot de deur zachtjes achter hem. Hij wendde zich tot mij. Even waren we stil. Het vier uur durende gesprek had ons flink uitgeput. We keken elkaar alleen maar aan.

Hij leunde tegen de deur. 'Hé,' zei hij toen.

'Hé,' antwoordde ik.

Hij glimlachte zwak. 'Fijn je weer te zien.'

'Ja.' Ik verplaatste mijn gewicht van de ene voet op de ander. 'Jou ook.'

Hij richtte zich op en liep naar het walnoothouten dressoir in de hoek waar hij twee glazen uit haalde die hij naast de donkere flessen zette. 'Drankje?'

Natuurlijk wilde ik een drankje. Ik had net een afschuwelijk verhaal gehoord over een kind dat werd geslagen voor onbestaande wandaden, en daarnaast was ik voor het eerst sinds onze zoenpartij alleen met Gus. Zelfs van aan de andere kant van de kamer was de spanning nog om te snijden. Dat prikkelige gevoel was vandaag weer in me naar boven gekomen. Woede om alle geknakte ouders, verdriet omdat zij zich vast ook als kinderen hadden gevoeld: hulpeloos, onzeker over wat de juiste keuze was, doodsbang om het verkeerd te doen. Ik leefde met Dave mee, met al zijn ervaringen, en met mijn eigen moeder, die zich zonder mijn vader waarschijnlijk ongelooflijk verloren voelde, en ondanks alles voelde het nog steeds warm en fijn om bij Gus te zijn, alsof hij nog steeds tegen me aan gedrukt was.

Ik hoorde ijs in de glazen vallen (had hij een emmertje ijs bij zijn drankvoorraad staan, als een of andere rijke pipo?).

Ik wilde meer weten over Pete, over zijn ouders en zijn huwelijk, maar dat waren van die stukjes informatie waar je niet naar kunt vragen, en Gus liet uit zichzelf niets los. Hij had me zelfs niet binnengelaten tot een van zijn onderzoeksobjecten per ongeluk voor de deur had gestaan. Niet dat hij bij mij binnen was geweest, maar mijn huis was geen deel van mij. Het was zelfs nauwelijks van mij. Het was bagage. Gus' huis was zijn thuis.

En Dave was eerder binnen geweest dan ik.

Gus keek me met gefronste wenkbrauwen aan.

'Je hebt een tatoeage,' zei ik toen we allebei te lang stil bleven.

Vluchtig keek hij naar zijn arm. 'Ik had er een.'

Daar was het. Geen uitleg, geen informatie over waar hij was geweest. Ik mocht hier zitten, iets met hem drinken en over boeken en herinneringen aan kotsende meisjes praten, maar daar hield het mee op.

Maar dat wilde ik niet. Niet nu ik meer had mogen proeven. Als ik oppervlakkig met iemand wilde praten tussen de conversatielandmijnen in, belde ik mijn moeder wel. Met hem wilde ik meer. Zo was ik nu eenmaal.

'Scotch?' vroeg hij.

'Ik heb niet zoveel kunnen schrijven vandaag. Ik ga maar weer aan de slag.'

'Ja.' Hij knikte langzaam en afgeleid. 'Ja, goed. Morgen dan.'

'Morgen,' zei ik.

Voor de eerste keer zag ik op tegen onze zaterdagavond. Hij liet de glazen staan en liep met me mee om de deur voor me te openen. Ik stapte de veranda op maar stopte even toen ik mijn naam hoorde. Toen ik omkeek stond hij tegen de deurpost geleund.

Hij leunde altijd overal tegenaan, alsof hij zichzelf niet langer dan een paar tellen overeind kon houden. Hij lag, hij boog, hij hurkte en hij leunde. Hij zat of stond eigenlijk nooit. Op de universiteit dacht ik dat hij overal zo min mogelijk moeite voor deed, behalve schrijven. Nu vroeg ik me eerder af of hij misschien gewoon moe was omdat het leven hem te zwaar op de schouders drukte en hem helemaal in elkaar had doen klappen zodat niemand meer bij het zachte middelpunt kon komen: het jongetje dat per trein wilde vluchten om in een boomhut in de redwoods te gaan wonen.

'Ja?' zei ik.

'Fijn je weer te zien,' zei hij.

'Dat heb je al gezegd.'

'Ja,' zei hij. 'Klopt.'

Ik probeerde niet te glimlachen en de vlinders in mijn buik te negeren. Een glimlach en een vlinder waren niet voldoende. Ik was klaar met alle geheimen en leugens, hoe mooi ze ook waren. 'Fijne avond, Gus.'

17

Het dansen

Moet ik vanavond wel in pak? schreef Gus die zaterdagmiddag.

Ik werd al zenuwachtig als ik eraan dacht dat ik samen met hem in de auto zou zitten, maar omdat ik deze avond vorige week zaterdag al was beginnen te plannen, was ik niet van plan om alles af te blazen. Zeker niet nu ik voor het eerst sinds maanden eindelijk weer aan het schrijven was. *Zeker weten!* schreef ik terug.

Serieus? vroeg Gus.

Grapje, was mijn antwoord. *Heb je cowboylaarzen?*

Wat denk je zelf? zei Gus. *Je kent me toch? Denk je echt dat ik een paar cowboylaarzen heb?*

Ik keek naar de lege pagina en greep mijn kans. *Je bent een man met vele geheimen. Misschien heb je wel een kast vol cowboyhoeden. Zo ja, zet er dan een op je hoofd. Ik zie je om 6 uur.*

Toen Gus die avond bij me voor de deur stond, had hij zijn gewone kleren aan, met als extraatje een gekreukeld zwart overhemd. Zijn haar stond een beetje overeind, wat me deed denken dat hij er tijdens het schrijven de hele tijd met zijn hand doorheen was gegaan.

'Geen hoed?' vroeg ik.

'Geen hoed.' Hij haalde zijn arm achter zijn rug vandaan en bleek twee flacons in zijn hand te hebben, dunne opvouwbare exemplaren die je onder je kleren kunt verbergen. 'Ik heb deze maar meegenomen, voor het geval je me naar een Texaanse kerkdienst zou meeslepen.'

Ik bukte me en trok mijn gebloemde enkellaarsjes aan die naast de deur stonden. 'Nou bewijs je weer dat je véél meer van romantiek weet dan je hebt laten merken.'

Onmiddellijk stokte de adem in mijn keel.

Gus is getrouwd geweest.

Gus is gescheiden.

Daarom was hij er zo heilig van overtuigd dat liefde geen stand hield. Hij had me deze cruciale details nooit verteld omdat hij zich niet echt voor me had opengesteld.

Hij ging niet in op mijn opmerking, als hij die al had gehoord. 'Even voor alle duidelijkheid,' zei hij, 'als ik vanavond echt een cowboyhoed moet opzetten, dan val ik waarschijnlijk dood neer.'

'Een cowboyhoedallergie.' Ik pakte mijn sleutels van het tafeltje. 'Ik zal er rekening mee houden. Kom, we gaan.'

Dit zou een perfecte date zijn, als het een date was geweest.

De parkeerplaats van de Black Cat Saloon stond propvol en binnen was het ook flink druk. 'Wat een hoop geruite hemden,' zei Gus toen we naar binnen liepen.

'Wat verwachtte je dan op een avondje linedancen, Gus?'

'Dat meen je toch niet?' zei hij, en hij verstarde. Ik schudde mijn hoofd. 'Hier heb ik al heel lang nachtmerries over, en nu wil jij zeggen dat dat gewoon een voorgevoel was.'

Op het lage podium aan de voorzijde van de ruimte die nog het meest weghad van een boerenschuur, begon de band weer te spelen. Links van me drong een grote groep mensen langs me heen, waardoor ik tegen Gus aan viel. Hij pakte me bij mijn middel en hield me overeind terwijl iedereen de dansvloer op dromde. 'Alles goed?' riep hij boven de muziek uit. Hij had zijn arm nog steeds om me heen geslagen.

Mijn gezicht werd warm en mijn hart, de verrader, maakte een sprongetje. 'Ja, hoor.'

Hij boog zich naar me toe zodat ik hem beter kon verstaan. 'Ik vind het hier behoorlijk gevaarlijk voor iemand van jouw postuur. Kunnen we niet beter ergens anders naartoe gaan?' Hij deed een stapje achteruit en keek me hoopvol aan.

Met een grijns schudde ik mijn hoofd. 'Absoluut niet. De les begint over tien minuten.'

Toen hij zijn handen weghaalde, voelde ik mijn huid nog tintelen.

'Nou ja, ik heb Meg Ryan tenslotte ook overleefd.'

'Maar het scheelde niet veel,' plaagde ik. Bij de herinnering kreeg ik onmiddellijk een rood hoofd. Gus' lippen op de mijne. Gus, die met zijn tanden over mijn sleutelbeen streek. Gus, die met zijn handen mijn heupen vastpakte en met zijn duim over het bot wreef.

De spanning bleef tussen ons hangen en werd bijna tastbaar. Toen het nummer bijna was afgelopen, sprong een slungelige man met een paardenhoofd en een microfoon in zijn hand het podium op en vroeg de beginners naar de dansvloer te komen voor het volgende nummer. Ik pakte Gus bij de hand en baande me door de mensenmassa een weg naar de dansvloer.

Nu bloosde hij voor de verandering eens, en zijn voorhoofd was een en al rimpel. 'Deze grap gaat je duur komen te staan. Je bent nu op zijn minst verplicht me in je testament op te nemen,' zei hij.

'Misschien moet je nu even je mond houden, want er wordt het een en ander uitgelegd.' Ik knikte naar de man met het paardenhoofd, die inmiddels een vrijwilliger had gevonden om een aantal basisbewegingen voor te doen. 'Die gast praat net zo snel als een veilingmeester op een visafslag en ik heb het gevoel dat hij niks gaat herhalen.'

'Je wilsbeschikking én je testament,' fluisterde Gus.

'En aan Gus Everett laat ik een kast met cowboyhoeden na,' fluisterde ik terug.

Hij barstte in lachen uit. Hierdoor dacht ik terug aan het studentenfeest toen diezelfde aanstekelijke lach in mijn oor had geklonken. We hadden geen woord gewisseld toen we in die zweterige kelder dansten, echt geen enkel woord, maar door die lach vermoedde ik dat hij er zich in elk geval vaag van bewust was dat we ons een beetje moesten schamen vanwege ons nogal kleffe gedrag. Het was inderdaad een beetje gênant, maar die avond hadden andere gevoelens de overhand genomen. Net als toen bij de drive-in.

Een golf van hitte schoot door mijn lijf en ik probeerde snel ergens anders aan te denken.

Op het podium zette de violist in en al snel liet de hele band muziek horen. De gevorderden kwamen de dansvloer op en voegden zich tussen de gespannen wachtende beginners, waarvan wij minstens twintig procent uitmaakten. Gus bleef angstvallig naast me staan, bang om te worden gescheiden van mij, plotseling zijn reddingsboei sinds we door de metalen dubbele deuren waren gelopen, en de aangever riep in de microfoon: 'Zijn jullie er klaar voor? Daar gaan we!'

Op zijn eerste aanwijzing bewoog de menigte naar rechts, en Gus en ik gingen mee. Het legertje laarzen en hoge hakken veranderde van richting, waarop Gus mijn hand greep en ik een gil slaakte toen hij me buiten het bereik trok van een gast die vastbesloten was een ingewikkelde danspas uit te voeren waarbij hij boven op mijn voet zou trappen.

De gespeelde nummers hadden geen tekst, dus klonken slechts de staccato uitgesproken aanwijzingen van de man met de microfoon, vergezeld van het ritmische geschuifel van laarzen en schoenen. Ik moest hard lachen toen Gus naar voren stapte in plaats van naar achteren, waardoor hij tegen een blonde vrouw op botste met een kapsel dat stijf stond van de hairspray. Ze keek hem vuil aan. 'Sorry!' riep hij boven de muziek uit, en hij bleef staan en stak verontschuldigend zijn handen op, met als gevolg dat hij nog een keer tegen haar in roze kant gehulde boezem op knalde toen de menigte van richting veranderde. 'O, jezus,' zei hij, en hij deed snel een stap achteruit. 'Sorry, ik...'

'Jezus heeft hier niks mee te maken,' beet de vrouw hem toe en ze zette haar handen in haar zij.

'Sorry,' kwam ik tussenbeide, en ik trok Gus mee. 'Ik kan hem echt nergens mee naartoe nemen.'

'Waar heb je het over?' riep hij half lachend. 'Jij hebt juist...'

Snel duwde ik hem door de mensenmassa voor me uit naar de andere kant van de dansvloer. Toen ik achterom keek had de blonde vrouw weer haar keiharde linedance-gezicht op.

'Zal ik haar mijn telefoonnummer geven?' vroeg Gus met zijn mond vlak bij mijn oor.

'Volgens mij heeft ze liever het kaartje van je verzekering.'

'Of een goed gelijkende politietekening.'

'Of een breekijzer.'

'Oké.' Gus grijnsde breed en grinnikte. 'Zo is het wel genoeg. Je bent alleen maar op zoek naar een smoes om niet meer te hoeven dansen.'

'Hè? Ben ik op zoek naar een smoes?' riep ik uit. 'Jij greep die vrouw expres bij haar tieten omdat je eruit geschopt wilde worden.'

'Onzin.' Hij schudde zijn hoofd, pakte me bij mijn arm en voegde zich nogal onhandig in de rij dansers. 'Dit hou ik erin. Zorg maar dat je je zaterdagavonden vrijhoudt, voor eeuwig en altijd.'

Ik lachte en danste mee, maar in me was het een wervelwind van tegenstrijdige gevoelens. Dit wilde ik niet voelen. Het was niet leuk meer nu ik erover nadacht. Waar zou dit op uitdraaien? Straks was ik helemaal verslingerd aan hem geraakt, terwijl hij mij net zoveel over zijn leven had verteld als je aan de eerste de beste kapper doet.

Maar toch zei hij van die dingen. *Zorg maar dat je je zaterdagavonden vrijhoudt, voor eeuwig en altijd.* Hij pakte me bij mijn middel om te voorkomen dat ik in volle vaart tegen een steunbalk aan zou knallen die ik in mijn dansroes niet had gezien. Lachend trok hij me naar zich toe en draaide me in de rondte terwijl de rest van het gezelschap passen naar voren en naar achteren zette, met hun duimen achter zowel echte als denkbeeldige riemlussen gestoken.

Dit was een andere Gus dan ik tot nu toe had meegemaakt. (Een Gus die voetbalde? Een Gus die een derde van de telefoontjes van zijn tante beantwoordde? Een Gus die getrouwd en gescheiden was?) Ik wist niet zo goed wat ik moest denken van deze plotselinge omslag.

Er was iets in hem veranderd, alweer. En of hij dat nou met opzet deed of niet, hij liet het merken ook. Op de een of andere manier leek hij lichter, minder vermoeid. Hij was toegankelijk en flirtte, waardoor ik na afgelopen week alleen maar gefrustreerder werd.

'We kunnen wel een borrel gebruiken,' zei hij.

'Oké.' Dat vond ik ook. Misschien zou een drankje me helpen het een beetje los te laten. We drongen ons naar de bar, waar hij een bergje doppinda's opzijschoof alvorens twee dubbele whisky te bestellen.

'Proost,' zei hij, en hij hief zijn glas.

'Waarop?' vroeg ik.

Hij lachte. 'Op jouw goede aflopen.'

En ik had maar zitten denken dat we vrienden waren, dat hij me respecteerde, en nu had ik het gevoel dat hij me weer een soort prinsesje vond en me uitlachte om mijn naïeve en domme kijk op het leven, waarbij hij zijn mislukte huwelijk als geheime troefkaart achter de hand hield om te bewijzen dat hij meer wist dan ik. Ik werd razend en sloeg de whisky achterover zonder zijn glas aan te stoten. Gus dacht blijkbaar dat ik het gewoon niet had gezien.

Hij was zijn glas nog aan het leegdrinken toen ik alweer terugliep naar de dansvloer.

Ik moest erkennen dat het iets heel belachelijks had om woedend te linedancen, maar dat weerhield me er verder niet van. We dansten nog twee nummers mee en dronken ook nog twee shotjes whisky.

Toen we aan het vierde nummer wilden beginnen – met ingewikkeldere passen om de gevorderden een plezier te doen – ging de man op het podium naar de wc en moesten we het zonder zijn aanwijzingen doen. We maakten geen schijn van kans om alle passen bij te houden, zelfs al waren we niet half aangeschoten geweest. Tijdens een dubbele draai naar rechts struikelde ik over een losse vloerplank en pakte Gus me bij mijn middel zodat ik niet viel. De lach verdween van zijn gezicht toen hij zag hoe ik keek. Mijn vroegere aartsvijand, leunde (zoals gewoonlijk) tegen de steunbalk waar ik net bijna tegenaan was gebotst en trok me naar zich toe. Zijn handen brandden zo ongeveer door mijn jeans en ik moest echt moeite doen om mijn hoofd erbij te houden als hij me zo vasthield.

'Hé,' mompelde hij, en hij bracht zijn mond naar mijn oor zodat ik hem boven de muziek uit kon verstaan. 'Is er wat?'

Wat er was, waren zijn duimen die cirkeltjes draaiden op mijn heupen, zijn met whisky doordrenkte adem tegen mijn mondhoek, en dat ik mezelf een ontzettend dom konijn vond omdat dit zo'n uitwerking op me had.

Ik had mijn ouders altijd vertrouwd, nooit in de gaten gehad wat er ontbrak tussen Jacques en mij, en nu raakte ik verslingerd aan iemand die echt zijn best had gedaan om me bij hem weg te houden.

Ik deed een stap naar achteren. Ik wilde zeggen dat ik maar beter naar huis kon gaan, of dat ik me niet zo goed voelde.

Maar ik ben er nooit goed in geweest mijn gevoelens te verbergen, zeker niet het afgelopen jaar.

Dus zei ik helemaal niks en liep snel naar de deur.

Ik stormde de parkeerplaats op, de frisse lucht in, en slalomde tussen de auto's door naar mijn eigen auto. Ik hoorde Gus achter me aan lopen en mijn naam roepen, maar ik voelde me te opgelaten, te gefrustreerd en ik weet niet wat nog meer om me om te draaien.

'January?' zei Gus weer terwijl hij op een drafje op me af kwam.

'Niks aan de hand met me.' Ik viste mijn sleutel uit mijn zak. 'Ik moet... ik wil gewoon naar huis. Ik ben niet...' Ik maakte mijn zin niet af en probeerde de sleutel in het slot te wurmen.

'We kunnen hier niet weg, we hebben te veel op,' zei hij.

'Dan ga ik ga ik wel in de auto zitten wachten tot ik nuchter ben.' Mijn handen trilden en de sleutel glipte weer uit het slot.

'Wacht, laat mij maar even.' Gus nam de sleutel van me over en deed het portier aan de bestuurderskant open, maar stapte niet opzij zodat ik naar binnen kon.

'Dank je,' zei ik zonder hem aan te kijken.

Ik schrok toen hij over mijn wang streelde, het haar uit mijn gezicht streek en achter mijn oor stak. 'Je kunt het me gewoon vertellen, wat het ook is.'

Ik keek hem aan en mijn maag maakte dubbele salto's toen onze blikken elkaar kruisten. 'Waarom?'

Hij trok zijn wenkbrauwen op. 'Hoe bedoel je, waarom?'

'Waarom zou ik je iets vertellen?' zei ik. 'Waarom zou ik je überhaupt iets vertellen?'

Hij perste zijn lippen op elkaar. Zijn kaakspieren bewogen. 'Wat is er aan de hand? Wat heb ik gedaan?'

'Niks.' Ik draaide me om naar mijn auto, maar Gus stond nog steeds voor het portier. 'Ga eens opzij, Gus.'

'Dit slaat nergens op,' zei hij. 'Je bent kwaad op me en je geeft me niet eens de kans om het goed te maken. Wat heb ik in vredesnaam...'

'Ik ben niet kwaad op je,' zei ik.

'Dat ben je wel,' hield hij vol. Ik deed nog een poging om het portier te openen, en deze keer ging hij wel uit de weg. 'Vertel het me alsjeblieft, January.'

'Nee, ik ben niet kwaad.' Mijn stem begon te trillen. 'Ik kan helemaal niet kwaad op je zijn, want daarvoor zijn we niet close genoeg. Ik ben gewoon een kennis van je. We zijn niet eens vrienden.'

Er verscheen een diepe frons tussen zijn wenkbrauwen en zijn mond vertrok. 'Alsjeblieft,' zei hij bijna ademloos. 'Niet doen.'

'Wat niet doen?' vroeg ik.

Hij stak zijn handen op. 'Weet ik het!' zei hij. 'Dit dus.'

'Hoe dom denk je dat ik ben?'

'Hoe kom je daar nou bij?' vroeg hij verbaasd.

'Ik zou het natuurlijk helemaal niet raar moeten vinden dat je me niks vertelt,' zei ik. 'Je hebt namelijk geen enkele respect voor mij of mijn mening.'

'Natuurlijk heb ik wel respect voor je.'

'Ik weet dat je getrouwd bent geweest,' flapte ik er ineens uit. 'En dat jullie op je verjaardag uit elkaar zijn gegaan. Het gaat er niet alleen om dat je me daar helemaal niets over hebt verteld, je hebt mij ook maar laten praten over wat ik doe en wat het allemaal voor me betekent. En dan heb ik ook nog alles over mijn vader verteld en wat hij heeft gedaan, terwijl jij het allemaal maar aanhoorde, mijlenver boven mij verheven...'

Gus produceerde een kort lachje. 'Mijlenver boven je verheven.'

'... omdat je me dom en naïef vindt...'

'Natuurlijk vind ik je niet...'

'... en met geen woord repte over je mislukte huwelijk, net zoals je niks vertelde over alle andere dingen in je leven, alleen maar om neer te kunnen kijken op mensen die net zo gewoontjes zijn als ik en die nog ergens in geloven...'

'Hou op,' zei hij kortaf.

'... terwijl jij...'

'Hou op.' Hij deed een stap achteruit, liep weg en keek boos om. Hij keek woedend. 'Je kent me niet, January.'

Ik lachte schamper. 'Dat hoef je mij niet te vertellen.'

'Nee.' Hij schudde zijn hoofd, kwam weer op me af en bleef vlak voor me staan. 'Denk jij dat ik mijn huwelijk niet serieus nam? Ik ben twee jaar getrouwd geweest. Twéé jaar, en toen verliet mijn vrouw me voor de man die getuige was geweest bij ons huwelijk. Wat vind je van dat cliché? Ik ken goudvissen die langer hebben voortbestaan. Ik wilde helemaal niet scheiden. Ik zou ook na die verhouding bij haar zijn gebleven, maar weet je, January? Niet iedereen krijgt een goede afloop. Je kunt echt met geen mogelijkheid iemand dwingen om van je te blijven houden.

'En of je het gelooft of niet, ik heb echt niet urenlang naar je zitten luisteren terwijl ik stiekem een oordeel over je velde. En ja, het duurt bij mij altijd even voordat ik dingen vertel als "Hé, mijn vrouw heeft me verlaten voor mijn kamergenoot op de universiteit," en dat heeft geen bal met jou te maken, snap je? Misschien vind ik het gewoon heel vervelend om over dit soort dingen te praten. Jouw moeder is niet weggegaan toen ze van je vaders affaire hoorde, en mijn moeder ging niet weg bij mijn vader toen hij mijn arm had gebroken, en toch kon ik niks doen om ervoor te zorgen dat mijn vrouw bij me bleef.'

Ik kreeg een draaierig gevoel in mijn buik. Mijn keel zat dicht. Er ging een steek door mijn hart. Opeens was het allemaal duidelijk: de aarzeling, de ontwijkingen, zijn wantrouwen ten opzichte van mensen, de angst om zich te binden.

Niemand had ooit voor Gus gekozen. Dat was al zo vanaf zijn kindertijd. En daar schaamde hij zich voor, omdat hij dacht dat het aan hem lag. Ik wilde hem laten weten dat dat niet zo was. Dat het niet kwam omdat híj beschadigd was, maar omdat iederéén dat was. Maar ik kreeg geen woord over mijn lippen. Ik kon hem alleen maar aanstaren, zoals hij daar stond, met zijn borst die bij elke ademhaling heftig op en neer ging. Ik had met hem te doen en haatte de wereld dat hij zo te grazen was genomen.

Op dat moment interesseerde het me echt niets waarom hij zo lang weg was geweest, of waar hij toen was.

De harde blik in zijn ogen was verdwenen en hij wreef over zijn voorhoofd.

Ik wilde wel duizend dingen tegen hem zeggen, maar het enige wat ik kon uitbrengen was: 'Parker?'

Hij keek op met open mond. 'Wat?'

'Je kamergenoot op de universiteit,' zei ik zacht. 'Bedoel je Parker?'

Gus' gezicht verstrakte. 'Ja,' zei hij toen bijna onhoorbaar. 'Parker.'

Parker, de kunststudent met de excentrieke kleren. Parker, die bijna zijn hele linkerwenkbrauw had afgeschoren. Hij had mooie blauwe ogen en iets wilds en onstuimigs over zich waardoor mijn vriendinnen en ik dachten dat hij ook wel zo enthousiast over seks zou zijn. En het dan ook heel vaak zou doen.

Gus ontweek mijn blik. Hij wreef weer over zijn voorhoofd, en zag er nu net zo gekwetst en opgelaten uit als ik me daarnet had gevoeld.

'Op je verjaardag. Wat een klootzak.'

Het drong pas tot me door dat ik dit hardop had gezegd toen hij reageerde met: 'Ze had dat niet zo gepland, hoor.' Hij keek weg en staarde naar het parkeerterrein. 'Ik heb het echt uit haar moeten trekken. Ik merkte dat er iets niet klopte en… nou ja.'

Toch blijft het een klootzak, dacht ik. Ik schudde mijn hoofd en wist niet wat ik moest zeggen. Ik sloeg mijn armen om hem heen, drukte mijn gezicht in zijn hals en voelde hoe zijn borstkas op en neer ging bij elke ademhaling. Na een korte aarzeling beantwoordde hij mijn omhelzing, en zo stonden we daar, net buiten het bereik van de enige lantaarn op de parkeerplaats, en hielden elkaar stevig vast.

'Ik vind het zo rot voor je,' fluisterde ik. 'Ze had voor jou moeten kiezen.' En ik meende het, ook al wist ik niet helemaal wie ik met 'ze' bedoelde.

Hij trok me nog dichter tegen zich aan en drukte zijn mond

tegen mijn kruin. Binnen werd een nummer van Crosby, Stills, Nash & Young gespeeld; de gitaar klonk alsof de snaren jankten. Gus bewoog samen met mij heen en weer op het ritme van de muziek.

'Ik wil je beter leren kennen,' zei ik.

'Dat wil ik ook,' mompelde hij in mijn haar. We bleven nog even zo staan en toen zei hij: 'Het is al laat. Laten we binnen een kop koffie drinken en dan naar huis gaan.'

Ik wilde niet naar huis. Ik wilde niet dat Gus me losliet. 'Oké.'

Hij streek met zijn hand over mijn keel, liet die even in de holte tussen mijn hals en schouder rusten en wreef met zijn ruwe duim over mijn sleutelbeen. Hij schudde zijn hoofd. 'Ik heb je nooit dom gevonden.'

Ik knikte. Ik wist niet goed hoe ik hierop moest reageren, en zelfs al had ik dat wel geweten, dan was ik bang dat mijn stem verstikt zou klinken, of zou trillen, net als mijn benen.

Gus' blik dwaalde af naar mijn mond en verplaatste zich toen naar mijn ogen. 'Ik dacht... ik denk dat er moed voor nodig is om in de liefde te geloven. Ik bedoel, liefde die blijvend is. Moed om dat aan te willen gaan, zelfs als je weet dat je daardoor gekwetst kunt raken.'

'En jij dan?'

'Hoezo?' prevelde hij.

Ik kon nauwelijks een woord uitbrengen en wilde mijn keel schrapen, maar daardoor zou ik laten merken wat ik voelde en wat ik dacht. 'Denk je dat je dat nooit meer aan zou willen gaan?'

Gus deed een stap achteruit, het grind knarste onder zijn schoenzolen. 'Het maakt niet uit of ik geloof dat het kan bestaan,' antwoordde hij. 'Je kunt best ergens niet in geloven, maar er toch naar verlangen. Als je niet voorzichtig bent.'

Zijn blik zette me in vuur en vlam, terwijl ik de kou op mijn huid voelde toen hij me losliet en naar de bar stevende. 'Kom,' zei hij. 'Laten we koffie gaan drinken.'

Voorzichtig. Maar wat Gus Everett betrof, was ik helemaal niet voorzichtig.

Bewijs: mijn kater de volgende ochtend.

Ik werd wakker van zijn eerste berichtje.

Dat bestond alleen uit: Au.

18

De ex

De avondjes op onze afzonderlijke terrassen waren ten einde gekomen. Toen Gus 's zondags bij mij thuis kwam zag hij eruit alsof hij in een afvalverwerker terecht was gekomen, die hem vervolgens halverwege weer had uitgespuugd. Ik voelde me minstens zo beroerd als hij eruitzag.

We zetten de chaise longues buiten, ploften er op neer met ijszakken op ons hoofd en klokten ettelijke flesjes sportdrank die Gus had meegenomen naar binnen.

'Heb je nog een beetje geschreven?' vroeg hij.

'Als ik alleen al aan woorden denk, moet ik kotsen.'

Gus kuchte. 'Over een smerig woord gesproken...'

'Sorry.'

'Zullen we pizza bestellen?' vroeg hij.

'Meen je dat? Je moest net ook bijna...'

'January,' zei Gus. 'Niet zeggen. Gewoon antwoord op mijn vraag geven.'

'Natuurlijk moeten we pizza bestellen.'

Maandag waren we er weer bijna bovenop, of in elk geval voldoende hersteld om overdag allebei aan onze eigen tafels te werken (ik ramde er tweeduizend woorden uit). Om 13.40 hield Gus de eerste notitie van de dag omhoog: Ik heb je een berichtje gestuurd.

Weet ik nog, schreef ik terug. Een historisch moment in onze vriendschap.

Nee, zei hij. Een minuut geleden.

Mijn telefoon lag nog aan de oplader bij mijn bed. Ik stak mijn wijsvinger op en rende de kamer uit om hem te pakken. Het berichtje luidde: Weet jij hoe je een margarita maakt?

Gus, schreef ik terug. Dit zijn nog minder woorden dan op het briefje waarmee je me op dit berichtje attendeerde.

Hij antwoordde na een paar seconden: Ik wilde het een beetje formeel houden. Die briefjes zijn natuurlijk veel te ongedwongen.

Ik weet niet hoe je een margarita maakt, schreef ik. Maar ik ken iemand die dat wel weet.

Jose Cuervo? vroeg hij.

Van waar ik stond had ik uitzicht op de achterkant van onze huizen, waar de keukens waren, dus deed ik de luxaflex open, ging uit het raam hangen en schreeuwde: 'Google!!!'

Ik kreeg meteen antwoord: Kom hierheen.

Die woorden veroorzaakten rillingen door mijn lijf, en tegelijkertijd kreeg ik het er warm van. Maar daar wilde ik niet bij stilstaan.

Ik ging mijn laptop halen en liep op blote voeten de deur uit. Gus stond op de veranda op me te wachten en leunde tegen de deurpost.

'Sta je eigenlijk weleens rechtop?' vroeg ik.

'Alleen als het niet anders kan.' Hij nam me mee naar de keuken. Ik ging op een kruk bij het kookeiland zitten terwijl hij limoenen pakte en daarna naar de voorkamer liep om de shaker, tequila en triple sec te halen.

'Doe alsjeblieft geen moeite om te helpen, hoor,' zei hij plagerig.

'Maak je geen zorgen, ik kijk wel uit.'

Toen hij onze drankjes had gemaakt, gingen we naar het terras en werkten tot de laatste zonnestralen waren opgelost in het diepe blauw van de hemel boven Michigan, waar de sterretjes inmiddels een voor een doorheen prikten. Op een gegeven moment begon onze maag te knorren en liep ik even naar mijn huis om de rest van de pizza van gisteren te halen. Die aten we koud op, met onze benen languit op de balustrade van het terras.

'Kijk,' zei Gus, en hij wees naar de donkerblauwe hemel waar twee zilveren lichtsporen tussen de sterren door schoten. Zijn ogen deden weer dat Gus-ding en ik was bang dat mijn hart uit mijn borst zou springen. Ik was dol op de plotselinge kwetsbaarheid die hij tentoonspreidde als hij iets zag wat hem enthousiast maakte, net voordat hij de kans kreeg dat te verbloemen.

Zo kijkt hij soms ook naar mij.

Ik richtte mijn aandacht op de vallende sterren. 'Erg herkenbaar,' zei ik vlak.

Gus lachte even. 'Eigenlijk zijn wij dat. In vuur en vlam en we komen rechtstreeks uit de hemel vallen.'

Hij keek me aan met een donkere, brandende blik, waardoor mijn zorgvuldig bij elkaar geschraapte zelfbeheersing in één keer naar de knoppen was. Mijn blik gleed over zijn lijf en ik zocht naar iets om over te praten. 'Wat is dat voor zwarte vlek?' Ik knikte naar de tatoeage op de achterkant van zijn biceps, waar zijn huid iets lichter was dan op de rest van zijn lijf.

Even keek hij verbaasd en toen volgde hij mijn blik. 'O dat,' zei hij. 'Dat was eerst iets anders.'

'Een ring van Möbius, dat weet ik,' zei ik iets te overhaast.

Een paar tellen boorden zijn ogen zich in de mijne toen hij zich blijkbaar afvroeg hoe hij hierop moest reageren. 'Naomi en ik hebben er allebei eentje laten zetten.' Haar naam bleef als het negatief van een bliksemstraal in de lucht hangen. Naomi. De vrouw met wie Gus getrouwd was, nam ik aan. Hij merkte niet dat ik ervan schrok. Misschien was het voor hem niets bijzonders omdat haar naam zo vaak door zijn hoofd spookte. Misschien was het noemen van haar naam net zoiets als wanneer hij me hun fotoalbums zou hebben laten zien. 'Vlak nadat we getrouwd waren.'

'Aha,' zei ik stompzinnig. Ik voelde mijn gezicht gloeien. Ik had er echt een handje van om over zaken te beginnen die hij het liefst uit de weg ging. 'Sorry.'

Hij schudde zijn hoofd en zijn blik bleef even scherp en gericht. 'Ik zei toch dat ik wilde dat je me leert kennen. Je mag me alles vragen wat je wilt.'

Het klonk een beetje als: 'Kom op me zitten! Nu meteen!'

Ik hoopte maar dat ik er met een rood hoofd nog een beetje leuk uitzag.

Waarschijnlijk was het een goed idee geweest om dit onderwerp te laten rusten, maar ik kon het niet laten hem op de proef te stellen en te kijken of ik, January Andrews, echt álles kon vragen aan die gesloten Gus Everett.

Ik koos voor: 'Wat betekende het voor jullie?'

'Heel weinig, bleek later,' zei hij. De teleurstelling roerde zich als een kronkelende slang in mijn buik omdat er al zo snel een einde leek te zijn gekomen aan het open boek genaamd Gus.

Maar na even diep adem te halen, vervolgde hij: 'Als je op een bepaald punt op de Möbius begint en de lus helemaal volgt, eindig je niet waar je bent begonnen. Je komt dan uit op dezelfde hoogte, maar aan de andere kant van het oppervlak. Als je dan nog een keer in de rondte gaat, eindig je wel waar je begonnen bent. Dus de ring is eigenlijk dubbel zo lang als je zou denken. Op dat moment dachten we waarschijnlijk dat wij samen iets groters waren dan ieder van ons afzonderlijk.'

Hij haalde een schouder op en krabde toen afwezig aan de zwarte vlek. 'Toen ze was vertrokken leek het meer een slechte grap. Zo van: nou, hier zijn we dan, aan tegenovergestelde zijden van de lus, in eerste opzicht op dezelfde plek, maar op de een of andere manier totaal niet samen. Met elkaar verbonden door die stomme tatoeages die veel langer mee zijn gegaan dan ons huwelijk.'

'Gadver,' zei ik. Gadver? Ik leek wel een kauwgombellen blazende babysitter die het wilde aanleggen met een Leuke Gescheiden Vader. Maar goed, zo voelde ik me ook een beetje.

Gus glimlachte. 'Gadver,' beaamde hij.

We keken elkaar iets te lang aan. 'Wat was ze voor iemand?' Ik floepte het er zomaar uit, en ik werd overvallen door een lichte paniek omdat ik iets had gevraagd waar Gus wellicht geen antwoord op wilde geven, of anders een antwoord dat ik niet wilde horen.

Zijn donkere ogen bleven op me gericht en hij schraapte zijn keel. 'Ze was ongenaakbaar,' antwoordde hij. 'Een beetje... ondoordringbaar.'

De grappen lagen voor de hand, maar ik onderbrak hem niet. Ik was al een flink eind gekomen en nu moest en zou ik weten wat voor soort vrouw het hart van Gus Everett kon veroveren.

'Ze was een heel bijzondere beeldend kunstenaar,' ging hij verder. 'Zo hebben we elkaar leren kennen. Tijdens mijn masteropleiding raakte ik toevallig verzeild in een galerie waar zij een tentoonstelling had, en ik was onder de indruk van haar werk, nog voordat ik haar had ontmoet. Maar zelfs toen we een relatie kregen, had ik het gevoel dat ik haar nooit echt kon leren kennen. Alsof ze altijd net buiten mijn bereik was. Op een of andere manier vond ik dat opwindend.'

Wat voor soort vrouw kon Gus Everetts hart veroveren?

Iemand die dus het tegenovergestelde was van mij. Niet iemand die altijd chagrijnig deed als ze kwaad was, die moest huilen als ze gelukkig was, of verdrietig, of overweldigd. Die er niks aan kon doen dat ze alles altijd eruit gooide.

'Maar ik dacht ook dat...' Hij aarzelde. 'Dit was iemand die ik nooit kon kwetsen. Ze had me niet nodig. En ze ging niet zachtzinnig met me om, ze deed geen moeite om me te redden, en ze stond ook niet toe dat ik helemaal tot haar doordrong zodat ik haar juist kon helpen. Misschien klinkt het vreemd, maar ik heb mezelf nooit vertrouwd met iemand die zachtaardig is.'

'Aha.' Mijn wangen gloeiden en ik bleef maar naar zijn arm kijken in plaats van naar zijn gezicht.

'Dat heb ik met mijn ouders meegemaakt. Dat zwarte gat dat altijd het lichtpuntje probeerde op te slokken.'

Ik keek hem aan en zag de diepe groeven tussen zijn wenkbrauwen. 'Gus, je bent geen zwart gat. En je bent ook niet je vader.'

'Weet ik.' Er verscheen een aarzelende glimlach om zijn mondhoeken. 'Maar ik ben ook geen lichtpuntje.'

Dat klopte, hij was geen lichtpuntje, maar hij was ook niet de cynicus waarvoor ik hem had aangezien. Hij was een realist die iets te bang was de dingen helder te zien als het op zijn eigen leven aankwam. En tegelijkertijd was hij heel goed in het bijstaan van mensen als ze zich ellendig voelden. Hij kreeg het voor elkaar dat ze zich minder alleen voelden zonder loze beloftes of holle dooddoeners. Dat had gewerkt bij mij. Bij Dave. Bij Grace.

Hij ging verdrietige dingen niet uit de weg, was niet bang om mensen op hun zwakste moment te zien en hij deed ook niet zijn uiterste best om mij op andere gedachten te brengen of gevoelens uit mijn hoofd te praten. Hij keek er gewoon naar en op de een of andere manier kon ik alles daardoor eindelijk loslaten en na jarenlange opsluiting uit mijn systeem krijgen.

'Wat je bent, weet ik niet precies,' zei ik, 'maar sowieso meer dan een nachtlampje. En als voormalig sprookjesprinses en stiekem het ultieme watje, kan ik je zeggen dat je heel veel compassie hebt.'

Zijn blik straalde zoveel warmte en intensiteit uit dat ik er zeker van was dat hij mijn gedachten kon lezen, dat alles wat ik voor hem voelde en over hem dacht in mijn ogen geschreven stond. De warmte in mijn gezicht verspreidde zich over mijn hele lijf. Ik wist niks anders dan me weer op zijn tatoeage te concentreren en raakte die even aan. 'En ik vind dat die grote zwarte vlek wel bij je past. Niet omdat je een zwart gat bent, maar omdat het gek en grappig is.'

'Als jij dat vindt, dan heb ik er geen spijt van,' mompelde hij.

'Je hebt dus een tatoeage,' zei ik, nog steeds een beetje verbaasd.

'Ik heb er nog meer, maar als je die wilt zien, moet je me eerst mee uit eten nemen.'

'Nee, ik bedoel, je hebt een huwelijkstatoeage.' Ik merkte dat hij naar me keek alsof hij een of andere bijzondere onthulling van me verwachtte. 'Dat is toch wel een duidelijk voorbeeld van onvervalste Hollywood-romantiek.'

'Om je dood te schamen.' Hij wilde over zijn arm wrijven, maar daar lagen mijn vingers al.

'Indrukwekkend,' bracht ik ertegenin.

Onder zijn eeltige duim leek die van mij heel klein. Ogenblikkelijk dacht ik aan zijn hand die me door mijn shirt heen had aangeraakt en vervolgens over de huid van mijn buik was gegleden. Zijn ruige stem riep me meteen weer bij de les. 'En hoe zat het met de veelbelovende jongen?'

Mijn stem sloeg over. 'Jacques?'

'Sorry,' zei Gus. 'Jacques. Zes jaar is best lang. Je hebt ook vast weleens gedacht dat je op een gegeven moment met bijpassende tatoeages en een hele sliert kinderen zou eindigen.'

'Ik dacht...' Ik maakte mijn zin niet af en zocht als een gek in de alfabetsoep in mijn hersens. Gus' vingers lagen warm, ruw, teder en licht op de mijne. Om weer op het onderwerp Jacques terug te kunnen komen, moest ik een muur van weerstand overwinnen, met gedachten als: aan deze hand zouden wetenschappers voldoende materiaal hebben om hem precies te kunnen reconstrueren. 'Hij was iemand die altijd de leiding nam. Je weet wel.'

'Weet ik dat wel?' plaagde Gus.

'Wel als je onze weddenschap serieus neemt,' kaatste ik terug. 'Ik bedoel dat hij romantisch was. Theatraal. Als hij ergens binnenkwam, gebeurde er iets, en hij had voor elke gelegenheid een ongelooflijk goed verhaal. Tijdens al die geweldige momenten samen was ik smoorverliefd op hem.

'Maar als we gewoon bij elkaar waren, bijvoorbeeld tijdens het ontbijt na een groot feest, tussen de gore troep die we nog moesten opruimen… ik weet niet, dan was alle glans verdwenen. Ik had het gevoel dat we wel goed met elkaar konden opschieten, maar verder niets. Alsof we tegenspelers in een film waren die zodra de camera's niet meer liepen elkaar niet meer zoveel te vertellen hadden. Toch wilden we wel samen een leven opbouwen.'

Gus knikte nadenkend. 'Ik heb nooit nagedacht over hoe de levens van Naomi en mij in elkaar zouden passen, maar ik wist vanaf het begin wel wat het zou worden: twee aparte levens. Jij koos voor iemand die een relatie wilde. Dat past ook bij je.'

'Ja, maar dat is niet genoeg.' Ik schudde mijn hoofd. 'Ken je dat gevoel van vertedering als je naar iemand kijkt die ligt te slapen?'

Zijn mondhoek vertrok in een vaag glimlachje en hij knikte.

'Ik hield van Jacques,' zei ik. 'Ik hield van zijn familie, ons leven samen, zijn kookkunsten, en dat hij zo gek was op zijn werk als arts. En ook dat hij net als mijn vader veel non-fictie las. Bovendien was mijn moeder ziek. Dat wist je toch?'

Gus' mond verstrakte en er verscheen een diepe frons in zijn voorhoofd. 'Van onze colleges, ja,' zei hij. 'Maar toen was ze in remissie.'

Ik knikte. 'Maar na mijn afstuderen kwam de kanker terug. En ik hield mezelf voor dat ze er nu ook weer bovenop zou komen. En mocht ze doodgaan, dan was het voor mij in elk geval een hele troost dat ze de man met wie ik zou trouwen had mogen kennen. Ze vond Jacques ontzettend knap en geweldig, en mijn vader ging ervan uit dat Jacques me het leven kon bieden dat ik wilde. En ik vond het allemaal even heerlijk. Maar als ik naar Jacques keek als hij sliep, dan voelde ik helemaal niks.'

Gus ging verzitten en sloeg zijn ogen neer. 'En toen je vader overleed? Wilde je toen niet met Jacques trouwen? Want je vader had hem toch ook gekend?'

Ik haalde even diep adem. Ik had dit nooit aan iemand verteld.

Tot nu leek het allemaal zo ingewikkeld, zo moeilijk aan iemand uit te leggen. 'Op een bepaalde manier gaf zijn dood mij ook een soort vrijheid. Om te beginnen bleek mijn vader niet de man te zijn die ik dacht dat hij was. En daardoor hechtte ik opeens ook minder waarde aan zijn mening over Jacques.

'Daar komt bij dat toen mijn vader stierf... Ik bedoel, mijn vader was een leugenaar, maar ik hield van hem. Ik hield echt zielsveel van hem, zoveel dat ik nog steeds verscheurd word als ik eraan denk dat hij er niet meer is.' Terwijl ik dit zei voelde ik de bekende pijn in elke vezel van mijn lijf.

'En wat Jacques betreft,' ging ik verder. 'In ons glansrijke leventje hielden we van de beste versie van elkaar, maar toen het allemaal minder gezellig werd, bleef er gewoon niets over tussen ons. Als ik geen prinsesje was, dan hield hij niet van me, snap je? En ik hield ook niet meer van hem. Ik heb wel honderd keer gedacht dat hij het perfecte vriendje was. Maar goed, toen overleed mijn vader, en hoe razend ik ook op hem was, ik miste hem enorm. En opeens besefte ik dat ik nooit had gedacht: Jacques is de meeste perfecte man in mijn leven.'

Gus knikte. 'Geen vertedering als je hem zag slapen.'

Als hij dit een paar weken geleden had gezegd, had ik gedacht dat hij me in de maling nam. Maar nu kende ik hem beter. Ik kon het merken aan de manier waarop hij zijn hoofd een beetje schuin hield, en aan de serieuze uitdrukking op zijn gezicht die verried dat hij nadacht over iets wat met mij te maken had.

Die gezichtsuitdrukking had ik ook gezien toen hij me die dag tijdens ons college voorhield dat ik iedereen een goede afloop gaf. En ik had die opnieuw gezien in de boekwinkel van Pete toen ik hem zei dat hij alleen maar Hemingway-fanfictie schreef.

Tijdens dat college had hij het een en ander uitgevogeld over wie ik was en hoe ik de wereld zag. En die dag in de winkel van Pete had hij gemerkt dat ik een hekel aan hem had.

Ik wilde het goedmaken, hem laten merken dat ik hem nu begreep, dat ik hem vertrouwde. Ik wilde hem iets toevertrouwen, een geheim, zoals hij dingen over zijn verleden met Naomi met mij had gedeeld. Ik wilde hem nog een ander waar verhaal vertellen, in plaats van een mooie leugen.

Dus zei ik: 'Jacques nam me voor mijn verjaardag een keer mee naar New Orleans. We bezochten allerlei geweldige jazzcafés en cajunrestaurants en winkeltjes met heksenspullen. Maar ik stuurde Shadi de hele tijd berichtjes over dat ik haar miste en met haar martini's wilde drinken en naar *The Witches of Eastwick* kijken.'

Gus schoot in de lach. 'Shadi,' zei hij weemoedig. 'Haar herinner ik me nog wel.'

'Nou, zij herinnert zich jou ook,' zei ik.

'Dus jij praat over mij met jouw favoriete persoon, Shadi?' Gus mondhoeken schoten omhoog en zijn ogen twinkelden.

'Jij praat met Pete over mij,' zei ik.

Hij knikte bevestigend. 'En wat zeg je dan tegen Shadi?'

'Jij zei toch dat ik alles aan je mocht vragen?' kaatste ik terug. 'Wat zeg jij zoal tegen Pete?'

'Ik vertel haar alleen de noodzakelijke dingen,' antwoordde hij. 'Het laatste wat ik heb verteld is dat we zijn betrapt toen we in de drive-in aan het zoenen waren.'

Ik moest lachen, gaf hem een por en sloeg mijn handen voor mijn knalrode gezicht. 'Nu kan ik nooit meer een bakkie verdriet halen.'

Gus grinnikte en probeerde mijn handen voor mijn gezicht weg te halen. 'Noemde ze dat weer zo?'

'Ja, natuurlijk!'

Grijnzend schudde hij zijn hoofd. 'Ik begin toch te denken dat haar kwaliteiten op koffiegebied niet de reden zijn dat haar zaak zo goed loopt.'

Toen we die avond uiteindelijk opstonden om naar bed te gaan, zei Gus niet: 'slaap lekker', maar: 'tot morgen'. En dat werd een ritueel.

De ene keer kwam hij bij mij thuis, de andere keer ging ik naar hem. De muur tussen hem en de rest van de wereld was niet verdwenen, maar wel iets lager geworden, althans tussen ons.

Toen we op donderdagavond op Sonya's bank zaten te wachten op de *pad thai* die bezorgd zou worden, vertelde Gus me eindelijk over Pete. Niet alleen dat ze zijn tante was – en zijn coach bij voetbal, waar hij naar eigen zeggen erg slecht in was – maar ook dat zij de reden was dat hij hiernaartoe was verhuisd nadat Naomi hem had verlaten. 'Toen ik nog klein was, woonde Pete bij ons in de buurt in Ann Arbor. Ze kwam nooit bij ons over de vloer want ze kon niet zo goed met mijn vader opschieten, maar ik zag haar wel heel vaak. Afijn, toen ik op de middelbare school zat, kreeg Maggie een aanstelling als docent Geologie aan de universiteit hier. Ze verhuisden hiernaartoe en zijn niet meer weggegaan. Ze wilden heel graag dat ik ook kwam. Ze kenden de man die dit huis verkocht, en ze gingen zelfs zo ver dat ze de aanbetaling hebben voorgeschoten. Dat geld hoefde ik pas terug te betalen als ik daartoe in staat was.'

'Wauw,' zei ik. 'Ik ben diep onder de indruk van het feit dat Maggie universitair docent Geologie is.'

Hij knikte. 'Begin nooit over stenen waar zij bij is. Ik meen het echt. Nooit.'

'Ik zal mijn best doen,' zei ik. 'Maar dat zal nog best lastig worden, want hoe vaak komen stenen niet ter sprake als je gezellig met iemand zit te kletsen?'

'Daar zou je nog van opkijken. Versteld van staan. Geschokt door zijn. En het allerbelangrijkste: je gek vervelen.'

'Iemand zou een EpiPen tegen verveling moeten uitvinden.'

'Volgens mij is dat nou net waar drugs voor zijn,' zei Gus. 'Maar goed, January. Genoeg over gesteenten. Vertel mij nu eens waarom jij hier bent komen wonen.'

Ik kreeg een brok in mijn keel en kon maar een paar woorden tegelijk uitbrengen. 'Vanwege mijn vader.'

Gus knikte alsof dit voldoende zou zijn, mocht ik niet in staat zijn om verder te gaan. 'Hij overleed en toen wilde je weg?'

Ik schoof iets naar voren en leunde met mijn ellebogen op mijn knieën. 'Hij is hier opgegroeid,' legde ik uit. 'En na zijn dood kwam ik erachter dat hij hier nog heel vaak is geweest.'

Gus trok zijn wenkbrauwen op en ging met zijn hand door zijn haar, dat zoals gewoonlijk in een warboel over zijn voorhoofd viel.

'Je bent erachter gekomen, hoe bedoel je dat?' vroeg hij.

'Dit was zijn huis,' antwoordde ik. 'Zijn tweede huis. Met die vrouw.' Ik kon het niet opbrengen om haar naam te noemen. Ik wilde niet dat Gus haar kende of een mening over haar had, maar dit plaatsje was zo klein dat hij waarschijnlijk wel wist wie ze was.

'O.' Hij streek weer met zijn hand door zijn haar. 'Je hebt het inderdaad al eens over haar gehad.' Hij leunde naar achteren op de bank, met een flesje bier in zijn hand die langs de binnenkant van zijn dij hing.

'Heb je hem weleens ontmoet?' Het was eruit voordat ik me kon afvragen of ik het antwoord wel wilde weten, en mijn hart ging als een razende tekeer. 'Je woont hier nu al vijf jaar. Je moet hen toch hebben gezien.'

Gus keek me met zijn donkere, glanzende ogen aan. Hij schudde zijn hoofd. 'Eerlijk gezegd ben ik niet zo van omgaan met buren. De meeste huizen in deze straat zijn vakantiehuizen. Als ik hem ooit heb gezien, dacht ik vast dat hij hier tijdelijk was. Dat zou ik me echt niet herinneren.'

Ik keek weg en knikte. Aan de ene kant was het een hele opluchting om te weten dat Gus hen nooit had zien barbecueën op het terras, samen onkruid had zien wieden in de tuin, of iets anders doodnormaals wat stelletjes zoal doen – en dat hij niet bleek te weten wie Die Vrouw was. Maar aan de andere kant was ik toch een beetje teleurgesteld, en ik besefte dat ik eigenlijk had gehoopt dat Gus hen wel had gekend. Dat hij iets over mijn vader kon vertellen wat ik nog nooit had gehoord, dat een onbekend stukje van hem aan het licht zou komen waardoor die zielige dunne envelop in de doos met gin niet het enige was waarop ik me kon verheugen.

'January,' zei Gus. 'Ik vind het echt heel rot voor je.'

Zonder dat ik het in de gaten had, liepen de tranen ineens over mijn wangen. Ik sloeg vlug mijn handen voor mijn gezicht om het te verbergen, maar Gus schoof meteen naar me toe, legde een arm om mijn schouder en drukte me tegen zich aan. Toen trok hij me op zijn schoot, omvatte mijn achterhoofd met zijn ene hand en sloeg zijn andere arm om mijn middel.

Toen ik eenmaal begon te huilen, kon ik niet meer stoppen. Ik huilde van woede en teleurstelling. Van verdriet en omdat ik me verraden voelde. De prop van verwarring die mijn hersens had verstopt sinds ik achter de waarheid was gekomen, schoot los.

Gus streek zachtjes door mijn haar, draaide langzaam cirkeltjes in mijn nek en drukte zijn mond op mijn wang, mijn kin en mijn ogen om de tranen te stelpen. Net zo lang tot ik geleidelijk weer rustig werd. Of misschien had ik gewoon geen tranen meer. Misschien merkte ik nu ineens dat ik als een kleuter op schoot zat bij Gus die mijn tranen wegkuste. Of dat zijn mond op mijn voorhoofd rustte, zijn lippen ietsje geopend.

Ik drukte mijn gezicht tegen zijn borst en ademde zijn geur in, een mengeling van zweet en de wierook die hij als dagelijks ritueel brandde voor hij aan het werk ging, en ook nog de spaarzame stresssigaret (hoewel hij vrijwel niet meer rookte). Hij trok me stevig tegen zich aan en begroef zijn vingers in mijn haar.

Mijn hele lichaam voelde als lava, heet en vloeibaar. Gus trok me naar zich toe en ik liet het gulzig toe. Bij elke ademtocht kwamen we nog dichter bij elkaar, tot hij ging liggen en me over zich heen trok, met mijn knieën aan weerszijden van zijn heupen en zijn armen om mijn rug geslagen. Het gevoel dat hij onder me lag joeg een golf van hitte door mijn dijen. Hij omvatte mijn middel en we keken elkaar aan.

Het was nog tien keer zo heftig als die avond in de drive-in. Want nu wist ik ook hoe het voelde als hij op me lag. Nu wist ik wat het met me deed als hij met zijn kin langs mijn wang streek, als hij met zijn tong de ruimte tussen onze monden overbrugde, of de zachte huid van mijn borst likte. Ik was jaloers dat hij meer van mij had geproefd dan ik van hem. Ik wilde zijn buik kussen, zachtjes in zijn heup bijten, mijn vingers in zijn rug zetten en ze langzaam omlaag trekken.

Hij streelde mijn ruggengraat toen ik me over hem heen plooide. Mijn neus raakte de zijne en ik rook de bijna kaneelachtige geur van zijn adem. Zijn vingers trokken een spoortje over mijn wang, zwierven toen naar mijn sleutelbeen, naar mijn mond, en drukten tegen mijn onderlip.

Ik dacht niet aan voorzichtig zijn, verstandig zijn. Ik kon aan niets anders denken dan aan hem boven op me, onder me, achter me. Zijn handen die mijn huid in brand zetten. Ik haalde gejaagd adem. Net als hij.

Met het puntje van mijn tong streek ik over zijn vinger, die als in een reflex tussen mijn lippen gleed. Hij trok me nog dichter naar zich toe, totdat onze lippen alleen nog maar gescheiden werden door een centimeter wervelende elektriciteit.

Hij tilde mijn kin op en streek met zijn mondhoek gekmakend licht over de mijne. Zijn ogen waren zwart als olie, glanzend en warm. Hij liet zijn handen over mijn dijen glijden, over mijn kuiten, weer terug over mijn dijen en toen pakte hij mijn billen vast.

Ik haalde trillend adem toen zijn vingers onder de zoom van mijn korte broek verdwenen en op mijn huid brandden. 'Jezus, January,' fluisterde hij. 'Je voelt zo lekker.'

De deurbel ging. Onze bewegingen stokten en in één klap waren we terug in de realiteit.

Verward keken we elkaar aan. Gus was duidelijk helemaal van slag. 'Het eten is er,' zei hij verstikt.

Ik sprong op, fatsoeneerde mijn haar en veegde mijn betraande gezicht af terwijl ik naar de voordeur liep. Ik zette mijn handtekening op het ontvangstbewijs en nam een zak met piepschuimdoosjes in ontvangst. Ik bedankte de bezorger met een stem die net zo verstikt klonk als die van Gus.

Toen ik de deur dichtdeed en terugliep, stond Gus al een beetje ongemakkelijk in de kamer, zijn haar in de war en zijn hemd hier en daar tegen zijn lijf geplakt, nat van mijn tranen. Hij krabde op zijn hoofd en wierp behoedzaam een blik in mijn richting. 'Sorry.'

Ik haalde mijn schouders op. 'Nergens voor nodig.'

'Eigenlijk wel,' zei hij. En daar lieten we het bij.

19

Het strand

Op vrijdag reden we naar Daves huis voor het tweede deel van het interview. Het eerste was zo diepgaand geweest dat Gus niet op een tweede keer had gerekend, maar Dave had hem 's ochtends opgebeld met de mededeling dat zijn moeder nog het een en ander over New Eden te vertellen had.

Het huis was een kleine splitlevelwoning, waarschijnlijk van eind jaren zestig. Binnen rook het alsof iemand hier sindsdien al had zitten kettingroken. Afgezien daarvan en de nogal armoedige inrichting, was het er keurig netjes: over de stoelleuningen lagen gevouwen dekens, naast de deur stond een rijtje planten, in de keuken hingen potten en pannen in het gelid aan de muur en het aanrecht was blinkend schoon.

Dave Schmidt was ongeveer van onze leeftijd, misschien met een paar jaar speling, maar Julie-Ann Schmidt zag er zeker tien jaar ouder uit dan mijn moeder. Ze was heel klein met een rond, door rimpels verzacht gezicht. Ik vroeg me af of ze vanwege haar popperige figuurtje en gezichtje altijd vriendelijk behandeld was, en of ze daardoor de brede tandpastalach had aangeleerd die haar handdruk vergezelde.

Dave woonde nog bij haar in. 'Het huis is van mij, maar hij betaalt voor alles.' Ze moest keihard lachen en gaf hem een paar klopjes op zijn rug. 'Het is een lieve jongen.' Ik zag dat Gus zijn ogen samenkneep en de boel inschatte. Volgens mij was hij op zoek naar tekenen van geweld tussen deze twee mensen, maar Dave hield zich slechts op de achtergrond en glimlachte een beetje opgelaten. 'Het is altijd een brave jongen geweest, en je zou hem eens op de piano moeten horen.'

'Kan ik jullie iets te drinken aanbieden?' vroeg Dave snel.

'Water, alsjeblieft,' antwoordde ik, eigenlijk om Dave een excuus te geven zich even uit de voeten te maken, want echt dorst had ik niet. Toen hij in de keuken verdween, maakte ik een rondje door de woonkamer en bekeek de foto's die in mahonichouten lijstjes aan de muur hingen. Het leek alsof Dave was blijven stilstaan op de leeftijd van acht jaar, in een vestje met v-hals en daaronder een saai groen T-shirt. Op de meeste foto's stond zijn vader ook, en op die waarop hij niet te zien was, was het niet moeilijk voor te stellen dat hij zelf met zijn camera een foto van de kleine, lachende vrouw met de baby op haar heup had gemaakt, of van de kleuter die haar hand vasthield of het slungelige ventje dat zijn tong uitstak bij het gorillaverblijf in de dierentuin.

Daves vader was een lange, magere man geweest met bruin haar, borstelige wenkbrauwen en een terugwijkende kin. Dave leek sprekend op hem.

'Ik begreep dat u ook iets te vertellen hebt,' begon Gus. 'Bepaalde dingen waar Dave niets over wist.'

'Natuurlijk heb ik ook iets te vertellen.' Julie-Ann ging in een gemakkelijke stoel met blauwe bekleding zitten. Gus en ik namen naast elkaar plaats op een bruine bank. 'Ik heb een tamelijk goed overzicht van alle gebeurtenissen. Dave zag alleen maar de dingen die hij van ons mocht zien, en toen we vertrokken, is zijn mening over New Eden waarschijnlijk van het ene uiterste naar het andere doorgeschoten.'

Gus en ik keken elkaar aan. Ik leunde iets naar voren om openheid en vriendelijkheid uit te stralen, als tegenwicht voor haar defensieve opstelling. 'Ik vond zijn verhaal eigenlijk nog wel redelijk.'

Julie-Ann pakte een pakje sigaretten van tafel, stak er een op en hield ons toen het pakje voor. Gus nam ook een sigaret, waarschijnlijk niet zozeer omdat hij zin had om te roken, maar om Julie-Ann op haar gemak te stellen. Ik moest erom glimlachen. Ook al was er nog zo'n verschil in wat we schreven en waar we in geloofden, ik begon toch het gevoel te krijgen dat ik Gus zou kunnen leren kennen en doorgronden, beter dan alle andere mensen die ik in mijn leven was tegengekomen. Want elke dag die we met elkaar doorbrachten, werd het gevoel sterker: jij bent net als ik.

Julie-Ann gaf Gus een vuurtje en leunde toen met haar benen over elkaar geslagen naar achteren. 'Het waren geen slechte mensen,' zei ze. 'De meesten niet althans. Af en toe doen brave, of in elk geval fatsoenlijke mensen iets slechts, terwijl ze er heilig van overtuigd zijn dat ze iets goeds doen.'

'En ziet u dat dan niet als een slap excuus voor hun gedrag?' vroeg Gus. 'Gelooft u niet in een soort innerlijk moreel kompas?'

Door de manier waarop hij dit zei, wekte hij de indruk dat hij daar zelf wel in geloofde. Een paar weken geleden had me dat nog heel erg verbaasd, maar nu vond ik het wel bij hem passen.

'Misschien begin je daarmee,' zei ze. 'Maar naarmate je ouder wordt, verandert dat van vorm. Hoe moet je weten dat goed goed is, en slecht slecht, als iedereen in je omgeving het tegendeel beweert? Moet je dan soms denken dat jij alles beter weet dan zij?'

Dave kwam binnen met drie glazen water in zijn handen geklemd en gaf ze ons aan. Julie-Ann leek opeens dicht te slaan toen haar zoon weer in de kamer was, maar zowel Gus als zij vroegen niet of hij weer weg wilde gaan. Waarschijnlijk omdat Dave rond de dertig was en voor dit huis betaalde.

'Veel van deze mensen ontbrak het aan vrijwel alles,' ging Julie-Ann verder. 'En dan heb ik het niet alleen over geld, alhoewel ze dat ook niet hadden. Er waren veel weeskinderen en mensen die vervreemd waren van hun families. Mensen die hun man of vrouw of kinderen hadden verloren. In het begin gaf New Eden me het gevoel dat ik tot dat moment niet op de juiste manier had geleefd en dat daardoor alles mis was gegaan. Het leek alsof ze daar overal een antwoord op hadden, en iedereen leek zo blij, zo gelukkig. En nadat ik mijn hele leven ergens naar had verlangd – soms niet eens naar iets specifieks, maar gewoon een onbestemd verlangen had gekoesterd, altijd met het idee dat de wereld niet groot of sprankelend genoeg was – kreeg ik het gevoel dat er eindelijk een gordijn opzij werd geschoven.

'Ik kreeg antwoord op mijn vragen. Het was alsof ze daar een groot wetenschappelijk probleem hadden opgelost. En weet je? Tot op zekere hoogte werkte dat. In elk geval voor even. Als je je aan hun regels hield, de rituelen uitvoerde, de voorgeschreven kleding droeg, hun voedsel at, dan leek inderdaad de hele wereld van binnenuit te gaan stralen. Niets was gewoontjes. Overal waren gebeden voor, of je nou naar de wc ging, onder de douche stond of je rekeningen betaalde. Voor het eerst was ik dankbaar dat ik leefde.

'Dat kregen ze dus voor elkaar. Maar toen het straffen begon, als je fouten maakte en in gebreke bleef, gaf dat je het gevoel alsof in één keer de stop uit je warme bad werd getrokken, waardoor alles je werd afgenomen. En mijn man... Mijn man deugde. Hij was een lief, verloren iemand.' Haar blik schoot richting Dave en ze nam een lange haal van haar sigaret.

'De bedoeling was dat hij architect zou worden. Hij zou later sportstadions en wolkenkrabbers gaan bouwen. Hij was dol op tekenen en daar ook verschrikkelijk goed in. Maar ik werd zwanger terwijl we nog op de middelbare school zaten en toen besefte hij dat hij zijn idealen los moest laten. We moesten praktisch zijn. Maar hij heeft nooit, maar dan ook nooit geklaagd.' Weer ging haar blik naar haar zoon. 'Natuurlijk klaagde hij niet. We waren bevoorrecht. Gezegend. Maar als het leven je plannen dwarsboomt... Ik weet niet hoe ik het moet uitleggen, maar dat gevoel had ik toen we daar waren. Alsof mijn man zich aan alles vastklampte wat er maar op zijn pad kwam. Alsof het belangrijker was om gelijk te hebben dan om het goed te hebben.'

Ik dacht aan mijn vader en Sonya. Dat mijn moeder bij hem was gebleven, ook al wist ze wat hij had gedaan. Dat ze zichzelf maar bleef wijsmaken dat zijn affaire over was.

Waarom had hij sowieso een verhouding? was mijn vraag toen we een keer in de auto zaten, maar mijn moeder antwoordde met haar mantra: *daar kan ik niet over praten, daar wil ik het niet over hebben.*

Maar stiekem wist ik het al.

Toen ik in de brugklas zat, waren mijn ouders een tijdje uit elkaar geweest. Niet lang, slechts een paar maanden, maar mijn vader had al die tijd wel bij vrienden gelogeerd. Ze wilden kijken of ze op die manier hun problemen konden oplossen. Ik kende niet het hele verhaal. Ik had nooit meegemaakt dat ze elkaar verrot scholden, zoals het geval was bij de meesten van mijn vrienden van wie de ouders gingen scheiden of gescheiden waren. Maar zelfs op mijn dertiende zag ik de verandering in mijn moeder. Een soort somberte, de neiging veel uit het raam te staren en dan vlug naar de wc te gaan om er daarna met gezwollen ogen weer uit te komen.

De avond voordat mijn vader het huis verliet, had ik de deur van mijn slaapkamer op een kiertje gezet zodat ik kon horen wat ze in de keuken aan het bespreken waren. Mijn moeder was in tranen en bleef maar herhalen: 'Ik weet het niet, ik heb het gevoel dat het voorbij is.'

'Ons huwelijk?' had mijn vader na een lange stilte gevraagd.

'Nee, mijn leven,' was het antwoord van mijn moeder. 'Ik ben jouw echtgenote. De moeder van January. Verder ben ik niks, en ik denk niet dat jij je kunt voorstellen hoe dat voelt. Om tweeënveertig te zijn en het idee te hebben dat je alles al hebt gedaan wat je ooit zult doen.'

Toen snapte ik er helemaal niks van en mijn vader natuurlijk ook niet. De volgende ochtend kwamen ze allebei op de rand van mijn bed zitten en kreeg ik te horen wat er aan de hand was. Vervolgens zag ik mijn vader wegrijden met slechts één koffer op de achterbank.

Ik was er toen heilig van overtuigd dat alles nooit meer zoals vroeger zou worden.

Maar opeens was mijn vader weer bij ons terug: het bewijs dat niets onherstelbaar was! Dat liefde alles kon overwinnen, dat in het leven alles altijd weer goed afliep. Dus toen mijn moeder en hij vroegen of ik even wilde gaan zitten en ze me over haar kankerdiagnose vertelden, en op dat moment alles in ons leven veranderde, wist ik dat dit niet blijvend was. Ons verhaal had gewoon tijdelijk een andere wending genomen.

In de periode daarna leken mijn ouders verliefder dan ooit. Ze gingen uit dansen. Ze hielden elkaars hand vast. Ze brachten samen romantische weekendjes door. En mijn vader zei dingen als: 'Je moeder heeft zich in de twintig jaar dat ik haar ken van heel veel kanten laten zien, en ik heb de kans gekregen om op elke nieuwe versie van haar verliefd te worden, Janie. Zo gaat het in een huwelijk: je wordt steeds weer verliefd op elkaar. Dat is het mooiste gevoel dat er bestaat.'

Ik dacht dat hun liefde alles had getrotseerd: de tijd, midlifecrisissen, kanker, de hele zooi.

Maar ze waren wel degelijk een poosje uit elkaar geweest, en toen ik die dag tegen mijn moeder tekeerging, vroeg ik me af of het tijdens die drie maanden was begonnen. Dat mijn vader en Sonya weer contact met elkaar hadden opgenomen. Of hij toen simpelweg had willen geloven dat alles goed zou komen. En of mijn moeder toen ze hem weer terug had genomen, alleen maar deed alsof alles weer koek en ei was.

Julie-Ann schudde haar hoofd en keek me aan. 'Snap je dat?' vroeg ze. 'Ik wilde gewoon dat het goed met me ging, en daardoor kon ik het verkeerde verdragen zolang de afloop maar goed was.'

Ik dacht aan Jacques en ons vaste voornemen om samen een fantastisch leven op te bouwen, mijn drang om te willen eindigen met iemand die mijn moeder had gekend en van wie ze had gehouden. Ik dacht aan mijn moeders diagnose en de ontrouw van mijn vader, en het verhaaltje dat ik mezelf al sinds mijn twaalfde voorhield om niet doodsbang te hoeven zijn voor wat er echt zou kunnen gebeuren. Ik dacht aan de romannetjes die ik had verslonden toen de kanker weer terugkwam, ik niet door kon met mijn masteropleiding en het gevoel had dat mijn leven opnieuw instortte. Ik dacht aan de nachten dat ik bleef schrijven tot de zon opkwam en ik pijn in mijn buik had omdat ik moest plassen, maar het ophield omdat niets belangrijker leek dan mijn boek en deze fictieve geliefden een einde te geven dat ze verdienden. En daarmee mijn lezers een einde te geven dat ze verdienden.

Mensen die zich vastklampten aan alles wat maar houvast bood?

Ja, dat klonk logisch. Helemaal logisch.

Toen we die avond vertrokken, stuurde ik mijn moeder een berichtje, iets wat ik in maanden niet had gedaan: Ik hou van je. Ook als je nooit meer over hem kunt praten, zal ik altijd van je blijven houden, mam. Maar toch hoop ik dat het je ooit wel gaat lukken.

Een kwartier later antwoordde ze: Ik ook van jou, Janie. Helemaal wederzijds.

Op zaterdag liepen we naar het strand. 'Dit is niet erg creatief,' zei ik toen we over een pad vol boomwortels liepen. Gus wilde iets terugzeggen, maar ik snoerde hem de mond. 'Als je het maar uit je hoofd laat om mijn idee belachelijk te maken.'

'Ik wou juist zeggen dat het stom is dat we hier niet vaker komen,' zei Gus.

'Ik dacht dat het je neus wel uit zou komen.'

Gus schudde zijn hoofd. 'Ik kom eigenlijk nauwelijks op dit strand.'

'Echt waar?'

'Boomwortel,' waarschuwde hij, omdat hij merkte dat ik naar hem keek in plaats van naar het pad. 'Ik ben niet zo'n strandtype.'

'Natuurlijk niet,' zei ik, en ik stapte voorzichtig over de wortel heen. 'Anders droeg je wel van die T-shirts of petjes met iets strandachtigs erop.'

'Precies,' zei hij. 'Bovendien is de winter mijn favoriete tijd om naar het strand te gaan.'

'O ja? Want de winter is mijn favoriete tijd om me in huis op te sluiten en te doen alsof ik dood ben.'

Gus grinnikte. Hij ging van het pad af, stapte het zand op en gaf mij een hand om me van de lichte glooiing te helpen. 'Het is echt ongelofelijk. Heb je het weleens gezien?'

Ik schudde mijn hoofd. 'Ik kwam niet vaak van de universiteitscampus af. Ik ben verder nergens geweest.'

Gus knikte. 'Toen Pete en Maggie hier waren komen wonen, kwam ik tijdens de kerstvakantie vaak bij hen logeren. De tickets voor het vliegtuig en de bus kreeg ik dan als kerstcadeautje.'

'Dat vond je vader vast niet erg.' De gedachte aan Gus als klein jongetje, in zijn eentje en ongewenst, had ervoor gezorgd dat ik dit eruit flapte voordat ik erg in had. Ik keek hem aan. Zijn kaken waren een beetje gespannen, maar verder was er niets aan hem te zien.

We liepen in gelijke pas langs het water. Hij wierp me een zijdelingse blik toe en keek toen weer naar het zand. 'Je mag best af en toe over hem beginnen. Zo erg was het nou ook weer niet.'

Ik bleef staan. 'Alleen al dat je het nodig vindt om dit te zeggen, betekent dat het veel erger was dan je laat merken.'

Hij aarzelde even en liep toen weer door. 'Toch was dat niet zo,' zei hij. 'Na de dood van mijn moeder had ik weg kunnen gaan. Pete wilde dat ik bij haar en Maggie kwam wonen. Ze probeerde altijd de ruzies tussen mijn vader en mij aan te voeren om de voogdij over mij te krijgen. Maar dat wilde ik niet. Hij slikte heel veel medicijnen voor zijn hart. Elke dag pillen. Die nam hij alleen in als ik hem eraan herinnerde. Dat mocht ik drie keer doen, maar o wee als ik het vier keer zei, dan begon hij ruzie te maken en werd hij ook hardhandig. Soms dacht ik...' Hij zweeg even. 'Ik vroeg me weleens af of hij wilde dat ik hem vermoordde. Of hoopte dat zijn hart het van de opwinding zou begeven. Ik stopte met school en nam een baantje om zijn medicijnen te kunnen betalen. Maar zodra ik 's morgens de deur uit ging, verwaarloosde hij zichzelf. Hij at niet, waste zich niet. Ik kon hem nauwelijks in leven houden. Misschien vond hij wel dat dit mijn straf was.'

'Je straf?' zei ik verstikt. 'Waarvoor?'

Gus haalde zijn schouders op. 'Ik weet niet. Misschien omdat ik altijd haar kant heb gekozen.'

'De kant van je moeder?'

Hij knikte. 'Volgens mij had hij altijd het gevoel dat het Wij Tweetjes Tegen Hem Alleen was. En dat was ook zo. Hij gaf haar de schuld van alles wat er misging, stomme dingetjes, zoals die keer dat ze 's avonds was vergeten te tanken en hij de volgende dag op weg naar zijn werk bij een pomp moest stoppen waardoor hij te laat kwam. Of ze had iets weggegooid, een bonnetje dat hij wilde bewaren of kliekjes uit de koelkast die hij eigenlijk nog had willen opeten.

'Hij kon ook flink lelijk tegen mij doen, maar dat was minder voorspelbaar. Als hij wakker werd omdat de telefoon ging, dan kreeg ik een klap. Of als hij naar buiten wilde gaan en dat niet ging omdat er sneeuw lag, gaf hij me een pak slaag om zich af te reageren. Ik was steeds op zoek naar een geheime code of aanwijzingen die ik kon volgen om te voorkomen dat hij zou doorslaan. Je beschermt jezelf namelijk door goed te letten op hoe alles in zijn werk gaat. Maar bij hem was er geen sprake van een geheime code. Het was alsof alles wat we deden volkomen losstond van zijn reactie op ons. Hij deed alsof ik een lui, egoïstisch stuk vreten was en alsof mijn moeder dacht dat ze een koningin was. Alsof ze zijn geld gebruikte om haar kont mee af te vegen. Ze was voortdurend bezig met zich te verontschuldigen voor niks. En als hij haar, of mij, dan weer een keer had mishandeld, had hij spijt en probeerde het goed te maken. En dan hield hij zich een paar dagen koest.

'Ondanks alles ging hij echt kapot toen mijn moeder overleed.' Hij zuchtte. 'Misschien niet zozeer omdat hij van haar hield. Het kan zijn dat het hem een gevoel van macht gaf als hij haar zo rot behandelde. Dat had hij niet meer met mij naarmate ik ouder werd.'

'Maar dat jij ervoor moest zorgen dat hij in leven bleef, was misschien nog de enige manier om jou te kunnen manipuleren.'

'Dat weet ik niet,' zei Gus. 'Zou kunnen. Maar als ik was weggegaan, was hij eerder gestorven.'

'En was dat dan jouw schuld geweest?'

'Het doet er niet toe wiens schuld het was. Als hij dood was gegaan, zou ik hebben geweten dat ik dat had kunnen voorkomen. Bovendien ging mijn moeder niet weg. Hoe kon ik dan weggaan, als ik wist dat ze dit niet had gewild?'

'Maar dat weet je dus niet,' zei ik. 'Je was nog maar een kind.'

'Pete zegt altijd dat ik nooit kind ben geweest.'

'Ik heb nog nooit zoiets treurigs gehoord.'

'Je hoeft me niet zielig te vinden,' zei hij. 'Dit is allemaal voorbij. Het is voorbij.'

'Weet je wat jouw probleem is?' vroeg ik, en toen ik bleef staan deed hij dat ook.

'Ik heb wel meer dan één probleem.'

'Je ziet het verschil tussen medelijden en medeleven niet,' zei ik. 'Ik heb geen medelijden met je. Ik word er wel verdrietig van als ik eraan denk dat je zo behandeld bent. Ik word kwaad bij het idee dat je niet de dingen hebt gehad die kinderen horen te hebben. En ja, ik word er kwaad én verdrietig van dat een heleboel mensen hetzelfde meemaken als wat jij hebt meegemaakt, maar ik vind het nog erger omdat jij het bent. Ik ken je en ik mag je graag en ik wil dat je een fijn leven hebt. Dat heeft niks met medelijden te maken. Dat heeft te maken met om iemand geven.'

Hij keek me indringend aan. 'Ik wil niet dat je zo over me denkt.'

'Op welke manier?'

'Dat je me als een boze, kapotte boksbal beschouwt,' zei hij, en zijn gezicht stond gespannen.

'Dat is ook niet zo.' Ik deed een stap naar hem toe en zocht naar de juiste woorden. 'Ik denk alleen aan jou als Gus.'

Er verscheen een onzeker glimlachje om zijn lippen en toen dat weer wegtrok, zag hij er doodmoe uit. 'Toch ben ik dat wel,' zei hij zacht. 'Ik ben inderdaad kwaad en in de war. Elke keer dat ik dichter bij je wil komen, gaan er allerlei alarmbellen af en moet ik me ineens als een normaal mens zien te gedragen, maar dat lukt me dan niet.'

Mijn maag maakte een salto. *Dichter bij je.* Ik keek naar het meer terwijl ik de juiste toon probeerde te vinden. 'Ik dacht dat je wel wist dat normale mensen niet bestaan.'

'Dat kan best,' zei Gus. 'Maar toch is er een verschil tussen mensen als ik en mensen zoals jij, January.'

'Dat vind ik een belediging.' Ik keek hem fel aan. 'Denk je dat ik niet kwaad ben? Denk je dat ik niet een beetje beschadigd ben? Mijn leven is ook niet echt perfect geweest, hoor.'

'Ik heb nooit gedacht dat jouw leven perfect was,' zei hij.

'Gelul. Je noemde me een sprookjesprinses.'

Hij lachte schamper. 'Omdat jij wél een lichtpuntje bent! Snap je dat dan niet?' Hij schudde zijn hoofd. 'Het doet er niet toe wat er gebeurt, het gaat erom hoe je ermee omgaat, wie je bent. Jij bent altijd een lichtpuntje geweest. En zelfs als je er helemaal doorheen zit, als je boos en gekwetst bent, dan weet je nog je eigenheid te bewaren. Dan weet je nog hoe je mensen moet laten zien dat je van ze houdt.'

'Hou op,' zei ik. Hij wilde weglopen, maar ik pakte hem bij zijn arm en dwong hem me aan te kijken. 'Jij gaat me niet kapotmaken, Gus.'

Zijn mond ontspande, en met zijn hoofd een beetje schuin liet hij zijn ogen onderzoekend over mijn gezicht gaan.

Ik hoopte dat hij nu begreep dat ik hem zag. Dat hij niets bijzonders hoefde te doen, dat hij geen mysterieuze code hoefde te ontcijferen waardoor hij zijn diepste geheimen kon onthullen. Dat hij gewoon bij me kon zijn en mij de kans moest geven hem beetje bij beetje te ontdekken, zoals hij met mij had gedaan vanaf het moment dat we elkaar leerden kennen.

'Je hoeft me niet te vertellen dat je om me geeft,' zei ik. 'Twee dagen geleden heb ik op je schoot zitten janken. Volgens mij heb ik ook nog mijn neus in je shirt gesnoten. Ik vraag niks anders van je dan me de kans te geven om iets terug te doen wat vergelijkbaar is met een potje uithuilen op je schoot.'

Hij liet zijn adem ontsnappen en drukte zijn gezicht in mijn hals, als een kind dat zich schaamt, en zelfs nu zorgde zijn warme adem ervoor dat er een rilling door me heen ging. Ik streek met mijn handen over zijn gespierde armen en ik vlocht mijn vingers door de zijne. De zon stond laag aan de horizon en de dunne wolkenslierten kleurden teer oranje. Ze zagen eruit als roze engelenhaar dat zweefde in een zee van donkerblauw. Gus keek me aan terwijl het zonlicht bij vlagen door de voorbijdrijvende wolken kwam en zijn gezicht bescheen.

Het was een bijna zorgeloos moment dat zich in een aangename stilte voltrok. Als ik hierover had geschreven, had ik misschien bij nader inzien gedacht dat ik het wel weer kon schrappen.

Maar dat zou een vergissing zijn geweest. Want op dit moment, een moment waarop er niets bijzonders gebeurde en er eindelijk niets meer te zeggen viel, besefte ik hoe erg ik op Gus Everett gesteld was, hoeveel hij voor me was gaan betekenen. De afgelopen drie dagen hadden we elkaar veel verteld en ik wist dat er nog meer zou volgen, maar voor het eerst sinds een jaar had ik niet het idee dat ik vol opgekropte gevoelens en onuitgesproken woorden zat.

Ik voelde me een beetje leeg, een beetje licht.

Gelukkig. Niet vrolijk of overdreven blij, maar dat evenwichtige en ingetogen gevoel van geluk dat in de beste periodes van je leven de ondertoon voert bij alles, een buffer tussen jou en de wereld waarin je je begeeft.

Ik was gelukkig dat ik hier was, gewoon met Gus, en zelfs als dit tijdelijk zou zijn, dan had ik hier genoeg aan om te kunnen geloven dat het ooit weer goed met me zou gaan. Misschien niet op precies dezelfde manier als voordat mijn vader stierf – zeker niet – maar anders, bijna net zo geankerd en veilig.

Ik kon ook de doffe pijn voelen die me zou overvallen als en wanneer datgene tussen mij en Gus zou verdwijnen. Ik kon me helemaal voorstellen welke gevoelens er door me heen zouden gaan, tot het snijdende verdriet aan toe als ik zou terugdenken aan hoe fijn het was geweest om hier zo met hem te staan. Maar het verschil was dat ik nu niet dacht dat een punt erachter zetten de oplossing was.

Ik wilde dit moment nog even vasthouden.

Alsof Gus er hetzelfde over dacht, pakte hij mijn hand. 'Weet je,' zei hij bijna fluisterend, teder en stoer tegelijk, net als Gus zelf. 'Ik geef heel veel om je.'

'Weet je,' zei ik. 'Dat weet ik.'

Het oranjekleurige licht gleed over zijn tanden toen hij lachte en wierp een schaduw in het kuiltje in zijn wang dat bijna nooit zichtbaar was, terwijl we daar zo bleven staan, zomaar, zonder dat er iets om ons heen gebeurde.

20

De kelder

Ik heb slecht nieuws en slecht nieuws, schreef Shadi me de volgende morgen.

Wat is het belangrijkst? was mijn vraag. Ik ging langzaam rechtop zitten om Gus niet wakker te maken. Dat we vannacht per ongeluk op de bank in slaap waren gevallen, was maar gedeeltelijk waar. Ik had mezelf namelijk echt moeten dwingen om te gaan slapen.

Voor het eerst sinds we vrijwel dagelijks bij elkaar over de vloer kwamen, hadden we ons in de wondere wereld van de filmmarathons en het bingewatchen begeven. 'Als jij eerst een film kiest, kies ik de volgende,' had Gus gezegd.

En zo keken we naar – of praatten tijdens – *While You Were Sleeping, A Streetcar Named Desire, Pirates of the Caribbean 3* (als straf voor Gus omdat ik van hem naar *A Streetcar Named Desire* had moeten kijken), en *Glitter* van Mariah Carey (toen onze keuzes steeds baldadiger werden). En zelfs na al die films was ik klaarwakker, gespannen.

Gus wilde met alle geweld nog *Rear Window* zien, en halverwege de film, niet lang voordat de eerste zonnestralen door het raam zouden komen, hielden we eindelijk op met praten. Stilletjes lagen we aan weerszijden van de bank, en zo waren we in slaap gevallen.

Het was koud in huis. Ik had de ramen opengelaten en die waren beslagen toen de temperatuur tegen de ochtend was gedaald. Gus lag helemaal opgekruld in een dekentje gewikkeld. Ik legde de twee dekens waar ik onder had gelegen over hem heen en verdween naar de keuken om water op te zetten.

Het was een stille, grijzige ochtend. Als de zon al op was, dan had die zich verstopt achter een deken van mist. Zo geruisloos mogelijk pakte ik het blik met gemalen koffie en de cafetière van het draaiplateautje.

Het ritueeltje voelde anders dan die eerste ochtend, gewoner, en daardoor kreeg het op een of andere manier iets heiligs.

Ergens gedurende de afgelopen week had ik het gevoel gekregen dat dit ook mijn huis was.

Mijn telefoon trilde in mijn hand.

Ik ben verliefd, zei Shadi.

Op de Spookhoed? vroeg ik terwijl ik vanbinnen juichte. Shadi was altijd al geweldig, maar een verliefde Shadi was werkelijk een fenomeen. Op de een of andere manier werd ze dan nog meer zichzelf. Nog wilder, grappiger, gekker, wijzer, zachter. Door de liefde ging mijn beste vriendin stralen, en hoewel ze daarna steevast werd gesloopt door liefdesverdriet, sloot ze zichzelf nergens voor af. Tijdens een verliefdheid kende haar blijdschap geen grenzen en liet ze mij en alles en iedereen om haar heen in die vreugde delen.

Natuurlijk, schreef ik. Vertel!!!

Geen idee!! begon Shadi. We zijn gewoon elke nacht samen, en zijn beste vriend is GEK op mij, en ik op hem en van de week zijn we met z'n allen gewoon opgebleven tot het ochtend werd. Toen hij op de wc was, zei zijn vriend: 'Wees een beetje lief voor hem, want hij is helemaal gek op je.' En ik zei toen: 'Ik ook op hem.' Maar ik heb nog meer slecht nieuws.

Dat zei je al, antwoordde ik.

Hij wil dat ik zijn ouders ontmoet...

Godsamme, wat een ellende, zei ik. Stel je voor dat ze áárdig zijn? Dat ze een spelletje Uno met je willen spelen, of een whisky-cola met je willen drinken op hun veranda????!

Maar hij wil dat ik deze week ga. Op 4 juli.

Ik wist niet zo goed hoe ik hierop moest reageren. Aan de ene kant had ik al een maand op een Gus Everett-eiland gebivakkeerd en er geen prairiekoorts of claustrofobie aan overgehouden. Aan de andere kant had ik Shadi al in geen maanden gezien, en ik miste haar. De vriendschap tussen Gus en mij leek nog het meest op van die vriendschappen tijdens de introductieweek of kamp van de universiteit: heftig en vaak overweldigend. Maar Shadi en ik hadden een lange geschiedenis. We konden over alles met elkaar praten en begrepen elkaar meteen. Niet dat Gus' manier van communiceren veel uitleg nodig had, trouwens. Door onze tijd samen, ontstond geleidelijk aan een soort kader. Elke dag kreeg ik een duidelijker beeld van hem, en als ik 's avonds ging slapen, kon ik al uitkijken naar de volgende dag, wanneer ik hem weer zou zien.

Maar toch.

Ik weet dat de timing belabberd is, zei Shadi, maar ik heb het al met mijn baas overlegd, en ik krijg in augustus weer vrij voor mijn verjaardag. Ik BELOOF je dat ik dan die hele sekskerker eigenhandig kom opruimen.

Het water kookte. Ik legde mijn telefoon neer om de koffie te zetten en deed het deksel op de cafetière om de boel even te laten trekken. Mijn telefoon lichtte op met een nieuw berichtje.

Ik hoef natuurlijk niet te gaan, schreef ze. Maar ik heb het gevoel (???) dat ik moet. En ook weer niet. Als je me nodig hebt, kom ik meteen.

Ik kon het haar niet aandoen om haar te weerhouden van iets waar ze zo blij van werd en gelukkiger dan ik haar in maanden had meegemaakt.

Hoelang zou je in augustus kunnen blijven? vroeg ik om de onderhandelingen te openen.

Ping! deed mijn mailbox toen er een mailtje binnenkwam, en ik opende het enigszins huiverend. Sonya gaf eindelijk antwoord op mijn vraag over het buitenmeubilair.

January,

Ik zou de buitenmeubels dolgraag willen hebben, maar ik kan het helaas niet betalen. Ik weet niet of je ze aan me wilde verkopen of geven, maar in dat laatste geval kan ik een auto en wat vrienden regelen om ze op te komen halen. Als je me ze te koop wilt aanbieden, dan dank ik je vast voor het aanbod, maar daar kan ik helaas niet op ingaan. Zou je trouwens tijd hebben om even te praten? Het zou fijn zijn als we elkaar ergens konden ontmoeten. Ik...

'Hé.'

Ik sloot mijn e-mail en draaide me om. Gus slofte de keuken binnen en wreef in zijn rechteroog. Zijn warrige haar stond één kant op, zijn shirt was gekreukt als een stuk perkament in een museumvitrine en zijn ene mouw was opgekropen, waardoor ik nu meer arm zag dan ik ooit had gezien. Ik kreeg ineens zin om in zijn schouder te bijten.

'Wauw,' zei ik. 'Dus zo ziet Gus Everett eruit voordat hij zijn gezicht op heeft gezet.'

Met slaperig toegeknepen ogen spreidde hij zijn armen. 'Wat vind je ervan?'

Mijn hart sloeg een slag over. 'Precies zoals ik het me had voorgesteld.' Ik draaide me om en zocht in de kastjes naar twee bekers. 'Je ziet er eigenlijk net zo uit als anders.'

'Dat beschouw ik dan maar als een compliment.'

'Dat recht heb je als Amerikaans staatsburger.' Ik liep naar hem toe met de bekers en hoopte dat het heel ontspannen en normaal overkwam dat ik in hetzelfde huis wakker geworden was als hij.

Hij leunde met zijn handen tegen het aanrecht en er verscheen een glimlach op zijn gezicht. 'Dankzij Jack Reacher.'

Ik sloeg een kruisje. 'Amen.'

'Is de koffie al klaar?'

'Bijna.'

'Veranda of terras?' vroeg hij.

Ik probeerde me voor te stellen dat ik me opgesloten voelde. Ik probeerde te bedenken of iets als dit ooit gewoontjes en saai zou kunnen worden: die glimlach, die slordige kleren, het taaltje dat alleen Gus en ik spraken, de grappen, de huilbuien, elkaar aanraken en niet aanraken.

Er kwam weer een appje van Shadi: Ik blijf MINSTENS een week.

Ik schreef terug: Tot dan, schat. Hou me op de hoogte van wat er in je hart spookt.

Het was woensdag en we hadden de hele dag bij mij thuis zitten werken (ik was nu al op dik een derde van mijn boek) terwijl we wachtten op de koper die het meubilair uit de slaapkamer boven kwam halen. De verkoop van het buitenmeubilair had ik nog even uitgesteld, omdat Gus en ik er inmiddels op sommige avonden gebruik van maakten. Alle spulletjes en prulletjes van de benedenverdieping had ik in dozen gestopt en naar de kringloopwinkel gebracht. Ik had zelfs nog wat overtollige meubels verkocht. De tweezitsbank en de leunstoel uit de woonkamer waren nu weg. De klok die op de schoorsteenmantel had gestaan was nu ook de deur uit. De placemats, kaarsen en theelichthouders uit de kast bij de keukentafel had ik allemaal weggegeven.

Misschien omdat het nu niet meer echt als een huis voelde, was het vanzelf ons kantoor geworden, en toen we die avond hier klaar waren met werken, gingen we naar Gus.

Hij was in de keuken om nog een beetje ijs te halen en ik maakte van de gelegenheid gebruik om zijn boekenkast te bekijken (grondig door te snuffelen). Dat had ik al willen doen sinds de avond dat ik hier was komen wonen en de boeken vanuit het raam in mijn woonkamer had zien staan. Hij had een behoorlijke verzameling klassiekers, maar ook moderne literatuur. Toni Morrison, Gabriel García Márquez, William Faulkner, George Saunders, Margaret Atwood, Roxane Gay. Het grootste deel had hij op alfabetische volgorde gezet, maar met zijn nieuwste aankopen was hij daar duidelijk nog niet aan toegekomen, want die lagen in stapeltjes voor of boven op de andere boeken, met de kassabon er nog in.

Ik ging op mijn hurken zitten om de onderste plank, het verst van de deur, beter te kunnen bekijken. Die was echt een puinzooi. Ik slaakte een kreet toen ik een dun boekje zag staan met het opschrift GREGORY L. WARNER HIGH SCHOOL.

Ik sloeg het jaarboek open en bladerde naar de achternamen die met een E begonnen. Ik schoot in de lach toen mijn blik viel op een zwart-witfoto van een Gus met warrig haar die met gespreide benen op verroeste treinrails stond. 'O, mijn god. Dank U. Dank U, Lieve Heer.'

'Zeg,' zei Gus die weer de kamer binnenkwam. 'Is er dan niks meer heilig, January?' Hij zette de emmer met ijs op de bijzettafel en probeerde het boek uit mijn handen te trekken.

'Ik ben hier nog mee bezig,' protesteerde ik. 'En ik denk dat ik hier eigenlijk nog wel even mee bezig blijf. Ik wil ermee gaan slapen en weer opstaan.'

'Oké, viespeuk, hou jij je nou maar bij je ondergoedcatalogi.' Hij probeerde het weer uit mijn handen te grissen, maar ik draaide me om en drukte het tegen me aan, waarop hij me van achteren vastpakte.

'Je mag alles van me hebben. Ik heb hier alles voor over,' gilde ik terwijl ik probeerde zijn handen weg te slaan. 'Mijn geld, mijn vrijheid, mijn leven, maar dit jaarboek krijg je never nooit meer terug, Gus.'

'Mooi aanbod, maar ik heb liever gewoon dat jaarboek,' zei hij, en hij greep er weer naar. Met zijn armen om me heen geslagen kreeg hij de zijkanten van het boek te pakken, maar ik liet niet los.

'Ik maakte geen grapje. Dit is echt een te groot licht om onder de korenmaat te steken of onder een lampenkap te verbergen. De *New York Times* moet dit zien. GQ moet dit zien. Dit moet je insturen voor de "de meest sexy man van het jaar"-verkiezing van *Forbes*.'

'Zeg, ik ben zeventien op die foto,' zei hij. 'Hou eens op met het plagen van een klein joch.'

'Ik zou helemaal ondersteboven van je zijn geweest,' zei ik. 'Het lijkt echt of je die outfit voor Halloween hebt gekocht. Het is dus waar wat ze zeggen. Sommige dingen veranderen niet. Tegenwoordig draag je nog precies hetzelfde als op die foto.'

'Dat is absoluut niet waar,' zei hij. Hij stond nog steeds tegen mijn rug aan, zijn armen om me heen geslagen en de handen op het boek. Ik hield mijn vinger bij de bewuste pagina en toen ik het boek weer opensloeg, liet hij het los. Hij keek mee over mijn schouder en liet zijn handen via mijn armen naar mijn heupen glijden.

Alsof hij zijn evenwicht moest bewaren.

Hoe vaak zouden dit soort situaties nog ontstaan? En hoelang zou het nog duren voordat ik mijn laatste restje zelfbeheersing zou verliezen?

Zodra er iets concreets tussen ons zou gebeuren, was het allemaal voorbij. Dan zou ik hem kwijtraken. Hij zou schrikken, en bang worden dat ik me te veel in hem zou verliezen, te veel van hem zou willen, bang worden dat hij me kapot zou maken. En intussen zou ik me helemaal in hem verliezen en... kapotgemaakt worden.

Ik was veel te romantisch om zo maar te kunnen blijven voortkabbelen en hoewel we totaal niet bij elkaar pasten, voelde ik inmiddels meer voor Gus dan uitsluitend fysieke aantrekkingskracht.

En het leek alsof we geen van beiden konden ophouden met af te tasten hoe ver we konden gaan.

Terwijl we samen in het jaarboek keken, in elk geval deden alsof, streek hij lichtjes over mijn heupen, trok me beurtelings tegen zich aan en duwde me weer weg, een ongelooflijk toepasselijke metafoor. Ik voelde zijn gespierde buik tegen mijn rug en ik dwong mezelf me op het jaarboek te concentreren.

De meligheid was ineens verdwenen en de foto trof me opnieuw. Ongeveer een derde van de jongens in mijn eigen jaarboek van school hadden dezelfde grimmige stijl, maar bij Gus was het anders. Zijn scheve mond stond gespannen. Het witte litteken dat zijn bovenlip kliefde was donkerder, recenter, en onder zijn ogen zaten kringen van vermoeidheid. Hoe vaak Gus me ook wist te verrassen, ik had toch een soort gevoel dat ik hem instinctmatig kende. Net zoals Gus tijdens de boekenclub had aangevoeld dat er iets in me was veranderd, wist ik gewoon dat er iets was gebeurd, vlak voordat deze foto was genomen.

'Was je moeder toen al...' Ik durfde niet verder te gaan.

Ik voelde Gus' kin tegen mijn schouder bewegen toen hij knikte. 'Ze is vlak voor mijn laatste jaar op de middelbare school overleden. Deze foto is een jaar later genomen.'

'Ik dacht dat je toen al met school was gestopt,' zei ik, en hij knikte weer.

'De broer van mijn vader was hovenier op een enorme begraafplaats. Ik wist dat ik daar op mijn achttiende een baan kon krijgen – met goede arbeidsvoorwaarden – maar mijn beste maatje Markham wilde met alle geweld die foto maken en hem indienen voor het jaarboek.'

'Bedankt, Markham,' fluisterde ik. Ik probeerde het een beetje luchtig te houden, ook al werd ik hier heel verdrietig van. Ik vroeg me af of ik nu ook zo'n verloren en lege blik in mijn ogen had, of ik er na de begrafenis van mijn vader ook zo slecht had uitgezien. 'Ik wou dat ik je toen had gekend,' zei ik maar. Ik had niets kunnen veranderen, maar had er wel voor hem kunnen zijn. En van hem kunnen houden.

Mijn vader was dan wel een leugenaar, een schuinsmarcheerder en een zakenman die veel op reis was, maar ik kon me niet herinneren dat ik me als kind echt eenzaam had gevoeld. Mijn ouders waren er altijd, en ik voelde me thuis veilig.

Geen wonder dat Gus me een sprookjesprinses had gevonden, iemand die met glitterschoentjes door het leven dartelde, een rotsvast vertrouwen in het universum had en in de veronderstelling verkeerde dat iedereen kon worden wat hij of zij wilde. Ik vond het vreselijk dat ik dit soort dingen niet eerder had opgemerkt, dat ik niet meer geduld met hem had gehad. Ik had moeten zien dat Gus Everett eenzaam was. Ik had om me heen moeten kijken en me niet op mijn eigen verhaal moeten blindstaren.

Hij liet zijn handen over mijn lichaam glijden en ik bewoog mee, alsof ik me liet meevoeren op een golf. Als hij me tegen zich aan trok, duwde ik me als vanzelf tegen hem aan. Hij streelde mijn benen, zijn vingers drukten in mijn huid, en ik moest moeite doen om gelijkmatig te blijven ademhalen.

We speelden een spelletje: hoe ver konden we gaan zonder toe te geven dat we al een grens waren overgegaan?

'Ik bedacht opeens iets,' zei hij.

'O ja?' zei ik plagerig, hoewel ik nauwelijks uit mijn woorden kon komen vanwege alle gevoelens die door me heen raasden. 'Wil je dat ik de videocamera pak om dit vast te leggen?'

Hij pakte me steviger vast en ik leunde tegen hem aan. 'Ontzettend grappig,' zei hij. 'Maar ik zei dus dat ik een idee had, alleen is dat van invloed op ons onderzoek.'

Aha. Onderzoek. Om me eraan te herinneren dat we nog steeds een weddenschap hadden staan, en dat als puntje bij paaltje kwam dit nog steeds een spelletje was.

'Oké, vertel.' Ik draaide me om, maar hij liet me niet los.

'Goed.' Hij trok een grimas. 'Ik heb met Pete en Maggie afgesproken dat ik op 4 juli Onafhankelijkheidsdag bij ze kom vieren, maar dat valt op een vrijdag.'

'O.' Ik deed een stap naar achteren. Het was nogal verwarrend om te beseffen dat als hij me vasthield er ook nog andere dingen bestonden. 'Dus moet je een van onze onderzoeksavondjes overslaan?'

'Het probleem is dat ik binnenkort ook naar New Eden moet om verder te kunnen schrijven,' zei hij. 'En omdat ik dus niet op vrijdag kan, hoopte ik dat we dat naar zaterdag konden verschuiven.'

'Ik snap het,' zei ik. 'Dus we gaan chicklit 101 dit weekend overslaan en een literair reisje maken?'

Gus schudde zijn hoofd. 'Je hoeft niet mee, hoor, ik kan ook in mijn eentje gaan.'

Ik trok mijn wenkbrauwen op. 'Waarom zou ik niet mee willen?'

Gus beet op zijn onderlip en het littekentje boven zijn lip werd nog witter dan normaal. 'Het wordt helemaal niet leuk. Weet je zeker dat je het wilt zien?'

Ik zuchtte. Weer dat gedoe over het prinsesje dat de wrede wereld niet aankon. 'Gus,' zei ik. 'Ik ga sowieso met je mee. Dat hadden we afgesproken.'

'Zelfs als ik me even onttrek aan het trainingsschema voor de Romantische Held?'

'Ik vind dat jij met dat linedancen deze maand je portie wel hebt gehad,' zei ik. 'Je hebt een adempauze verdiend, en ook een feestje voor Onafhankelijkheidsdag.'

'En jij dan?'

'Ik heb altijd wel een adempauze verdiend,' zei ik. 'Maar ik ga dan juist altijd linedancen.'

Hij schraapte zijn keel. 'Ik bedoelde vrijdag.'

'Hoezo vrijdag?'

'Wil je vrijdag mee naar Pete?'

'Ja,' antwoordde ik prompt.

Gus glimlachte breed.

‘Wacht even...’ Omdat ik zag dat zijn gezicht betrok, voegde ik er snel aan toe: ‘Kunnen we misschien...’ Ik dacht koortsachtig na hoe ik dit moest inkleden. ‘Een van de vriendinnen van Pete was de minnares van mijn vader.’

‘O.’ Gus’ mond viel open. ‘Had ze dat maar gezegd toen ik vroeg of ik jou mee kon nemen. Als ik dat had geweten...’

‘Volgens mij weet ze dat zelf niet.’

‘Of ze wilde het niet zeggen omdat ik anders niet zou komen.’

‘Ik vind dat jij in elk geval moet gaan,’ zei ik. ‘Ik weet alleen niet of ik mee kan.’

‘Ik zal vragen wie er komt,’ zei Gus snel. ‘En als zij er niet bij is?’

‘Dan ga ik mee,’ zei ik. ‘Maar dan wil ik wel met Maggie over stenen praten.’

‘Je bent niet goed snik, January,’ zei hij. ‘En dat vind ik nou juist zo leuk aan je.’

Mijn hart maakte een sprongetje. ‘O, is dát het?’

‘Onder andere,’ zei hij. ‘Maar ik vond het een beetje te ver gaan om je mee naar mijn tante te vragen en vervolgens over je achterste te beginnen.’

Feestjes waren voor mij meestal een goed excuus om nieuwe kleren te kopen. In elk geval schoenen. Maar hoewel ik een heleboel meubels had verkocht, zag mijn bankrekening er niet al te goed uit toen ik op vrijdagochtend inlogde.

Ik schreef Gus: Ik kan niet mee, want ik kom er net achter dat ik niet eens genoeg geld heb om een bak aardappelsalade mee te nemen.

Ik zag ‘...’ verschijnen op het scherm. Toen stopte hij. Begon opnieuw. Maar na een minuut verdween alles en ging ik maar weer verder staren naar de deur van de kelder.

Op de begane grond had ik de slaapkamer en badkamer al leeggeruimd (en zelfs alles van de muur gehaald), dus bleef de kelder nog over.

Ik haalde even diep adem, deed de deur naar de kelder open en keek de donkere trap af. Een vloer van beton. Dat was een goed teken, want dat betekende dat het er nog niet af was. Niet nog meer meubels die ik het huis uit moest zien te krijgen. Ik deed het licht aan, maar de lamp was stuk. Het was er trouwens niet volkomen donker want ik had aan de buitenkant gezien dat er raampjes van glasblokken waren die een beetje licht doorlieten. Ik schakelde het lampje van mijn telefoon aan en ging naar beneden. Daar stonden een paar rode en groene plastic bakken opgestapeld langs de muur, met daarnaast een metalen stelling met gereedschap en een vrieskist. Ik liep naar de stelling waar ik een stoffig doosje met gloeilampen zag, wat ik opende.

Er was een gloeilamp uit gehaald.

Misschien wel de inmiddels doorgebrande lamp die boven de keldertrap hing.

Misschien was mijn vader hier iets van plan geweest en had toen net als ik ontdekt dat de lamp het niet deed. Hij had de nieuwe gloeilamp gepakt en was toen weer de trap half op gelopen zodat hij de lamp kon verwisselen zonder op zijn tenen te hoeven staan.

Het leek alsof er een mes door mijn ziel sneed. Zou die pijn na verloop van tijd niet minder moeten worden? Wanneer zou het nu eens ophouden dat ik bijna geen lucht kreeg van ellende als ik iets in mijn handen hield wat mijn vader had aangeraakt? Wanneer zou ik niet meer totaal van de kaart raken bij de gedachte aan de brief in de doos met gin?

'January?'

Ik draaide me om en dacht even dat ik een spook, een moordenaar, of zelfs een moordlustig spook zou aantreffen. Iets wat zich al die tijd in de krochten van dit huis had schuilgehouden.

Maar het was Gus. Zijn silhouet stak duidelijk af tegen het licht in de gang toen hij zich boog om me te kunnen zien onder het stukje muur langs de bovenste helft van de trap.

'Shit,' zei ik. De adrenaline gierde door mijn lijf.

'De deur zat niet op slot,' zei hij, en hij kwam de trap af. 'Ik schrok me rot toen ik de kelderdeur open zag staan.'

'En ik schrok me rot toen ik een stem hoorde, want ik dacht dat ik hier alleen was.'

'Sorry.' Hij keek om zich heen. 'Niet veel bijzonders hier.'

'Nee, geen sekskerker,' zei ik.

'Was daar ooit sprake van dan?'

'Daar hoopte Shadi op.'

'Aha.' En na een korte stilte: 'Dit is allemaal niet nodig, hoor. Als je niet wilt, dan hoeft het niet.'

'Het zou een beetje raar zijn om een huis te verkopen met een zootje stoffig gereedschap en een doos gloeilampen,' zei ik. 'Dan val je in het grijze gebied tussen volledig gemeubileerd en helemaal kaal. Trouwens, ik heb het geld nodig. Alles moet weg. Een soort leegverkoop na een brand. Als mijn alternatief voor het huis echt in de fik te steken en het verzekeringsgeld innen.'

'Daar wilde ik het nou net met je over hebben,' zei hij.

Ik keek hem stomverbaasd aan. 'Wilde je voorstellen om het huis in brand te steken en de verzekering op te lichten?'

'Aardappelsalade,' zei hij. 'Ik vergat te zeggen dat je echt niets mee hoeft te nemen voor het feestje bij Pete en Maggie. Alles wat je meebrengt eindigt onder een tafel die al helemaal vol staat met hun eigen zelfgemaakte eten. Aan het eind van de avond krijg je je eigen eten dan weer mee. En probeer niet om het dan toch achter te laten als een lief gebaar, want dan is de kans groot dat je het drie dagen later alsnog terugvindt in je tas, beschimmeld en wel.'

'Zorgen zij dan voor alles?' vroeg ik.

'Voor alles.'

'Ook voor de White Russians?'

Gus knikte.

'En de stenen dan? Hebben ze ook stenen of moet ik die zelf meebrengen, om het gesprek op gang te helpen?'

'Goh, er schiet me opeens iets te binnen,' zei Gus. 'Je bent niet langer uitgenodigd.'

'O, echt wel,' zei ik. 'Mijn stenen laten ze heus niet aan hun neus voorbijgaan.'

'Oké, in dat geval verzin ik wel wat om zelf weg te blijven. Dan ga je maar in je eentje.'

'Geen zorgen.' Ik pakte zijn arm vast. 'Ik zal het niet over stenen hebben. In elk geval niet te uitgebreid.'

Hij grijnsde en kwam dichterbij. 'Ik ga niet. Ik voel me niet zo goed.'

'Je gaat heus niet dood, hoor.' Mijn hand lag nog steeds op zijn arm, zijn huid brandde onder mijn vingers. Toen ik hem iets steviger vastpakte kwam hij dichterbij, waardoor het koude metalen rek tegen mijn rug drukte. Zijn blik gleed over me heen en ik kreeg overal kippenvel. Ik trok hem tegen me aan, onze bovenlijven raakten elkaar en het verlangen ging als een wervelstorm door me heen.

Zachtjes pakte hij me bij mijn heupen. Mijn lijf gloeide alsof er een brandend benzinespoor door me heen liep, en mijn ademhaling stokte. Het bloed stroomde traag door mijn aderen, maar mijn hart begon razendsnel te kloppen toen ik zag hoe de uitdrukking op zijn gezicht veranderde. Zijn glimlach leek te branden in zijn mondhoeken, zijn ogen waren donker, zijn blik geconcentreerd.

Al had hij dwars door me heen kunnen kijken, het kon me niets schelen, ik verlangde er zelfs naar.

Eén keer maar, één keer maar, één keer maar, ging het door mijn hoofd, steeds maar weer, als tuimelkruid in een woestijn.

En toen boog Gus zijn hoofd, onze neuzen raakten elkaar en ik voelde zijn adem op mijn mond. Mijn lippen weken van elkaar zonder dat hij ze aanraakte, en ik zette mijn nagels in zijn huid toen hij zijn mond ruw op de mijne drukte. Ik had het gevoel dat ik zou smelten voordat er een einde kwam aan deze kus.

Hij smaakte naar koffie en een miniem vleugje tabak en ik kon er geen genoeg van krijgen. Ik begroef mijn handen in zijn haar toen zijn tong de mijne vond. Hij drukte me tegen de stelling met gereedschap, nam mijn gezicht in zijn beide handen en kuste me dieper, nog hartstochtelijker, alsof we wanhopig elkaars diepte wilden verkennen.

Elke kus, elke aanraking was zowel ruw als warm, net als hij. Zijn handen gleden over mijn borst en toen onder mijn shirt, zijn vingertoppen beroerden mijn middel licht als dwarrelende sneeuwvlokken, mijn huid tintelde toen we tegen elkaar aan bewogen, en de stelling kraakte. Gus lachte zacht terwijl we bleven kussen en op een of andere manier werd mijn verlangen daardoor alleen maar heviger.

Ik greep zijn shirt vast toen zijn mond langzaam en gretig een spoor over mijn hals trok. Met zijn ene hand pakte hij mijn middel en de andere gleed langzaam onder het kant van mijn beha. Hij was heel teder, elke beweging was even soepel en doelgericht, maar op het moment dat ik mijn rug strekte, verstevigde hij zijn greep, waardoor ik een kreetje slaakte.

Gejaagd ademend trok hij zijn hoofd terug. 'Heb ik je pijn gedaan?'

Ik schudde mijn hoofd en weer streek hij over mijn gezicht, om vervolgens een kus op mijn beide slapen te drukken. Ik pakte de zoom van zijn shirt en trok het over zijn hoofd, met als resultaat dat me de adem bijna werd benomen toen ik zijn strakke, gespierde bovenlijf aanschouwde. Zodra ik zijn shirt op de grond liet vallen greep hij me vast en liet zijn eeltige handen langs mijn zij gaan. Hij trok mijn shirt over mijn hoofd, gooide het opzij en bekeek me gefascineerd. 'God,' zei hij hees.

Ik onderdrukte een glimlach. 'Bid je tot mij, Gus?'

Zijn inktzwarte ogen vonden de mijne en langzaam liet hij zijn handen naar mijn rug gaan om mijn beha los te maken. 'Zoiets, ja.'

Hij trok een behabandje over mijn arm naar beneden, en volgde met zijn blik het pad dat zijn vingers over mijn borst aflegden, de rondingen volgend. Hij omvatte mijn borst teder en vederlicht, maar zijn blik was zo waanzinnig donker dat die dwars door me heen leek te gaan. Als wuivend riet liet ik me meevoeren op zijn strelingen.

Zijn ene mondhoek trok toen hij me weer aankeek en het andere behabandje over mijn arm trok. De ongelooflijke intensiteit van zijn blik toen hij naar mijn borsten keek, hoe hij overal de tijd voor nam, maakte me gek en ik kronkelde en draaide om me er helemaal in te wentelen. Hij trok me wild tegen zich aan.

Dit zou consequenties hebben. Dit was geen goed idee.

Hij duwde me tegen de stelling. Ik pakte zijn heupen vast.

21

De barbecue

Gus streelde mijn lijf, zijn handen volgden elke lijn en welving. 'Wat ben je mooi, January,' fluisterde hij, en hij kuste me deze keer heel teder. 'Je bent beeldschoon.'

Liefdevol trok hij een spoor van kusjes over mijn lichaam en proefde elk plekje dat hij had aangeraakt. Het was niet genoeg. Ik zette mijn vingernagels in zijn rug, waarop hij me met een ruk van het rek naar de vriezer ernaast verplaatste. Hij frummelde aan de knoopjes van mijn korte broek, en ik duwde mezelf omhoog zodat hij hem over mijn bovenbenen kon trekken. Terwijl hij mijn dijen liefkoosde, kwamen zijn handen steeds hoger tot ze onder mijn slipje verdwenen. In één vloeiende beweging trok hij mijn benen op tegen zijn heupen, zijn mond zocht hartstochtelijk en ruw de mijne. 'God, January,' bracht hij uit.

Mijn adem stokte en ik kon niet anders dan een hese kreun uitstoten. Ik wreef tegen hem aan en zijn strelingen werden heftiger.

We waren niet meer behoedzaam. Ik kon mezelf niet genoeg beheersen om voorzichtig met hem te zijn en ik wilde ook niet dat hij voorzichtig met mij was. Ik maakte zijn broek los en trok die naar beneden. Zijn hand gleed tussen mijn dijen en hij kreunde.

De vingers van zijn andere hand boorden zich in mijn heup en hij kuste mijn buik. Hij kneedde mijn bovenbenen en ik greep me vast aan de zijkanten van de vrieskist toen hij zich tussen mijn benen liet zakken en me in zijn mond nam. Ik ademde steeds sneller en zijn handen omklemden mijn billen steeds steviger. Het was niet genoeg. Ik wilde hem helemaal. Het drong pas tot me door dat ik dat ook hardop had gezegd toen hij hierop reageerde met: 'En ik wil jou, January.'

Hij stond op, trok me naar de rand van de vriezer en tilde mijn heupen op zodat ik zijn lichaam kon omklemmen met mijn benen.

'Gus,' hijgde ik. Alles in me vibreerde en pulseerde. 'Heb je een condoom?'

Het duurde even voordat hij reageerde, alsof hij iets uit een andere taal moest vertalen. Zijn blik was nog steeds vol felle passie en gretigheid. 'Hier?' vroeg hij. 'In de kelder van je vaders tweede huis?'

'Ik dacht eerder in je broekzak,' zei ik nog steeds ademloos.

Hij lachte hees. 'Hoe zou je het vinden als ik condooms mee had genomen om je over de aardappelsalade te vertellen?"

'Dat zou ik prima vinden,' antwoordde ik.

'Ik wist niet dat dit zou gebeuren.' Gus streek wanhopig met zijn hand door zijn haar, terwijl hij me met zijn andere hand bijna pijnlijk vasthield. 'Thuis heb ik een pakje liggen.'

We keken elkaar even aan, pakten snel onze kleren van de grond en kleedden ons aan. Toen we de trap op renden pakte Gus me bij mijn billen. 'God,' zei hij weer. 'Dank U voor deze dag, Lieve Heer. En Jack Reacher ook bedankt.'

Zonder de moeite te nemen onze schoenen aan te trekken, renden we de deur uit en de voortuin door. Ik was als eerste bij zijn voordeur en draaide me om op het moment dat Gus het trapje op liep. Hij schoot in de lach toen hij me daar zo zag staan, schudde zijn hoofd en pakte me bij mijn heupen. Er volgde een hartstochtelijke kus terwijl ik met mijn rug tegen de deur werd gedrukt.

Ik woelde met mijn vingers door zijn haar en vergat volkomen waar we waren, ik vergat alles om me heen behalve zijn handen die me streelden, die onder mijn kleren tastten, zijn tong die tussen mijn lippen gleed terwijl ik hem overal aanraakte waar ik bij kon. Onwillekeurig ontsnapte me een ontevreden kreun en hij stak zijn hand uit naar de deurknop die in mijn rug drukte. Zodra de deur open was, duwde hij me achteruitlopend het huis in.

We waren nog geen twee meter verder toen hij mijn shirt uittrok en dat van hemzelf ook. Hij plantte me met mijn achterste neer op de gangtafel, trok mijn broekje uit, liet het op de grond vallen en ging tussen mijn benen staan.

Ik boog me naar hem toe toen hij mijn borsten omvatte en mijn tepels masseerde tot alles in me samentrok. Hij tilde me op zodat ik mijn benen om hem heen kon slaan, maakte een draai, liep zijn studeerkamer binnen en zette me tegen de boekenkast. Steeds ruwer werden zijn aanrakingen en ik drukte mijn heupen tegen hem aan.

Niet genoeg, nog lang niet.

Hij trok zijn broek uit. Ik probeerde zijn ondergoed omlaag te trekken, maar het bleef bij een vruchteloze poging. Toen deed hij het zelf, terwijl hij me tegen de boekenkast aan bleef duwen.

Het was bijna te veel om hem zo tegen me aan te voelen. Ik hijgde en kronkelde met mijn onderlichaam. Hij pakte me vast met één brede hand en gromde: 'Godsamme, January.'

Zijn lage stem bezorgde me kippenvel over mijn hele lijf. Hij stak zijn vrije hand uit naar de boekenplank ter hoogte van mijn schouders, tot hij een blauwe vaas te pakken had die zich nog net in mijn blikveld bevond.

Hij viste er een condoom uit, waarop ik in de lach schoot. 'O, mijn god,' mompelde ik in zijn oor. 'Doe je het altijd tegen de boekenkast? Staan je boeken soms vlak achter me? Is het een ego-dingetje?'

Hij grinnikte zacht en scheurde met zijn tanden de verpakking van het condoom. 'Dat is voor wanneer ik de deur uitga, bijdehandje.' Hij liet me even los. 'Dit is de eerste keer voor mij, maar als het niks voor jou is, kunnen we altijd nog wachten tot we op een regenachtige dag een leuke grot op het strand tegenkomen.'

Ik greep hem vast en beet zacht in zijn onderlip voordat hij nog meer afstand kon nemen. Hij kuste me gretig terwijl hij het condoom omdeed. Hij omvatte opnieuw mijn heupen, teder en licht, en bleef me kussen.

Tergend langzaam kwam hij bij me binnen, mijn hele lichaam spande zich om hem heen terwijl hij dieper in me zonk. Mijn adem stokte en ik was verrast hoe groot hij was en hoe immens het genot was dat me overspoelde.

'O, god,' hijgde ik toen hij in me bewoog.

'Bid je nu soms tot mij?' fluisterde hij plagerig in mijn oor.

Ik wilde dat hij sneller ging. Ik duwde me gretig tegen hem aan en hij volgde mijn bewegingen.

Hij tilde me bij de boekenkast vandaan en draaide zich om naar de bank. Nadat hij was gaan liggen trok hij me op zich. Als een zucht rolde zijn naam over mijn lippen terwijl hij in me stootte en me stevig vasthield. Met gespreide handen leunde ik over zijn bovenlichaam heen, terwijl ik mijn best moest doen niet alle controle te verliezen. Met zijn mond streek hij ruw over mijn borsten en de hitte die door me heen sloeg was bijna onverdraaglijk.

'Ik heb al zo lang naar je verlangd,' fluisterde hij, en hij pakte mijn billen vast.

Zijn hese stem maakte me gek. 'Ik ook naar jou,' wist ik met moeite uit te brengen. 'Al vanaf die avond in de drive-in.'

'Nee, al daarvoor.'

Ik had het gevoel dat mijn hart een rondedansje maakte. Bevend en als een gespannen snaar reageerde mijn lichaam toen Gus verderging met zijn gefluisterde relaas: 'Nog voordat je de deur opendeed in die zwarte jurk met die hoge laarzen met hak, en voordat ik je tijdens de boekenclub met natte haren zag.'

Gus sloeg zijn arm om mijn middel en draaide ons om. Ik sloeg een been om zijn heup en met de voet van mijn andere been streek ik langs zijn kuit terwijl hij met zijn schorre stem verrukkelijke dingen tegen me bleef fluisteren, die als stroomstoten door mijn lijf pulseerden.

Hij gaf een kusje op mijn wang. 'En nog voor dat studentenfeest.'

Ik probeerde iets terug te zeggen, maar toen pakte Gus mijn nek vast en zijn andere hand gleed over mijn buik naar beneden. Dit gebaar sneed elke gedachte af als een warm mes dat door boter ging. We verloren onszelf in elkaar, alles om ons heen vervaagde.

'O,' bracht ik hijgend uit toen hij steeds harder en dieper stootte. Plotseling zweefde ik weg op golven van genot. Gus begroef zijn mond in mijn hals terwijl onze lichamen zich ontlaadden.

Hij plofte hijgend naast me neer, maar liet zijn arm over mijn borst liggen. Er ontsnapte hem een schorre lach terwijl hij zijn andere arm over zijn ogen legde en zijn hoofd schudde.

'Wat is er?' vroeg ik nog steeds buiten adem, en ik ging op mijn zij liggen.

Gus volgde mijn voorbeeld, boog zich naar me toe, kuste mijn bezwete schouder en wroette met zijn neus in mijn hals.

'Ik dacht aan wat je zei over die boekenkast. Je maakt me zelfs nog belachelijk als ik me helemaal in je lichaam verlies.'

Ik kreeg een warm gevoel, vergezeld van een licht gevoel van schaamte, uitgelatenheid, en iets zachters, iets wat ik niet onder woorden kon brengen. 'Al daarvoor,' hoorde ik hem nog fluisteren. Ik strekte me uit en liet mijn hoofd op een sierkussen rusten. Gus liet zijn hand over mijn heupbeen dwalen en toen over mijn buik, waarna hij er een kusje op drukte.

Ik was uitgeput en slap maar mijn hart ging nog steeds tekeer. Zelfs als ik had geweten dat er iets tussen Gus en mij zou ontstaan, dan nog had ik me niet kunnen voorstellen dat hij zó zou kunnen zijn: hij bleef me aanraken, zijn blik verplaatste zich naar mijn mond, mijn lichaam en mijn ogen, hij kuste mijn buik en lachte zachtjes in mijn hals terwijl we daar naakt en met elkaar verstrengeld lagen alsof we dit al honderd keer hadden gedaan.

Wat betekent dit? dacht ik, gevolgd door: *hou op met alles een betekenis te willen geven!* Maar toen alles wat er net was gebeurd ten volle tot me doordrong, kreeg ik het toch een beetje benauwd. Ik vond het heerlijk om Gus aan te raken, door hem aangeraakt te worden, zoals ik ook wel had verwacht, maar dit... dit was volkomen onverwacht, en het kon best dat ik dit nog veel fijner vond.

Hij legde zijn hoofd op mijn borst en trok met zijn hand een traag en vederlicht spoor tussen mijn beide heupbeenderen. Hij kuste de ruimte tussen mijn borsten, hij kuste mijn ribben, en zelfs nu ik vrijwel totaal ontspannen was, ging er toch een rilling door me heen. 'Ik ben dol op je lijf,' gonsde zijn stem in mijn oor.

'Ik ben ook een fan van dat van jou,' zei ik. En ik tikte met mijn vinger tegen het litteken boven zijn lip. 'En van je mond.'

Hij grijnsde en leunde op zijn elleboog, zijn hand lag nog steeds op mijn buik. 'Ik kwam echt niet naar je sekskerker om je te verleiden.'

Ik ging rechtop zitten. 'Hoe weet je of ik jou niet heb verleid?'

Zijn grijns werd breder. 'Dat was gewoon niet nodig geweest.'

Weer zinderde het zinnetje door me heen: *ik heb zo lang naar je verlangd. Nee, al daarvoor.* Mijn hart sprong weer op, en toen nog een keer omdat de telefoon ging.

'Shit,' kreunde Gus. Hij gaf vlug een kusje op mijn buik en stond toen op. Snel raapte hij zijn broek van de vloer en haalde zijn telefoon uit de zak. Zijn grijns verdween en er vormde zich een rimpel tussen zijn donkere wenkbrauwen.

'Gus?' Ik maakte me plotseling zorgen.

Hij keek me aan en was duidelijk een beetje van zijn stuk gebracht. Zijn blik vloog weer naar het schermpje. 'Ik moet even opnemen.'

'O.' Ik was me er meteen van bewust dat ik spiernaakt was. 'Oké.'

'Shit,' zei hij nog een keer zachtjes. 'Het duurt maar een paar minuten. Zal ik zo meteen naar jou toe komen?'

Ik keek hem aan en voelde me gekwetst.

Wat maakte het uit dat hij me eruit schopte om een mysterieus telefoontje te beantwoorden, vlak na onze eerste keer?

Niks aan de hand. Zo moest het gaan. Niks van aantrekken.

Hij was nu uit mijn systeem. Dat was natuurlijk ook van meet af aan de opzet geweest. Het was nooit de bedoeling geweest dat ik naakt naast hem zou liggen terwijl hij mijn hele lichaam onder de kusjes bedolf. Toch had ik een rotgevoel toen ik opstond en mijn kleren bijeen raapte.

'Prima,' zei ik. En nog voor ik mijn shirt aanhad was Gus al halverwege de gang.

'Hallo?' hoorde ik hem nog zeggen, en toen deed hij de deur van de slaapkamer dicht en sloot me buiten.

Het was al elf uur toen ik mijn huis binnen liep. Gus en ik zouden zo naar de barbecue gaan. Pete had tegen Gus gezegd dat Sonya pas later kwam, dus konden wij beter wat vroeger komen en weer weg zijn voor de dessertwijn op tafel kwam en er vuurwerk werd afgestoken. Toen Gus me dit vertelde, had ik nog voorgesteld om met mijn eigen auto te gaan, zodat hij tot het bittere eind kon blijven.

'Onzin,' had hij gezegd. 'Je weet niet half hoeveel kneepjes in mijn wang me bespaard blijven omdat jij meegaat. Ik wil niet langer dan dertig seconden met die types alleen zijn.'

'En als ik dan naar de wc moet?' had ik gevraagd.

Gus had zijn schouders opgehaald. 'Dan zorg ik voor een vluchtroute en laat je gewoon achter als het niet anders kan.'

'Ben je ondertussen niet vierhonderd jaar oud?' had ik gevraagd. 'Lijkt me een beetje oud om in je wang geknepen te worden en ook om er zo'n diepgewortelde angst voor te hebben.'

'Ik mag dan vierhonderd jaar oud zijn, maar zij zijn minstens duizend jaar ouder en bovendien hebben ze gierenklauwen.'

Vreemd om te bedenken dat we dit gesprek nog geen twaalf uur voordat we elkaar zo ongeveer de kleren van het lijf scheurden hadden gevoerd. Ik kreeg kippenvel.

Het idee dat ik nooit meer samen met hem zou zijn, ging als een stuiterballetje door mijn lijf, en er werd geen plekje overgeslagen waar hij naar had gekeken, dat hij had beroerd met zijn mond, met zijn handen. Ik voelde me ellendig bij de gedachte dat ik hem nooit meer zo zou zien: naakt, kwetsbaar, zonder muur, terwijl hij geheimen tegen mijn binnenste fluisterde.

Eén keer, was de regel bij Gus. En deze keer telde dus echt.

Hij kreeg gewoon een belangrijk telefoontje, hield ik mezelf voor. *Het gaat helemaal niet over die regel of over jou.* Maar dat wist ik natuurlijk niet zeker.

Om kwart voor twaalf liet Gus pas wat van zich horen. Sta je klaar over 5 min? schreef hij.

Niet echt. Ik had geprobeerd iets van mijn energie kwijt te raken door flink op en neer te lopen door het huis, maar tegelijkertijd gonsde de herinnering aan wat er net was gebeurd door me heen en bovendien was ik bang voor wat me nog te wachten stond. Ik had niet verwacht dat hij me een berichtje zou sturen alsof er niks was gebeurd, al had ik het natuurlijk wel kunnen weten.

Ik zuchtte en schreef terug: ja hoor, en ging toen vlug naar de slaapkamer om het witte zonnejurkje en de rode sandalen aan te trekken die ik tijdens mijn laatste bezoekje aan de kringloopwinkel op de kop had getikt. Ik stak mijn haar op, maar liet het toen toch maar weer los hangen. De resterende twee minuten gebruikte ik om mezelf zo goed mogelijk in de make-up te zetten.

Gus had zich een beetje gefatsoeneerd. Zijn haar was nog dezelfde warboel, maar hij had een blauw overhemd aangetrokken waar bijna geen kreukels in zaten, en de mouwen waren over zijn gespierde onderarmen opgerold. Ik zei niks en knikte alleen naar hem toen ik naast hem in de auto ging zitten.

Ik voelde me nog dubbel zo opgelaten als ik had verwacht. *Dom konijn, dom konijn, dom konijn*, ging het door me heen. Ik kon mezelf wel voor mijn kop slaan.

Maar toen dacht ik terug aan de tederheid waarmee hij mijn buik had gekust. Zo liefdevol. Zouden er echt onenight- (of one-morning-) stands bestaan die zo écht voelden?

Ik keek uit het raampje en sloeg mijn meest zorgeloze toon aan (mislukt). 'Alles in orde?'

'Mmm,' was Gus' antwoord.

Ik keek naar zijn gezichtsuitdrukking. Daar leidde ik uit af dat ik me niet te veel zorgen hoefde te maken.

Toen we de straat van Pete en Maggie in reden, stond die al vol geparkeerde auto's. Gus zette zijn auto om de hoek neer en liep voor me uit naar een hek aan de zijkant van het huis dat toegang gaf tot een van de tuinpaden.

We liepen langs de voordeur en toen via de zijkant van het huis naar de achtertuin.

Onmiddellijk brak een koor los dat Gus' naam scandeerde. Zodra het gejoel wegstierf, zong Pete: 'Jaaanuary!' en alle gasten vielen haar bij. Er zaten minstens twintig mensen om een aantal kaarttafeltjes onder een met klimop begroeide pergola. De met sterretjes gedecoreerde, papieren tafelkleedjes waren bezaaid met bierflesjes en rode bekertjes. Zoals Gus al had gezegd, stond er aan het eind van het terras een lange tafel, volgestouwd met aluminium bakken met eten en blikjes bier.

'Zo, daar zijn mijn knappe neef en zijn beeldige gezel.' Pete stond bij de barbecue en draaide hamburgers om. Ze had een schort voor met de tekst KUS DE KOK. Met viltstift had ze eronder geschreven: (GEINTJE! GELUKKIG GETROUWD!). Maggie droeg ook een wit schort, maar dan met de handgeschreven tekst KUS DE GEOLOOG. Aan een kaarttafeltje in het midden van hun wilde tuin zaten flink wat gasten, en daarachter lagen er een paar in een enorm blauw zwembad.

'Jongens, ik hoop dat jullie je zwemspullen hebben meegenomen!' zei Pete tegen Gus toen hij haar omhelsde en daarbij de spatel in haar hand ontweek. Ze gaf hem een klapzoen op zijn wang. 'Het water is echt heel heerlijk vandaag.'

Ik keek naar Gus. 'Heeft Gus wel een zwembroek?'

'Eigenlijk niet,' zei Maggie die naar ons toe kwam om haar neef een zoen te geven. Ik kreeg er ook een. 'Maar we hebben er hier altijd eentje voor hem liggen. Hij was namelijk een echte waterrat toen hij klein was. We gingen vaak met hem naar het zwembad en dan moesten we een wekker zetten om hem af en toe uit het water te halen, want anders plaste hij er gewoon in. Hij ging er nooit uit zichzelf uit.'

'Dit zuig je uit je duim,' zei Gus. 'Dit is nooit gebeurd.'

'Erewoord,' zei Maggie luchtig. 'Je was denk ik niet ouder dan vijf. Weet je nog, Gussy? Rose en jij gingen toen wel twee keer in de week met ons naar het zwembad.'

Er veranderde iets in Gus' blik alsof er een ijzeren deur dichtging. 'Nope. Daar weet ik niks van.'

Rose? Petes echte naam was Posey, een klein boeketje. Rose was waarschijnlijk haar zus, de moeder van Gus.

'Nou, het blijft een feit dat je dol op zwemmen was,' ging Maggie verder. 'Ik weet niet of dat nu nog zo is, maar je zwembroek ligt in elk geval in de logeerkamer.' Maggie liet haar blik over mijn bovenlichaam gaan. 'Ik weet zeker dat we voor jou ook wel iets kunnen vinden. Waarschijnlijk wel een beetje te groot, en ook te wijd, want je bent behoorlijk *petite*.'

'Dat vond ik zelf nou nooit, tot deze zomer.'

Maggie streek over mijn arm en glimlachte. 'Dat krijg je als je met mensen van Duitse afkomst omgaat. We zijn echt flinke taaie rakkers. Kom mee, ik zal je even voorstellen. Gussy, jij gaat ook even gedag zeggen.'

Even later struinden we door de tuin van Pete en Maggie. Gus kende iedereen – het waren vrijwel allemaal docenten van de universiteit met hun partners en kinderen, en verder twee zussen van Maggie. Toch had Gus blijkbaar weinig te melden, want het bleef steeds bij een beleefde groet. Darcy, Maggies jongste zusje, was bijna tien centimeter langer dan Maggie, en ze had stroblond haar en enorme blauwe ogen, terwijl Lolly, hun andere zus, een klein vrouwtje met kortgeknipt, grijs haar was. 'Zij heeft het gruwelijke middelstekindsyndroom,' fluisterde Maggie tegen me toen ze Gus en mij meenam naar een andere hoek van de tuin waar ze met zitzakken aan het overgooien waren. Twee labradors renden uitgelaten heen en weer en deden halfslachtige pogingen om de zakken te pakken te krijgen.

'Ik weet zeker dat jullie ook mee mogen doen.' Maggie gebaarde naar de spelende kinderen.

Gus draaide zich met een brede glimlach naar haar om. 'Ik denk dat we beter met een drankje kunnen beginnen.'

Ze gaf hem een klopje op zijn arm. 'O, je bent echt Petes petekind, Gussy. We gaan voor jullie een glas van mijn wereldberoemde blauwe punch halen.'

Ze liep voor ons uit en Gus wierp me een samenzweerderige blik toe, als waarschuwing dat het drankje niet te zuipen zou zijn, maar na ons gespannen autoritje was zelfs deze blik voor mij genoeg om het van top tot teen warm te krijgen. 'Wereldberucht, bedoelt ze,' fluisterde hij.

'Zeg, weet jij van welke steensoort dit pad is gemaakt?' fluisterde ik terug.

Ongelovig schudde hij zijn hoofd. 'Hoe krijg je het voor elkaar, dit is nou net de enige vraag die ik je nooit zal kunnen vergeven.'

We bleven in een hoekje met weelderige begroeiing staan, uit het zicht van de spelende kinderen en de mensen op het terras.

'Gus,' zei ik. 'Is alles in orde?'

Er verscheen een felle blik in zijn ogen, heel even maar. 'Nee, het is niks bijzonders.'

'Maar er is dus wel iets.'

Gus schudde zijn hoofd. 'Nee. Het enige wat er is, is de blauwe punch en daar is natuurlijk heel veel van. Probeer je wat dat betreft in te houden.'

Hij koerste richting het terras en ik liep achter hem aan. Maggie stond daar al klaar met twee tot de rand gevulde bekers. Ik nam een slok en deed mijn best niet te hoesten. 'Wat is dit?'

'Wodka,' zei ze opgewekt, en ze telde de ingrediënten op haar vingers af: 'Kokosrum. Blue Curaçao. Tequila. Ananassap. En nog een scheut gewone rum. Vind je het lekker?'

'Heerlijk,' antwoordde ik. Het rook naar nagellakremover.

'En Gussy?' vroeg ze.

'Verrukkelijk,' zei hij.

'Lekkerder dan vorig jaar, hè?' zei Pete, die de barbecue even in de steek had gelaten en zich bij ons voegde.

'In elk geval nog beter geschikt om de verf van een auto te verwijderen,' zei Gus.

Pete schoot in de lach en gaf hem een klap op zijn arm. 'Hoor je dat, Mag? Ik zei toch dat je hier een straaljager op kon laten vliegen?'

Maggie glimlachte, totaal niet uit het veld geslagen door het geplaag. Het licht viel precies in de juiste hoek op Gus' gezicht, waardoor zijn geheime kuiltje zichtbaar werd en zijn ogen oplichtten met een gouden gloed. Diezelfde ogen gingen dwars door me heen. Er speelde een lachje om zijn mond. Niet dat hij er anders uitzag, maar hij leek meer op zijn gemak, zelfverzekerder, alsof ik hiervoor slechts oog in oog met zijn schaduw had gestaan.

Op dat moment voelde ik dat ik deel was van iets verborgens en heiligs, nog intiemer dan wat er tussen ons was gebeurd in zijn huis. Alsof Gus de gordijnen had opengeschoven van een huis dat ik had bewonderd, en waarvan ik slechts had kunnen dromen hoe het er vanbinnen uitzag, maar wat ik volkomen had onderschat.

Ik vond het fijn om Gus omringd te zien door mensen van wie hij wist dat ze altijd van hem zouden houden.

We hadden met elkaar gevrijd alsof de wereld zou vergaan, maar als ik Gus ooit nog eens zou zoenen, dan wilde ik dat doen met deze versie van hem. De Gus die zich niet zo bezwaard voelde door alles om hem heen, iemand die rechtop kon staan zonder overal tegenaan te leunen.

'... misschien het eerste weekend van augustus?' vroeg Pete.

Ze keek me aan, net als Gus en Maggie, en wachtte tot ik antwoord zou geven op een vraag die ik niet had gehoord.

'Dat moet lukken,' zei Gus. 'January?' Hij klonk nog net zo ontspannen en blij.

Ik dacht snel na of ik moest kiezen tussen ergens mee instemmen zonder dat ik enig idee had wat het was, bekennen dat ik niet had geluisterd, of proberen meer informatie te krijgen door het stellen van (waarschijnlijk stomme) vragen.

'Hoe... hoe laat dan?' vroeg ik, en ik hoopte maar dat ik de juiste keuze had gemaakt.

'Op doordeweekse avonden houden we meestal zeven uur aan, maar omdat het in een weekend valt, hebben we meer opties. Toch lijkt 's avonds me het beste – dit is tenslotte een badplaats. De meeste mensen hier lezen alleen als ze op hun buik in het zand liggen.'

'Ik denk dat het heel interessant kan worden,' zei Maggie, en ze klapte zachtjes in haar handen. 'Wat jullie doen lijkt op het eerste gezicht nogal verschillend, maar ik kan me voorstellen dat de interne drijfveren sterk met elkaar overeenkomen. Een beetje zoals labradoriet en...'

'Gezondheid,' zei Gus.

'Ik nieste niet hoor, Gussy,' zei Maggie behulpzaam. 'Labradoriet is een steensoort. Beeldschoon...'

'Dat klopt,' beaamde Pete. 'Het lijkt op iets van uit de ruimte. Als ik een sciencefictionfilm zou maken, zou ik de hele wereld uit labradoriet laten optrekken.'

'Over sciencefiction gesproken,' zei Gus. Zijn blik schoot mijn kant op, waardoor ik wist dat dit zijn manier was om het gesprek een andere wending te geven, ver uit de buurt van gesteenten. 'Hebben jullie *Contact* gezien, met Jodie Foster? Godskolere, wat is dat een retegoeie film.'

'Everett!' zei Pete. 'Ga je mond spoelen!'

Maggie sloeg haar hand voor haar mond en lachte zachtjes. Haar nagels waren gebroken wit gelakt en versierd met lichtblauwe sterretjes. De nagels van Pete waren donkerrood. Ik vroeg me af of dat Maggies invloed was, iets wat ze in de loop der jaren op Pete had overgedragen. Ik vond het altijd een mooie gedachte dat twee mensen helemaal naar elkaar toe groeiden. Als bomen waarvan de wortels met elkaar verstrengeld raakten.

'En nu weer over het event,' zei Pete, en ze draaide zich naar mij toe. 'Zeven uur lijkt me prima, want dan hebben de mensen wel genoeg strand gezien.'

'Klinkt goed,' zei ik. 'Zouden jullie me alle details willen mailen? Dan kan ik thuis nog een keer in mijn agenda kijken of ik echt kan.'

'Er zijn nog helemaal geen details. Je hoeft alleen maar te weten hoe laat je moet komen opdraven! Maggie en ik zullen wel een paar goede vragen verzinnen,' zei Pete.

Mijn onzekerheid was blijkbaar duidelijk zichtbaar, want Gus boog zich naar me toe en zei: 'Ik zal je wel mailen.'

'Gus Everett, ik heb er nog geen enkel bewijs van dat jij een e-mailadres hebt. Nog minder dan van je eigen zwembroek,' zei ik.

Hij haalde zijn schouders op en zijn wenkbrauwen schoten omhoog.

'Nou, dan ben ik in elk geval niet de enige,' zei Pete. 'Als je iemand het ene na het andere hondenfilmpje stuurt en je krijgt alsmaar geen antwoord, dan ga je je toch afvragen of de geadresseerde iets duidelijk wil maken door niet te reageren.'

Gus sloeg zijn arm om Petes nek heen. 'Ik heb je toch gezegd dat ik nooit naar mijn mail kijk. Maar dat wil niet zeggen dat ik niet in staat ben om een mailtje te versturen als me dat wordt gevraagd. Persoonlijk. Met een goede reden.'

'Er is altijd een goede reden voor hondenfilmpjes,' verzuchtte Maggie.

'Maar waar hebben we die voor nodig als jullie labradors hier gewoon rondrennen?' vroeg Gus.

'Over labradors gesproken,' zei Maggie. 'Ik had het net toch over labradoriet...'

Met een grijns keek Gus me aan. Hij bleek dus helemaal gelijk te hebben. We hadden het onderwerp 'gesteenten' kostte wat kost moeten vermijden. Toen Maggie de ene steensoort na de andere behandelde, raakte ik al snel de draad kwijt. Ze deelde het ene interessante weetje na het andere, dat haar weer aan andere interessante weetjes herinnerde. Na een tijdje kreeg zelfs Petes (meestal bewonderende) blik iets glazigs.

'O, gelukkig!' riep Pete weinig diplomatiek toen iemand om de hoek van het huis kwam gelopen. 'Ik moet even onze nieuwe gasten begroeten.'

'Als jij ook even hallo wil zeggen, dan moet je dat gewoon doen, hoor,' zei Gus tegen Maggie. 'Dat vinden we niet erg.'

Maggie reageerde zogenaamd verontwaardigd met: 'Geen sprake van!' en ze pakte Gus bij de arm. 'Die tante van je mag dan een allemansvriend zijn, maar voor mij is er niemand belangrijker dan mijn Gussy! Zelfs de labradors winnen het niet van jou. Niet tegen ze zeggen, hoor.'

Ik fluisterde in Gus' oor: 'Zelfs labradoriet wint het niet.' Hij keek me aan en stond zo dichtbij dat zijn gezicht bijna één wazige vlek was, en de geur van de blauwe punch op zijn blauwe lippen zorgde ervoor dat mijn bloed begon te bruisen alsof er knettersuiker in zat.

'Dus ik kom pas na de labradors?' vroeg een man aan een tafeltje plagerig aan Maggie.

'Doe niet zo mal, Gilbert,' zei Pete die aan kwam lopen met een aantal nieuwe gasten en een schitterend boeket in haar handen. 'De labradors en jij staan gezamenlijk op één!'

Gus keek me met een glimlach aan, maar toen werd zijn blik

serieus. Ik zag dat hij in zichzelf keerde, en ik kreeg plotseling de behoefte om hem vast te pakken, ervoor te zorgen dat hij zich niet afsloot.

'Ik moet even die blauwe punch lozen,' zei hij. 'Red je het hier in je eentje?'

'Tuurlijk,' antwoordde ik. 'Tenzij je naar binnen gaat om babyfoto's van jezelf te verstoppen. In dat geval kan ik het in mijn eentje niet aan.'

'Nee, dat ga ik echt niet doen.'

'Zeker weten?' drong ik aan om hem aan het lachen te maken en de Blije Gus weer tevoorschijn te toveren. 'Want Pete vertelt me toch wel waar ze liggen, hoor. Het heeft geen zin ze te verstoppen.'

Zijn ogen glinsterden. 'Als je mee wilt naar de wc om me te controleren, dan mag dat.'

Mijn hart klopte in mijn keel. 'Oké.'

'Oké?' vroeg hij.

Zijn felle blik deed mijn bloed razen. 'Gus,' zei ik. 'Wil je echt dat ik met je meega naar de wc?'

Hij lachte, maar liep niet weg. Even liet hij zijn blik over me heen gaan, en toen keek hij naar Pete. Toen hij mij weer aankeek, was zijn glimlach verdwenen, net als de schittering in zijn ogen. 'Laat maar,' zei hij. 'Ik ben zo terug.' Hij raakte even zacht mijn arm aan en liep toen naar binnen.

Ik was meer van de kaart dan ik in lange tijd was geweest. In elk geval niet meer sinds de avond dat ik tijdens de boekenclub wijn uit mijn eigen tas had zitten drinken. Nu had ik weer een fles nodig om de herinnering aan wat er net was gebeurd uit mijn hoofd te krijgen.

Gus had me afgewezen. Een paar uur na seks tegen de boekenkast, had hij me afgewezen.

Op de een of andere manier was dit erger dan het ergste wat ik me had kunnen voorstellen toen ik de voor- en nadelen van een relatie met Gus had afgewogen.

Waarom had hij gezegd dat hij al zo lang naar me had verlangd? Op het moment zelf was het sexy, maar nu gaf het me het gevoel dat ik een los eindje was waar hij mee had afgerekend. Ik had me weer verschrikkelijk vergist.

Ik wachtte op hem bij de glazen schuifdeur, met mijn knalrode hoofd over mijn glas gebogen. Mijn hart sloeg een slag over toen mijn telefoon trilde met een mailtje van Gus. Maar de teleurstelling was groot toen ik de mail opende. Er stond alleen: Bijeenkomst in Pete's Books, 2 augustus, 19.00.

Wat had Maggie ook alweer gezegd? Dat wat Gus en ik deden op het eerste gezicht zo verschillend was dat dit weleens interessant zou kunnen worden. Ik wist nu bijna zeker dat ik zojuist had ingestemd om samen met hem een boekenevent te doen.

Dom konijn, dom konijn, dom konijn. Ik had bijna een maand in Gus' directe nabijheid doorgebracht. Als ik een maand samen was geweest met een met bloed beschilderde volleybal, had ik waarschijnlijk ook staan janken als dat ding in zee zou verdwijnen.

Maar dat was niet waar. Het kwam niet alleen door mijn eenzaamheid en mijn neiging dingen te romantiseren dat ik hier was.

Ik kende Gus. Ik wist dat zijn leven een puinhoop was. Ik wist dat de muur die hij om zich heen had opgetrokken zo stevig was dat het me jaren zou kosten om erdoorheen te breken, en dat zijn wantrouwen ten opzichte van de wereld heel diep zat. Ik wist dat ik niet de Magische Ware was die alles in orde kon maken door alleen maar Mezelf te zijn.

Als puntje bij paaltje kwam, wist ik precies hoe Gus Everett was, en dat veranderde helemaal niks aan de zaak. Ook al zou hij waarschijnlijk nooit in de regen leren dansen, ik wilde niemand anders dan Gus. Alleen Gus. Juist Gus.

Ik had mezelf voorbereid op een gebroken hart, en nu kon ik niks anders meer doen dan mezelf schrap zetten en wachten tot het zover was.

22

Het reisje

'Kom nou, Gussy. Kom het water in!' Maggie spetterde water over de rand van het zwembad, maar Gus liet zich niet vermurwen en deed grijnzend een stap achteruit.

'Ben je soms bang dat je permanentje uitzakt?' riep Pete, die bij de barbecue stond.

'En dat we er dan achter komen dat je een permanentje hebt?' voegde ik eraan toe. Hij keek me aan, met als onmiddellijk resultaat dat er een rilling door mijn lijf ging, meteen gevolgd door het ellendige gevoel dat ik er natuurlijk niet uitzag in het veel te grote, slobberende badpak dat Maggie me had geleend.

'Misschien durf ik niet omdat ik in het zwembad plas als er geen wekker wordt gezet om me te waarschuwen dat ik naar de wc moet,' zei Gus.

Een stukje verderop sprongen een tenger jongetje en een mollig meisje bommetje in het water, en we kregen een flinke plens water over ons heen. Gus keek me aan. 'En dan heb je dat ook nog.'

'Hoe bedoel je?' vroeg ik. 'Dat die kinderen lol hebben? Ben je bang dat het besmettelijk is?'

'Nee, ik ben bang dat het zwembad al halfvol pies zit. Ik zou zeggen, genieten jullie maar van jullie zwempartij.' Gus liep weer naar binnen, en ik deed mijn best om niet om de zoveel minuten te kijken of hij weer naar buiten kwam.

Maggie had een strandbal gepakt die we een tijdje naar elkaar oversloegen. Het was al snel vier uur, tijd om uit het water te gaan en me aan te kleden, want Sonya zou om vijf uur komen. Maggie kwam er ook uit en pakte de gele handdoeken op die we aan de rand van het zwemband hadden neergelegd.

Voordat ik een handdoek had kunnen aanpakken, had ze er al eentje om mijn schouders geslagen en begeleidde ze me naar binnen. 'Neem de badkamer boven maar,' zei ze met een lieve glimlach, die misschien een heel klein beetje als knipoog kon worden opgevat.

'O,' zei ik een tikje opgelaten. 'Oké.' Ik pakte mijn kleren en liep naar de trap.

Het was een smalle trap met krakende treden, die halverwege een bocht maakte en uitkwam op de gang boven. De badkamer aan het eind van de gang bleek een monsterlijk geval te zijn met roze tegels, bijna mooi van lelijkheid. De gang telde drie deuren, twee aan de ene en eentje aan de andere kant. Ze waren allemaal dicht.

Het was bijna tijd om te vertrekken en omdat ik niet wist in welke kamer Gus was, zou ik op alle drie de deuren moeten kloppen. Eerlijk gezegd voelde ik me wel een beetje gegeneerd en ook gekwetst, al deed ik mijn best me er niets van aan te trekken.

Vanaf jullie eerste gesprek is Gus er heel duidelijk over geweest dat je van hem niets moest verwachten, January. Dat hij het soort man is dat zelfs jij niet zou kunnen romantiseren.

Ik droogde me af en kleedde me in de badkamer aan. Daarna liep ik de gang op en klopte zachtjes op de eerste deur. Geen reactie, dus ging ik naar de volgende deur.

Mijn geklop werd beantwoord met een gedempt 'Ja?' aan de andere kant van de deur. Ik ging naar binnen.

Gus zat op een eenpersoonsbed in de hoek, met zijn benen languit en zijn rug tegen de muur. Rechts van hem stonden de luiken op een kier en daardoorheen viel een straal zonlicht op de vloer. 'Tijd om te gaan?' vroeg hij, terwijl hij op zijn achterhoofd krabde.

De kamer was nogal sober ingericht met een stel meubels die niet bij elkaar pasten, en helemaal geen planten. Op het nachtkastje prijkte een lamp in de vorm van een voetbal en achter het voeteneinde van het bed stond een blauw boekenkastje met alle Amerikaanse en buitenlandse edities van Gus' boeken. 'Ben je hiernaartoe gegaan om je sterfelijkheid te overpeinzen?' vroeg ik, en ik knikte naar het boekenkastje.

'Nee, ik had gewoon koppijn,' zei hij. Ik liep naar hem toe en wilde naast hem op het kleine bed gaan zitten, maar hij stond vlug op. 'Ik ga even afscheid nemen. Doe jij dat ook maar, want anders zet Pete je op de zwarte lijst.' En toen was hij de kamer uit en bleef ik alleen achter.

Ik besloot het boekenkastje nader te inspecteren. Er stonden vier ingelijste foto's bovenop. Een softfocusfoto van een baby met donkere ogen omhuld door donzige wolkjes. Daarnaast een foto van Pete en Maggie van zeker dertig jaar geleden, met zonnebrillen op hun hoofd en tussen hen in een jongetje op sandalen. Boven hem, tussen de schouders van Maggie en Pete, was een stukje van het kasteel van Assepoester zichtbaar. De derde foto was veel ouder: een sepiakleurig portret van een lachend meisje met donkere krullen en een kuiltje in haar wang. De vierde foto was een groepsfoto van jongens en meisjes in paarse shirtjes naast een jongere, slankere Pete met een fluitje om haar nek en een pet met klep tot diep over haar ogen getrokken. Ik ontdekte Gus meteen, mager en slonzig met een verlegen, schuine lach.

Beneden klonken stemmen: '... weet je zeker dat je niet kunt blijven?' vroeg Pete.

Ik zette de foto terug, ging de kamer uit en deed de deur achter me dicht.

In de auto onderweg terug naar huis zeiden we de eerste minuten niet veel, maar op een gegeven moment vroeg Gus: 'Heb je je geamuseerd?'

'Ik vind Pete en Maggie echt fantastisch,' antwoordde ik een beetje ontwijkend.

Gus knikte. 'Dat zijn ze ook.'

'Oké.' Ik wist niet wat ik verder moest doen.

Hij keek me van opzij aan. Zijn harde blik werd iets zachter, maar hij hield zijn mond stevig dicht en de rest van de rit had hij alleen nog maar aandacht voor de weg.

Door het autoraam zag ik huizen en gebouwen voorbijflitsen. De winkels waren bijna allemaal al dicht, maar tijdens het feestje van Pete was hier blijkbaar een optocht gehouden, want aan weerszijden van de weg stonden nog steeds kraampjes waar mensen in rood-wit-blauwe kleding tussendoor slenterden, voorzien van zakken popcorn en windmolentjes in de kleuren van de Amerikaanse vlag.

Ik had heel veel vragen voor Gus, maar die waren allemaal te vaag, niet concreet genoeg om te kunnen stellen. In mijn eigen verhaal wilde ik niet de heldin zijn die iets moois door een of ander stom misverstand liet verstoren, maar in het echte leven koos ik er liever voor om de eer aan mezelf te houden dan om Gus net zo lang te pushen tot hij eindelijk het achterste van zijn tong liet zien en bekende dat hij niet zo dol was op mij als ik op hem.

Meer dan één keer, dacht ik treurig. *Iets echts, ook al mankeert er iets aan.*

Toen we eindelijk weer voor onze huizen stonden (behoorlijk wat later dan we hadden gedacht vanwege de vele voetgangers op de weg) zei Gus: 'Laat het me even weten voor morgen.'

'Morgen?' vroeg ik.

'Het bezoekje aan New Eden.' Hij deed het portier open. 'Als je nog steeds mee wilt, dan hoor ik het wel.'

Dus dit was alles? Was hij nu echt totaal niet meer in me geïnteresseerd, zelfs niet als onderzoekpartner?

Hij stapte uit de auto. Het was vijf uur 's middags en we gingen allebei onze eigen weg. Op een feestdag, terwijl ik hier behalve hem en zijn tantes helemaal niemand kende.

'Waarom zou ik niet mee willen?' vroeg ik nijdig. 'Ik heb toch gezegd dat ik dat wilde?'

Hij was al halverwege de veranda, draaide zich om en haalde zijn schouders op.

'Wil je eigenlijk wel dat ik meega?' vroeg ik kortaf.

'Als jij dat wilt.'

'Dat vroeg ik niet. Ik vroeg of jij wilt dat ik morgen met je meega.'

'Je moet gewoon doen waar je zin in hebt.'

Ik sloeg mijn armen over elkaar. 'Hoe laat?' vroeg ik pinnig.

'Om een uur of negen,' zei hij. 'Het duurt waarschijnlijk de hele dag.'

'Prima. Tot dan.'

Ik ging mijn huis binnen en liep een tijdje stampvoetend heen en weer, maar toen dat niet hielp, ging ik achter mijn laptop zitten en schreef als een bezetene door tot het donker werd. Toen ik geen venijnig woord meer uit mezelf kon persen, ging ik naar buiten en keek naar het vuurwerk boven het meer, waarvan de uiteenspattende pijlen als sterretjes op het wateroppervlak neerdaalden. Ik deed mijn best om niet in de richting van Gus' huis te kijken, maar zo af en toe werd mijn blik toch naar het oplichtende laptopscherm in zijn keuken getrokken.

Hij was nog steeds aan het werk toen Shadi me om middernacht appte: Nou, het is zover. Ik ben tot over mijn oren verliefd. Arme ik.

Net als ik.

Ik werd wakker van een enorme donderslag en stond meteen naast mijn bed. Het was acht uur, maar vanwege de loodgrijze hemel was het in huis net zo donker als buiten.

Bibberend pakte ik mijn ochtendjas van de stoel bij de kaptafel en liep snel naar de keuken om water op te zetten. Enorme bliksemschichten schoten door de hemel, linea recta het kolkende water van het meer in. Het weerlicht flakkerde tegen de achterdeur als een batterij flitslichten. Ik keek er verbijsterd naar. Ik had nog nooit een onweersbui boven een uitgestrekt wateroppervlak gezien, alleen in films. Ik vroeg me af Gus' plannen door het weer in het water zouden vallen.

Misschien was het ook wel beter als hij me helemaal uit zijn leven zou bannen. Dan kon ik het evenement in de boekwinkel afblazen, zouden we elkaar nooit meer zien waardoor hij zich kon houden aan zijn regel van slechts één keer en nooit weer, en dan zou ik naar Ohio vertrekken en trouwen met een verzekeringsagent of iets dergelijks.

Achter me hoorde ik het water koken.

Ik zette koffie en nadat ik aan mijn bureau was gaan zitten, ging het schrijven weer van een leien dakje. Ik zat nu al op veertigduizend woorden. Het wereldje van de familie stortte in. Het tweede gezin van Eleanors vader was in het circus komen opdraven. Haar moeder had een aanvaring met een gast gehad en was nog opgefokter dan anders. Eleanor zelf was naar bed geweest met de jongen uit Tulsa. Ze was betrapt toen ze terug naar haar tent sloop en ze had alleen de monteur Nick als alibi.

En dan de clowns. Na een intiem moment in het bos achter het circusterrein waren ze bijna ontmaskerd, en ze hadden daardoor enorme ruzie gekregen. Een van hen was naar een bar in de stad gegaan en moest daarna zijn roes uitslapen in een politiecel.

Ik wist niet hoe alles uiteindelijk in elkaar zou passen, maar ik wist wel dat het nog erger moest worden. Inmiddels was het al kwart over negen en had ik nog niks van Gus gehoord. Ik ging op mijn onopgemaakte bed zitten en keek uit het raam naar zijn werkkamer. Achter zijn raam zag ik het gouden, diffuse licht van de schemerlampen.

Ik stuurde hem een berichtje: Gaat het onderzoek met dit weer nog door?

Het zal wel niet erg comfortabel worden, schreef hij terug. Maar ik ga toch.

Ben ik nog uitgenodigd? vroeg ik.

Natuurlijk. Een minuut later kwam het volgende bericht: Heb je wandelschoenen?

Absoluut niet, zei ik.

Welke maat heb je?

38. Hoezo? Denk je dat we dezelfde maat hebben?

Ik haal wel een paar van Pete, zei hij. Als je tenminste nog meewilt.

Jezus, probeer je echt van me af te komen? was mijn reactie.

Het duurde veel langer dan anders voordat hij antwoordde, en ik werd misselijk van de spanning. Ik besloot me maar vast aan te kleden. Eindelijk kwam er antwoord: Nee, ik wil alleen niet dat je je verplicht voelt.

Ik vroeg me af wat ik nu moest doen. Maar toen schreef hij: Natuurlijk wil ik dat je meegaat, als jij dat ook wilt.

Zo natuurlijk is dat niet, antwoordde ik, zowel boos als opgelucht. Dat heb je helemaal niet duidelijk gemaakt.

Is het nu dan wel duidelijk? vroeg hij.

Duidelijkér.

Ik wil dat je meegaat, zei hij toen.

Zorg dan maar voor schoenen.

Neem je laptop mee, zei hij. Het kan weleens een lange dag worden.

Een kwartier later werd er getoeterd en stond Gus bij me voor de deur. Ik deed mijn regenjack aan en rende door het noodweer naar de auto. Hij boog zich opzij om het portier alvast voor me te openen. Ik ging zitten, deed het portier dicht en zette mijn capuchon af. Het was binnen warm, de raampjes waren beslagen en op de achterbank lagen zaklantaarns, een gigantische rugzak, een kleiner, waterdicht exemplaar en een paar bemodderde wandelschoenen met rode veters. Hij zag dat ik ernaar keek en zei: 'Maat 39. Lukt dat?'

Toen ik hem aankeek, leek hij te schrikken. Het was maar heel eventjes en misschien had ik het me verbeeld. 'Je hebt mazzel dat ik voor de zekerheid een paar dikke sokken heb meegenomen.' Ik haalde de tot een bal opgerolde sokken uit mijn jaszak en gooide ze naar hem. Hij ving ze op en draaide de bal rond in zijn handen.

'Wat had je gedaan als ze een maat te klein waren?'

'Mijn tenen afgehakt,' zei ik prompt.

Eindelijk verscheen er een glimlach op zijn gezicht terwijl hij me van onder zijn dikke, zwarte wimpers aankeek. Zijn haar viel dit keer niet over zijn voorhoofd en toen ik in de auto was gesprongen waren er een paar regendruppels op zijn gezicht gespat. Hij slikte en even verscheen het kuiltje in zijn wang, maar dat was ook zo weer weg.

Ik vond het superirritant wat dit met me deed. Dit worteltje dat me werd voorgehouden was piepklein en zou eigenlijk niet sterker moeten zijn dan het instinct van mijn konijnenbrein dat schreeuwde: maak dat je wegkomt!

'Kunnen we?' zei Gus.

Ik knikte. Hij ging rechtop in zijn stoel zitten en we reden weg uit onze straat. Het regende al iets minder hard, zodat de ruitenwissers in een rustig tempo over de ruit konden zwiepen. Als vanzelf kwam het gesprek op onze boeken, de regen en de blauwe punch. Dat laatste onderwerp lieten we echter al snel los, want we hadden blijkbaar allebei geen zin om het over gisteren te hebben.

'Waar gaan we heen?' vroeg ik toen hij na een uur van de snelweg af ging. Van wat ik op internet had gelezen, wist ik dat New Eden namelijk zeker nog een uur rijden was.

'Geen moordplaats,' bezwoer hij me.

'Is het een verrassing?'

'Als je het zo wilt noemen. Maar misschien wordt dat teleurstellend.'

'De grootste bal garen van de wereld?'

Hij keek me goedkeurend aan. 'Zou dat je teleurstellen?'

'Nee,' antwoordde ik terwijl mijn hart een sprongetje maakte. 'Maar ik dacht dat jij dat misschien zou denken?'

'Er zijn wonderen die niemand kan aanschouwen zonder in tranen uit te barsten, January. En een enorme bal garen hoort daar ook bij.'

'Oké, vertel het nu maar,' zei ik.

'We gaan tanken.'

Ik keek hem aan. 'Nou, dat is inderdaad een teleurstelling.'

'Het lijkt het leven wel.'

'Niet dit weer,' zei ik.

Het duurde nog iets langer dan een uur tot Gus de afslag nam in de buurt van Arcadia, en daarna reden we een kilometer of twintig over achterweggetjes door het bos voordat hij bij een modderige helling stopte en zei dat ik mijn laptop in de waterbestendige rugzak moest doen.

'Nou zeg, dít lijkt oprecht een moordplaats,' zei ik toen we uitstapten. Rechts van ons zag ik alleen maar een steile helling en daarboven bomen.

'Misschien van iemand,' zei Gus, en hij leunde tegen de auto. 'Maar in elk geval niet die van mij. Zo, trek die schoenen aan. We moeten nog een flink stuk lopen.'

Gus pakte de grootste rugzak en ook een van de zaklantaarns. Ik nam de andere rugzak mee nadat ik de sokken en schoenen had aangetrokken. 'Die kant op!' riep hij, en hij klom de modderige helling naar het bos op. Halverwege draaide hij zich om en stak zijn hand uit om me te helpen, en nadat ik drie keer bijna in de modder was uitgegleden hees hij me op het pad. Tenminste, het leek een pad, ook al zag ik nergens aanduidingen dat hier een pad liep.

Het was stil in het bos; alleen onze voetstappen en ademhalingen waren hoorbaar, vergezeld van het gedruppel van regen op de bladeren. Ik hield mijn capuchon op, maar ik werd toch nat, want in het bos hing een soort fijne mist. Ik was inmiddels gewend geraakt aan de blauwe en grijze tinten van het meer, de goudgele gloed van de zon die over het water en de boomtoppen streek, maar hier was alles donker en weelderig, in elke denkbare tint groen.

Ik voelde me meer op mijn gemak dan ik me in dagen had gevoeld, of misschien wel sinds een jaar. Alle oneffenheden en hobbels tussen mij en Gus werden even in de wacht gezet terwijl we door deze stille bomentempel liepen. Ik zweette als een otter in dat regenjack, dus bleef ik even staan om het uit te trekken. Zonder een woord te zeggen deed Gus hetzelfde. Ik zag een klein stukje van zijn gespierde bruine buik toen zijn shirt even bij zijn schouders bleef haken. Ik keek weg toen hij zijn shirt weer naar beneden trok.

We pakten onze rugzakken op en hervatten onze tocht. Ik kreeg pijn in mijn bovenbenen en door het zweet en de regen plakten mijn topje en jeans tegen mijn huid. Op een gegeven moment begon het weer harder te regenen en zochten we snel een ondiepe grot om te schuilen tot de bui ophield. Het was zo bewolkt en grijs dat we niet konden zien hoeveel tijd er was verstreken, maar ik schatte dat we een paar uur door het bos hadden gelopen toen de begroeiing eindelijk wat dunner werd en de geblakerde overblijfselen van New Eden in zicht kwamen.

'Jezus,' fluisterde ik, en ik bleef naast Gus stilstaan. Hij knikte. 'Heb je dit al eerder gezien?'

'Alleen op foto's.' Hij liep naar de dichtstbijzijnde woonwagen, zwart van het roet. In tegenstelling tot de brand door een blikseminslag, was deze geen ongeluk geweest. Het politieonderzoek had uitgewezen dat alle gebouwen met benzine overgoten waren. De Profeet, een man die zichzelf Vader Abe noemde, was dood aangetroffen vlak voor het gebouw dat het laatst afbrandde, wat aanleiding gaf tot het vermoeden dat hij de brandstichter was.

Gus moest even slikken. Hij wees naar de woonwagen rechts

van hem en zijn stem klonk schor: 'Dat was het kinderverblijf. Zij gingen als eersten.'

Gingen, dacht ik. *Verbrandden*, dacht ik toen. Ik draaide me om, want ik wilde niet laten merken dat ik moest kokhalzen.

'Mensen zijn gruwelijk,' zei Gus.

Ik slikte de gal in mijn keel weg. Mijn ogen prikten. Mijn neus brandde. Gus keek me over zijn schouder aan en zijn blik werd zachter. 'Wil je de tent opzetten?'

Blijkbaar zag hij dat ik een gezicht trok, want hij voegde er snel aan toe: 'Dan kunnen we onze laptops gebruiken.' Hij knikte naar de donkere wolken die langs de hemel joegen en deed zijn rugzak af. 'Ik denk niet dat het snel zal opklaren.'

'Niet op deze plek,' zei ik. 'Het voelt niet goed om hier in een tent te zitten.'

Hij knikte instemmend en we liepen verder tot de vreselijke plek uit het zicht was verdwenen en ik me bijna kon voorstellen dat we in een heel ander bos waren, ver weg van wat er in New Eden was gebeurd.

Gus haalde de tentstokken uit zijn rugzak en ik liep naar hem toe om te helpen. Mijn handen beefden, zowel van de kou als van de spanning. Er zat niks anders op dan me volledig te concentreren op het opzetten van de tent, en op die manier de beelden van de verkoolde resten van de sekte te verdringen.

Het duurde slechts een paar minuten tot de tent stond en onze spullen veilig binnen lagen. Nadat Gus zijn notitieblok en een pen had gepakt, gingen we terug naar New Eden.

Hij wierp me snel een blik toe die ik niet goed kon duiden en liep toen naar een van de woonwagens, of liever gezegd drie woonwagens die door middel van triplex en zeildoek met elkaar verbonden waren. Ik slikte de brok in mijn keel weg en volgde hem, maar na een paar stappen bleef Gus staan en draaide zich naar me om. 'Ga jij anders maar terug naar de tent,' zei hij schor. 'Dit hoef je niet te zien.'

De brok in mijn keel kwam terug. Natuurlijk wilde ik dit niet zien. Maar ik vond het niet fijn dat hij zei dat ík het niet hoefde te zien terwijl hij zelf toch op onderzoek uit wilde. Ik merkte aan alles dat hij het hier ook vreselijk vond. En toch ging hij de confrontatie aan.

Zo ging het altijd. Hij keek nooit weg van iets. Misschien vond hij dat er in elk geval íémand getuige moest zijn van deze duistere dingen, of dat als hij maar lang genoeg in deze inktzwarte afgrond bleef staren, er zich vanzelf een antwoord zou openbaren.

Daarom gebeuren er vreselijke dingen, zou die afgrond zeggen. *Dit is de verklaring ervoor.*

Ik kon me hier niet voor verstoppen. Ik kon Gus hier niet alleen laten. Als hij zou afdalen in de duistere afgrond, dan bond ik een touw om onze middels en ging ik samen met hem naar beneden.

Ik schudde mijn hoofd en ging achter hem staan. Zijn donkere ogen volgden me, zijn met regendruppels bespatte wimpers tekenden zich duidelijk af tegen zijn gebruinde jukbeenderen.

Er was zoveel wat ik wilde zeggen, maar het enige wat ik uitbracht was: ‘Ik ben er.’

Toen ik dit zei, verstrakte zijn kaak en keek hij me aan op die speciale manier, zoals alleen hij dat kon en waardoor mijn keel bijna werd dichtgesnoerd.

Hij knikte en gebaarde met zijn kin naar de woonwagen. ‘De woning van Vader Abe. Blijkbaar zocht hij altijd raad bij een groep engelen en had hij meer ruimte nodig.’

Ik keek naar de geblakerde woonwagen en werd ogenblikkelijk duizelig en licht in mijn hoofd, alsof er nog steeds een dikke wolk kooldioxide en as in de lucht hing.

Waarom gebeuren er vreselijke dingen? dacht ik. *Hoe valt dat te verklaren?* Maar er werd geen waarheid aan me geopenbaard. Er was geen enkele reden waarom zoiets verschrikkelijks had plaatsgevonden, en geen enkele reden waarom Gus’ leven zo was verlopen. Verdomme, R.E.M. had gelijk. Iedereen op deze planeet kreeg zijn portie verdriet te verduren. Soms zat er niets anders op dan elkaar stevig vast te houden tot het duister je weer uitspuugde.

Gus knipperde met zijn ogen en ging op zijn hurken zitten. Hij had zijn notitieblok op zijn bovenbeen gelegd en maakte aantekeningen. Ik stond naast hem, met knikkende knieën. *Ik ben hier*, was de gedachte die ik naar hem stuurde. *Ik ben hier en ik zie het ook.*

Geruisloos als geesten verplaatsten we ons over het terrein. Gus beschermde zijn aantekeningen tegen de regen die ons tot op het bot had doorweekt.

Toen we het hele terrein rond waren geweest, ging hij nog een keer terug naar de als een monster van Frankenstein in elkaar gezette woonwagen van Vader Abe. Voor het eerst in de afgelopen twee uur keek hij me aan. 'Het is hier ijskoud,' zei hij. 'Ga toch terug naar de tent.'

Het was inderdaad ijskoud. Het was harder gaan waaien en de temperatuur was nog verder gedaald, waardoor mijn broekspijpen als ijsklompen aan mijn benen voelden. Maar ik had niet het idee dat hij me daarom uit de buurt wilde hebben.

'Alsjeblieft, January,' zei Gus zacht. En dat 'alsjeblieft' deed het hem. Waar was ik mee bezig? Ik maakte me zorgen om Gus, maar als hij niet wilde dat ik hem zou bijstaan, dan moest ik hem met rust laten.

'Oké,' zei ik klappertandend. 'Ik wacht in de tent op je.'

Gus knikte, draaide zich om en liep weg. Met pijn in mijn hart sjokte ik terug naar de tent en kroop erin. Ik krulde mezelf op tot een balletje om warm te worden en deed mijn ogen dicht. Ik hoorde de regen op de tent kletteren en probeerde mijn gedachten en gevoelens even te parkeren, maar dat lukte voor geen meter. Ze leken alleen maar heftiger te worden, totdat ik uiteindelijk toch in slaap sukkelde en duistere, verwarde gevoelens zich vertaalden in een rusteloze droom.

Ik schrok wakker toen de rits van de tent werd opentrokken.

Nog enigszins wazig zag ik Gus gebukt en druipend van de regen in de opening staan.

'Hé,' zei ik schor. Ik ging rechtop zitten en streek mijn nog natte haren glad.

'Sorry dat het zo lang duurde,' zei hij. Hij kwam binnen en ritste de tent achter zich dicht. 'Ik moest overal foto's van maken, ik moest een plattegrond tekenen, dat soort dingen.' Hij ging naast me zitten en deed het regenjack open dat hij had aangetrokken toen ik terug naar de tent ging.

Ik haalde mijn schouders op. 'Geeft niet. Je had al gezegd dat het de hele dag in beslag zou nemen.'

Hij keek naar het dak van de tent. 'En dat meende ik ook,' zei hij. 'De hele dag, inderdaad. De tent is alleen maar meegegaan uit voorzorg vanwege het slechte weer. Ik woon al jaren in Michigan.'

Ik knikte alsof ik het snapte. Misschien was dat ook wel zo.

'Afijn.' Hij keek naar mijn voeten. 'Als je er klaar voor bent, kunnen we teruggaan.'

Het bleef even stil tussen ons. 'Gus,' zei ik toen vermoeid.

'Ja?'

'Kun je me vertellen wat er aan de hand is?'

Hij trok zijn benen onder zich, leunde naar achteren op zijn handen en haalde even diep adem. 'Wat wil je weten?'

'Alles, ik wil alles weten.'

Hij schudde zijn hoofd. 'Ik heb je gezegd dat je me alles mag vragen.'

'Oké.' De brok in mijn keel liet zich bijna niet meer wegslikken. 'Waar ging dat telefoontje over?'

'Waar het over ging?'

'Moet ik het echt zeggen?' fluisterde ik. Maar hij leek het nog steeds niet te snappen. Ik deed mijn ogen dicht. 'Was het Naomi?'

'Nee,' antwoordde hij, maar het klonk niet als: *nee, hoe kom je daar nou bij?* Meer als: *nee, maar ze belt me inderdaad nog regelmatig*. Of: *nee, maar het was iemand anders van wie ik hou.*

Ik kreeg een knoop in mijn maag, maar ik dwong mezelf mijn ogen op te doen.

Gus had een rimpel tussen zijn wenkbrauwen en er gleed een regendruppel langs zijn gespannen kaak. 'Het was mijn vriendin Kayla Markham.'

'Kayla?' Mijn stem schoot de hoogte in. Was Markham, Gus' beste maatje vanaf de middelbare school, een vrouw?

Ik zag dat Gus het opeens snapte. 'Maar dat heeft niks... Ik bedoel, zij is mijn advocaat. En ze is ook bevriend met Naomi. Ze regelt onze scheiding.'

'O.' Wat klonk dat stom en kleintjes, precies zoals ik me voelde. 'Dus jullie gemeenschappelijke vriendin regelt jullie scheiding?'

'Ik weet dat het vreemd klinkt.' Hij rommelde door zijn haar. 'Ze is echt volkomen onpartijdig. Ze verzorgt elk jaar een gigantisch feest voor mijn verjaardag, maar daar staat dan wel tegenover dat ik een week lang foto's moet bekijken van Naomi en haar in Cancún. We hebben het nooit over de scheiding en toch regelt ze alles, het is gewoon...'

'Vreemd?' gokte ik.

Hij liet zijn adem ontsnappen. 'Heel vreemd.'

Ik voelde me een heel klein beetje opgelucht, maar wat Kayla Markham ook voor Gus betekende, het verklaarde niet hoe hij me gisteren had behandeld. 'Als het niet om haar gaat, waarom probeerde je dan van me af te komen?' vroeg ik met trillende stem.

Gus' gezicht betrok. 'January.' Hij schudde zijn hoofd. 'Dat probeerde ik helemaal niet.'

'Wel waar.' Ik had me voorgenomen om niet te gaan huilen, maar dat lukte niet erg. Zodra ik dit had gezegd, kreeg ik tranen in mijn ogen en werd mijn keel dichtgeknepen. 'Je negeerde me gisteren. En je probeerde onze afspraak voor vandaag af te zeggen. Je stuurde me terug naar de tent terwijl ik bij je had willen blijven. Je wilde helemaal niet dat ik meeging. Ik had niet moeten doordrammen.'

'January, niet doen.' Gus pakte mijn gezicht vast, waardoor ik hem wel met mijn betraande ogen moest aankijken. 'Dat is niet waar.' Hij gaf een kus op mijn voorhoofd. 'Het ging niet om jou. Zelfs niet een heel klein beetje.' Hij kuste mijn natte wang en ving een traan op met zijn lippen.

Hij trok me tegen zich aan en sloeg zijn armen om me heen. Ik werd ogenblikkelijk omhuld door een warme regendamp, terwijl hij met zijn neus en mond mijn kruin beroerde.

'Ik voel me zo stom,' piepte ik. 'Ik dacht echt dat je...'

'Dat is ook zo,' zei hij snel, en hij liet me los. 'January, ik wilde niet dat je vandaag meeging omdat ik wist dat het heel heftig zou zijn. Ik wilde niet op mijn geweten hebben dat jij een hele dag op een afgebrande dodenakker moest doorbrengen. Dat wilde ik je niet aandoen. Dat is alles.'

Hij streek een plukje haar achter mijn oor, en door dat lieve gebaar begonnen de tranen nog sneller te stromen. 'Maar je wilde ook niet dat ik meeging naar Pete.' Mijn stem brak. 'Eerst nodigde je me uit, toen hadden we seks en veranderde je van gedachten.'

Zijn mond viel open en hij keek gekwetst. 'Ik wilde heel graag dat je meekwam,' fluisterde hij. Er rolde weer een traan over mijn wang en hij veegde die weg met zijn duim.

'Luister,' zei hij, 'de afhandeling van de scheiding duurt idioot lang. Ik wachtte steeds tot zij zou tekenen, maar dat deed ze niet. Maar goed, ik vond het ook niet zo belangrijk, dus zette ik er geen vaart achter, tot een paar weken geleden. Ze zei dat ze de papieren zou tekenen als we eerst samen iets gingen drinken. Ik ging naar haar toe in Chicago en toen ik wegging dacht ik dat alles was geregeld. Gisteren belde Markham en zei dat Naomi op andere gedachten was gekomen. Ze wilde nog een paar "dingetjes vastgelegd zien". Nou kan ik je zeggen dat het enige gemeenschappelijke bezit bestond uit een paar belachelijk dure koperen pannen, en die heeft zij, en onze auto's. Dat zou niet ingewikkeld moeten zijn, maar ik heb het te lang op zijn beloop gelaten en...' Hij wreef over zijn voorhoofd. 'En toen vroeg Markham of er nog iets aan mijn situatie veranderd was, en heb ik over jou verteld, dat je hier de hele zomer bent, en ze vond het niet zo'n goed idee...'

'Niet zo'n goed idee?' Mijn maag draaide zich om. Dat klonk helemaal niet onpartijdig. Dat klonk juist ontzettend partijdig.

'Omdat je weer weggaat,' zei Gus haastig. 'En ze weet wat ik voor je voel, hoe gek ik tijdens onze studie op je was, en...'

'Waar heb je het in vredesnaam over?' vroeg ik. 'Je hebt toen nooit een woord tegen me gezegd.'

Hij lachte schamper. 'Omdat je een bloedhekel aan me had!' zei hij. 'Ik kwam altijd expres te laat de collegezaal binnen want dan kon ik ergens bij je in de buurt gaan zitten, en na college rende ik snel het lokaal uit zodat ik met je mee kon lopen. Ik heb een week lang elke dag gevraagd of ik een pen van je mocht lenen, ik liet expres boeken vallen als je wat langzamer liep zodat je me kon inhalen en we met z'n tweeën waren, maar je zag me niet eens staan! Zelfs toen we tijdens die workshop met jouw verhalen bezig waren en ik eindelijk iets tegen je zei, keek je me nog niet aan. Ik kon maar niet achterhalen wat ik verkeerd had gedaan, en toen zag ik je op dat feestje en eindelijk keek je naar me en... zie je nou wel, daar gaat het dus om. Ik ben gewoon niet goed bij mijn hoofd als het op jou aankomt.'

Het duizelde me. Dit was allemaal nieuw voor me. Ik haalde me alle gebeurtenissen voor de geest voor zover ik me ze kon herinneren, en ik probeerde ze te zien zoals hij ze beschreef. Maar ik wist alleen dat ik steeds naar hem had gestaard, had weggekeken als hij dat merkte, en dat ik gek werd van jaloezie, frustratie en ook wel van lust. Ik zou op zich kunnen geloven dat Gus inderdaad al voor dat beruchte studentenfeest naar me had verlangd, want ik voelde me tenslotte ook tot hem aangetrokken, maar de rest ging er bij mij niet in. 'Gus,' zei ik. 'Je had alleen maar kritiek op mijn verhalen. Je vond me één grote grap.'

Ik kon me niet herinneren dat ik ooit iemand zo geschokt had zien kijken. 'Omdat ik een klootzak was!' zei hij, wat niet echt een verklaring vormde, maar hij ging verder: 'Ik was een arrogante lul van drieëntwintig die dacht dat iedereen in onze klas mijn tijd verspilde, behalve jij! Ik dacht dat het wel duidelijk was wat ik voor jou en voor je verhalen voelde. Daar gaat het om! Ik wist toen al nooit wat je dacht en nu heb ik nog steeds geen idee.'

'Wat betekent het dan volgens jou als ik je broek uittrek?' zei ik.

Hij trok aan zijn haar. 'Dat probeer ik je te vertellen, en dat probeer ik je al sinds je hier bent aan je verstand te brengen!' zei hij ademloos. 'Ik weet niet hoe dit allemaal hoort te gaan of wat ik moet doen. Zelfs voordat Naomi en ik… January, ik ben niet zoals Jacques.'

'Wat bedoel je daar nou mee?' vroeg ik enigszins gepikeerd.

'Ik ben niet het soort man waar vrouwen voor in de rij staan,' zei hij moedeloos. 'Dat is ook nooit zo geweest. Ik ben iemand met wie ze aanpappen en appen als ze dronken zijn. Ik ben een leuk verzetje voor als ze net een relatie van zes jaar met een dokter achter de rug hebben. En dat vind ik prima. Maar dat wil ik niet met jou, oké? Dat kan ik niet.'

Mijn keel zat potdicht en mijn stem klonk raar en geknepen. 'Denk je echt zo over mij? Dat ik in een soort identiteitscrisis zit?'

Zijn blik sprak boekdelen en voor het eerst had ik het gevoel dat ik dwars door hém heen kon kijken. Dat was namelijk inderdaad precies wat hij dacht: dat hij, net als onze weddenschap, iets was wat ik wilde uitproberen terwijl ik mijn ware zelf even opzijzette. Alsof ik mijn eigen *Eat, Pray, Love*-reisje maakte en onze relatie net zo snel zou uitdoven als hij was opgelaaid.

'Ik zou verdomme heel graag je perfecte Fabio willen zijn, January, maar ik kan het niet.'

Ik ben niet zoals Jacques, had hij gezegd, en toen dacht ik dat hij Jacques probeerde te beledigen. Of mij, omdat ik met iemand als hij datete, maar zo zat het niet.

Gus dacht nog steeds dat er iets aan hem ontbrak, iets bijzonders wat andere mensen wel hadden, een eigenschap waardoor mensen bij je bleven, en ik werd er diep treurig van. Ik vond het zo zielig dat hij had gedacht dat ik hem vroeger zelfs geen blik waardig had gekeurd.

Ik schudde mijn hoofd. 'Ik wil helemaal niet dat je mijn perfecte Fabio bent,' zei ik hees en ernstig, alsof dit niet het idiootste zinnetje van mijn hele leven was.

'Dat wil je wel,' zei hij nadrukkelijk. 'Alles wat ik de afgelopen vierentwintig uur heb gedaan, was vreselijk voor jou. Je wilt dat ik weet wat je denkt, je wilt dat ik weet hoe ik dit moet aanpakken... Maar dat kan ik dus ik niet.'

'Niet waar,' zei ik. 'Ik wil alleen van jou horen hoe jij je voelt. Ik wil weten wat jij wil.'

'Ik ga hier een puinhoop van maken,' zei hij verslagen.

'Misschien wel!' riep ik uit. 'Maar dat vroeg ik niet. Vertel me wat je wil, Gus. Niet waarom je dat niet kunt krijgen, of wat ik volgens jou wil, of waarom je me dat niet kunt geven. Zeg nou gewoon een keer wat je wil. Meer vraag ik niet van je.'

'Ik wil jou,' zei hij zacht. 'Ik wil jou in alle opzichten. Ik wil met je uit en ik wil met jou samen in een zwembad een strandbal overgooien, maar ik ben beschadigd, January. Ik zit vast in een huwelijk met een vrouw die met een andere man samenwoont, wachtend op een trap na. Ik slik medicijnen. Ik ben in therapie. Ik probeer te stoppen met roken en leer zelfs te mediteren. En naast dat alles, naast dat ik overal een klerezooi van maak, wil ik jou op een manier die we volgens mij allebei niet aankunnen. Ik wil je geen verdriet doen en ik wil ook niet meemaken hoe het is om jou kwijt te raken.'

Hij zweeg even. In het schemerige licht van de tent was zijn gezicht bijna geheel in schaduwen gehuld, maar zijn glanzende donkere ogen schitterden alsof er binnen in hem een vuur brandde. Hij haalde een paar keer diep adem en zei toen zacht: 'Dat betekent niet dat ik je niet wil, January. Ik heb altijd naar je verlangd. Het enige wat ik wil, is dat jij gelukkig bent, maar ik ben bang dat ik daar nooit voor zal kunnen zorgen.' De intensiteit van zijn blik nam iets af, alsof al het vuur in hem was opgebrand. En ik hield ook van deze blik, zo teder, kwetsbaar en rustig.

Ik streek over zijn wang en hij keek me in mijn ogen. Ik werd warm vanbinnen, en die warmte straalde uit tot in mijn vingertoppen toen ik zijn gezicht vastpakte. 'Laat me dan gelukkig zijn met jou, Gus,' zei ik, en ik kuste hem.

Hij liet zijn handen over mijn rug gaan en trok me dichter tegen zich aan.

23

Het meer

Gus legde me heel voorzichtig neer met zijn hand onder mijn nek, waardoor zijn vingers in mijn haren verstrikt raakten. Ik trok hem dichter naar me toe. Hij trok mijn shirt op tot aan mijn ribben, waarna hij het klamme ding over mijn hoofd trok en wegwierp. Hij legde zijn hand tegen mijn gezicht en kuste me, langzaam maar hongerig, stevig en precies zoals Gus. Hij liet zijn hand langs mijn lichaam gaan, omlaag naar mijn natte spijkerbroek, en samen lukte het ons om het natte geval en mijn schoenen uit te krijgen voordat hij me bij zich op schoot nam.

'January,' fluisterde hij in het donker, als een bezwering of een gebed.

Ik wilde zijn volledige naam ook hardop uitspreken. Ik wilde 'Augustus' een nieuwe betekenis geven. Maar dat zou wel even duren, en voor Gus kon ik het geduld opbrengen. Dus kuste ik hem en liet mijn vingers over zijn warme buik glijden om zijn natte shirt over zijn hoofd te trekken en op de stapel te werpen. In het donker bekeken we elkaar langzaam en zonder schaamte.

In de kelder had het wel geleken alsof we elkaar zo snel mogelijk wilden opslokken. Maar nu was het anders. Nu zag ik Gus op de manier waarop ik hem altijd al had willen zien. Ik wilde elke lijn, elke hoek van hem in me opnemen. Zijn handen gleden over de rondingen van mijn heupen en ribben met al evenveel bewondering. Zijn blik volgde zijn vingers op. Het leek wel alsof mijn lichaam oplichtte onder zijn blik en aanraking. Al mijn bloed snelde naar de oppervlakte, naar mijn huid, klaar voor de aanraking van zijn handen of mond.

Hij kuste mijn hals, het stukje onder mijn kin en tussen mijn borsten. 'Perfect,' fluisterde hij tegen mijn huid. Hij liet zijn vingertopjes langs al zijn kussen gaan en keek toen naar me op. 'Je bent perfect,' zei hij hees. Hij kuste me, en ik leek wel te smelten van de warmte.

Vervolgens maakte hij mijn beha los en drukte me tegen zich aan. In mijn buik borrelde het verlangen op. Zijn borst tegen de mijne, zijn handen langs mijn lichaam. We waren doorweekt en voelden glad en warm tegen elkaar aan. We raakten steeds meer in elkaar verweven. Vingers en lippen en tongen en heupen, verweven en ontrafeld.

Hij smaakte naar de buitenlucht, dennenbomen, kaneel en zichzelf. We lieten elkaar lang genoeg los zodat hij zijn broek en onderbroek uit kon trekken en toen legde hij me neer en liet zijn mond langs de binnenkant van mijn dijen gaan, terwijl hij mijn slipje over mijn heupen naar beneden trok. Toen raakte zijn mond me en hapte ik naar adem terwijl ik mijn handen door zijn haar liet gaan, en toen omlaag naar zijn nek. Hij trok mijn heupen richting zijn mond, en het was alsof al mijn zenuwen onmiddellijk die kant uit gingen om van elke sensatie te kunnen genieten.

Ik trok hem naar boven zodat hij over mijn hele lichaam reikte. Met zijn handen omvatte hij mijn borsten terwijl ik mijn benen om zijn heupen sloeg en langzaam heen en weer bewoog. Er trok een huivering door hem heen. 'Condoom?' fluisterde ik. Hij trok zijn rugtas tevoorschijn en doorzocht hem terwijl ik me verder naar hem toe bewoog. Hij vond een pakje en opende het. Enkele tellen later was hij al bij me binnen. Zijn mond opende de mijne, zijn handen streken door mijn haren en over mijn huid, zijn adem klonk in mijn oor en zijn naam gleed als een golf door me heen. Hij mompelde mijn naam tegen mijn hals terwijl hij dieper bij me naar binnen drong en mijn lichaam deed sidderen van genot.

De regen raasde langs ons heen, maar ik liet alles los, behalve Gus. Ik verloor mezelf in hem en probeerde me er niet eens meer van te overtuigen dat alles ooit goed zou aflopen. Ik was in het hier en nu, en hier was alles goed.

Gus nam mijn handen in de zijne toen de spanning zich opbouwde en we samen beefden en ons aan elkaar vastklampten. Na afloop liet hij me niet los. We bleven naast elkaar liggen, onder de deken die hij uit zijn rugtas had gehaald. Onze handen samen en onze ademhaling gelijk.

We deden het die nacht nog twee keer. Een uurtje later, toen hij ons gesprek over het aankomende evenement bij Pete's onderbrak om me te zoenen, en toen nog een keer in een droomachtig waas toen we naakt in het donker wakker werden, nog steeds in elkaar verstrikt, ik verlangend, hij al hard. Na afloop haalde hij een zak chips uit zijn rugzak, een aantal Clif Bars en de twee flacons van het linedancen.

Ik keek toe, steunend op mijn elleboog. Hij knipte een van de zaklantaarns aan waardoor hij in een roodgouden gloed leek te baden. Hij bood me de zak chips aan. 'Voorzorgsmaatregel?' vroeg ik, met een knikje op de voorraad.

Het kuiltje verscheen in zijn wang. Hij liet zijn hand via mijn arm naar mijn sleutelbeen gaan. 'Een optimistische gok. Ik ben nu ook een optimist.' Hij liet zijn vingers naar mijn kin gaan en kuste me weer. Met beide handen omvatte hij mijn gezicht terwijl hij me diep zoende, alsof hij me opdronk. Na afloop streelde hij door mijn haar en liet zijn duim over mijn onderlip glijden. 'Ben je gelukkig, January?' vroeg hij.

'Heel erg,' zei ik. 'En jij?'

Hij kwam naast me liggen en drukte een kus op mijn slapen. 'Ik ben heel gelukkig,' zei hij met overslaande stem, vlak bij mijn oor.

De volgende ochtend verzamelden we onze natte kleren, pakten onze spullen in, en liepen terug naar onze auto. Er stond geen wolkje aan de hemel. Gus zette de radio aan en hield mijn hand vast op de versnellingspook. Het licht scheen door de bomen en de voorruit op ons.

Ik had het gevoel alsof ik de Gus van bij Pete thuis bij me had. Zelf voelde ik me ook een stapje dichter bij de January van vroeger, de January die zonder angst het avontuur aanging. Ik ging bij mezelf na of ik die spanning voelde van de wetenschap dat er iets mis zou gaan. Hij was er wel, maar ik moest er mijn best voor doen, en dat wilde ik deze keer niet. Dit moment was alle latere pijn waard. Ik bleef het mezelf voorhouden tot ik zeker wist dat ik het zou onthouden, mocht het nodig zijn.

Gus hief mijn hand en drukte die tegen zijn lippen zonder naar me te kijken.

Gisteren had ik nog gedacht dat dit alles zo weer voorbij zou kunnen zijn. Vanmorgen had ik nog gedacht dat het bij de eerste zonnestralen allemaal uiteen zou vallen, zodra Gus besefte wat hij had gedaan, wat hij had verteld. Maar toen hij zijn ogen had geopend, had hij geglimlacht en zich tegen me aan gedrukt, terwijl hij met zijn gezicht mijn haren had beroerd en me had gekust.

En hier zaten we, in de auto, hand in hand zonder los te laten.

Het leek wel alsof alles twee dagen geleden in zijn studeerkamer had móéten gebeuren, een spoedcursus die al op de planning stond vanaf het begin van de zomer. Maar dit had ik niet eens durven dromen. Ik zou niet eens hebben geweten hoe. Hij leek op geen enkele manier op iemand uit het verhaal.

Onderweg terug naar huis besloten we te ontbijten bij een of andere *diner* langs de weg. Daar belde ik Shadi stiekem vanaf het toilet. De zusjes van de Spookhoed (Ricky; als ze zo doorgingen zouden we hem binnenkort toch echt bij zijn naam moeten gaan noemen) deelden hun kamer met Shadi. Daar had hun moeder op gestaan. Ze was stiekem weggeslopen om aan de andere kant van de doodlopende weg waaraan ze woonden met me te kunnen praten, op fluistertoon alsof de hele familie boven op haar lag te slapen.

'O mijn god!' fluisterde ze.

'Ik weet het,' zei ik.

'Mijn GOD!' herhaalde ze.

'Shad. Ik weet het.'

'Wauw.'

'Wauw,' stemde ik met haar in.

'Ik kan niet wachten om hem zelf verliefd op je te zien zijn,' zei ze.

Het was alsof ik belletjes in mijn buik kreeg. 'Dat zien we dan wel weer.'

'Nee,' zei ze streng. 'Het kan niet anders. Zelfs Sexy, Snode Gus kan niet zo gek zijn, habibi.' Toen klopte iemand op de deur van mijn toilet, zeiden we snel dat we van elkaar hielden en namen afscheid. Ik ging terug naar de plakkerige tafel, naar mijn stapeltje pancakes en Gus. Sexy, slordige Gus met zijn lome glimlach, die onder de tafel mijn knie aanraakte, waardoor mijn hele lichaam weer in vuur en vlam leek te staan.

Ik wilde hem met me meenemen het toilet in.

Na ons ontbijtje gingen we even langs bij de plaatselijke boekhandel, waar ze alleen mijn eerste boek hadden, en hun twee *Onthullingen* niet op een speciale tafel lagen. Vervolgens bezochten we een café met terras.

'Van welke slechte review heb jij het meest genoten?' vroeg ik hem.

Hij glimlachte bij de gedachte en roerde door zijn whisky met ginger ale. 'In een tijdschrift of van een lezer zelf?'

'Eerst van een lezer.'

‘Die weet ik wel,’ zei hij. ‘Op Amazon. “Eén ster: niet besteld”.’

Ik lachte luid. ‘De reviews van mensen die per ongeluk het verkeerde boek hebben gekocht zijn prachtig, en dan schrijven ze dat het boek heel anders was dan het boek dat ze eigenlijk hadden willen kopen.’

Gus schaterde. Onder de tafel wreef hij over mijn knie. ‘Ik vind het altijd leuk als ze het hebben over wat ik zogenaamd probeerde te doen. Iets als, “de auteur probeerde als Franzen te schrijven, maar Franzen is hij zeker niet”.’

Ik deed alsof ik moest overgeven. Gus bedekte zijn ogen met zijn handen tot ik ermee ophield. ‘Maar probeerde je dat ook?’

‘Als Franzen te schrijven?’ Hij lachte. ‘Nee, zeg. Ik probeer gewoon goede boeken te schrijven. Net als Salinger.’

Ik barstte in lachen uit, en hij grijnsde. Even was het comfortabel stil en dronken we onze drankjes. ‘Mag ik je iets vragen?’ vroeg ik even later.

‘Nee,’ antwoordde Gus gortdroog.

‘Fijn,’ zei ik. ‘Waarom heb je me bij New Eden uit de buurt willen houden? Ik bedoel, ik snap dat je niet wilde dat ik het zou zien. Alleen was het doel van onze weddenschap toch juist dat ik in zou zien dat de wereld even verschrikkelijk was als je altijd al dacht, toch? En dit was de uitgelezen kans daarvoor.’

Even zweeg hij. Hij liet zijn hand door zijn warrige haren gaan. ‘Dacht je echt dat het me daar om te doen was?’

‘Nou ja, ik hoopte dat het ten minste ook onderdeel was van je plannetje om me in bed te krijgen,’ plaagde ik, al bleef hij serieus, misschien zelfs een beetje angstig.

Hij schudde zijn hoofd en keek naar het raam. ‘Ik heb nooit gewild dat je de wereld zag zoals ik dat doe,’ zei hij.

‘Maar de weddenschap…’ zei ik, zonder het te begrijpen.

‘Die was jouw idee,’ zei hij. ‘Ik dacht juist dat je zou merken dat mijn manier van schrijven helemaal niets voor je was.’ Snel voegde hij eraan toe: ‘Niet omdat ik dacht dat je het niet zou kunnen, trouwens! Maar omdat het niet bij je past. De manier waarop jij over dingen denkt, die is gewoon niet zo. Ik vond het altijd juist bijzonder, hoe jij alles ziet.' Hij bloosde een beetje en schudde zijn hoofd. 'Ik hoopte juist dat je dat nooit kwijt zou raken.'

Ik slikte. 'Zelfs als het niet de realiteit is?'

Gus ontspande een beetje. 'Als je van iemand houdt,' zei hij voorzichtig, 'wil je de wereld voor die persoon veranderen. Dan wil je aan alle lelijkheid een betekenis geven, en al het goede groter maken. Dat doe jij. Voor je lezers en voor mij. Je maakt mooie dingen omdat je van het leven houdt, en misschien is het leven niet altijd zo mooi als in je boeken, maar… Ik denk dat je de wereld met jouw boeken een heel klein beetje beter maakt. En dat mogen we niet kwijtraken.' Hij streek weer door zijn haar. 'Ik heb dat altijd aan je bewonderd. In jouw werk lijkt het leven net een beetje mooier en zijn alle mensen net een beetje dapperder.'

Ik voelde me warm vanbinnen, alsof het ijs dat daar sinds de dood van mijn vader was komen te zitten heel langzaam smolt. De wereld had er inderdaad duister en onheilspellend uitgezien sinds ik de waarheid over mijn vader onder ogen had moeten zien. Maar Gus had het tegenovergestelde effect op me. 'Misschien heb ik het wel bij het juiste eind,' zei ik zacht. 'Misschien zijn mensen wel mooier en dapperder dan ze denken.'

Hij glimlachte en dacht diep na. 'Volgens mij heb ik nooit van het leven gehouden zoals jij dat doet. Ik was er bang voor, en toen kwaad op. En toen heb ik besloten om er gewoon niet te veel over na te denken. Maar ik weet het niet. Misschien hoop ik met al deze dingen, met mijn gesprekken met mensen als Dave en bezoekjes aan afgebrande gebouwen, wel meer te ontdekken.'

'Wat dan?' vroeg ik zacht.

Hij zette een elleboog op tafel. 'De wereld waar jij over schrijft. Bewijs. Dat het allemaal niet zo verschrikkelijk is. Of dat er meer goeds dan slechts bestaat. Dat als we alle stront en alle bloemen tegen elkaar afwegen, de wereld mooi blijkt te zijn.'

Ik pakte zijn hand en hij stond het toe. Zijn ogen zagen donker maar open. 'Toen ik voor het eerst van de verhouding van mijn vader hoorde, probeerde ik alles ook op die manier af te wegen,' gaf ik toe. 'Hoeveel leugens en overspel kon hij zich permitteren zonder een slechte vader te worden? Hoe ver kon hij met Die Vrouw gaan zonder dat hij minder van mijn moeder kon houden? Nog van zijn leven kon genieten? Ik probeerde in te schatten hoe gelukkig hij was geweest, en hoeveel hij ons moest hebben gemist als hij er niet was, en op een slechte dag wat voor een hekel hij aan ons moest hebben gehad om te doen wat hij heeft gedaan. Maar ik heb er nooit een antwoord op gekregen.

'Soms hoop ik nog steeds op antwoorden, en soms ben ik er bang voor. Maar mensen kun je niet tegen elkaar afwegen.' Ik haalde mijn schouders op. 'Ik kan mijn vader missen en haten. Ik kan me druk maken om dit boek en mijn familie en het huis waarin ik woon, maar tegelijkertijd uit het raam naar het meer staren en me overweldigd voelen door hoe groots en prachtig het hier is. Ik heb een jaar lang gedacht dat ik nooit meer gelukkig zou zijn, en nu ben ik nog steeds kwaad, maar soms ook gelukkig. Slechte dingen trekken niet in je tot je in zo'n diep gat zinkt dat je het nooit meer kunt opvullen om weer gelukkig te zijn. Hoeveel stront er ook is, de bloemen blijven bestaan. Er zullen altijd Petes en Maggies en regenbuien in het bos en zonnestralen op het water zijn.'

Gus glimlachte. 'En seks tegen de boekenkast en in de tent.'

'Liever wel,' zei ik. 'Tenzij we in nog een ijstijd belanden. En dan is er in elk geval nog sneeuw, tot het bittere eind.'

Gus legde zijn hand tegen mijn wang. 'Ik heb helemaal geen sneeuw nodig.' Hij kuste me. 'Zolang ik January heb.'

Hé schat! Wilde even zeker weten dat je in september een manuscript voor ons hebt. Sandy blijft maar vragen, en ik wil er best voor zorgen dat ze uit je buurt blijft, maar ze is zo wanhopig op zoek naar iets om te kopen, en als ik het blijf beloven... Nou ja, dan moet er wel een boek zijn.

Gus was blijven slapen, en toen ik even op mijn telefoon wilde kijken, rolde hij zich slapend om zodat hij tegen mijn borsten aan kwam te liggen, met zijn hand op mijn blote buik.

Mijn hart ging wild tekeer, van zijn nieuwe lichaam en door dit berichtje van Anya. Ik kon haar dit manuscript niet sturen voordat het af was, en ik kon haar niet in een vervelende positie tegenover Sandy Lowe stellen zonder dat er iets tegenover kwam te staan. Dus gleed ik onder Gus vandaan zonder op zijn gemopper in te gaan en liep in mijn ochtendjas naar de keuken. Ondertussen schreef ik Anya een bericht: Het gaat lukken. Dat beloof ik.

1 september, schreef ze terug. Definitieve deadline.

Ik had niet eens behoefte aan koffie. Ik was klaarwakker.

Ik ging aan tafel zitten en begon te schrijven. Toen Gus wakker was geworden, zette hij de ketel op het vuur en nam daarna een slok van het flesje bier dat hij de avond ervoor op de eettafel had laten staan.

Ik keek op. 'Gadver.'

Hij hield het me voor. 'Wil je een slokje?'

Ik nam een slok. 'Nog smeriger dan ik had verwacht.'

Hij glimlachte en streelde mijn sleutelbeen waardoor mijn ochtendjas openviel. Vervolgens trok hij het koord los en viel de jas helemaal open. Met een arm om mijn middel trok hij me omhoog.

Vervolgens draaide hij me om, liet me op tafel zakken en kwam tussen mijn benen staan. Hij liet mijn ochtendjas van mijn schouders vallen waardoor ik naakt op de tafel lag. 'Ik ben aan het werk,' fluisterde ik.

Hij hief een van mijn benen tegen zijn heup terwijl hij zich dichter tegen me aan drukte. 'O ja?' Met zijn andere hand raakte hij mijn borst aan en streelde mijn tepel. 'Ik weet dat je een weddenschap te winnen hebt. Dit kan best wachten.'

Ik trok hem naar me toe. 'Niets daarvan.'

Mijn concentratie bleef een probleem. Nou ja, ik kon me goed op Gus concentreren, maar de rest? Dus besloten we om in ons eigen huis te schrijven, wat een stuk beter zou verlopen als we elkaar niet de hele tijd briefjes zouden schrijven.

Ik wil je, schreef hij eens.

Mijn schrijfstijl is ineens zo stijf, schreef ik terug.

Stijf, schreef hij.

Hij begon er niet altijd mee. Op woensdag, toen ik mezelf al heel lang in de hand had gehouden, schreef ik: Wou dat je hier was met een pijl op mij gericht.

Dan ben je niet de enige, schreef hij terug. We hebben het er over tweeduizend woorden nog wel over.

Dit bleek de oplossing voor al mijn problemen te zijn. We hadden een doel. Tweeduizend woorden en we mochten in dezelfde kamer zijn. Vierduizend woorden en we mochten elkaar zelfs aanraken.

Het was niet eens een sprintje meer, eerder een driebeensrace van teamwork en aanmoediging. Ik wilde nog steeds winnen, maar had minder te bewijzen.

In de avond gingen we soms even de deur uit. Naar het Thaise restaurant waar we vaak hadden besteld, bijvoorbeeld. Dat was een vriendelijk zaakje vol verguldsel waar je op kussens op de grond zat en het menu op nep-papyrus was afgedrukt. Of naar het pizzarestaurant waar we vaak hadden besteld, een minder gezellig zaakje met plastic rode banken en verlichting als in een verhoorkamer. Of we gingen naar de Tipsy Fish, een bar in het plaatsje, en als Gus dan iemand herkende, knikte hij even zonder zijn hand bij me weg te trekken.

Zelfs bij het darts spelen, en daarna het spelletje pool, bleven we in verbinding staan en waren we zichtbaar samen. Gus legde zijn hand nonchalant op mijn zij, of even onder mijn shirt op mijn rug. Soms hield ik zijn hand vast, of haakte ik een vinger in zijn riem.

De volgende avond gingen we net weg uit het pizzarestaurant

toen we langs Pete's kwamen en haar met Maggie een glaasje wijn in het café zagen drinken.

'Laten we even hoi zeggen,' zei Gus. Dus gingen we naar binnen.

'Het is ons jubileum,' zei Maggie luchtig.

'In North Bear,' voegde Pete eraan toe. 'De dag van onze verhuizing. Niet ons jubileum, dat valt op 13 januari.'

'Echt waar?' zei ik. 'Dan ben ik jarig.'

'Meen je dat?' Maggie lachte breeduit. 'Natuurlijk. De beste dag van het jaar. Dat moet het lot zijn.'

'Een prima dag,' stemde Pete in.

Maggie knikte. 'Net als vandaag.'

'Ik zou hier zo weer komen wonen,' zei Pete. 'Onze beste keus ooit, behalve misschien verliefd worden.'

'En de labradors adopteren,' zei Maggie bedachtzaam.

'En een stel auteurs uitnodigen voor onze boekenclub, wat zeker goed is afgelopen,' zei Pete met een knipoog.

'Jullie valstrik,' zei Gus met een glimlach.

Toen keek hij me aan en vroeg ik me af of we allebei hetzelfde dachten. Het was misschien niet ons beste idee om hier te komen wonen en naar Petes boekenclub te gaan, maar het was zeker een goed plan geweest. Mijn beste in jaren.

'Blijf toch een glaasje drinken, Gussy,' zei Maggie. Ze schonk al een glaasje in, in een plastic bekertje waar ze normaal de ijskoffie in serveerde.

Eén glaasje werd twee glaasjes, en toen drie, en toen nam Gus me bij zich op schoot in de leunstoel tegenover Maggie en Pete. Ze hielden elkaars hand tussen hun twee leunstoelen losjes vast, en Gus streelde over mijn rug terwijl we nog lang bleven praten en drinken.

Rond middernacht gingen we weg. Pete verkondigde dat Maggie en zij terug naar de labradors moesten, en Maggie begon de zaak op te ruimen, maar wij waren te dronken om te rijden, dus besloten we te lopen, in de hitte en met alle muggen.

Onderweg bleef ik maar denken: *ik hou bijna van hem. Het begint te komen. Ik hou van hem.*

Toen we weer thuis waren, liepen we rechtstreeks naar het meer. Het was tenslotte een vrijdagavond, en onze weddenschap stond nog.

We trokken onze kleren uit en renden gillend het koude water in, hand in hand, tot het tot onze benen, ons middel, onze borst reikte. Onze tanden klapperden en onze huid voelde ijskoud in het water dat tegen ons aan sloeg. 'Dit is verschrikkelijk,' riep Gus uit.

'In gedachten was het warmer!' riep ik terug, en Gus trok me naar zich toe en sloeg zijn armen om me heen om me weer warm te wrijven.

En toen kuste hij me hartstochtelijk en fluisterde hij: 'Ik hou van je.' En toen weer, met zijn handen op mijn haar en zijn lippen tegen mijn slapen en mijn kaken, terwijl er een oude plastic tas langs ons heen dreef. 'Ik hou van je, ik hou van je.'

'Dat weet ik.' Ik klampte me aan hem vast, alsof ik de tijd zo zou kunnen stoppen en voor altijd met hem samen kon zijn, hier, in het koude water en alle afval die erin dreef. 'Ik hou ook van jou.'

'En dan te bedenken,' zei hij, 'dat je nog zo had beloofd dat het niet zou gebeuren.'

24

Het boek

'Ik wil dit niet doen,' zei ik. Gus en ik stonden boven aan de trap bij de slaapkamer.

'Het hoeft ook niet,' zei hij.

'Als jij kunt leren dansen in de regen...'

'Dat heb ik trouwens nog steeds niet gedaan,' onderbrak hij me.

'... dan kan ik de minder mooie dingen onder ogen komen,' maakte ik de zin af.

Ik opende de deur. Even haalde ik een paar keer diep adem, waarna ik naar binnen durfde te lopen. Er stond een groot bed tegen de muur, met ernaast twee turquoise nachtkastjes en lampen met blauwe en gele kralen op de kap. Boven het grijze bed hing een ingelijste poster van een werk van Klimt. Tegenover het bed stond een ladekast uit de jaren vijftig, en in een hoekje stond een klein rond tafeltje met een geel tafelkleed eroverheen. Ook stond er een klok en lag er een stapeltje boeken. Mijn boeken.

Verder was deze kamer volkomen onpersoonlijk. Gus opende een van de lades in de kledingkast. 'Leeg.'

'Ze heeft alles al meegenomen,' zei ik met bevende stem.

Gus glimlachte aarzelend. 'Is dat niet juist positief?'

Ik opende alle lades, een voor een. Niets. Toen keek ik naar het nachtkastje aan de linkerkant. Geen lades, alleen twee plankjes. Op het bovenste stond een porseleinen doosje.

Dit moest het zijn. Waar ik op had zitten wachten. Het diepe, duistere antwoord dat al de hele zomer op de loer had gelegen. Ik opende het.

Leeg.

'January?' Gus stond naast het ronde tafeltje en hield het tafelkleed omhoog. Eronder stond een lelijk grijs ding met een aantal genummerde knoppen.

'Een kluis?'

'Of een heel oude magnetron,' grapte Gus.

Ik kwam dichterbij. 'Hij is vast leeg.'

'Waarschijnlijk,' stemde Gus met me in.

'Of misschien een vuurwapen,' zei ik.

'Was je vader daar het type voor?'

'In Ohio niet.' In Ohio las hij biografieën en bleef hij gezellig binnen, zat hij naast het bed van mijn zieke moeder en nam hij via Groupon deel aan kooklessen. Hij maakte me voor zonsopgang wakker om me mee het water op te nemen, waar ik de boot mocht besturen. Voor zover ik had geweten was dat, je dochter van acht achter het roer laten staan van je boot op een leeg meer, het meest roekeloze en impulsieve dat hij ooit had gedaan.

Maar hier was alles mogelijk. Dit was zijn tweede leven.

'Wacht hier,' zei Gus. En nog voor ik iets had kunnen zeggen, was hij de kamer al uit gelopen. Ik hoorde hem de trap af gaan en weer op komen, en even later verscheen hij in de kamer met een fles whisky.

'Waar is dat voor?' vroeg ik.

'Voor een vaste hand,' antwoordde Gus.

'Zodat ik een kogel uit mijn arm kan vissen?'

Gus sloeg zijn ogen ten hemel en opende de fles. 'Voor je de kluis kraakt.'

'Als we groene smoothies in plaats van alcohol dronken, hadden we ondertussen het eeuwige leven.'

'Als we groene smoothies in plaats van alcohol dronken, kwamen we nooit van de wc af, en daar heb je nu weinig aan,' zei Gus.

Ik nam een slok uit de fles. Vervolgens gingen we voor de kluis op het kleed zitten. 'Zijn verjaardag?' stelde Gus voor.

Ik schoof naar voren en voerde de nummers in. Het lampje gloeide rood en de deur bleef gesloten. 'Thuis gebruikten ze hun trouwdag,' zei ik. 'Maar ik denk niet dat dat hier opgaat.'

Gus haalde zijn schouders op. 'Oude gewoontes?'

Ik verwachtte er niet veel van, maar moest toch even slikken toen het rode lampje oplichtte.

Deze jaloezie had ik niet verwacht. Het was niet eerlijk dat ik hem niet zo goed had mogen leren kennen als ik had gewild. Het was niet eerlijk dat Sonya een deel van hem bezat dat voor mij onbereikbaar was. Misschien was de code wel een of andere belangrijke dag voor hun twee. Hun ontmoeting, of haar verjaardag.

Hoe dan ook, zij kende de combinatie vast wel.

Ik hoefde haar alleen maar te mailen, maar dat was wel het laatste wat ik wilde.

Gus wreef over mijn elleboog, waardoor ik weer uit mijn gedachten werd bevrijd.

'Ik heb hier nu geen tijd voor.' Ik stond op. 'Ik moet een boek schrijven.' Deze week zou het af zijn, besloot ik.

Het belangrijkste was dat het huis inmiddels gemakkelijk verkocht zou kunnen worden, vond ik. Een kluis was geen enkel probleem. Het huis was al bijna leeg. Ik kon het gemakkelijk verkopen en verdergaan met mijn leven.

Natuurlijk dacht ik liever niet aan wat dat voor Gus en mij zou betekenen. Ik was hier gekomen om alles in orde te maken en ik had er juist een nog grotere puinhoop van gemaakt. Maar op de een of andere manier kreeg ik ondanks die puinhoop wel heel veel woorden op papier. Zo snel had ik sinds mijn eerste boek niet meer geschreven. Het verhaal raasde zo vlug voort dat ik het haast niet bij kon houden.

Ik zette Gus elke avond het huis uit, op een uurtje na (we zetten letterlijk een wekker) zodat ik in de tweede slaapkamer boven kon schrijven, waar ik alleen uitzicht op de straat had. Daar schreef ik door tot diep in de nacht, en in de ochtend begon ik onmiddellijk waar ik was gebleven.

Ik woonde zowat in mijn trainingsbroek en besloot die in de toekomst wat vriendelijker te behandelen, zolang ik dit boek maar af kon krijgen. Het was alsof ik aan het onderhandelen was met de godheid van mijn allesbehalve compacte kledingkast.

Ik ging nauwelijks nog onder de douche, at weinig, dronk water en koffie maar niets meer dan dat.

Om twee uur 's middags op zaterdag 2 augustus, de dag van ons bezoek aan Pete, begon ik aan het laatste hoofdstuk van FAMILIE_GEHEIMEN.docx en keek ik naar de knipperende cursor.

Het was allemaal ongeveer zo gegaan als ik had verwacht. De clowns waren veilig en hadden hun geheim bewaard. De vader van Eleanor had de trouwring van haar moeder gestolen en verkocht omdat zijn tweede gezin geld nodig had. De moeder van Eleanor wist nog van niks en dacht dat ze de ring gewoon kwijt was geraakt en dat hij waarschijnlijk bij het uitpakken in een nieuwe stad weer uit een handdoek of een broekzak zou komen vallen. In haar hart had het draadje gekleurde wol dat haar man om haar vinger had geknoopt de ring al lang en breed vervangen. De liefde was niet van pracht en praal gemaakt, maar van praktische dingen. Spullen die kapotgingen en gingen roesten en die weer gemaakt en opgepoetst moesten worden. Spullen die verloren gingen en vaak opnieuw gekocht moesten worden.

En dan Eleanor. Eleanors hart was gebroken.

Het circus trok weer verder. Tulsa verdween aan de horizon en hun verblijf vervaagde al als een droom. Ze keek met pijn in haar hart terug en dacht dat het nooit meer over zou gaan.

Daar zou ik het bij moeten laten. Dat wist ik.

Het verhaal was rond: een tijdelijke afronding die later nog tot andere dingen zou leiden, ergens buiten de pagina's. Of misschien ook niet.

Daar was het dan, precies zoals het zou moeten zijn. Het voelde zwaar. Ik kreeg er kippenvel van, al lag dat misschien eerder aan de uitputting en de plafondventilator.

Maar ik kon het er niet bij laten. Hoe mooi het ook was, op een verdrietige manier. Ik geloofde er niet in. Zo was mijn wereld niet. Je verloor prachtige dingen, zoals de gezondheid van je moeder, je droomcarrière en je vader, maar je vond ook mooie dingen: een koffietentje met afschuwelijke espresso, een linedancebar en een slordige maar knappe buurman als Gus Everett. Ik zette mijn vingers terug op het toetsenbord en begon te typen.

De sneeuwvlokjes dwarrelden om haar heen en kwamen in haar haren en kleren terecht. Eleanor keek vol verwondering uit over de weg die langzaam wit leek te kleuren. Natuurlijk was het geen echte sneeuw. Het was pollen. Aan weerszijden van de weg groeiden witte bloemen die heen en weer wiegden in de wind. Eleanor vroeg zich af waar ze terecht zouden komen en hoe de bloemen er daar uit zouden zien.

Ik sloeg het manuscript op en stuurde het naar Anya.

ONDERWERP: Iets Anders

Haat me niet. Liefs, J.

Ik stond vroeg op en reed naar de copyshop een kwartier verderop om mijn eerste versie te printen, zodat ik het manuscript in mijn handen kon houden. Eenmaal terug zat Gus op de veranda op me te wachten. Hij had het zich gemakkelijk gemaakt op de bank en hield een arm voor zijn ogen tegen de zon. Toen ik kwam aanlopen, keek hij op en maakte hij glimlachend plaats voor me.

Hij trok mijn benen bij zich op schoot zodat ik dichter bij hem zat. 'En?' vroeg hij.

Ik wierp het manuscript in zijn schoot. 'Nu maar afwachten of Anya me ontslaat en Sandy boos op me is. En als we dit boek toch weten te verkopen, kan ik het je inwrijven.'

'Anya ontslaat je niet,' zei Gus.

'En Sandy?'

'Die is waarschijnlijk wel boos,' zei Gus. 'Maar je hebt een boek geschreven, en er zullen er meer volgen. Waaronder boeken die zij wil uitgeven. Je verkoopt het vast wel, al raak ik mijn boek misschien wel eerder kwijt. Maar hoe dan ook kun je me vast wel ergens mee pesten.'

Ik haalde mijn schouders op. 'Ik zal mijn best doen. Hoe gaat het met jouw boek? Ben je al bijna klaar?'

'Eigenlijk wel, ja. Met een eerste versie. Nog een week of twee.'

'Tegen die tijd ben ik misschien wel klaar met de afwas hier in huis.'

'Goede timing,' zei Gus. 'Het lijkt het lot wel.'

'Zo gaat dat met het lot.'

Voor het boekenevent gingen we allebei naar ons eigen huis om ons klaar te maken. Toen mijn haar weer droog was na mijn hoognodige douche ging ik uitgeput op het bed liggen kijken naar de plafondventilator. De kamer voelde ineens anders aan, net als mijn eigen lichaam. Ik had mezelf ervan kunnen overtuigen dat ik de ledematen en het leven van iemand anders had opgepikt en ervan was gaan houden.

Vervolgens viel ik in slaap. Een uurtje voordat we moesten gaan werd ik weer wakker. Een halfuur later klopte Gus op de deur, waarna we te voet naar de winkel gingen. Normaal gesproken hield ik er niet zo van om bezweet ergens aan te komen, maar hier deed het er weinig toe. Iedereen in North Bear Shores transpireerde. Ook had mijn zwarte jurk me na een zomer van korte broeken en shirts me helemaal niets geleken, dus droeg ik weer mijn witte zonnejurk van de kringloop met de gebloemde enkellaarsjes.

Eenmaal bij de boekhandel, brachten Pete en Maggie ons naar het kantoor om een glaasje champagne te drinken. 'Tegen de ergste angst,' zei Maggie vrolijk.

Gus en ik keken elkaar even aan. We hadden allebei op genoeg evenementen gestaan om te weten dat er in plaatsjes als dit meestal alleen familie en vrienden op kwamen dagen (bij het eerste boek tenminste; daarna kwamen zelfs zij niet meer) en de mensen die in de boekwinkel zelf werkten. Maggie en Pete hadden de tafel met onze boeken voor in de winkel gezet en er stonden ongeveer tien stoelen klaar, dus zij hadden ook geweten wat voor opkomst er te verwachten viel.

'Jammer dat de universiteit nu dicht is,' zei Pete die mijn gedachten leek te lezen. 'Dan zou het hier wel vollopen. Veel docenten stellen dit soort dingen verplicht of geven er extra studiepunten voor.'

Maggie knikte. 'Ik had het zelf ook verplicht.'

'Van nu af aan gaan al mijn boeken over labradoriet,' beloofde ik. 'Om je nog een goede reden te geven.'

Ze drukte haar hand tegen haar hartstreek, alsof dat het liefste was wat ze in maanden had gehoord.

'Tijd om te beginnen, jongens,' zei Pete, die ons het kantoor uit leidde. Er stonden nog vier stoeltjes achter de balie. Wij moesten tussen Pete en Maggie plaatsnemen, zodat ze ons konden interviewen. Lauren en haar man zaten in het publiek, samen met nog een aantal vrouwen die ik op de barbecue had gezien, en vijf onbekenden.

Ik kende mijn publiek liever niet te goed, of zelfs helemaal niet. Maar dit voelde goed en ontspannen.

Pete stond naast haar stoel en verwelkomde iedereen. Toen ik naar Gus keek, merkte ik echter meteen dat er iets aan de hand was.

Hij zag lijkbleek en er stond flink wat spanning om zijn mond. Er was geen spoor van zijn warme persoonlijkheid te bekennen, alsof iemand de knop had omgezet. Ik fluisterde zijn naam, maar hij bleef maar het publiek in staren. Ik volgde zijn blik naar een kleine vrouw met zwarte krullen en blauwe, amandelvormige ogen die haar hoge jukbeenderen en hartvormige gezicht nog beter deden uitkomen. Het kostte me slechts een paar tellen voordat alles op zijn plek viel. Een paar heerlijke tellen van onwetendheid, waarna de moed tot in mijn schoenen zonk en recht door de vloer heen leek te vallen.

Mijn hart ging als een razende tekeer. Het was alsof mijn lichaam het al had begrepen voordat mijn hoofd de feiten onder ogen had kunnen komen. Ik keek naar Maggie. Ze had haar lippen stevig op elkaar gedrukt en haar handen bij zich op schoot gevouwen. Zo zat ze stijfjes en bewegingsloos op haar stoel. Pete vervolgde haar toespraak vol zelfvertrouwen, maar ook aan haar merkte ik iets. Ze leek wel een beschermende moederbeer, klaar om aan te vallen.

Ze ging zitten en schoof in haar stoel terwijl ze zich voorbereidde. Het leek onschuldig, maar ik had het idee dat ze flink was geschrokken.

Mijn hart klopte nog steeds zo hard dat ik dacht dat het publiek het wel móést horen. Mijn handen waren klam van het zweet.

Naomi was beeldschoon. Natuurlijk, dat had ik moeten weten. Misschien wist ik het ook wel. Maar ik had niet verwacht haar hier aan te treffen. Zeker niet alleen, hier, met die blik.

Ze keek verontschuldigend, vond ik. Hongerig.

Mijn maag draaide zich om. Ze was hier om een reden. Ze had Gus iets te zeggen.

Wat als ik ineens zou overgeven?

Pete was met de vragen begonnen. Iets over of we haar iets over onze boeken konden vertellen.

Gus wendde zich tot haar. Hij gaf antwoord. Ik hoorde het nauwelijks, maar hij klonk rustig, mechanisch, en toen keek hij naar mij zodat ik antwoord kon geven. Ik kon niets meer aan zijn blik aflezen. Die leek op de slaapkamer in het huis van mijn vader: volkomen onpersoonlijk, opgeruimd en netjes. Er lag niets voor mij in. Ik dacht echt dat ik elk moment over mijn nek kon gaan.

Ik slikte het in en begon over mijn nieuwste boek. Ik had dit riedeltje al zo vaak opgedreund dat ik er niet eens bij na hoefde te denken. Ik hoefde niet op te letten; de woorden kwamen vanzelf.

Ik was kotsmisselijk.

En toen stelde Pete me nog een vraag van haar handgeschreven briefje (vertel ons eens iets over je boek. Hoe gaat het schrijven? Waar begin je mee? Wat is je grootste invloed? Enzovoorts), terwijl Maggie tussendoor haar eigen luchtige vragen stelde (Als je boek een drankje was, wat zou het dan zijn? Stel je je ooit voor waar je boeken het best gelezen kunnen worden? Hoe is het emotioneel gezien om een boek te schrijven? Heb je ooit iets meegemaakt wat je nooit met woorden zou kunnen omschrijven?)

Ja, de situatie waar we ons nu in bevinden, dacht ik bij mezelf.

Op hoeveel verschillende manieren kon je opschrijven: 'Eleanor zou het liefst al haar maaltijden van die dag uitkotsen'?

Vast heel veel. De tijd kroop voorbij, al wist ik niet helemaal zeker of ik wel wilde dat hij verstreek, omdat het na het interview misschien nog veel erger zou worden.

Daarmee leek de vloek ten einde te komen. Het uur was verstreken. Er kwamen een paar mensen om ons heen staan om hun boeken te laten signeren. Ik deed mijn best om nog sociaal te zijn, terwijl er vanbinnen helemaal niets meer van me over was.

Naomi bleef langer dan de anderen. Ze stond tegen een boekenkast geleund, waardoor ik me afvroeg of ze die gewoonte van Gus had overgenomen of andersom. Ik wilde niet te lang naar haar kijken, voor het geval ik nog iets van Gus in haar zou ontdekken. Ik had net een uur lang gehoopt iets van mezelf in Gus te bespeuren, een bewijs dat hij mijn naam die avond echt zo hartstochtelijk tegen mijn huid had gefluisterd. Pete had Naomi in een hoekje gedreven en probeerde haar de deur uit te werken, maar ze verzette zich fel. Toen kwam Lauren erbij staan om de vrede te bewaren.

Ik hoorde niet wat er werd gezegd, maar ik zag haar krullen op en neer bewegen toen ze knikte. De groep rond de tafel werd kleiner en kleiner. Maggie hielp iedereen met afrekenen en keek ondertussen van de kassa naar het gesprek bij de deur.

Eindelijk keek Gus naar mij. Hij leek een verklaring voor dit alles te willen geven, al bracht mijn gezichtsuitdrukking hem op andere gedachten. Hij schraapte zijn keel. 'Misschien moet ik maar eens vragen wat ze hier doet.'

Ik zei niets. Ik deed niets. Hij keek me nog een paar tellen aan, stond toen op en liep de winkel door. Mijn hoofd leek wel in brand te staan, al beefde de rest van mijn lichaam van de ijzige kou. Gus stuurde Pete weg, en ik durfde haar niet aan te kijken. Zelf stond ik snel op en liep naar het kantoor, en daar rechtstreeks de achterdeur uit naar het straatje waar alleen maar een paar vuilniscontainers stonden.

Hij had haar niet uitgenodigd. Dat wist ik. Maar ik kon niet achterhalen wat haar verschijning met hem had gedaan of waarom ze hier was.

De sterke, beeldschone Naomi die als een waar mysterie Gus had weten te betoveren. Naomi, die hem niet nodig had gehad. Die hij niet kapot dacht te kunnen maken. Met wie hij zijn leven had willen delen, en bij wie hij zou zijn gebleven als hij er de kans voor had gekregen, ondanks alles.

Ik wilde het uitschreeuwen, maar ik kon alleen maar huilen. Ik had al mijn woede al opgebruikt, er was alleen nog maar angst. Misschien was die er altijd al wel geweest, verborgen onder de nog veel prikkendere emoties.

Ik besloot naar huis te lopen. Wat kon ik anders nog doen? Tegen de tijd dat ik er was, was het al donker. Het licht op de veranda stond uit, dus viel ik van schrik bijna van de trap toen iemand uit mijn rieten stoel opstond.

'Het spijt me!' riep de vrouw uit. 'Ik wilde je niet laten schrikken.'

Ik had haar stem nog maar twee keer eerder gehoord, maar dat was voldoende. Haar stemgeluid had diepe sporen achtergelaten. Ik zou het nooit meer kunnen vergeten.

'Ik wil even met je praten,' zei Sonya. 'Nee, ik wil het niet alleen. Ik móét met je praten. Alsjeblieft. Vijf minuutjes maar. Er is zoveel wat je nog niet weet. Het zal je kunnen helpen. Deze keer heb ik het allemaal opgeschreven.'

25

De brieven

'Ik wil het niet horen,' zei ik.

'Weet ik,' zei Sonya. 'Maar het zou je vader verdriet doen als ik niet mijn uiterste best zou doen.'

Ik lachte. 'Dat is het hem juist. Je had helemaal niet dichtbij genoeg moeten komen om hem verdriet te kunnen doen.'

'Had dat niet gemoeten? Als je aan het begin van het leven van je vader had gestaan en de afloop had voorspeld aan de hand van wat had gemoeten, enkel gebaseerd op het prille begin, had hij je moeder waarschijnlijk niet eens ontmoet. Dan was jij er niet eens geweest.'

Ik werd overspoeld door woede. 'Kun je nu van mijn veranda gaan, alsjeblieft?'

'Je begrijpt het niet.' Ze trok een papiertje uit haar zak en vouwde het open. 'Alsjeblieft. Ik vraag slechts om vijf minuutjes.'

Ik wilde de deur van het slot halen, maar ze was al begonnen met voorlezen.

'Ik heb Walt Andrews voor het eerst ontmoet toen ik zelf vijftien was, tijdens creatief schrijven. Hij was mijn eerste vriendje, mijn eerste zoen. Hij was de eerste tegen wie ik ooit "ik hou van je" heb mogen zeggen.'

Mijn sleutel bleef in het slot steken. Ik was als aan de grond genageld. Langzaam draaide ik me naar haar om. De adem stokte me in de keel. Sonya keek me zenuwachtig aan en richtte zich toen weer op het papier.

'Toen hij net een paar maanden op de universiteit zat, gingen we uit elkaar. Ik hoorde twintig jaar lang helemaal niets meer van hem, tot ik hem hier ineens tegen het lijf liep. Hij was hier in de buurt op zakenreis geweest, een uurtje ten oosten, en had besloten om North Bear Shores een paar dagen te bezoeken. We gingen uit eten en na uren van conversatie gaf hij toe dat hij en zijn vrouw net uit elkaar waren. Bij ons afscheid dachten we elkaar nooit meer te zien.' Ze keek op. 'Dat meen ik. Maar onderweg naar huis begaf zijn auto het.' Ze keek weer op haar briefje. Haar ogen vulden zich met tranen. 'We waren allebei diep ongelukkig. Soms was onze verhouding het enige wat me gaande hield.

'Een tijdlang zochten we elkaar elk weekend op. Hij nam zelfs een week vrij om hier op huizenjacht te gaan. Alles ging heel snel en moeiteloos. Ik wil je hier niet mee kwetsen, maar ik dacht op dat moment echt dat we een tweede kans kregen. Dat we zouden trouwen.' Zwijgend schudde ze haar hoofd. Voordat ik haar tegen had kunnen houden vervolgde ze: 'Hij wilde zelfs naar hun locatie in Grand Rapids overgeplaatst worden. Toen kocht hij het huis. Dit huis. Het was toen vervallen, nauwelijks bewoonbaar, maar toch ben ik nog nooit zo gelukkig geweest. Hij wilde jou zelfs hier mee naartoe nemen en samen de zomer doorbrengen op zijn boot, wij drietjes. Ik dacht dat ik hier tot mijn dood met mijn grote liefde zou wonen.'

'Hij was getrouwd,' fluisterde ik. Het was alsof mijn keel op instorten stond. 'Hij was nog getrouwd.'

Gus is ook getrouwd, bedacht ik me ineens.

Mijn lichaam werd volledig overspoeld door emoties. Ik wilde haar haten. Ik haatte haar, maar ik begreep haar verdriet ook. Ik kende die spanning van een nieuwe liefde, een herstel samen, een tweede kans met iemand die je haast was vergeten. En het verdriet wanneer het echte leven jullie opbrak, de pijn van de geschiedenis met een ander, een relatie die geheel buiten jou om was verlopen.

Sonya kneep haar ogen tot spleetjes. 'Dat drong eigenlijk pas echt tot me door toen je moeder ziek werd.'

Er liep een rilling over mijn rug die ik probeerde te verbergen. Ik klungelde weer wat aan met de sleutel, al kon ik door de tranen nauwelijks nog iets zien.

Sonya las nu nog sneller door. 'We hielden een paar maanden contact. Hij wist niet wat hem te wachten stond, alleen dat hij er voor haar moest zijn, en daar kon ik niets tegen doen. Maar zijn telefoontjes werden steeds minder en minder, tot ze helemaal niet meer kwamen. En toen stuurde hij me een mail om me te laten weten dat het beter met haar ging. Dat het beter tussen hen ging.'

Ik probeerde niet eens meer de deur open te krijgen, maar wendde me tot haar. De muggen en motjes vlogen om mijn hoofd. 'Maar dat was jaren geleden.'

Ze knikte. 'Toen de kanker weer de kop op stak belde hij me. Hij was kapot, January. Het ging hem niet om mij, dat wist ik. Het ging hem om haar. Hij was doodsbang, en toen hij weer in de buurt moest zijn voor zaken stemde ik in met een ontmoeting. Hij had geruststelling nodig. En ik had net iets met een vriend van Maggie. Een goede man. Weduwnaar. Het was nog pril, maar ik wist dat we een goede kans maakten. Misschien maakte dat me juist bang, of misschien wist ik wel dat ik altijd iets voor je vader zou blijven voelen. Of misschien waren we gewoon zelfzuchtig en zwak. Ik weet het niet en zal niet doen alsof.

'Maar één ding kan ik je wel vertellen: die tweede keer deed ik niet alsof we een toekomst hadden. Als je moeder was overleden, had hij me niet meer willen zien, en ik had in dat geval toch niet kunnen geloven dat hij echt van me hield. Ik was een afleiding voor hem en ik geloofde misschien ook wel dat ik hem dat verschuldigd was.

'En toen hij aan ons huis ging klussen, wist ik ook dat het niet voor ons tweeën was. Toen het vervolgens weer beter ging met je moeder, gebeurde het weer. Hij kwam steeds minder vaak langs. Hij belde niet meer. Ik kreeg deze keer niet eens een laatste e-mail. Ik kan je op het hart drukken dat we goede bedoelingen hadden. Er zijn hier geen duidelijke antwoorden. Natuurlijk mag ik zelf geen verdriet hebben, maar zo gaat het nu eenmaal niet altijd.

'Ik heb verdriet, en ik ben kwaad op mezelf omdat ik het zo ver heb laten komen, en ik schaam me dat ik hier zo voor je sta...'

'Waarom sta je hier dan?' wilde ik weten. Ik schudde woedend mijn hoofd. 'Wat deed jij dan met die brief als jullie al jaren niet meer samen waren?'

'Ik weet het niet!' riep ze uit. De tranen sprongen haar in de ogen en trokken sporen over haar wangen. 'Misschien wilde hij het huis wel aan jou achterlaten maar dacht hij dat je moeder het je niet zou durven vertellen, of misschien wilde hij dat niet van haar vragen. Misschien was hij bang dat je het hem niet zou vergeven als je de brief en de sleutel per post zou krijgen. Ik weet het niet, January!'

Mijn moeder had het me inderdaad niet verteld, besefte ik. Zelfs toen Sonya voor onze neus had gestaan, wilde ze het er nog niet over hebben. Ze wilde alleen aan de mooie dingen denken. Ze hield zich er stevig aan vast in de hoop dat ze nooit weg zouden gaan en plaats zouden maken voor de pijnlijke herinneringen.

Sonya snikte een aantal keer, waarna ze haar ogen droogde. 'Ik weet alleen dat zijn advocaat me deze brief na zijn dood heeft gegeven, samen met de sleutel en een briefje van Walt waarin hij me vroeg om de brief en de sleutel aan jou te geven. En ik wilde het eigenlijk niet doen. Ik heb mijn eigen leven, eindelijk met iemand van wie ik hou. Ik ben gelukkig. Maar hij was er niet meer, en ik kon sowieso niet weigeren. Niet tegen hem. Hij wilde je de waarheid vertellen, en hij wilde dat je zelfs dan nog van hem zou houden. Ik denk dat hij mij heeft gestuurd zodat ik ervoor zou kunnen zorgen dat je het hem vergeeft.' Haar stem brak. 'En misschien sta ik hier wel omdat ik zelf ook vergeving wil. Omdat ik hem altijd zal blijven missen. Misschien wil ik dat iemand inziet dat ik een mens ben, en niet alleen een misstap.'

'Dat kan me niets schelen,' snauwde ik. Het was inderdaad zo. Ik had geen hekel aan haar. Ik kende haar niet eens. Maar het ging niet om haar. De tranen bleven komen en ik kreeg nauwelijks adem meer. 'Het gaat me om hem. Om alles wat ik nooit van hem zal kunnen horen en waar ik hem niet naar kan vragen. Wat hij mijn moeder heeft aangedaan! Ik weet niet hoe ik zelf een gezin zou kunnen stichten of welke levenslessen ik van hem kan aannemen. Al mijn herinneringen aan hem zouden leugens kunnen zijn. Ik kan hem niet meer beter leren kennen, want hij is er niet meer. Hij ís er niet meer.' Mijn gezicht was betraand. Al die pijn van het afgelopen jaar leek me wel te doorboren.

'O, schat,' zei Sonya zacht. 'We kunnen de mensen om ons heen nooit echt kennen. Zodra we ze kwijtraken, komen we er erachter dat we altijd meer van ze hadden kunnen zien. Maar dat probeer ik je juist te vertellen. Dit huis, dit plaatsje, dit uitzicht. Dit heeft hij allemaal met jou willen delen. En je bent er nu toch? Je bent hier en je hebt een strandhuis waar hij van hield in een plaatsje waar hij van hield en je hebt alle brieven en...'

'Brieven?' vroeg ik. 'Ik heb maar één brief.'

Ze keek geschrokken. 'Heb je de rest niet gevonden?'

'Welke rest?'

Ze leek in de war gebracht. 'Je hebt de brief nog niet gelezen. De eerste brief. Je hebt hem nooit gelezen.'

Natuurlijk had ik die niet gelezen. Dat waren zijn laatste woorden, en ik was er nog niet aan toe. Het was nu langer dan een jaar geleden, maar ik wilde nog geen afscheid van hem nemen. Ik had hem nog zóveel te vertellen, maar voor een vaarwel was het nog te vroeg. De brief zat nog in de doos waarin hij de hele zomer had gelegen.

Sonya slikte en vouwde haar papier weer op, waarna ze het in de zak van haar wollen trui stopte. 'Je hebt stukjes van hem. Je bent de enige ter wereld die nog stukjes van hem heeft, maar je wilt ze niet zien. Dat is aan jou. Maar doe niet alsof hij je niets heeft nagelaten.'

Ze draaide zich om om te gaan. Meer had ze niet te zeggen, en ik had haar de kans gegeven. Ik voelde me heel dom, alsof ik een of ander spel had verloren zonder dat ik de regels kende. Maar, dacht ik terwijl ze wegreed, hoeveel pijn het ook had gedaan, ik had het overleefd.

Ik had het gesprek gehad waar ik de hele zomer al bang voor was geweest. Ik was verliefd geworden, had mijn hart laten breken en ik had veel te veel gehoord, en ik leefde nog. Alle mooie leugens waren verdwenen. Kapot. En ik leefde nog.

Ik rechtte mijn rug, opende de deur en liep door het donkere huis naar de keuken, waar ik de doos tevoorschijn trok. Er lag intussen een laagje stof op de envelop dat ik eraf blies, waarna ik de brief uit de doos haalde. Ik las hem boven het aanrecht met een klein geel lichtje boven mijn hoofd.

Mijn handen beefden, waardoor ik de woorden maar moeilijk kon lezen.

Deze nacht was al bijna net zo erg als de nacht waarin hij stierf, of de nacht na zijn begrafenis. In elke andere situatie, zou ik nu het liefst bij mijn ouders zijn geweest.

Zelfs nu wilde ik nog naar mijn ouders toe. Ik wilde mijn vader op de bank zien zitten in zijn oude pyjamabroek met een biografie van Marie Curie. Ik wilde mijn moeder in haar Lululemon door het huis zien lopen en alle fotolijstjes op de schoorsteenmantel afstoffen terwijl ze het lievelingsliedje van mijn vader neuriede: *it's June in January, because I'm in love.*

Zo trof ik ze een keer aan toen ik voor Thanksgiving onaangekondigd van de universiteit naar huis kwam. Op het allerlaatst had ik heimwee naar huis gekregen en was ik alsnog op bezoek gekomen. Toen ik met mijn weekendtas naar binnen liep, gilde mijn moeder het uit en liet ze een lijst uit handen vallen. Mijn vader zwiepte zijn benen de bank af en keek in de goudkleurige gloed van de woonkamer mijn kant uit.

'Zie ik dat goed?' vroeg hij. 'Is dat mijn schat van een dochter? De piratenkoningin van de zeven zeeën?'

Vervolgens kwamen ze naar me toe en omhelsden me stevig. Ik barstte in tranen uit en merkte toen pas hoe erg ik hen had gemist.

Nu voelde ik me weer zo. Ik wilde mijn ouders bij me hebben. Ik wilde tussen ze in zitten op de bank, met mijn moeder die door mijn haar streelde, en ik wilde ze vertellen dat ik alles had verpest. Dat ik van iemand was gaan houden die me op alle mogelijke manieren had gewaarschuwd dat dat geen goed idee was.

Dat ik blut was. Dat mijn leven aan het instorten was. Dat ik meer liefdesverdriet had dan ooit tevoren en dat ik bang was dat ik hier nooit meer overheen zou komen.

Ik hield de brief stevig vast en slikte de tranen weg, waarna ik echt begon te lezen.

Bovenaan stond de datum van mijn negenentwintigste verjaardag: 13 januari, zeven maanden na de dood van mijn vader, waardoor dit haast surrealistisch voelde.

Lieve January,

Meestal schrijf ik je deze brieven op je verjaardag, maar je negenentwintigste is nog zo ver weg en ik wil je tegen die tijd deze brief geven, samen met alle andere. Dus begin ik dit jaar wat vroeger.
In deze brief staat een verontschuldiging, en ik wil je geen reden geven om me nog voor je verjaardag al te haten, maar ik moet dapper zijn. Soms maak ik me zorgen dat de waarheid al het verdriet niet waard is. In een perfecte wereld zou je

nooit over mijn fouten te weten komen. Maar in die perfecte wereld had ik ook geen fouten gemaakt.
In deze wereld is dat nu eenmaal wel zo. Ik heb jarenlang geaarzeld over wat ik je zou vertellen, maar ik heb besloten dat ik wil dat je me door en door kent. Dat klinkt misschien egoïstisch, en dat is het ook. Maar het is meer dan dat, January. Zodra de waarheid boven water komt, wil ik dat het je zo min mogelijk kwetst. Ik wil dat je weet dat ik meer ben dan slechts mijn fouten, meer dan al het juiste en het verkeerde wat ik ooit heb gedaan, en dat ik altijd van je heb gehouden.
Ik ben bang dat de waarheid je veel pijn zal doen. Ik ben bang dat je niet meer van me zult houden. Maar je moeder heeft die keus zelf gemaakt, en die kans verdien jij ook.
1401 Queen's Beach Lane. De kluis. De beste dag van mijn leven.

Ik rende de trap op, de slaapkamer in. Het tafelkleed lag nog vastgeklemd onder de klok, waardoor de kluis te zien was. Mijn hart ging als een razende tekeer. Deze keer moest ik het goed hebben. Het was alsof mijn lichaam zou ontploffen van de spanning. Ik voerde het nummer in, de datum bovenaan de brief. Mijn verjaardag. De lichtjes werden groen en het slot klikte open.

Er lagen twee dingen in de kluis: een stapel enveloppen met een groen elastiek eromheen, en een sleutel aan een blauwe plastic sleutelhanger met daarop de tekst: SWEET HARBOR MARINA, NORTH BEAR SHORES, MI.

Ik besloot eerst de brieven eruit te halen. Even keek ik ernaar. Op alle enveloppen stond mijn naam geschreven, in verschillende kleuren inkt. Hoe verder ik bladerde, des te scherper en kordater het handschrift werd. Ik drukte ze tegen me aan en snikte. Hij had deze ook vastgehouden.

Op de een of andere manier was dat me aan dit huis ontgaan.

Maar dit was anders. Dit was mijn naam, een stukje van hem dat hij voor mij had achtergelaten.

En ik zou ook deze brieven overleven, omdat ik de rest ook overleefd had. Ik kon alles aan. Dus kwam ik overeind, liep de trap af en griste mijn sleutels mee onderweg naar buiten.

Mijn gps had geen enkele moeite de haven te vinden. Die lag maar vier minuutjes verderop. Twee keer de bocht om en ik stond op de donkere parkeerplaats. Er stonden nog twee andere auto's, waarschijnlijk van mensen die hier werkten. Maar niemand jaagde me weg toen ik verder naar de aanlegplaats liep. Ik was helemaal alleen, met enkel het geluid van het water dat tegen de houten palen sloeg.

Ik wist zelf niet waar ik naar op zoek was, maar op zoek was ik sowieso. Ik hield de brieven stevig tegen me aan gedrukt en liep langs de aangelegde boten.

En daar lag hij dan, spierwit met blauwe letters en opgerolde zeilen. *January*.

Ik stapte voorzichtig aan boord en keek over het water uit.

'Pap,' fluisterde ik.

Wat er na de dood zou zijn wist ik niet, maar ik dacht dat alle momenten samen een geheel zouden vormen. Ik kon hem bijna horen. Ik voelde hem haast een hand op mijn schouder leggen.

Alweer voelde ik me zo verloren. Zodra ik mijn weg weer leek te vinden, viel alles uit elkaar. Hoe kon ik mijn relatie met Gus vertrouwen? Hoe kon ik mijn eigen gevoel nog vertrouwen? Mensen waren complex. Je kon ze niet tegen elkaar afwegen. We waren namelijk geen wiskundige vraagstukken, maar verzamelingen van gevoelens en keuzes en stom geluk. De wereld was al even ingewikkeld. Het was geen mooie, vage Franse film, maar een verschrikkelijke puinhoop met hier en daar een beetje pracht en liefde en betekenis.

Een briesje blies de brieven op mijn schoot op. Ik veegde mijn haren uit mijn betraande gezicht en opende de eerste envelop.

Lieve January,

Vandaag ben je geboren. Ik wist al maanden dat het zou gaan gebeuren. Het was geen verrassing. Je bent zo gewenst, zelfs al voordat je bestond.
Wat ik niet wist, is dat ik me vandaag zelf ook herboren voel. Door jou ben ik een nieuwe man: ik ben de vader van January. En dat zal ik de rest van mijn leven blijven. Ik kijk nu even naar je, January, onder het schrijven, en ik krijg nauwelijks de juiste woorden op papier.
Ik heb nooit geweten dat ik zo kon zijn, January. Ik sta versteld. Ik wist niet dat ik zoveel kon ervaren. Op een dag doe je je rugzak op je rug, weet je hoe je een potlood moet vasthouden, heb je je eigen mening over je haar: ik kan niet geloven dat je ooit nog bijzonderder zult zijn dan je nu al bent als ik je zie liggen.
Tien vingertjes, tien teentjes. Zelfs al had je er geen, dan nog was je het speciaalste wezentje ter wereld.
Ik kan het gewoon niet onder woorden brengen. Voel je het zelf? Nu je oud genoeg bent om dit te lezen, en je weet wie je bent, heb jij er de woorden nu voor? Voor die kwaliteit die jou uniek maakt?
Misschien moet ik je eerst maar eens iets over mezelf vertellen, over wie ik ben, nu ik je zie liggen slapen op de buik van je moeder.
Leuk je te leren kennen, January. Ik ben je vader, de man die je zelf tot vader hebt gemaakt, met je tien vingertjes en tien teentjes.

Er was voor elk jaar een brief, altijd op mijn verjaardag geschreven.

January, vandaag ben je één jaar oud geworden. Wie ben ik vandaag, January? Ik leid je door het leven en begeleid je eerste aarzelende stapjes. Vandaag hebben je moeder en ik spaghetti gemaakt, dus misschien ben ik ook wel een kok. Jouw privékok. Vroeger kookte ik nauwelijks, maar iemand moet het doen.

Gefeliciteerd met je tweede verjaardag, January. Je haar is veel donkerder geworden. Je weet zelf vast niet meer dat je eerst blond was. Zo vind ik het veel beter. Het past bij je. Volgens je moeder lijk je op je oma van haar kant, maar ik zie juist veel van mijn moeder in jou terug. Ze had je vast prachtig gevonden. Ik zal je eens iets over haar vertellen. Ze komt uit North Bear Shores, net als ik. Daar woonde ik toen ik zo oud was als jij. Volgens mijn moeder was ik een lastige peuter. Ik krijste tot ik flauwviel. Maar dat lag vast aan Randy, mijn oudere broer. Hij was een eikel, maar wel heel lief. Nu woont hij in Hongkong, omdat hij zo deftig is.

January, ik geloof zelf nog niet dat je al vier jaar oud bent. Je lijkt steeds meer op een mens. Natuurlijk was je altijd al een mens, maar nu meer dan ooit. Toen ik vier was reed ik mijn driewieler kapot. Ik fietste over de pier naar de vuurtoren. Mijn moeder stond met een vriendin te praten en lette niet op, en het leek me leuk om van de pier af te rijden om te kijken of ik snel genoeg was om over het water verder te fietsen. Zoals Road Runner. Ze zag me op het laatste moment nog en riep mijn naam. Ik draaide me om en gaf het stuur een zwiep waardoor ik tegen de vuurtoren reed. Zo ben ik aan dat grote roze litteken op mijn elleboog gekomen. Nu is het niet meer zo groot. Of nou ja, mijn elleboog is groter dan toen. Vorige week liep jij met je hoofd tegen de schoorsteenmantel. Het was niet heel ernstig en je had geen hechtingen nodig, maar zodra je lag te slapen hebben je moeder en ik de hele nacht liggen huilen.

We voelden ons zo schuldig. Soms is het ouderschap net alsof je zelf weer een kind bent en iemand je per ongeluk een kind heeft gegeven. 'Succes!' roept deze onverantwoordelijke onbekende nog, waarna je hem nooit meer ziet. We zullen fouten blijven maken, ben ik bang. Ik hoop dat ze steeds minder groot zullen worden naarmate wij groter groeien. Of ouder, we zijn al groot genoeg.

Acht! Acht jaar al en zo ongelofelijk slim! Je houdt niet op met lezen, January. Zelf vond ik boeken op mijn achtste maar niks. Maar goed, ik kon toen nog niet zo goed lezen, en Randy en Douglas plaagden me ermee, al is Douglas tegenwoordig wel heel aardig. Misschien had ik het leuker gevonden als ik er beter in was geweest. Of andersom. Mijn vader was een druk man, maar hij is wel degene die me heeft leren lezen, January. Sindsdien liet ik me niet meer helpen door mijn arme moeder. Ze zei me dat zij me later wel zou leren autorijden. Op dit moment vind je De gulle boom *een mooi boek, al breekt het mijn hart. Soms doet je moeder me aan die boom denken, en ik ben bang dat jij later ook zo zult worden. Begrijp me niet verkeerd, dat is helemaal niet slecht. Maar toch. Ik wou dat je iets weerbaarder was, net als je vader. Voor je eigen bestwil. Toen ik acht was heb ik voor het eerst iets uit een winkel gestolen. Niet dat ik dat gedrag goedkeur, maar ik wil eerlijk zijn. Ik heb kauwgom gestolen uit die ouderwetse snoepwinkel aan de hoofdstraat in North Bear Shores. Die winkel vond ik prachtig. Ze hadden daar van die ventilators om de chocola in de zomer koel te houden en soms gingen mijn broers en ik erheen om de koelte op te zoeken als mijn moeder het druk had. Ik vond er zelf niet veel aan om in mijn eentje naar het strand te gaan. Misschien is dat nu wel anders. Ik ben er al lang niet meer geweest. Je moeder en ik zitten te denken om je binnenkort een keertje mee te nemen.*

January, je bent nu dertien en dapperder dan je zou moeten zijn. Tegenwoordig weet ik niet meer wie ik zelf ben. Natuurlijk ben ik nog steeds je vader, en de man van je moeder. Maar January, soms is het leven zwaar. Soms vraagt het zoveel van je dat je jezelf in stukjes en beetjes kwijtraakt om de wereld te kunnen geven wat hij van je vraagt. Ik weet het niet meer, January. Weet je de vuurtoren nog, waarover ik je heb verteld? Volgens mij heb ik je daarover geschreven. Soms zie ik jou als die vuurtoren. 'Blik op January,' zeg ik dan tegen mezelf. 'Zij zal je niet laten verdwalen. Als je je maar op January focust, verdwaal je niet.' Maar misschien was ik zo met je bezig dat ik juist tegen je op ben gebotst.
Net als je moeder. Dit jaar was vast moeilijk voor je. Zolang je maar weet dat je moeder en ik onszelf wel weer terug zullen vinden. Elkaar terug zullen vinden. Wees niet bang, mijn kindje, mijn moedige piratenkoningin van de zeven zeeën. Alles komt goed.

Ik was zestien toen ik voor het eerst heb gezoend. Ze heette Sonya en was lang en sereen.

Je bent pas over een paar maanden jarig, maar toch wil ik je nu al schrijven. Je gaat vandaag naar de universiteit, January, en dat wordt mijn dood. Natuurlijk mag je dat niet merken. Je zou je schuldig voelen en dat wil ik niet. Je hebt de juiste keuze gemaakt. Je bent zo slim. Hier hoor je thuis. En het is niet voor eeuwig. Maar als je straks wakker wordt en we naar het noorden rijden, zal ik niet in de achteruitkijkspiegel naar je kijken. En wanneer je dit leest (??? Wanneer zal dat zijn???), denk dan aan die dag terug. Is het je opgevallen dat ik je niet aan kon kijken? Vast niet. Je bent zelf ook zenuwachtig. Maar als je het nog weet, dan weet je nu ook waarom. Ik ben bang dat ik om zal keren en terug naar huis zal rijden zodra ik jou zie aarzelen. Ik wil je voor altijd bij me houden. Wie ben ik zonder jou?

Je had moeten doorleren. Dat weten we allemaal. Kanker is klote, January. Je bent volwassen, dus ken je woorden zoals klote al goed genoeg, en we weten allebei dat het woord kanker jou niet vreemd is. Nou, dat is klote. Ik moet eerlijk blijven, January. Het is alsof onze levens op het punt staan te ontploffen en ik wil je het liefst zo ver mogelijk bij de knal vandaan hebben.

Ik zei dat ik eerlijk zou zijn, dus hier is het dan. Als ik het hier opschrijf, weet ik dat ik het niet meer terug kan nemen. Op een dag lees je dit, en weet je alles.

Ik ga vreemd. Soms denk ik dat ik mezelf ermee troost, en soms lijkt het alsof ik mezelf ermee straf. Soms denk ik dat ik het universum gewoon een lesje wil leren. Als het zo nodig een puinhoop van mijn leven wil maken, doe ik er zelf nog wel een schepje bovenop.

Soms denk ik echt dat ik van Sonya hou. Sonya, zo heet ze. Ooit hield ik van haar, toen we jong waren. Volgens mij heb ik je daarover geschreven, toen je zestien werd. Toen heb ik haar gezoend. Dat wil je nu vast niet horen. Maar ik denk dat ik het je toch moet vertellen. Ik ben verliefd op een versie van mezelf die in deze hel niet kan bestaan. Vind je me nu een afschuwelijke man, January? Dat zou ik begrijpen. Ik ben wel vaker afschuwelijk geweest.

Ik wil weer de man van je moeder zijn: haar nieuwe man. En jouw liefdevolle vader. Ik ben op zoek naar een deel van mezelf dat ik kwijt ben geraakt, en dat is niet eerlijk tegenover jullie.

Als ik de tijd kon terugdraaien, naar die jaren voor de kanker, zou ik dat onmiddellijk doen. Ik zorg dat alles weer goed komt. Schrijf me nog niet af, January. Het is nog niet te laat.

January, vandaag word je achtentwintig.
Toen ik zo oud was, gaf mijn beeldschone vrouw me een kind. Op deze dag, 13 januari, de beste dag ter wereld. Soms vraag ik me af hoe jouw kinderen eruit zullen zien. Niet specifiek die van jou en Jacques, al zou ik daar geen probleem mee hebben.
Ik stel me dan een meisje voor dat op January lijkt. Misschien ook met tien vingertjes en tien teentjes, en al is dat niet het geval, dan blijft ze perfect. En dan stel ik me voor wat voor soort moeder jij voor haar zou zijn.
Meestal huil ik als ik eraan denk, January. Je zult het vast beter doen dan ik, en dat vind ik erg geruststellend. En zelfs al is dat niet zo en maak je dezelfde fouten als ik, dan ken ik je nog, January.
Ik ken jou zoveel beter dan jij mij, en het spijt me heel erg, maar als we al uit evenwicht moeten zijn, dan ben ik blij dat het gewicht deze kant uit leunt.
Weet je nog toen het uitging met je eerste vriendje? Ik had het erover in de brief van je zeventiende verjaardag. Je was kapot van verdriet. Je moeder belde de Taco Bell waar je werkte en deed alsof ze jou was om je ziek te melden.
Ik hield toen even heel veel van haar. Ze wist precies hoe ze dit moest aanpakken en hoe ze er voor je moest zijn. Ik heb er gewoon geen woorden voor.
Ze weet er trouwens van. Ze weet alles wat ik jou ook heb verteld. Ze vindt het goed als ik het jou zelf vertel, wanneer ik wil. Toch ben ik bang dat ze zich schaamt, dat ze denkt dat iedereen haar zielig gaat vinden. Dat zou ze vreselijk vinden, dat weet je. Ze vindt dat je het eigenlijk niet hoeft te weten. Misschien heeft ze wel gelijk. In dat geval spijt het me. Ik denk dat ik je alles wilde vertellen, zodat je het weet.
Als je dit een verdrietige afloop vindt, moet je goed beseffen dat het verhaal nog niet voorbij is.

Sinds ik aan deze brieven ben begonnen ben ik al duizenden verschillende dingen geweest. Soms goed, soms minder.
Maar vandaag, op je achtentwintigste verjaardag, voel ik me net zoals al die jaren geleden.
Ik kijk naar je, ik tel je vingers, ik vraag me af hoe het komt dat jij zo anders bent. Ik weet niet waarom, maar ik ben weer gelukkig. Zelfs als alles hierna verandert, zal ik dit moment altijd bij me dragen. Hoe kan ik nu verdrietig zijn als ik mijn kindje tot zo'n prachtige vrouw heb zien uitgroeien?
January, je bent achtentwintig, en vandaag ben ik je vader.

26

De beste vriendin

Ik lag op de houten planken en keek op naar de sterrenhemel. De donkere wolken pakten zich samen, waardoor de lichtpuntjes steeds minder zichtbaar waren. Het was alsof ik aan het aftellen was, al wist ik niet wat er te gebeuren stond. De brieven lagen opengevouwen en uitgelezen om me heen. Ik had het niet allemaal kunnen afsluiten in die twee uur, maar dat had ik ook niet verwacht. Eindelijk had hij gezegd wat hij me nooit had verteld. Het was alsof ik terugging in de tijd.

Ik was als een wond, eerst langzaamaan geheeld en toen weer rauw geschaafd. Het nummer 'Everybody Hurts' spookte door mijn hoofd. Het had iets troostend, het idee dat iedereen weleens verdriet had.

Het voelde er groter en juist kleiner door. Kleiner omdat de hele wereld leed. Groter omdat ik eindelijk kon toegeven dat alles waar ik me de afgelopen tijd op had toegelegd, eigenlijk alleen maar als afleiding voor het grote verdriet gold.

Mijn vader was er niet meer. En ik zou hem blijven missen.

En dat moest ik accepteren.

Ik pakte mijn telefoon en opende YouTube. Daar typte ik 'Everybody Hurts' in en speelde het nummer via het speakertje van mijn telefoon af. Na afloop speelde ik het opnieuw.

Mijn gevoel kreeg er een ritme door. Het was alsof ik aan het sporten was en mijn spieren en gewrichten voelde branden. Toen ik eens last van spanningshoofdpijn had, vertelde mijn huisarts me dat pijn een schreeuw om aandacht van het lichaam is.

'Soms is het een waarschuwing,' zei ze. 'Soms een reclamebord.'

Ik wist niet wat deze pijn van me wilde, maar misschien zou hij hierna even wegblijven als ik er nu naar luisterde.

Misschien zou deze verschrikkelijke avond me de volgende dag opluchten.

Het nummer was voorbij. Ik luisterde er opnieuw naar.

Het was fris. Ik vroeg me af hoeveel kouder het in januari zou zijn. Ik wilde het graag meemaken. Dan zou ik nog een deel van hem kunnen leren kennen.

Ik stopte de brieven terug in de enveloppen, die ik vervolgens netjes op elkaar legde. Vervolgens stond ik op om te gaan, al kwam er bij de gedachte aan thuis een nieuwe versie van het verdriet bij me boven. *Gus, in mineur.*

Het was alsof ik uiteenviel, alsof iemand met een bijl op mijn borstbeen had ingehakt en ik nu in tweeën lag.

We hadden elkaar al uren niet meer gezien. Geen telefoontjes, geen berichtjes. Ik kon me zijn gezicht nog wel herinneren toen hij Naomi vanavond had gezien. Alsof ze een spookverschijning was. Een klein, beeldschoon spookje waar hij vroeger zoveel van had gehouden dat hij met haar was getrouwd. Zoveel dat hij haar zelfs na het breken van zijn hart nog een kans wilde geven.

Ik barstte in tranen uit. De hele wereld vervaagde door de tranen.

Toch wist ik een berichtje aan Shadi te schrijven: Heb je nodig.

Een paar tellen later kwam het antwoord: Ik neem de eerste trein.

Nog even keek ik op mijn scherm. Er was nog iemand met wie ik nu wilde praten. Ik typte het nummer in en hield de telefoon bij mijn oor.

Het was midden in de nacht, dus verwachtte ik eigenlijk weinig. Maar de telefoon hoefde maar twee keer over te gaan en toen werd er al opgenomen.

'Janie?' fluisterde mijn moeder. 'Is alles in orde met je?'

'Nee,' snikte ik.

'Vertel het me maar, schat,' zei ze. Ik hoorde haar overeind komen, de dekens van zich af werpen en het licht aanknippen. 'Ik ben er, liefje. Wat is er gebeurd?'

Met bevende stem begon ik bij het begin. 'Heb ik je al verteld dat Jacques het heeft uitgemaakt in een hottub?'

Mijn moeder hapte naar adem. 'Die kleine klootzak!'

En ook de rest vertelde ik haar. Ik vertelde haar alles.

Om tien uur 's ochtends kwam Shadi met haar weekendtas waar een footballspeler nog in zou passen, en een doos verse groente. Toen ik de deur opende en haar op de zonovergoten veranda zag staan, keek ik eerst in de kartonnen doos. 'Geen alcohol?'

'Wist je dat er hier in de buurt een geweldige boerenmarkt is?' zei ze terwijl ze naar binnen liep. 'En dat de enige Uber hier wordt bestuurd door een blinde malloot?'

Ik probeerde te lachen, maar de tranen prikten al in mijn ogen.

'O schat,' zei ze, waarna ze de doos op de bank neerzette en me in haar armen nam. Ze rook naar rozenwater en kokosnoot. 'Wat vind ik dit erg voor je,' zei ze terwijl ze moederlijk over mijn haren streek. Vervolgens bekeek ze me eens goed. 'Het goede nieuws is,' zei ze zacht, 'dat je huid zo zacht is als die van een baby'tje. Wat eet je hier zoal?'

Ik knikte naar de doos vol groente. 'Zulke dingen in elk geval niet.'

'Een schrijversdieet?' raadde ze. Toen ik knikte klopte ze vriendelijk op mijn arm en ging met de doos naar de keuken. 'Dat dacht ik al. Voor alle alcohol en tranen moet je eerst even wat groente binnen krijgen. En misschien een eitje of zoiets.' Bij de keuken bleef ze staan, omdat ze oog in oog was komen te staan met mijn afschuwelijke, hemelhoge troep. 'Goed,' zei ze terwijl ze de groentes op het enige lege stukje aanrecht plaatste. 'Trek jij eerst maar eens een andere broek aan, dan maak ik iets te eten.'

'Wat is er mis met mijn broek?' vroeg ik, wijzend op mijn trainingsbroek. 'Dit draag ik nu, aangezien ik het officieel heb opgegeven.'

Shadi sloeg haar ogen ten hemel en trommelde met haar blauwe nagels op tafel. 'Janie, je hoeft van mij echt geen galajurk aan, maar ik kook alleen voor mensen die broeken met knoopjes of rits dragen.'

Plotseling knorde mijn maag, alsof die me smeekte te gehoorzamen. Dus liep ik naar mijn slaapkamer. Daar lag een aantal van Gus' shirts die hij de afgelopen dagen had gedragen nog op de vloer. Niemand zou ze meer oprapen, dus schopte ik ze op een hoopje bij de kast zodat ik er in elk geval niet naar zou hoeven kijken. Vervolgens trok ik mijn korte spijkerbroek en Ella Fitzgerald-shirt aan.

Het duurde wel anderhalf uur voordat het eten klaar was, en toen stond Shadi er ook nog eens op om eerst de afwas te doen voordat we aan de maaltijd mochten beginnen. 'Moet je dit nu eens zien,' zei ik smekend, wijzend op de stapel kommetjes met aangekoekte muesli. 'Tegen de tijd dat we die weer schoon hebben is het alweer kerst.'

'Dan is het maar goed dat ik toch een jas heb meegenomen,' zei Shadi droog.

Het kostte ons maar een halfuurtje voordat de vaatwasser aanstond en de rest van de afwas met de hand was gedaan. Toen we ons eten op hadden, wilde Shadi het hele huis schoonmaken. Eigenlijk wilde ik alleen maar op de bank liggen en met een zak chips reality-tv kijken, maar ze had wel gelijk. Schoonmaken was een betere afleiding.

Heel even hoefde ik niet aan mijn vader te denken, of aan Sonya op de begrafenis. De ruzie met mijn moeder in de auto spookte niet meer door mijn hoofd en ik dacht zelfs niet aan Naomi's volle, berouwvolle lippen. Ik maakte me niet druk over mijn boek, of over Anya, of over wat Sandy van mijn manuscript zou vinden. Ik dacht even helemaal nergens aan.

Door het schoonmaken belandde ik in een soort trance. *Kon ik maar in een cryogene kamer blijven slapen tot het ergste voorbij was*, dacht ik.

Rond elf uur kwam het eerste telefoontje van Gus. Ik nam niet op. Een kwartier later belde hij weer en kreeg ik een brok in mijn keel. Hij sprak niets in en stuurde me ook geen berichtje.

Ik zette mijn telefoon uit en legde hem in een la van de kast in mijn slaapkamer, waarna ik de vloer van de badkamer onder handen nam. Shadi en ik besloten het er niet over te hebben. Niet over SSG en niet over de Spookhoed, helemaal nergens over tot ons werk af was. Dat leek me een goede regel, omdat het schoonmaken mijn gevoelens had uitgeschakeld en ik erdoor werd overspoeld zodra ik ook maar één seconde aan Gus dacht.

Om zes uur besloot Shadi dat ik een douche moest nemen terwijl zij iets te eten maakte. Ratatouille werd het, waar ze al zin in had sinds ze op 4 juli de gelijknamige film met Ricky en zijn kleine zusjes had gezien.

'Je mag me best vertellen hoe het was,' zei ik toen we aan weerszijden van de tafel hadden plaatsgenomen. Ik had mijn rug tegen het raam gekeerd. Zelfs met de luxaflex dicht wilde ik Gus' kant niet opkijken. 'Ik wil vrolijke dingen horen.'

'Na het eten,' zei Shadi. Alweer had ze gelijk. Ik had dit hard nodig, deze maaltijd van groentes met gezellig gepraat over koetjes en kalfjes. Dingen die we online over onze oud-studiegenoten hadden gelezen, boeken die ze had gelezen, tv-series waar ik naar had gekeken (*Veronica Mars*).

Na het eten betrok het buiten. Toen ik de borden aan het afwassen was en Shadi Sazeracs voor ons klaarmaakte, begon het flink te regenen. In de verte klonk onweer dat ons huis deed opschudden als bij een kleine aardbeving. Toen ik mijn bord had afgedroogd en terug in het kastje rechts van de oven had gezet, overhandigde ze me een glas en ploften we op de bank waar ik mijn eerste nacht op had doorgebracht. We krulden ons aan weerszijden op met onze voeten onder hetzelfde dekentje.

'Goed,' zei ze. 'Begin maar bij het begin.'

27

De regen

We praatten de hele nacht in het noodweer dat kwam en ging en dat, net als het leek alsof de boel weer opklaarde, genadeloos terugsloeg met nog meer donder en bliksem. Zo lang duurde ons gesprek, met alle huilpauzes en de twee keer dat Shadi even iets te drinken voor ons ging maken.

Tijdens onze jarenlange vriendschap had ik Shadi vijf keer door een afschuwelijk einde van een relatie zien gaan. 'Dus het werd tijd dat jij bij mij kwam uithuilen,' verzekerde ze me. 'Nu jij zo veel hebt gejankt, zal ik me niet zo opgelaten voelen wanneer Ricky me dumpt en ik jou nodig heb.'

'Gaat dat gebeuren?' vroeg ik door mijn gesnotter heen.

Shadi zuchtte diep. 'Dat weet ik bijna zeker.'

Ze viel altijd voor mannen die helemaal geen relatie wilden. Het begon oppervlakkig, maar veranderde vervolgens per ongeluk in iets serieus. Uiteindelijk stond er altijd iets in de weg wat eerst geen enkel punt was, maar in een serieuze relatie heibel veroorzaakte.

Zoals die aan pillen verslaafde kok, de alcoholverslaafde skateboarder en de veelbelovende mentor van een naschools programma voor kansarme jongeren, die Shadi in één adem door wist te vertellen dat hij van haar hield maar wel liever nog een paar jaar single bleef.

Mijn beste vriendin gaf de mannen in Chicago steeds weer de verkeerde signalen. Ze was excentriek en luidruchtig, dronk veel, feestte de hele nacht door en had geen moeite met onenightstands. Ze was altijd de grappigste en de meest choquerende, en ze postte graag naaktfoto's van zichzelf. Ze was een waar enigma en kwam heel sterk in de buurt van de typische droomvrouw uit een film, alleen was ze diep vanbinnen een romantische ziel.

Zodra ze met iemand een band had opgebouwd, kwam haar tere kern vol pure, onzelfzuchtige loyaliteit naar boven. En al die kleuters van mannen met wie ze per ongeluk verstrikt raakte, vielen als een blok voor die kant van haar, net als zij voor hen. Ineens droomden ze van een toekomst waar ze beiden bij hun eerste ontmoeting absoluut nog niet op hadden gehoopt.

'Ik wou dat ik er iets tegen kon doen,' zei ze.

'Niet waar,' plaagde ik haar, en ze glimlachte.

'Ik hou van verliefd worden en ik haat het.'

'Ik ook,' zei ik. 'Mannen zijn afschuwelijk.'

'Afschuwelijk,' zong ze.

Even waren we stil. Mijn tranen waren gedroogd en de zon kwam op achter de donkere regenwolken, waardoor er blauwachtig licht door de luxaflex naar binnen viel.

'Hé,' zei ze uiteindelijk. 'Volgens mij was het gewoon het juiste moment.'

'Wat?'

'Ik denk dat dit het juiste moment was om verliefd te worden,' zei ze. 'Ik ken je al zo lang en heb het nog nooit eerder zien gebeuren. Het was het juiste moment.'

'Je kende me toch al voordat ik Jacques ontmoette? Dat heb je zelf zien gebeuren.'

'Klopt.' Shadi haalde haar schouders op. 'Ik wist dat je van hem hield. En misschien kom je dit keer ook weer op hetzelfde gevoel uit, maar je bent nooit echt verliefd geworden, Janie. Je wist van tevoren waar je aan begon.'

'Dus het onverwachte doet het meest pijn?' vroeg ik cynisch. 'En zonder de pijn is het niet hetzelfde?'

'Nee,' antwoordde Shadi op serieuze toon. 'Het onverwachte beneemt je de adem. Het zorgt ervoor dat je nauwelijks kunt geloven dat de persoon die voor je staat echt bestaat en zomaar op je pad is gekomen. Je gaat meer van het leven houden, precies zoals het er nu voor staat.'

De tranen sprongen me in de ogen. Zo voelde het inderdaad met Gus, maar ik had dat al een keer eerder meegemaakt.

'Dat heb je al wel een keer met me mogen meemaken,' zei ik. Shadi keek me geïnteresseerd aan. 'Zo voelde het toen ik jou voor het eerst ontmoette.'

Ze glimlachte en smeet een van de sierkussens naar mijn hoofd. 'Ik hou van je, Janie,' zei ze.

'Ik nog meer van jou.'

Haar glimlach verdween van haar gezicht en ze schudde nog eenmaal met haar hoofd. 'Volgens mij houdt hij ook van jou,' zei ze. 'Ik voel het gewoon.'

'Je hebt ons niet eens samen meegemaakt,' zei ik. 'Je kent hem niet écht.'

'Ik voel het gewoon.' Ze wuifde met haar hand in de richting van de muur terwijl buiten de bliksem de hele wereld verlichtte en de donder het huis deed schudden. 'Het zit in dit huis. Bovendien ben ik helderziend.'

'Dus dat is het,' zei ik.

'Precies,' zei Shadi. 'Dat is het.'

Waarschijnlijk zaten er maar een paar seconden tussen het moment waarop ik eindelijk in slaap viel en het gebonk op de voordeur. Of misschien waren het wel uren. De woonkamer was in elk geval nog even stormachtig donker en het onweer deed de vloer nog steeds trillen.

Shadi kwam aan de andere kant van de bank overeind en trok de deken op tot aan haar kin. Met grote groene ogen keek ze me aan toen er opnieuw werd gebonsd. 'Is dit een moordenaar?' fluisterde ze in het donker.

Maar toen hoorden we zijn stem. 'January?'

Shadi leunde opgelucht achterover. 'Dat is hem toch?'

Hij bleef op de deur kloppen en ik stond op, zonder dat ik wist waar ik mee bezig was, wat ik moest doen, of wat ik wilde. Ik keek Shadi vragend aan, smekend om een antwoord.

Ze haalde haar schouders op, waarna er weer een nieuwe bonk volgde.

'Alsjeblieft,' zei Gus. 'Alsjeblieft, January. Als je wilt dat ik wegga, dan doe ik dat. Maar praat alsjeblieft met me.'

Even was het stil, waardoor het geraas van de wind als een ellips om meer leek te vragen. Ik had een flinke brok in mijn keel die ik eerst weg moest zien te slikken voordat ik sowieso zou kunnen praten.

'Wat zou jij doen?' vroeg ik Shadi.

Ze zuchtte diep. 'Je weet best wat ik zou doen, Janie.'

Ze had het me de avond ervoor nog verteld: *Ik wou dat ik er iets tegen kon doen*. De grap was dat ze best wist hoe ze het moest stoppen, maar ze kon alle telefoontjes en berichtjes gewoon niet onbeantwoord laten. Ze zou zichzelf nooit kunnen overhalen om op een feestdag bij de familie van haar geliefde weg te blijven. Ze zou een kans op liefde nooit aan zich voorbij laten gaan.

Ik kon me niet voorstellen wat Gus me over de afgelopen avond zou willen vertellen. Over Naomi, of over ons. Ik kon het niet weten, maar wat het ook was, ik zou het wel overleven.

Ik dacht terug aan dat moment in de auto, toen ik de herinnering op mijn netvlies had gebrand zodat ik altijd aan iets positiefs terug kon denken en me keer op keer opnieuw kon realiseren dat het het allemaal waard was geweest.

Dat ik een paar weken lang gelukkiger was geweest dan het hele jaar daarvoor.

Ja, dacht ik. Dat was echt waar.

Ik was ademloos, alsof ik alweer naakt door de koude golven van het meer had gerend. Ik was echt blij dat ik leefde, ondanks alle stront. Ik was blij dat Shadi bij me was. Ik was blij dat ik de brieven van mijn vader had gelezen, en ik was blij dat ik naast Augustus Everett was komen wonen.

Wat er ook zou gebeuren, ik kon het allemaal aan, net als Shadi al zo vaak had bewezen.

Het duurde waarschijnlijk wel een hele minuut tot het allemaal tot me was doorgedrongen. Een minuut waarin er niet werd geklopt. Met wild bonzend hart snelde ik naar de deur. Shadi applaudisseerde vanaf de bank, alsof ze een olympische hardloopwedstrijd aan het kijken was.

Ik opende de deur en stapte een donkere, regenachtige veranda op. Leeg. Ik rende op blote voeten verder en keek de tuin door, naar de straat en naar de trap van de veranda naast de mijne.

Van Gus was geen spoor te bekennen. Ik stoof roekeloos het trapje af en rende door het gras waardoor mijn tenen in de zompige modder wegzonken. Pas toen ik in Gus' voortuin stond, merkte ik dat zijn auto er niet was.

Hij was weg. Ik was te laat. Ik wist niet precies of er weer tranen kwamen of dat ze helemaal op waren. Mijn lichaam deed pijn, alles vanbinnen deed pijn. Mijn schouders schokten en mijn gezicht was kletsnat, al lag dat misschien wel aan de regen die als een deken op ons kleine straatje neerdaalde. Het water stroomde met een stel overgebleven bladeren en afval door de straten.

Ik wilde het uitschreeuwen. Ik was de hele zomer al zo voorzichtig met Gus geweest, zoals ik hem had beloofd. En nu had ik het verpest.

Ik drukte de achterzijde van mijn hand tegen mijn mond om

een snik tegen te houden. Het liefst was ik op het zompige gras ter aarde gestort en had me erdoor laten opzuigen. *Als ik de grond was*, dacht ik, *dan voelde ik nog minder dan toen ik aan het schoonmaken was.*

Of misschien zou ik dan juist alle voetstappen op me voelen. Maar zelfs dat was waarschijnlijk beter dan de volledige vernieling die ik nu voelde.

Want ik wist dat Shadi gelijk had. Het was me onverwacht overkomen, ik was iemand tegengekomen van wie ik kon houden. Gus Everett. En ondanks mijn verdriet was ik daar dankbaar voor.

Plotseling zag ik vanuit mijn ooghoeken een lamp aanspringen. Ik draaide me om, omdat ik dacht dat Shadi bij mij op de veranda was komen staan, maar het licht kwam niet bij mijn huis vandaan.

Het kwam van dat van Gus.

En toen hoorde ik de muziek, net zo hard als op die eerste avond. Alsof er ineens een heel festival in ons straatje werd gehouden.

Ik hoorde Sinéad O'Connor haar treurige openingszin uit 'Nothing Compares 2 U' zingen.

Toen vloog de deur open en verscheen hij in het licht op de veranda, al net zo kletsnat als ik, al stonden zijn haren op de een of andere manier toch nog rechtovereind en alle kanten op.

Alleen de storm overstemde de muziek heel af en toe terwijl Gus naar me toe kwam lopen. Hij leek niet helemaal zeker te weten of hij nou moest lachen of huilen, en ik ook niet. Toen hij bij me stond probeerde hij iets te zeggen, maar leek toen te beseffen dat de muziek veel te hard stond om op een normaal volume te kunnen praten. Ik beefde en klappertandde, al had ik het niet echt koud. Het was eerder alsof ik naast mijn eigen lichaam stond.

'Ik heb dit niet goed gepland,' riep Gus uiteindelijk over de muziek heen, met een knikje naar zijn huis.

Ik glimlachte, al voelde ik een flinke steek in mijn maag.

'Ik dacht...' Hij haalde zijn hand door zijn haar en keek om zich heen. 'Ik weet niet. Dat we misschien konden dansen?'

Mijn gelach verraste ons allebei. Gus' hele gezicht lichtte op. Maar zodra dat weer was verdwenen, sprongen de tranen me in de ogen en voelde ik mijn neus prikken. 'Wilde je in de regen met me dansen?' vroeg ik verstikt.

'Dat had ik toch beloofd?' antwoordde hij plechtig terwijl hij me bij mijn middel pakte. 'Ik zei toch dat ik het zou leren?'

Ik schudde mijn hoofd en probeerde grip op mezelf te houden. 'Je hoeft je niet aan je beloftes te houden, Gus.'

Heel langzaam trok hij me dichter naar zich toe, totdat hij zijn armen volledig om me heen had en ik zijn lichaamswarmte voelde, door de regen net iets kouder dan normaal. 'Het gaat me niet om de belofte zelf,' mompelde hij boven mijn rechteroor terwijl hij me heen en weer wiegde op een soort van dansachtige maar tedere manier. Precies het tegenovergestelde van onze avond in de kelder van het studentenhuis. 'Maar om het feit dat ik het jóú heb beloofd.'

De zachtaardige January. De January die haar gedachten nooit kon verbergen. De January die hij niet kapot had willen maken.

Mijn adem stokte in mijn keel. Het deed haast pijn om zo in zijn armen te liggen zonder te weten wat hij me te zeggen had en of dit mijn laatste keer in zijn armen zou zijn. Ik wilde hem vertellen dat hij me echt niets verschuldigd was en dat ik begreep dat het lastig was.

Maar ik kreeg niets uit mijn mond. Hij streek met zijn hand door mijn natte haren, en ik moest mijn ogen sluiten om niet weer in tranen uit te barsten terwijl ik mijn gezicht tegen zijn doorweekte schouders begroef.

'Ik dacht dat je weg was gegaan. Je auto…' Mijn stem stierf weg.

'Die staat ergens langs de weg,' legde hij uit. 'Het komt met bakken uit de hemel.'

Hij glimlachte, maar niet oprecht. Mij lukte het niet.

Het nummer was nu afgelopen, maar we bleven elkaar vasthouden en heen en weer wiegen. Ik was nu al bang voor het moment waarop hij me dan toch los zou laten, en ik probeerde van het moment te genieten, nu hij me nog vast had.

'Ik probeerde je steeds te bellen,' zei hij, en ik knikte omdat ik geen woorden meer had. Maar ik wist het.

Ik haalde diep adem. 'Was dat Naomi?' vroeg ik. Die prachtige vrouw op het evenement, wilde ik er eigenlijk aan toevoegen, maar dat was niet nodig.

'Ja,' antwoordde hij zacht. Een paar tellen lang zeiden we beiden niets. 'Ze wilde praten,' zei hij uiteindelijk. 'We zijn iets gaan drinken.'

Ik leefde nog. Nou ja, niet helemaal. Ik steunde op hem zodat hij me kon dragen. Maar ik leefde nog. En Shadi zat binnen op me te wachten. Het zou goed komen.

'Ze wil je terug,' wist ik uit te brengen. Ik bedoelde het als vraag, maar het klonk eerder als feit.

Gus keek me aan, maar ik durfde niet naar hem op te kijken. Ik bleef met mijn gezicht tegen hem aan gedrukt staan. 'Ze is al een tijdje bij Parker weg,' zei hij terwijl hij zijn kin weer op mijn hoofd liet steunen. Hij drukte me steviger tegen zich aan. 'Ze... ze zei dat ze er al lang over aan het denken was, maar dat ze even wilde wachten. Om er zeker van te zijn dat ze mij niet alleen terug wilde om hem te kunnen vergeten.'

'Terug willen?' vroeg ik. 'Je bent nog steeds haar echtgenoot.'

Hij lachte ruw. 'Zoiets vertelde ik haar ook.'

Mijn maag leek zich om te willen draaien.

'Ze is geen slecht mens,' zei Gus, en het klonk haast smekend.

Mijn maag kreeg het nog moeilijker. 'Goed om te horen.'

'Echt?' vroeg Gus met zijn hoofd schuin. 'Waarom?'

'Het lijkt me niet fijn om met een rotmens getrouwd te zijn. Dat is voor niemand goed, behalve misschien als je zelf ook een rotmens bent.'

'Dat is het hem juist,' zei hij zacht. 'Ze vroeg of ik het haar ooit zou kunnen vergeven. En ik denk van wel. Ik bedoel, uiteindelijk.'

Ik zei niets.

'En toen vroeg ze of ik dacht dat we ooit weer samen zouden kunnen zijn. En dat leek me niet onmogelijk.'

Misschien moest ik iets zeggen. *O ja? Goed zo? Nou, en nu?* Maar deze pijn wilde opnieuw gehoord worden. Hij raasde door me heen. 'Gus,' fluisterde ik met mijn ogen gesloten terwijl de tranen over mijn wangen stroomden. Ik schudde mijn hoofd.

'Ze vroeg of we ons huwelijk een tweede kans konden geven,' mompelde hij.

Alle kracht verdween uit mijn armen. Ik trok me terug uit zijn omhelzing en veegde mijn tranen af terwijl ik een paar stappen naar achteren deed om zo veel mogelijk afstand tussen ons te behouden. Ik keek omlaag naar het natte gras en mijn modderige tenen.

'Dat had ik nooit verwacht,' zei Gus ademloos. 'En, ik weet niet... Ik had tijd nodig om alles op een rijtje te krijgen. Dus ging ik naar huis en... Ik probeerde het allemaal te laten bezinken, en ik wilde je bellen maar dat leek zo egoïstisch, om je zomaar te bellen en je om hulp te vragen. Dus heb ik gisteren zelf zitten denken. Eerst dacht ik...' Hij zweeg even en schudde haast manisch zijn hoofd. 'Ik besefte dat ik zeker weer met Naomi samen zou kunnen zijn, maar ik dacht niet dat ik ooit weer zou willen trouwen. Het liep allemaal te rommelig, er was te veel verdriet. En toen dacht ik daar verder over na en besefte ik dat ik het helemaal bij het verkeerde eind had.'

De tranen bleven komen. Kon ik hem maar smeken om hiermee op te houden. Maar het was alsof ik in mijn eigen lichaam gevangen zat.

'January,' zei hij zacht. 'Kijk me eens aan.'

Ik schudde mijn hoofd.

Ik hoorde zijn voetstappen in het gras. Hij nam mijn futloze handen in de zijne. 'Wat ik bedoel is dat ik zo over haar dacht. Niet over jou.'

Ik opende mijn ogen en keek hem door het waas van tranen aan.

Hij slikte, zijn kaken waren gespannen. 'Ik heb nog nooit iemand ontmoet die zo perfect voor me is. Een leven samen met jou voelt op geen enkele manier claustrofobisch. Zelfs de ruzies die ik met Naomi had zouden minder erg zijn wanneer ik ze met jou zou hebben. Omdat ik je vertrouw, meer dan wie dan ook. Zelfs meer dan Pete.

'Als ik aan jou denk, January, en aan hoe wij samen de was doen of van die afschuwelijke groene smoothies drinken of naar van die antiekzaken gaan, dan voel ik me gelukkig. De wereld ziet er met jou erin heel anders uit dan ik ooit had gedacht, en ik wil niet op zoek gaan naar wat er mis zou kunnen gaan. Ik wil me niet op het ergste voorbereiden en daardoor niet meer van elk moment met jou samen kunnen genieten. Ik wil je geven wat je verdient, en ik wil elke avond naast jou in slaap vallen en alles over je boeken horen, en ik vind eigenlijk dat ik dat allemaal helemaal niet verdien, en ik weet dat wat wij hebben helemaal niet voor eeuwig hoeft te zijn, maar ik wil er wel voor gaan. Zolang ik maar van jou mag houden, kan ik alles aan wat er op mijn pad komt.'

Dat kwam zo dicht bij wat ik gisteren zelf had bedacht, of toen onze handen elkaar na ons bezoekje aan New Eden op de versnellingspook hadden gevonden. Maar nu klonk het anders en voelde het zuur.

'Het is het waard,' zei hij, nu zachter en urgenter.

'Dat kun je niet weten,' fluisterde ik. Ik rukte mijn handen los en veegde de tranen van mijn gezicht.

'Goed,' zei Gus zacht. 'Ik kan het inderdaad niet weten. Maar ik geloof erin. Ik zie het. Laat me het je bewijzen. Laat me je bewijzen dat ik voor altijd van je kan houden.'

'We zijn allebei kapot,' zei ik met een zacht stemmetje. 'Het ligt niet alleen aan jou. Dat wilde ik heel graag geloven, maar het is niet zo. Ik ben ook een wrak. Ik moet alles opnieuw leren, vooral hoe ik van iemand moet houden. Waar moeten we beginnen?'

Gus trok zachtjes mijn handen bij mijn betraande gezicht

vandaan. Er stond een vage glimlach op zijn gezicht, en in het ochtendlicht zag ik het kuiltje in zijn wangen. Hij liet zijn handen naar mijn heupen gaan, trok me naar zich toe en drukte zijn kin op mijn hoofd. 'Hier,' fluisterde hij tegen mijn haar.

Mijn hart sloeg over. Kon dat? Ik wilde het zo graag, ik wilde hém zo graag in mijn leven, precies zoals hij had omschreven.

'Als ik je zie slapen,' zei hij met bevende stem, 'overweldigt het me dat je bestaat.'

De tranen bleven komen en stromen. 'Wat als we geen goede afloop krijgen, Gus?' fluisterde ik.

Even dacht hij na terwijl zijn handen over mijn lichaam gleden en trokken en duwden, alsof hij ze niet stil kon houden. Hij vestigde zijn donkere blik op mij, en ik keek naar hem op. Hij was nog steeds even sexy en snood, maar nu was hij minder Sexy Snode Gus en meer... gewoon Gus.

'Misschien moeten we dan gewoon van ons goede moment genieten,' zei Gus.

'Goede moment.' Ik proefde aan de woorden en liet ze als wijn over mijn tong rollen. De enige zekerheid in het leven was het moment waarin je nu leefde. En dat deed ik.

Een goed moment.

Daar kon ik wel mee leven. Daar kon ik mee leren leven.

Hij wiegde me langzaam heen en weer. Deze keer sloeg ik mijn armen om hem heen en leerde ik samen met hem te dansen in de regen.

28

Negen maanden later

'Klaar?' vroeg Gus.

Ik drukte de eerste gedrukte proef van *De grote Marconi's* tegen me aan. Ik had niet gedacht dat ik er ooit klaar voor zou zijn. Niet voor dit boek en niet voor hem. Het idee om het met de wereld te moeten delen was als uit een vliegtuig springen, en ik kon alleen maar hopen dat iets daar beneden me op zou vangen. 'Jij?' vroeg ik aan Gus.

Met scheefgehouden hoofd dacht hij over de vraag na. Hij had net de laatste correctieproeven van zijn manuscript gekregen en had nu een stapel papier die met papierklemmen bij elkaar werd gehouden, in plaats van de goedkope slappe kaft die mijn eerste proef omsloot.

Mijn boek was drie weken voor dat van hem verkocht, maar hij had er meer voor gekregen. We hadden bovendien allebei toch besloten om onder onze eigen naam te publiceren. We waren trots op onze boeken, en ze waren van ons, ook al waren ze niet helemaal zoals de voorgaande.

Het was vreemd om geen zonnetje boven de golven, het logo van Sandy Lowe, op de kaft te zien staan. Maar op mijn volgende boek, *Chagrijn*, stond natuurlijk weer wel het bekende logo, en dat voelde goed.

Chagrijn. Mijn lezers zouden ervan gaan genieten. Ik genoot er zelf ook van, net zo veel als van de Marconi-familie. Maar ik stelde me iets beschermender op tegenover de Marconi's dan tegenover mijn andere personages omdat ik nog niet wist of ze in de smaak zouden vallen.

Anya zei dat 'iedereen die ze niet in een dekentje wilde wikkelen en druiven voeren gewoon hopeloos verloren was, geen zorgen'. Maar goed, dat had ze toegevoegd aan de eerste review die ze me had gestuurd: een voornamelijk positieve bespreking waarin mijn personages 'lastig' werden genoemd, en Eleanor zelf 'schril'.

'Ik denk het wel,' zei Gus, die me zijn stapel pagina's gaf. Hij hoefde zich nergens druk om te maken, en ik hield mezelf voor dat het voor mij hetzelfde lag. Ik had in het afgelopen jaar allebei zijn boeken gelezen; hij had die van mij al uit. We waren elkaars proza nog niet strontzat.

Het lezen van *De onthullingen* was een beetje als een rondleiding door Gus' hoofd. Het brak mijn hart en was prachtig, en soms ook heel komisch en heel vaak ongelofelijk vreemd.

Ik overhandigde hem mijn boek en hij bekeek grijnzend de voorkant, de strepen van de tent die aan de onderkant in linten veranderden die zich om de silhouetten van de personages heen wikkelden en hen met elkaar verbond.

'Het is een mooie dag,' zei Gus. Soms zei hij dat ineens, als we iets heel doodgewoons aan het doen waren, zoals de vaatwasser inruimen of in onze oude kleren de kamer stofzuigen. Nu we het huis van mijn vader afgelopen februari hadden verkocht, bracht ik mijn tijd voornamelijk in het naastgelegen strandhuis door, al kwam Gus me ook wel eens opzoeken in mijn appartementje boven de muziekwinkel in het centrum. Overdag hoorden we af en toe een student een drumstel bespelen dat toch nooit in de studentenkamer zou passen. Zelfs als we ons eraan ergerden, deelden we die ergernis.

Soms waren Gus en ik samen gezellig chagrijnig.

’s Avonds, als de winkel dicht was, zetten de eigenaren – een broer en zus van middelbare leeftijd met allebei tunnels in hun oor – de muziek flink hard en luisterden met een joint op de stoep naar Dylan, Neil Young, Crazy Horse of The Rolling Stones. Dan zaten Gus en ik op mijn balkon boven hen en lieten we de geur over ons heen waaien. ‘Het is een mooie dag,’ zei hij dan. En als hij de balkondeur dan per ongeluk achter zich sloot, zei hij vaak iets als: ‘Wat een dag.’

En dan klom hij de brandtrap af en vroeg aan de blowende winkeleigenaren of hij even via de winkel naar het trappenhuis kon gaan, en dan lieten ze hem zijn gang gaan en verscheen hij even later achter me met een koud biertje in de hand.

Soms miste ik die keuken in het oude huis, met de handgeschilderde blauwe tegeltjes, maar nu de zomer opnieuw begon, hoorde ik het gelach van het gezin dat er nu woonde en merkte ik aan hen dat ze al evenveel van het huis genoten als ik had gedaan. Misschien zou een van de vier kinderen zijn eigen gezin later over de tegeltjes vertellen: een herinnering die was blijven hangen als de rest al was vervaagd.

‘Het is inderdaad een mooie dag,’ zei ik. Morgen was de dag dat Naomi Gus had verlaten, de avond van zijn drieëndertigste verjaardag, en hij had Markham eindelijk gezegd dat hij dat grote feest liever niet had.

‘Ik wil gewoon op het strand zitten lezen,’ had hij gezegd, dus hadden we besloten om onze laatste twee weken daar door te brengen. We zouden eindelijk elkaars nieuwe boeken gaan lezen.

Natuurlijk was ik verbaasd dat hij het had gesuggereerd. Het uitzicht was prachtig, maar Gus bracht inderdaad heel weinig tijd op het strand door. Hij vond het er overdag te druk, en ’s avonds te koud om te zwemmen. In januari en februari waren we er vaker en liepen we langs de bevroren golven en spreiden onze armen op de grens van de wereld terwijl we met tot spleetjes geknepen ogen naar het laatste licht keken en onze jasjes ritselden in de wind.

Het bevroren meer reikte zo ver dat we er zelfs overheen konden lopen naar de vuurtoren waar mijn vader ooit op zijn driewielertje tegenaan was gebotst. Bovendien was het met sneeuw bedekte ijs zo hoog dat we zelfs het topje van de vuurtoren konden bereiken en erop konden staan alsof er een verloren beschaving onder onze voeten lag. Gus sloeg zijn arm om mijn nek en neuriede. *It's June in January, because I'm in love.*

Ik had een dikkere jas nodig gehad. Eentje dat eruitzag als een slaapzak met armen en een capuchon met bont. Het donzen ding reikte tot aan mijn enkels, en toch moest ik er soms nog lange shirts en een paar truien onder aantrekken.

Maar de zon. De zon was geweldig tijdens die winterse dagen. Het licht weerkaatste nog feller op het winterse landschap dan het zonlicht in de eerste plaats had geleken. Het was alsof we op een andere planeet stonden, met alleen maar Gus en ik, dichter bij de sterrenhemel dan ooit tevoren. Onze gezichten werden gevoelloos van de kou waardoor we onze druipneus niet meer voelden, en tegen de tijd dat we weer binnen waren, hadden we paarse vingers (ondanks de handschoenen) en rode wangen. Dan zetten we de gaskachel aan en vielen op de bank neer. We bibberden en beefden en hadden het te koud om ons uit te kleden en een beetje elegant onder de dekens te kruipen.

'January, January,' zong Gus dan klappertandend van de kou. 'Zelfs zonder sneeuwvlokjes hebben wij het hele jaar lang januari.'

Ik had nooit echt van de winter gehouden, maar nu begon ik het te begrijpen. Op een dekentje in het zand zitten was gezellig, maar we moesten vanavond de glinsterende golven met tientallen andere mensen delen. Het was een ander soort schoonheid, het gegil en geroep vanuit de golven die de kust raakten. Het deed me denken aan de avonden waarop ik in de achtertuin van mijn ouders naar de buurkinderen op vuurvliegjesjacht luisterde. Ik was blij dat Gus dit ook een kans wilde geven.

Een paar uur lang bleven we lezen, en vervolgens strompelden we in het donker terug naar huis. Die nacht bleef ik bij hem slapen, en toen ik de volgende ochtend wakker werd was hij al opgestaan en hoorde ik de koffiepot pruttelen.

Die middag gingen we weer naar het strand waar we ons weer naast elkaar in elkaars boek verdiepten. Ik vroeg me af wat hij van mijn einde zou vinden. Zou hij het te geforceerd vinden, en zou hij teleurgesteld zijn dat het niet écht zo slecht afliep?

Maar zijn boek had minder tekst, dus was ik als eerste klaar en sloeg het lachend dicht.

'Wat?' vroeg hij geschrokken.

Ik schudde mijn hoofd. 'Dat zeg ik wel als jij ook klaar bent.'

Ik ging op het zand liggen en keek omhoog naar de lavendelkleurige hemel. De zon ging al onder en we hadden onze snacks allang op. Mijn maag knorde. Ik hield mijn lachen in.

Gus' nieuwe boek, met de voorlopige titel *Het glas is al kapot*, leek op geen enkele manier op een chicklit, al zat er inderdaad wel een romantische draad in het verhaal en was er bijna een goede afloop.

De hoofdpersoon, Travis, was de sekte ontvlucht en had voldoende bewijzen mee weten te nemen. Hij had zijn vriendin Doris zelfs overtuigd om met hem mee te gaan. Ze waren samen erg gelukkig, maar een bladzij of twee voor het einde werd de aarde echt geraakt door de meteoriet die de profeet had voorspeld.

De wereld kwam niet ten einde. Travis en Doris waren de enige twee mensen die bij de ramp waren omgekomen. Het terrein zelf bleef onbeschadigd. De meteoriet kwam op de weg terecht waar Travis en Doris net op reden. Ze waren niet eens omgekomen door de meteoriet zelf: Travis werd erdoor afgeleid, waardoor hij niet meer op de weg lette, en dat terwijl hij al zo lang naar dit moment had toegewerkt.

Het rechterwiel was van de weg geraakt, en toen Travis een ruk aan het stuur gaf, botsten ze frontaal op een vrachtwagen die de andere kant op raasde. Zo kwamen ze tot stilstand, vermorzeld als een blik.

Ik sloot mijn ogen tegen het laatste beetje zonlicht en slikte mijn lachen in. Zelf begreep ik ook niet waarom ik het zo grappig vond, tot het gevoel dringender werd en ik niet lachte maar huilde. Ik voelde me verslagen en begrepen tegelijk.

Ik was boos dat deze personages niet hadden gekregen wat ze zo verdienden, en toch voelde ik me gerustgesteld door wat hun was overkomen. Ja, dacht ik. Zo gaat het in het leven. Je doet je uiterste best om te overleven tot je buiten je schuld om ergens tegenaan loopt, of zelfs met je schaduwzijde wordt geconfronteerd.

Soms was het je eigen lichaam dat zich tegen je keerde. Je cellen veranderden in vergif dat tegen jou vocht. Soms kwam de chronische pijn in je nek naar boven en greep hij om zich heen totdat het leek alsof iemand zijn nagels in je schedel boorde.

Soms was het lust, liefdesverdriet, eenzaamheid of angst waardoor je van de weg afgleed, op weg naar iets wat je maanden of jaren had gemeden. Of actief had bevochten.

Gelukkig was het laatste wat ze hadden gezien een prachtig en afleidend natuurfenomeen geweest. Ze waren niet bang geweest, maar betoverd. Misschien was dat wel het beste waar je in het leven op kon hopen.

Ik wist niet hoelang ik daar al lag. De tranen stroomden over mijn wangen tot ik iemand er met een eeltige duim eentje voelde wegvegen. Ik opende mijn ogen en keek recht in het vriendelijke gezicht van Gus. De lucht was een stuk donkerder geworden, een meedogenloos soort blauw dat je niet op iemands huid wilt zien. Maar in deze context was het prachtig. Het was vreemd hoe sommige dingen afschuwelijk of juist mooi waren, afhankelijk van hun context.

'Hé,' zei hij. 'Wat is er?'

Ik kwam overeind en veegde mijn tranen weg. 'Dat was geen goede afloop,' zei ik.

Hij fronste zijn voorhoofd. 'Dat was wel een goede afloop.'

'Voor wie?'

'Voor hen allebei,' zei hij. 'Ze waren gelukkig. Ze hadden nergens spijt van. Ze hadden gewonnen, en ze hebben het niet eens zien aankomen. Misschien leven ze wel voort in dat laatste moment, gelukkig. Samen en vrij.'

Ik kreeg kippenvel. Ik wist precies wat hij bedoelde. Ik had het altijd al fijn gevonden dat mijn vader in zijn slaap was overleden en hoopte dat mijn moeder en hij de avond ervoor tv hadden gekeken en hij iets zo grappigs had gezien dat hij zijn bril af had moeten zetten om de tranen weg te vegen. Misschien iets over een boot. Hopelijk had hij net een martini te veel gedronken om zich zorgen te maken toen hij in bed stapte, behalve dat hij de alcohol de volgende ochtend misschien nog zou voelen.

Dit had ik tijdens kerst aan mijn moeder verteld. Ze had gehuild en me geknuffeld. 'Het leek er wel op,' had ze me gezworen. 'Ons hele leven samen leek daar wel op.' Heel af en toe kon ze het over hem hebben. Ik oefende geen druk uit. Ze leerde langzaam om erover te praten, en besefte dat het niet erg was als je verhalen niet altijd even mooi zijn. Dat de mooie momenten er niet minder van worden.

'Het is een goed einde,' herhaalde Gus, waardoor ik weer in het hier en nu belandde. 'Jouw einde trouwens ook. Alles wordt perfect afgehandeld.'

'Niet echt,' zei ik. 'De enige man van wie Eleanor dacht te hebben gehouden trouwt met een ander.'

'Ja, maar zij en Nick krijgen duidelijk iets samen,' zei Gus. 'Dat ruik je vanaf het begin al. Hij hield duidelijk van haar en zij ook van hem.'

Ik sloeg mijn ogen ten hemel. 'Volgens mij projecteer je dat allemaal op het boek.'

'Misschien,' zei hij met een glimlach.

'Dan is het ons allebei niet gelukt,' zei ik terwijl ik opstond.

Gus kwam me achterna het slingerpad vol boomwortels over. 'Dat denk ik niet. Ik denk dat ik een afloop heb geschreven die voor mij goed is, en jij eentje die voor jou niet goed is. We moeten schrijven wat voor ons waar is.'

'En voor jou is een meteoriet nog steeds het toppunt van romantiek?'

Gus lachte.

We hadden het licht op de veranda niet aangelaten, maar gelukkig was er niets om over te struikelen. Hij had geen buitenmeubels, en toen ik die van mijn vader aan Sonya had gegeven, hadden we wel besloten om onze eigen spullen te kopen, maar dat was er vooralsnog bij ingeschoten. Gus wist eindelijk de sleutel in het slot te krijgen, maar voordat hij de deur opende keek hij me even aan in het donker. Hij legde een hand tegen mijn wang en drukte zijn lippen tegen de mijne. Toen hij me weer losliet, bleef er een lok van mijn haar in zijn stoppels hangen. 'Als ik vandaag in de auto met jou door een meteoriet zou worden geraakt, zou ik dat een goede afloop vinden.'

Ik bloosde nog steeds wanneer hij zulke dingen zei. Het was alsof de gevoelens als lava door mijn buik stroomden. Hij opende de deur en hield mijn hand vast toen we naar binnen gingen. Hij legde de manuscripten in het schoenenrek en deed het licht aan, toen er ineens een aantal mensen naar voren sprongen: 'Verrassing!'

Ik slaakte een gilletje. Pete, Maggie, mijn moeder met haar nieuwe kapsel en de linnen broek die ze altijd droeg als ze moest reizen, Shadi en haar nieuwige vriend, de Sexy Weerwolf uit Louisiana (nu zo sterk deel van haar leven dat we hem gewoon Armand noemden, zijn echte naam) en Kayla Markham stonden in de studeerkamer te grijnzen als in een advertentie voor orthodontie, met een glas champagne in de hand en om de een of andere reden vaag gekleed als piraten. Boven de deur hadden ze een glinsterende banner opgehangen: GEFELICITEERD MET JULLIE EENJARIG JUBILEUM. Dit was wel het vreemdste grote gebaar dat ik ooit had gezien.

'Wat...' begon ik, zonder te weten waar ik eigenlijk heen wilde.

'Dit is... Wát...' Gus stond naast me, en toen ik naar hem opkeek, zag ik dat een van zijn mondhoeken ietsje omhoog stond.

'Ik heb een goed idee, January,' zei hij, waarna hij voor me knielde. Mijn hand lag in de zijne en ik beefde. Of misschien beefde hij, of wij allebei. Hij keek naar me op in het warme licht van de studeerkamer.

Mijn stem klonk flauw. 'Nog een *Pirates of the Caribbean*-film?'

Hij glimlachte breed, zo breed dat ik dacht recht naar zijn hart te kunnen kijken. 'January Andrews, ik heb je een jaar geleden een tweede keer ontmoet en dat heeft mijn leven op zijn kop gezet. Het maakt me niet uit hoe het afloopt, zolang ik het maar met jou kan doorbrengen.'

Hij haalde een klein wit vierkantje uit zijn zak; een bladzijde uit zijn notitieboekje dat zo te zien al honderden keren was open en dichtgevouwen. Hij opende het heel langzaam en liet me de drie woorden erop lezen, geschreven met zwarte stift:

trouw met me

Misschien had ik een briefje terug moeten schrijven. Maar in plaats daarvan greep ik hem vast en zoende hem. 'Ja,' zei ik recht in zijn mond. En toen weer. 'Ja, ja.'

Pete en Maggie juichten. Mijn moeder klapte. Shadi vloog naar voren om me te omhelzen.

In boeken leken goede aflopen altijd op een nieuw begin, maar zo voelde het voor mij niet. Mijn goede afloop was een verzameling goede momenten die tot wel dertig jaar terugvoeren. Mijn goede afloop was al begonnen, en vandaag was dan ook geen begin en geen eind.

Het was gewoon een goede dag. Een perfecte dag. Een perfect moment, zo groots dat ik wist, of geloofde, dat ik me niet druk hoefde te maken om morgen.

Dankwoord

Achter elk boek dat verschijnt staan massa's mensen die eraan hebben meegeholpen, en dit boek had geen toegewijdere mensenmassa achter zich kunnen hebben. Ten eerste wil ik mijn geweldige redacteur Amanda Bergeron bedanken, die met haar kennis, passie en vriendelijkheid elk moment dat ik aan het boek heb gewerkt bijzonder fijn heeft gemaakt. Niemand zou het verhaal van January en Gus zo goed kunnen begrijpen als jij, en ik ben je heel dankbaar dat je voor ze hebt gevochten. En ik ben nog steeds met stomheid geslagen dat ik met je heb mogen werken.

En ook veel dank aan de rest van het onovertroffen team van Berkley: Jessica McDonnell, Claire Zion, Cindy Hwang, Grace House, Martha Cipolla en alle anderen. Ik heb ongelooflijk veel geluk gehad om bij jullie een thuis en een familie te vinden.

Dank je wel Lana Popovic, mijn allereerste lezer. Je bleef in me geloven, en jij diende als inspiratie voor de beste literair agent ter wereld, Anya.

En dan moet ik ook mijn échte, al even perfecte literair agent bedanken, Taylor Haggerty. Je was een fantastische gids tijdens dit proces, en ik weet diep in mijn hart dat *Stranddagboek* nooit zou zijn verschenen zonder jou en zonder de geweldige mensen bij Root Literary: Holly Root, Melanie Castillo en Molly O'Neill. Veel dank ook aan Heather Baror, mijn slimme agent die alle rechten in het buitenland heeft geregeld, en ook voor de rest bij Baror International, en Mary Pendor van UTA. Zij zijn vanaf het begin een geweldige steun voor me geweest.

Ik wil ook mijn lieve vriendin Liz Tingue bedanken. Ze was een van de eersten die zich voor mij en mijn schrijven heeft ingezet. Echt, zonder jou was dit niet mogelijk geweest. Ik ben jou en Marissa Grossman eeuwig dankbaar omdat jullie me vanaf het begin steeds hebben gesteund.

Er zijn nog zo veel anderen die me hebben helpen groeien, als schrijver en als mens, en dan heb ik het vooral over Brittany Cavallaro, Parker Peevyhouse, Jeff Zentner, Riley Redgate, Kerry Kletter, Adriana Mather, David Arnold, Janet McNally, Candice Montgomery, Tehlor Kay Mejia en Anna Breslaw, die allemaal als vrienden voor me klaar hebben gestaan en me in hun geweldige, dynamische schrijversgroep hebben opgenomen. Jullie glanzen, jullie zijn stoer, hilarisch, en zo ontzettend getalenteerd. En nog heel erg mooi ook.

En natuurlijk had ik zonder mijn lieve vrienden en geweldige familie en partner nooit over familie, vriendschap en liefde kunnen schrijven.

Dank jullie wel, grootouders, ouders, broers, zusjes, en al die honden die me altijd met liefde hebben omringd. Dank jullie wel, Megan en Noosha, mijn dierbare vriendinnen die me hebben geleerd over vriendschap te schrijven. En dank je wel, mijn favoriete persoon op aarde en de liefde van mijn leven, Joey. Elk moment dat ik bij jou ben, ben ik zo veel gelukkiger dan ik ooit voor mogelijk had gehouden. Je geeft me de goede momenten waar ik alleen maar van kon dromen. Met jou in mijn leven is het moeilijk om geen romanticus te zijn.